René Girard
Der Sündenbock

Zum Buch

In *Der Sündenbock* setzt René Girard sein Hauptwerk *Das Heilige und die Gewalt* fort, stellt jedoch die anschauliche Figur des Sündenbocks in den Mittelpunkt seiner Argumentation und überrascht den Leser mit einer tiefgreifenden Neuinterpretation der Evangelien.

Wie die Mythen erzählen, standen immer Sündenböcke am Anfang unserer Geschichte. Das Ritual ihrer gewaltsamen Ausstoßung und Verfolgung beendete eine zerstörerische Anarchie und markiert den Beginn einer zivilisierten Gemeinschaft – ein konkreter Zusammenhang, der unter dem Siegel des Heiligen stets verschleiert wurde. In primitiven Religionen existiert dieses Ritual bis heute fort und ist eine der anthropologischen Konstanten, die sich wie ein roter Faden durch die Mythen und die Geschichte zieht – ganz gleich, ob es sich um Ödipus oder die Juden handelt, die man im Mittelalter als Sündenböcke für die Verbreitung der Pest verantwortlich machte.

In den Evangelien wird dieser archaische Mechanismus aber nirgends verhüllt. Ganz im Gegenteil, indem Jesus ihn beim Wort nimmt und genau benennt enthüllt er ihn und durchbricht seine religiöse Verschleierung; aus dem Sündenbock wird das Lamm Gottes.

Girard gelingt es mit belesener Intelligenz und sprachlicher Präzision, die kulturelle und die religiöse Anthropologie zusammenzudenken und das «wilde Denken» der Mythen «nach dem Alphabet des Evangeliums zu enträtseln» (Jürg Altwegg): Die Botschaft des Evangeliums zeigt uns einen Ausweg aus dem Kreislauf der Gewalt, wenn wir sie nur wörtlich genug nehmen.

Zum Autor

René Girard wurde 1923 in Avignon geboren. Schon seit vielen Jahren unterrichtet er an Universitäten in den USA. In seinen zahlreichen Publikationen entwickelte er eine völlig eigenständige Kulturanthropologie, die bisher weltweit sehr viel Beachtung gefunden hat.

René Girard

Der Sündenbock

Aus dem Französischen
von Elisabeth Mainberger-Ruh

Benziger

Der Titel der Originalausgabe lautet:
«Le Bouc émissaire»
Bernard Grasset, Paris
© Editions Grasset & Fasquelle 1982

Die Deutsche Bibliothek – CIP-Einheitsaufnahme

Girard, René:
Der Sündenbock / René Girard.
Aus dem Franz. von Elisabeth Mainberger-Ruh. –
Zürich ; Düsseldorf : Benziger, 1998
Einheitssachr.: Le Bouc émissaire <dt.>
ISBN 3-545-70001-1

© 1988 Benziger Verlag, Zürich/Düsseldorf
ppb-Ausgabe 1998, Benziger Verlag, Zürich/Düsseldorf
Alle Rechte, einschließlich derjenigen des
auszugsweisen Abdrucks sowie der der fotomechanischen
und elektronischen Wiedergabe, vorbehalten
Umschlaggestaltung: H + C Waldvogel, Zürich
Druck und Bindung: Lengericher Handelsdruckerei, Lengerich
ISBN 3-545-70001-1

Inhalt

I

Guillaume de Machaut
und die Juden

Der französische Dichter Guillaume de Machaut lebte um die Mitte des 14. Jahrhunderts. Sein Werk *Le Jugement du Roy de Navarre* würde durchaus breitere Beachtung verdienen. Zwar ist der Hauptteil des Werkes nur ein einziges langes Gedicht im höfischen Stil, dessen Thema zudem recht konventionell behandelt wird. Zu Beginn jedoch hat es etwas sehr Ergreifendes an sich. Berichtet wird von einer verwirrenden Folge katastrophaler Ereignisse, in die Guillaume angeblich verwickelt war, bevor er sich schließlich voll Angst und Schrecken in seinem Haus einschloß, um dort dem Tod oder dem Ende der unaussprechlichen Prüfung entgegenzusehen. Manche Ereignisse sind völlig unwahrscheinlich, andere sind es weniger. Und dennoch hinterläßt diese Erzählung den Eindruck: es muß tatsächlich etwas geschehen sein.

Am Himmel stehen Zeichen. Es hagelt Steine, und die Menschen werden von ihnen erschlagen. Ganze Städte werden vom Blitz zerstört. In jener Stadt, in der Guillaume wohnt – er nennt sie nicht –, sterben viele Menschen. Einige dieser Todesfälle werden der Bosheit der Juden und ihrer Komplizen unter den Christen zugeschrieben. Was taten diese Leute, um der einheimischen Bevölkerung so schwere Verluste zuzufügen? Sie vergifteten Bäche und Trinkwasserquellen. Daraufhin setzte die himmlische Gerechtigkeit diesen Missetaten dadurch ein Ende, daß sie der Bevölkerung die Urheber dieser Taten kundtat; in der Folge wurden alle Missetäter massakriert. Und dennoch nahm das Sterben kein Ende, ja es starben immer mehr Menschen, bis endlich jener Frühlingstag anbrach, an dem Guillaume

Musik in den Straßen hörte und das Lachen von Männern und Frauen vernahm. Alles war vorbei, und die höfische Dichtung konnte von neuem beginnen.

Seit ihren Anfängen im 16. und 17. Jahrhundert verbietet es die moderne Kritik, den Texten blind zu vertrauen. Zahlreiche kluge Köpfe unserer Zeit glauben den kritischen Scharfsinn dadurch auf die Spitze treiben zu müssen, daß sie das Mißtrauen immer stärker schüren. Von Generationen von Historikern interpretiert und wieder interpretiert, geraten heutzutage auch Texte unter Verdacht, die früher durchaus als Träger zuverlässiger Informationen galten. Hinzu kommt, daß sich Erkenntnistheoretiker und Philosophen in einer radikalen Krise befinden, die ebenfalls dazu beiträgt, das zu erschüttern, was früher den Namen historische Wissenschaft trug. Alle Wissenschaftler, die sich berufsmäßig mit Texten befassen, flüchten sich enttäuscht und desillusioniert in Betrachtungen über die Unmöglichkeit jeglicher gesicherten Interpretation.

Im derzeitigen Klima der Skepsis gegenüber historischen Gewißheiten mag der Text von Guillaume de Machaut auf den ersten Blick als leicht angreifbar erscheinen. Nach genauerer Überlegung vermag jedoch auch der heutige Leser reale Ereignisse hinter den Ungereimtheiten der Erzählung auszumachen. Zwar glaubt er weder an die Zeichen am Himmel noch an die Anklagen gegen die Juden, schlägt aber dennoch nicht alle unwahrscheinlichen Aussagen über den gleichen Leisten und stellt sie nicht alle auf die gleiche Stufe. Guillaume hat nichts erfunden. Zwar ist er ein leichtgläubiger Mensch, und in ihm widerspiegelt sich die Hysterie der öffentlichen Meinung. Gleichwohl sind die von ihm erwähnten unzähligen Todesfälle keineswegs weniger real, wurden sie doch von der berüchtigten Schwarzen Pest verursacht, die 1349 und 1350 im Norden Frankreichs wütete. Auch das Judenmassaker ist Realität; in den Augen der mörderischen Menge ist es aufgrund der allseits zirkulierenden Gerüchte über Brunnenvergiftungen durchaus gerechtfertigt. Der allgemeine Schrecken der Krankheit verleiht diesen Gerüchten genügend Gewicht, um die erwähnten Massaker auszulösen.

Hier nun die Textstelle über die Juden in *Le Jugement du Roy de Navarre*:

Après ce, vint une merdaille
Fausse, traître et renoïe:
Ce fu Judée la honnie,
La mauvaise, la desloyal,
Qui bien het et aimme tout mal,
Qui tant donna d'or et d'argent
Et promist a crestienne gent,
Que puis, rivieres et fonteinnes
Qui estoient cleres et seinnes
En pluseurs lieus empoisonnerent,
Dont plusieurs leurs vies finerent;
Car trestuit cil qui en usoient
Assez soudeinnement moroient.
Dont, certes, par dis fois cent mille
En morurent, qu'a champ, qu'a ville,
Einsois que fust aperceuë
Ceste mortel descouvenue

Mais cils qui haut siet et louing voit,
Qui tout gouverne et tout pourvoit,
Ceste traïson plus celer
Ne volt, enis la fist reveler
Et si generaument savoir
Qu'il perdirent corps et avoir.
Car tuit Juif furent destruit,
Li uns pendus, li autres cuit,
L'autre noié, l'autre ot copée
La teste de hache ou d'espée.
Et maint crestien ensement
En morurent honteusement.*

* «Daraufhin kam ein Saupack, / falsch, verräterisch und abtrünnig: / es war Judäa,
das verabscheute, / das böse und ungetreue, / das alles Gute haßt und alles Böse
liebt. / Sie gaben soviel Gold und Silber / und versprachen den Christen so viel,
/ daß sie dann Brunnen, Bäche und Quellen, / die klar und gesund waren, / an vielen
Orten vergifteten / und viele daran starben; / denn all jene, die daraus tranken, /
starben ganz plötzlich. / So starben gewiß zehnmal hunderttausend / auf dem Land
und in der Stadt, / so daß man inne wurde / dieses tödlichen Vergehens.

Das mittelalterliche Gemeinwesen fürchtete sich dermaßen vor der Pest, daß allein schon ihr Name Schrecken verbreitete; so lange wie möglich vermieden es die Menschen, ihn auszusprechen, ja sie ergriffen nicht einmal die notwendigen Schutzmaßnahmen und liefen so Gefahr, die Folgen der Epidemien zu verschlimmern. Ihre Ohnmacht war so groß, daß das Eingeständnis der Wahrheit nicht etwa bedeutete, sich der Situation zu stellen, sondern sich ihrer zerstörerischen Wirkung hinzugeben und selbst auf den Anschein eines normalen Alltags zu verzichten. Die gesamte Bevölkerung schloß sich willentlich dieser Verblendung an. Dieser verzweifelte Wille zur Leugnung offenkundiger Tatsachen begünstigte auch die Jagd auf «Sündenböcke»*.

In La Fontaines Fabel *Die Pest im Tierreich* kommt dieser quasi religiöse Widerwillen, den Grauen einflößenden Begriff auszusprechen und so gewissermaßen dessen böse Macht innerhalb der Gemeinschaft zu entfesseln, sehr schön zum Ausdruck:

Die Pest (nur ungern sprech' ich's aus)...

Der Fabeldichter läßt uns an jenem Prozeß kollektiver Unaufrichtigkeit innerhalb der Gemeinschaft teilhaben, dank welchem in der Epidemie eine göttliche Strafe gesehen wird. Der Gott des Zornes ist durch eine nicht unter allen gleichmäßig verteilte Schuld geweckt worden. Um die Plage abzuwenden, muß der Schuldige gefunden und entsprechend behandelt oder, wie La Fontaine schreibt, mit der Gottheit «versöhnt» werden.

In der Fabel als erste befragt, beschreiben die Raubtiere ganz scheinheilig ihr Verhalten als Raubtiere und werden schnell entschul-

---

Aber jener, der hoch oben thront und weit sieht, / der alles regiert und für alles sorgt, / diesen Verrat geheimhalten / nicht mehr wollte, sondern ließ ihn enthüllen / und verbreiten so allgemein, / daß sie Leben und Gut verloren. / Alle Juden wurden vernichtet, / die einen gehängt, die andern in siedendes Wasser getaucht, / die einen ertränkt, den andern abgetrennt / der Kopf mit der Axt oder dem Degen. / Und auch viele Christen / starben schmählich dabei.» Guillaume de Machaut, *Le Jugement du Roy de Navarre*, 214–240, S. 144f.

* Vgl. J.-N. Biraben, *Les hommes et la peste en France et dans les pays européens et méditerranéens;* J. Delumeau, *Angst im Abendland.*

digt. Der Esel ist als letzter an der Reihe; er, der am wenigsten Blutrünstige, also Schwächste und Verwundbarste, wird zu guter Letzt als der Schuldige bestimmt.

Nach Meinung der Historiker setzten in gewissen Städten die Judenmassaker vor dem Ausbruch der Pest ein, gestützt allein auf Gerüchte über deren Wüten in den umliegenden Dörfern und Städten. Guillaumes Erzählung könnte einen solchen Sachverhalt zum Anlaß gehabt haben, fand doch das Massaker statt, lange bevor die Epidemie ihren Höhepunkt erreicht hatte. Die zahlreichen Todesfälle, vom Autor dem Giftanschlag der Juden zugeschrieben, legen eine andere Erklärung nahe. Wenn es diese Todesfälle wirklich gegeben hat – und es gibt keinen Grund zur Annahme, sie seien nur eingebildet –, dann könnten sie durchaus die ersten Opfer ein und derselben Plage darstellen. Aber selbst im Rückblick kommt Guillaume nicht auf diesen Gedanken. In seinen Augen müssen die traditionellen Sündenböcke auch weiterhin als wirksame Erklärung *für die ersten Stadien der Epidemie* herhalten. Allein für die späteren Stadien läßt der Autor ein eigentlich pathologisches Geschehen gelten. Das Ausmaß des Unheils führt schließlich dazu, daß das Komplott der Giftmischer als einzige Erklärung nicht mehr ausreicht; gleichwohl liefert Guillaume keine neue Interpretation der Abfolge der Ereignisse, die der wahren Ursache Rechnung trüge.

Es stellt sich übrigens die Frage, wieweit der Dichter die Tatsache der Pest überhaupt zur Kenntnis nimmt, weigert er sich doch beharrlich, das verhängnisvolle Wort niederzuschreiben. Im entscheidenden Moment führt er feierlich den anscheinend noch seltenen, vom Griechischen hergeleiteten Begriff *epydimie* ein. Dieses Wort hat in seinem Text ganz offensichtlich nicht die gleiche Funktion, die es in einem von uns geschriebenen Text hätte; es ist keine echte Entsprechung zum gefürchteten Begriff, es ist eher eine Art Ersatz, ein neues Verfahren, um die Pest nicht bei ihrem Namen nennen zu müssen, gewissermaßen ein neuer Sündenbock, diesmal aber auf rein sprachlicher Basis. Es war nie möglich, so berichtet uns Guillaume, Natur und Ursache jener Krankheit zu bestimmen, an der in so kurzer Zeit so viele Menschen starben:

Ne fusicien n'estoit, ne mire
Que bien sceüst la cause dire
Dont ce venoit, ne que c'estoit
(Ne nuls remede n'y metoit),
Fors tant que c'estoit maladie
Qu'on appelloit epydimie.*

Auch in diesem Punkt zieht es Guillaume vor, sich der öffentlichen
Meinung anzuschließen, statt selbständig zu denken. Vom gelehrten
Wort *epydimie* geht noch im 14. Jahrhundert ein Hauch von «Wissenschaftlichkeit» aus, der zur Verdrängung der Ängste beiträgt; ähnliches gilt auch von den wohlriechenden Beräucherungen, die lange
den Straßen entlang praktiziert wurden, um die Pestgerüche zu
dämpfen. Eine ordentlich benannte Krankheit scheint bereits halb
geheilt zu sein; und um einen falschen Eindruck von Beherrschbar-
keit zu erwecken, werden nicht beherrschbare Phänomene oft neu
benannt. Solche Verbalexorzismen üben auf uns auch weiterhin ihre
Anziehungskraft in allen jenen Bereichen aus, in denen unsere Wissenschaft illusorisch oder unwirksam bleibt. Man weigert sich, die
Pest beim Namen zu nennen, und «versöhnt» sich recht eigentlich mit
der Gottheit. Es handelt sich hier gewissermaßen um ein Opfer auf
sprachlicher Ebene, das verglichen mit den es begleitenden oder den
ihm vorangehenden Menschenopfern zwar ziemlich unschuldig ist,
sich aber zu ihnen seiner Wesensstruktur nach immer analog verhält.
Sogar im Rückblick spielen alle realen und imaginierten Sündenböcke – Juden wie Flagellanten, Steinhagel wie *epydimie* – ihre Rolle
innerhalb der Erzählung auch weiterhin dermaßen wirkungsvoll, daß
Guillaume jene Plage, die wir als «Schwarze Pest» bezeichnen, nie als
Einheit wahrnimmt. Der Autor registriert auch weiterhin eine Vielfalt vereinzelter Katastrophen, höchstens durch ihre religiöse Bedeutung miteinander verbunden, ähnlich den zehn Plagen Ägyptens.
Beinahe alles bisher Gesagte versteht sich von selbst. Wir alle

* «Es gab weder Ärzte noch Doktoren, / die den Grund hätten angeben können,
/ weder woher es kam noch was es war / (und sie hatten auch kein Heilmittel),
/ außer daß es die Krankheit war, / die man Epidemie nannte.» Guillaume de
Machaut, *Le Jugement du Roi de Navarre*, 341–346, S. 149.

verstehen Guillaumes Bericht gleich, und meine Leser brauchen mich gar nicht. Gleichwohl ist es keineswegs unnütz, auf diese Lesart ausdrücklich hinzuweisen, entgeht uns doch ihre Kühnheit und Ausdruckskraft eben deshalb, weil sie allgemein anerkannt und unumstritten ist. Buchstäblich seit Jahrhunderten besteht hier eine nie in Frage gestellte Einmütigkeit. Das ist um so erstaunlicher, als es sich doch um eine radikale Reinterpretation handelt. Ohne Zögern verwerfen wir den Sinn, den der Autor seinem Text verleiht. Wir behaupten, er wisse nicht, was er sage. Aus der Distanz von mehreren Jahrhunderten wissen wir es – als moderne Menschen – besser und sind in der Lage, seine Aussagen zu berichtigen. Wir halten uns für durchaus fähig, eine dem Autor entgangene Wahrheit zu ermitteln; und in einem Anflug von gesteigertem Wagemut zögern wir nicht, die Behauptung aufzustellen, diese Wahrheit werde uns, seiner Blindheit zum Trotz, vom Autor selbst eröffnet.

Heißt das nun, diese Interpretation verdiene nicht die ihr entgegengebrachte massive Zustimmung? Lassen wir ihr gegenüber übertriebene Nachsicht walten? Um vor Gericht eine Zeugenaussage zu erschüttern, genügt der Beweis, der Zeuge habe es – und sei es auch nur in einem Punkt – an Unparteilichkeit fehlen lassen. In aller Regel behandeln wir historische Dokumente wie Zeugenaussagen vor Gericht. Aber wir übertreten diese Regel zugunsten eines Guillaume de Machaut, der diese Vorzugsbehandlung vielleicht gar nicht verdient. Wir behaupten, die in *Le Jugement du Roy de Navarre* erwähnten Verfolgungen seien tatsächlich geschehen. Wir geben also, grob gesagt, vor, Wahres aus einem Text herzuleiten, der sich in wesentlichen Punkten ganz gehörig irrt. Sollten wir gute Gründe haben, diesem Text zu mißtrauen, dann sollten wir ihn vielleicht als gänzlich suspekt erklären und darauf verzichten, ihn als Grundlage auch nur einer unserer Gewißheiten anzunehmen, das nackte Faktum der Verfolgung nicht ausgeschlossen.

Woher rührt also die erstaunliche Gewißheit unserer Behauptung: es sind tatsächlich Juden massakriert worden? Eine erste Antwort kommt uns in den Sinn. Wir lesen diesen Text nicht isoliert. Es gibt andere Texte aus der gleichen Epoche; sie befassen sich mit den gleichen Themen; einigen kommt mehr Gewicht zu als Guillaumes Text. Ihre Autoren erweisen sich als weniger leichtgläubig. Insgesamt stellen sie ein dichtes Netz von historischen Kenntnissen her, das uns den Kontext für Guillaumes Bericht liefert. So wird es uns am ehesten gelingen, in der bereits zitierten Stelle das Wahre vom Falschen zu unterscheiden.

Wahr ist, daß die Judenverfolgungen zur Zeit der Schwarzen Pest einen relativ gut bekannten Tatbestand darstellen. In dieser Frage haben wir einen allgemein anerkannten Wissensstand erreicht, der in uns ganz bestimmte Erwartungen weckt. Und Guillaumes Text erfüllt diese Erwartungen. Eine solche Perspektive ist auf der Ebene unserer individuellen Erfahrung und der unmittelbaren Begegnung mit dem Text nicht falsch, vom theoretischen Standpunkt aus bleibt sie jedoch unbefriedigend.

Zwar besteht tatsächlich ein Netz von historischen Kenntnissen, aber die dieses Netz konstituierenden Dokumente sind nie sehr viel verläßlicher als der Text von Guillaume selbst, sei es aus analogen oder aus ganz anderen Gründen. Und Guillaume kann in diesem Kontext nicht präzise situiert werden, denn – wie bereits erwähnt – es ist nicht festzustellen, wo sich die im Text erwähnten Ereignisse abspielen. Ob in Paris, in Reims oder anderswo. Auf jeden Fall spielt der Kontext nicht die entscheidende Rolle; auch ohne ihn zu kennen, käme ein moderner Leser auf die von mir vorgelegte Lesart. Er würde auf die Wahrscheinlichkeit von ungerechterweise massakrierten Opfern schließen. Er nähme somit an, der Text mache falsche Aussagen, denn die Opfer sind unschuldig; zugleich nähme er jedoch an, der Text mache richtige Aussagen, denn die Opfer sind real. Er würde schließlich stets das Richtige vom Falschen unterscheiden können, genauso wie wir selbst. Was verleiht uns diese Fähigkeit? Sollte nicht systematisch das Prinzip leitend sein, ein Korb voll Äpfel mit einem einzigen faulen Apfel sei als Ganzes wegzuwerfen? Steht nicht zu vermuten, es handle sich um ein Versagen unserer Bereitschaft zur Skepsis, um einen Rest von Naivität also, den die zeitgenössische Hyperkritik inzwischen ausgeräumt hätte, würde man ihr nur das Feld überlassen? Müssen wir uns nicht eingestehen, daß alles historische Wissen ungewiß ist und sich aus einem Text wie jenem von Guillaume de Machaut nichts ableiten läßt, nicht einmal die Tatsache der Verfolgung?

Auf alle diese Fragen ist mit einem kategorischen Nein zu antworten. Nuancenlose Skepsis trägt der Natur und Eigenart des Textes nicht Rechnung. Die wahrscheinlichen und die unwahrscheinlichen Gegebenheiten des Textes stehen in ganz spezifischer Beziehung zueinander. Zwar kann der Leser nicht gleich zu Beginn sagen: das ist falsch, das ist richtig. Er sieht nur mehr oder weniger glaubhafte oder unglaubwürdige Aussagen. Die Anhäufung der Todesfälle ist glaubhaft; es könnte sich dabei um eine Epidemie handeln. Die Giftanschläge jedoch sind es, insbesondere in dem von Guillaume beschriebenen Ausmaß, überhaupt nicht. Das 14. Jahrhundert kennt keine Substanzen mit derart schädlichen Wirkungen. Der Haß des Autors auf die angeblich Schuldigen ist explizit, was seine These ausgesprochen verdächtig erscheinen läßt.

Diese beiden Typen von Gegebenheiten lassen sich nur verstehen, wenn man, zumindest implizit, ihre gegenseitige Abhängigkeit wahrnimmt. Gibt es tatsächlich eine Epidemie, so könnte sie durchaus latent vorhandene Vorurteile aktivieren. Vor allem in Krisenzeiten konzentriert sich der Verfolgungsdrang vornehmlich auf religiöse Minderheiten, und umgekehrt könnte eine wirkliche Verfolgung durchaus mit jener Art Anschuldigung gerechtfertigt werden, die Guillaume leichtgläubig übernimmt. Als Dichter war er vermutlich nicht besonders blutrünstig. Wenn er den von ihm erzählten Geschichten Glauben schenkt, so wird dies zweifellos auch in seiner Umgebung der Fall gewesen sein. Der Text läßt an eine überreizte öffentliche Meinung denken, schnell bereit, den absurdesten Gerüchten Glauben zu schenken. Er suggeriert gewissermaßen einen Zustand, der für die Massaker, so wie sie dann vom Autor auch als faktische Ereignisse geschildert werden, einen günstigen Boden darstellt.

Im Kontext unwahrscheinlicher Vorstellungen bestätigt sich die Wahrscheinlichkeit der anderen Vorstellungen und wandelt sich in Probabilität. Das Gegenteil davon ist ebenfalls wahr. Im Kontext wahrscheinlicher Vorstellungen kann die Unwahrscheinlichkeit der anderen Vorstellungen nicht einfach eine «Funktion der Fabulierkunst» sein, die aus lauter Freude an der Fiktion diese um ihrer selbst willen erzeugt. Zwar erkennen wir durchaus das Imaginäre, aber nicht irgendein beliebiges Imaginäres, sondern das ganz spezifische Imaginäre von Menschen, die nach Gewalt dürsten.

Unter sämtlichen Vorstellungen im Text herrscht also eine gegenseitige Übereinstimmung, eine Entsprechung, der nur durch eine einzige Hypothese Rechnung getragen werden kann. Der beigezogene Text muß in einer tatsächlichen, aus der Sicht der Verfolger erzählten Verfolgung wurzeln. Zwangsläufig ist eine solche Perspektive insofern trügerisch, als die Verfolger von der Rechtmäßigkeit ihrer Gewaltausübung überzeugt sind; sie betrachten sich als Vollstrecker der Gerechtigkeit, brauchen also schuldige Opfer; diese Perspektive hat sogar etwas Wahres an sich, denn die Gewißheit, im Recht zu sein, ermutigt eben diese Verfolger dazu, ihre Massaker nicht zu verbergen.

Im Umgang mit einem Text wie demjenigen von Guillaume de Machaut ist es durchaus gerechtfertigt, die allgemeine Regel aufzuheben, wonach unter dem Aspekt der tatsächlich enthaltenen Information der Text als Ganzes niemals mehr wert ist als der schwächste seiner Teile. Wenn der Text Umstände beschreibt, die Verfolgungen begünstigen, wenn er weiter Opfer darstellt, die zu jenem Typus gehören, den die Verfolger üblicherweise wählen, und wenn er schließlich, um Gewißheit zu erreichen, die Opfer als jener Art von Verbrechen schuldig darstellt, die von den Verfolgern im allgemeinen ihren Opfern angelastet werden, dann ist es mehr als wahrscheinlich, daß die Verfolgung tatsächlich stattgefunden hat. Wird dieser Sachverhalt vom Text selbst als Realität dargestellt, dann besteht kein Grund, ihn anzuzweifeln.

Sobald man die Perspektive der Verfolger erahnt, stellt die Absurdität der Anschuldigung den Informationswert eines Textes keineswegs in Frage, verstärkt vielmehr dessen Glaubwürdigkeit, und sei es auch nur in bezug auf die Gewalttätigkeiten, die er widerspiegelt. Hätte Guillaume seinen Vergiftungsgeschichten zusätzlich noch Erzählungen von Ritualmorden an Kindern beigefügt, dann wäre sein Bericht noch unwahrscheinlicher, die Gewißheit über die Realität der uns erzählten Massaker wäre jedoch keineswegs vermindert. Je unwahrscheinlicher die Anschuldigungen in solchen Textsorten klingen, um so mehr bestärken sie die Wahrscheinlichkeit von Massakern: sie bestätigen uns, daß tatsächlich ein psychosoziales Umfeld bestand, das fast unweigerlich zu Massakern führen mußte. Umgekehrt liefert das Thema der Massaker, verbunden mit jenem der

Epidemie, ein historisches Umfeld, in dem sogar ein gewiegter Wissenschaftler solche Vergiftungsgeschichten ernst nehmen könnte. Die mit Verfolgung verbundenen Vorstellungen belügen uns, daran ist nicht zu zweifeln. Aber diese Art von Lüge ist für Verfolger im allgemeinen und mittelalterliche Verfolger im besonderen zu charakteristisch, als daß der Text nicht in all jenen Punkten wahr wäre, in denen er die durch die Natur seiner Lüge selbst suggerierten Mutmaßungen bestätigt. Wenn die Realität der Verfolgungen von den mutmaßlichen Verfolgern selbst bestätigt wird, dann ist ihnen Glauben zu schenken.

Es ist die Kombination zweier Typen von Gegebenheiten, die Gewißheit erzeugt. Würde uns diese Kombination nur in seltenen Fällen begegnen, dann wäre diese Gewißheit unvollkommen. Nun ist aber die Häufigkeit zu groß, als daß Zweifel möglich wären. Allein die tatsächliche Verfolgung, aus der Perspektive der Verfolger betrachtet, vermag das regelmäßige Zusammentreffen dieser Gegebenheiten erklären. Unsere Interpretation aller Texte ist statistisch gesichert.

Dieser statistische Aspekt bedeutet nicht, die Gewißheit beruhe einzig und allein auf der Anhäufung von Dokumenten, die alle gleichermaßen ungewiß sind. Diese Gewißheit ist von höherer Qualität. Jedes in der Manier von Guillaume de Machaut verfaßte Dokument besitzt beträchtlichen Wert, weil in ihm das Wahrscheinliche und das Unwahrscheinliche so miteinander verknüpft sind, daß das eine das andere erklärt und rechtfertigt. Unsere Gewißheit ist deshalb statistischer Art, weil jedes Dokument, isoliert und für sich betrachtet, das Werk eines Fälschers sein könnte. Zwar sind die Chancen gering, aber beim Einzeldokument sind sie nicht gleich Null. Bei einer Masse von Dokumenten hingegen ist diese Chance gleich Null.

Die realistische Lösung, die die moderne abendländische Welt zur Entmystifizierung der «Verfolgungstexte» angewandt hat, ist die einzig mögliche, und sie ist gewiß, weil sie vollkommen ist; sie zieht alle in dieser Textsorte vorhandenen Gegebenheiten in Betracht. Diktiert wird uns diese Lösung nicht von Humanitätsduselei oder ideologischen Gesichtspunkten, ausschlaggebend sind allein rationale Gründe. Diese Interpretation hat den von ihr herbeigeführten, fast einstimmigen Konsens nicht usurpiert. Die Geschichte hat keine solideren Ergebnisse anzubieten. Für den Historiker «der Mentalitäten» wird ein im Prinzip glaubwürdiges Zeugnis – also das Zeugnis eines Menschen, der die Illusionen eines Guillaume de Machaut nicht teilt – niemals soviel Wert haben wie das unbewußt höchst aufschlußreiche, aber unwürdige Zeugnis der Verfolger oder ihrer Komplizen. Das entscheidende Dokument ist das von Verfolgern, die so naiv sind, die Spuren ihrer Verbrechen nicht zu tilgen, worin sie sich von den modernen Verfolgern unterscheiden, die zu klug sind, um Dokumente zu hinterlassen, die gegen sie verwendet werden könnten.

Als naiv bezeichne ich Verfolger, die entweder von ihrem guten Recht überzeugt oder noch nicht mißtrauisch genug sind, um die charakteristischen Daten ihrer Verfolgungen zu frisieren oder zu zensieren. Sie zeigen sich in ihren Texten bald in wahrheitsgetreuer Gestalt und geben direkten Aufschluß, bald in irreführender Gestalt und ermöglichen dann indirekten Aufschluß. Es handelt sich um höchst stereotype Gegebenheiten, und die Kombination beider Arten von Stereotypen – wahrheitsgetreuen und irreführenden – gibt uns Aufschluß über die Natur dieser Texte.

Wir alle können heutzutage die Stereotypen der Verfolgung ermitteln. Es handelt sich dabei um triviales Wissen, das aber im 14. Jahrhundert noch nicht oder nur sehr selten vorhanden war. Die naiven Verfolger *wissen nicht, was sie tun*. Sie haben ein zu gutes Gewissen, als daß sie ihre Leser wissentlich täuschen würden, und sie stellen die Dinge so dar, wie sie sie wirklich sehen. Sie wissen nicht, daß sie mit den von ihnen verfaßten Berichten der Nachwelt Waffen gegen sich selbst in die Hände liefern. Das gilt auch für das 16. Jahrhundert mit seiner zu trauriger Berühmtheit gelangten «Hexenjagd». Das gilt auch heute noch für die «rückständigen» Gegenden unseres Planeten.

Wir schwimmen also in einem Meer von Trivialitäten, und vielleicht findet es der Leser langweilig, mit Selbstverständlichkeiten abgespeist zu werden. Er möge mich entschuldigen, denn bald wird deutlich werden, daß es nicht unnütz ist; manchmal genügt eine minimale Verschiebung, um das, was im Falle eines Guillaume de Machaut selbstverständlich ist, ungewöhnlich, ja unvorstellbar zu machen.

Wenn ich so spreche, kann der Leser bereits feststellen, daß ich damit einigen Prinzipien widerspreche, die von zahlreichen Literaturwissenschaftlern für sakrosankt gehalten werden. Nie darf, so wird mir immer entgegengehalten, dem Text Gewalt angetan werden. Im Hinblick auf Guillaume de Machaut ist die Wahl klar: entweder wird dem Text Gewalt angetan, oder aber der Gewalt des Textes gegen die unschuldigen Opfer wird kein Einhalt geboten. Gewisse Prinzipien scheinen heute Allgemeingültigkeit erlangt zu haben, weil sie – anscheinend – vorzügliche Schranken gegen die Auswüchse einiger Interpreten abgeben; gerade sie aber können verheerende Folgen zeitigen, die jenen entgangen sind, die glaubten, an alles gedacht zu haben, als sie sie für unantastbar erklärten. Überall wird wiederholt, erste Pflicht des Literaturwissenschaftlers sei es, die Bedeutung der Texte zu respektieren. Kann dieses Prinzip angesichts der «Literatur» eines Guillaume de Machaut durchgängig aufrechterhalten werden?

Eine weitere zeitgenössische Schrulle macht im Lichte von Guillaume de Machaut – oder eher der Lesart, die wir uns ohne Zögern zurechtlegen – eine schlechte Figur, nämlich die betont lässige Art und Weise, wie unsere Literaturwissenschaftler das beiseite schieben, was sie den «Referenten» nennen. Im linguistischen Jargon unserer Zeit ist der Referent das, wovon der Text der Intention nach spricht, hier also das Massaker an jenen Juden, die für die Giftanschläge auf Christen verantwortlich gemacht werden. Seit nunmehr zwei Jahrzehnten wiederholt man uns, der Referent sei sozusagen unerreichbar. Im übrigen spiele es auch keine Rolle, ob wir fähig oder unfähig seien, ihn zu erreichen; das naive Bemühen um den Referenten verhindere nur, so wird behauptet, den Zugang zum allerletzten Schrei, dem Studium der Textualität. Was inzwischen allein zählt, das sind die immer mehrdeutigen und sich ständig verschiebenden Beziehungen der Sprache zu sich selbst. Nicht alles an dieser Betrachtungsweise ist zu verwerfen; wird sie aber rein schulmäßig angewendet, dann wird man vermutlich in Ernest Hoepfner, dem Herausgeber von Guillaume in der ehrenwerten Société des Anciens Textes, den einzigen wahrhaft idealen Interpreten dieses Schriftstellers sehen. In seiner Einführung ist denn auch tatsächlich von höfischer Dichtung die Rede, nie wird jedoch die Frage nach den Judenmassakern während der Schwarzen Pest gestellt.

Die weiter oben zitierte Stelle von Guillaume ist ein schönes Beispiel für das, was ich in *Das Ende der Gewalt* die «Verfolgungstexte»* genannt habe. Ich verstehe darunter Berichte über tatsächlich geschehene, oft kollektiv verübte Gewalttaten, die aus der Perspektive der Verfolger verfaßt sind und folglich charakteristische Verzerrungen enthalten. Diese Verzerrungen müssen ermittelt werden, um sie dann zu korrigieren und den Willküranteil an all jenen Gewalttaten auszumachen, die vom Verfolgungstext als gerechtfertigt dargestellt werden.

Einen Bericht über einen Hexenprozeß braucht man nicht lange zu studieren, um zur Einsicht zu gelangen, daß sich auch dort die gleiche Kombination von realen und imaginären, jedoch keineswegs unmotivierten Gegebenheiten findet, der wir bereits im Text von Guillaume de Machaut begegnet sind. Alles wird als wahr dargestellt, wir glauben das aber nicht, und trotzdem glauben wir nicht, alles sei falsch. Was das Wesentliche angeht, können wir mühelos das Wahre vom Falschen unterscheiden.

Aber auch in diesem Fall erscheinen uns die Anklagepunkte lächerlich, und zwar sogar dann, wenn sie von der angeklagten Hexe selbst als real betrachtet werden und sogar davon ausgegangen werden kann, das Geständnis sei nicht unter Folter erpreßt worden. Die Angeklagte kann sich sehr wohl für eine Hexe halten. Vielleicht hat sie sogar tatsächlich versucht, ihren Nachbarn mit Hilfe von magischen Praktiken zu schaden. Gleichwohl verdient sie in unseren Augen den Tod nicht. Für uns gibt es keine wirksamen magischen Praktiken. Wir nehmen ohne weiteres an, das Opfer und seine Henker teilten den gleichen lächerlichen Glauben an die Wirksamkeit der Hexerei, wir selbst hingegen bleiben davon unberührt, unsere Skepsis wird nicht erschüttert.

Im Verlaufe solcher Prozesse erhebt sich keine Stimme, um die Wahrheit wiederherzustellen oder vielmehr: ihr zum Durchbruch zu verhelfen. Noch ist niemand dazu fähig. Das heißt aber, daß wir nicht nur die Richter und die Zeugen, sondern auch die Angeklagten gegen uns haben, wenn wir ihre Texte so interpretieren. Diese Einmütigkeit beeindruckt uns keineswegs. Die Autoren dieser Dokumente waren

* Siehe Buch I, 5. Kap., S. 124–142.

anwesend, wir waren es nicht. Wir verfügen über Informationen, die ausschließlich von ihnen stammen. Und gleichwohl fühlt sich – aus einer Distanz von mehreren Jahrhunderten – jeder einsame Historiker, ja selbst der erstbeste Dahergelaufene befugt, das gegen die Hexen gefällte Urteil zu kassieren.*

Es handelt sich hier um die gleiche radikale Uminterpretation wie bei Guillaume de Machaut, um die gleiche Kühnheit im Umgang mit dem Text, aber auch um den gleichen Denkvorgang und die gleiche Gewißheit, die auf gleichartigen Gründen fußt. Das Vorhandensein von imaginären Gegebenheiten bewirkt nicht, daß wir den Text als Ganzes für imaginär halten. Ganz im Gegenteil. Die unglaubwürdigen Anklagen setzen die Glaubhaftigkeit der anderen Gegebenheiten nicht herab, sondern verstärken sie.

Auch hier scheint eine paradoxe Beziehung vorzuliegen; das Paradox liegt jedoch nicht in der Unwahrscheinlichkeit und der Wahrscheinlichkeit der in die Textkomposition eingegangenen Gegebenheiten. Ausgehend von eben dieser meist unausgesprochenen, uns aber durchaus präsenten Beziehung bewerten wir Quantität und Qualität der Information, die wir unserem Text entnehmen können. Handelt es sich um ein Rechtsdokument, dann sind die Ergebnisse meist ebenso positiv, wenn nicht sogar noch positiver als im Falle von Guillaume de Machaut. Leider wurden die meisten Berichte zusammen mit den Hexen selbst verbrannt. Die Anklagen sind absurd, und der Urteilsspruch ist ungerecht, aber die Texte sind in jenem Bemühen um Genauigkeit und Klarheit redigiert, das Rechtsdokumente ganz allgemein auszeichnet. Unser Vertrauen ist also durchaus am Platz. Das läßt jedoch nicht die Vermutung zu, wir würden insgeheim mit den Hexenverfolgern sympathisieren. Würde ein Historiker unter dem Vorwand, einige Prozeßdaten seien verzerrt und aus der Sicht der Verfolger dargestellt, sämtliche Daten gleichermaßen als Hirngespinste bezeichnen, dann verstünde er nichts von seinem Geschäft und würde von seinen Kollegen nicht ernst genommen. Die treffend-

* Vgl. J. Hansen, *Zauberwahn, Inquisition und Hexenprozeß im Mittelalter und die Entstehung der großen Hexenverfolgung;* J. Delumeau, *Angst im Abendland,* Bd. 2, 11. Kap., S. 511–571. Über das Ende der Hexenverfolgung siehe auch R. Mandrou, *Magistrats et sorciers;* N.Z. Davis, *Society and Culture in Early Modern France.*

ste Kritik besteht nicht darin, alle Gegebenheiten des Textes mit der unwahrscheinlichsten gleichzustellen, auch wenn dies unter dem Vorwand geschieht, man sündige immer durch ein Zuwenig und niemals durch ein Zuviel an Mißtrauen. Einmal mehr muß das Prinzip des grenzenlosen Mißtrauens der goldenen Regel der Verfolgungstexte weichen. Die Verfolgermentalität weckt eine bestimmte Art von Illusion; die Spuren derselben bestätigen indes eher, daß hinter dem einschlägigen Text ein bestimmter Typus von Ereignissen präsent ist, nämlich die Verfolgung selbst, die Hinrichtung der Hexe. Es fällt demzufolge, ich wiederhole es, nicht schwer, Wahr und Falsch auseinanderzuhalten, da beide ziemlich stark stereotypisiert sind.

Um das Wie und Warum unserer außergewöhnlichen Selbstsicherheit im Umgang mit Verfolgungstexten zu verstehen, müssen die Stereotypen aufgezählt und beschrieben werden. Auch das ist keine schwierige Aufgabe. Es geht immer nur darum, ein bereits vorhandenes Wissen zu verdeutlichen, dessen Tragweite uns bisher entgangen ist, weil wir es nie systematisch herausgearbeitet haben. Das fragliche Wissen bleibt begrenzt auf die konkreten Beispiele, auf die wir es anwenden. Diese Beispiele aber gehören immer in den Bereich der Geschichte, zumeist der abendländischen Geschichte. Noch nie haben wir versucht, dieses Wissen außerhalb jenes historischen Bereiches anzuwenden, beispielsweise in der sogenannten «ethnologischen» Welt. Um einen solchen Versuch möglich zu machen, werde ich nun eine wenn auch ziemlich summarische Typologie der Stereotypen der Verfolgung skizzieren.

II

Die Stereotypen der Verfolgung

Ich spreche hier nur von kollektiven Verfolgungen oder von Verfolgungen mit Auswirkungen auf das Kollektiv. Unter kollektiven Verfolgungen verstehe ich Gewalttaten, die direkt von einer mörderischen Menge begangen werden, wie etwa die Judenmassaker zur Zeit der Schwarzen Pest. Unter Verfolgungen mit Auswirkungen auf das Kollektiv verstehe ich Gewalttaten vom Typus der Hexenjagd, die ihrer Form nach legal sind, aber im allgemeinen von einer überreizten öffentlichen Meinung begünstigt werden. Im übrigen ist diese Unterscheidung nicht wesentlich. Politische Terrorwellen, insbesondere jene der Französischen Revolution, kennen oft beide Typen. Die Verfolgungen, mit denen wir uns hier befassen, spielen sich vor allem in Krisenzeiten ab; sie haben eine Schwächung der normalen Institutionen zur Folge und begünstigen die Bildung von *Massenansammlungen*, d.h. von spontanen Volksbewegungen, die darauf hinauslaufen, die geschwächten Institutionen ganz zu ersetzen oder entscheidend Druck auf sie auszuüben.

Nicht immer sind es die gleichen Umstände, die solche Phänomene begünstigen. Manchmal sind es äußere Ursachen wie Epidemien, extreme Trockenheit oder auch Überschwemmungen, die eine Hungersnot heraufbeschwören. Manchmal sind es innere Ursachen wie politische Umwälzungen, Unruhen oder religiöse Konflikte. Die Bestimmung der tatsächlichen Ursachen ist glücklicherweise nicht unsere Aufgabe. Welches auch immer die wahren Ursachen sein mögen, jene Krisen, die Auslöser breiter kollektiver Verfolgungen sind, werden von den Betroffenen stets mehr oder weniger gleich erlebt. Als stärkster Eindruck bleibt in jedem Fall das Gefühl eines radikalen Verlustes des eigentlich Sozialen zurück – der Untergang der die kulturelle Ordnung definierenden Regeln und «Differenzen». Darin gleichen sich alle Beschreibungen, mögen sie nun von den größten Autoren stammen, im Falle der Pest insbesondere von Thukydides und Sophokles, über Lukrez, Boccaccio, Shakespeare, Defoe, Thomas Mann bis hin zu den Texten von Antonin Artaud. Aber auch Texte von Personen ohne literarische Ambitionen machen hierin keine Ausnahme. Das ist nicht weiter erstaunlich, wiederholen diese Beschreibungen doch unablässig die Tatsache, daß es keine Differenzen mehr gibt, d. h. daß die Entdifferenzierung des Kulturellen selbst eingetreten ist, mit dem daraus resultierenden Durcheinander. Als Beispiel möge der nachstehende Text des portugiesischen Mönchs F. de Santa Maria aus dem Jahre 1697 dienen:

Sobald in einem Königreich oder in einer Republik dieses heftige, alles verzehrende Feuer ausbricht, weiß der Magistrat nicht mehr, was er tun soll, die Bevölkerung ist verschreckt, und die Regierungen sind aufgelöst. Die Gesetze werden gebrochen, niemand geht mehr zur Arbeit, der Zusammenhalt innerhalb der Familien bricht auseinander, und die Straßen sind verlassen. Es herrscht ein furchtbares Durcheinander. Alles bricht zusammen, denn nichts hält der Last einer so furchtbaren Geißel stand. Die Menschen verfallen ohne Unterschied des Standes oder Vermögens in tödliche Trostlosigkeit... Jene, die gestern Totengräber waren, werden heute selbst begraben... Man versagt sich jegliches Mitleid Freunden gegenüber, da es gefährlich ist, Mitleid zu haben...
Alle Gebote der Nächstenliebe und der Natur sind inmitten des Grauens untergegangen und vergessen, Kinder sind plötzlich von ihren Eltern getrennt, Frauen von ihren Männern, Brüder und Freunde verlieren sich aus den Augen... Die Männer verlieren all ihren Mut und irren wie verzweifelte Blinde umher, die bei jedem Schritt über ihre Angst und ihre Widersprüchlichkeit stolpern.*

* F. de Santa Maria, *Historia das sagradas congregaçoes des conegos seculares de S. Jorge em alga de Venesa e de S. João evangelista em Portugal.* Lissabon 1697, S. 271; zit. nach J. Delumeau, *Angst im Abendland*, Bd. 1, S. 159 f.

Der Zusammenbruch der Institutionen tilgt die hierarchischen und funktionalen Unterschiede oder läßt sie aufeinanderprallen und verleiht so allen Dingen einen zugleich monotonen und monströsen Aspekt. In einer nicht von Krisen geschüttelten Gesellschaft ergibt sich der Eindruck von Differenz sowohl aus der Unterschiedlichkeit des Realen wie auch aus einem Tauschsystem mit *aufschiebender*** Wirkung; dieses System verschleiert zwangsläufig die in ihm enthaltenen reziproken Elemente, ohne die es kein Tauschsystem, d.h. keine Kultur mehr sein kann. Tauschheiraten beispielsweise, aber auch der Austausch von Konsumgütern werden kaum als Tauschhandel wahrgenommen. Gerät jedoch die Gesellschaft aus den Fugen, dann folgen die Fälligkeiten rascher aufeinander; eine beschleunigte Reziprozität tritt auf; sie betrifft nicht nur die positiven Tauschhandlungen, die nur noch im Rahmen des unbedingt Notwendigen – beispielsweise des Warentausches – weiterbestehen, sondern auch die feindseligen oder «negativen» Tauschhandlungen, die häufiger werden. Die sichtbar werdende, gewissermaßen verkürzte Reziprozität ist nicht jene der guten, sondern der schlechten Verfahren, nämlich die Reziprozität der Beleidigungen und der Hiebe, der Rache und der neurotischen Symptome. Das ist auch der Grund, weshalb traditionelle Kulturen nichts mit dieser zu unmittelbaren Reziprozität zu tun haben wollen.

Obwohl diese schlechte Reziprozität die Menschen gegeneinander aufbringt, vereinheitlicht sie die Verhaltensweisen und führt zu jener Vorherrschaft des *Selben*, die immer ein wenig paradox, weil im wesentlichen konfliktuell und solipsistisch ist. Die Entdifferenzierungserfahrung entspricht somit einer Realität auf der Ebene der menschlichen Beziehungen, ist aber gleichwohl mythischer Natur. Die Menschen neigen dazu, sie auf das ganze Universum zu projizieren und zu verabsolutieren. Genau das geschieht, einmal mehr, auch in unserer Zeit.

Der eben zitierte Text zeigt sehr schön diesen Prozeß der Vereinheitlichung durch Reziprozität: «Jene, die gestern Totengräber waren, werden heute selbst begraben... Man versagt sich jegliches

---

* Im Französischen kann *différer* sowohl aufschieben, verzögern wie auch unterscheiden, differieren heißen; Anm. d. Übers.

Mitleid Freunden gegenüber, da es gefährlich ist, Mitleid zu haben... Kinder sind plötzlich von ihren Eltern getrennt, Frauen von ihren Männern, Brüder und Freunde verlieren sich aus den Augen...» Die Identität der Verhaltensweisen ruft ein Gefühl von heillosem Durcheinander und universaler Entdifferenzierung hervor: «Die Menschen verfallen ohne Unterschied des Standes oder Vermögens in tödliche Trostlosigkeit... Es herrscht ein furchtbares Durcheinander.»

Die Vielfalt der tatsächlichen Ursachen von großen gesellschaftlichen Krisen hat kaum Einfluß auf die Art und Weise, wie diese erlebt werden. Daraus ergibt sich eine große Uniformität der Beschreibungen, die ihrerseits auf Uniformität aus sind. Guillaume de Machaut macht da keine Ausnahme. Er sieht im egoistischen Rückzug des Individuums auf sich selbst und im daraus sich ergebenden Austausch von Vergeltungsmaßnahmen, also in den paradoxerweise reziproken Konsequenzen, eine der Hauptursachen für die Pest. Es kann also hier von einem Stereotyp der Krise gesprochen werden, das der Logik und dem zeitlichen Ablauf nach als erstes Stereotyp der Verfolgung zu gelten hat. Indem sie sich selbst entdifferenziert, verschwindet die Kultur gewissermaßen. Hat man das einmal begriffen, dann kann man zum einen die Folgerichtigkeit des Verfolgungsprozesses, zum anderen die allen Stereotypen immanente und sie verbindende Logik besser wahrnehmen.

Angesichts einer verschwindenden Kultur fühlen sich die Menschen ohnmächtig; das Ausmaß des Unheils beunruhigt sie zwar, aber es kommt ihnen nicht in den Sinn, sich für die natürlichen Ursachen zu interessieren; der Gedanke, sie könnten dank besserer Kenntnis der Ursachen auf letztere einwirken, bleibt rudimentär.

Da es sich in erster Linie um eine gesellschaftliche Krise handelt, besteht die Tendenz, sie mit gesellschaftlichen, insbesondere aber mit moralischen Ursachen zu erklären. Es sind ja die menschlichen Beziehungen, die zerfallen, und die Träger dieser Beziehungen können dem Phänomen nicht gänzlich fremd sein. Statt jedoch sich selbst zu tadeln, neigt der einzelne zwangsläufig dazu, die Schuld entweder der Gesellschaft insgesamt zuzuschieben, was ihn aus jeder Verantwortlichkeit entläßt, oder aber anderen Individuen, die ihm aus leicht einsichtigen Gründen als besonders schädlich erscheinen. Die Ver-

dächtigten werden einer ganz bestimmten Art von Verbrechen angeklagt.

Bestimmte Anklagen sind dermaßen typisch für kollektive Verfolgungen, daß allein schon deren Erwähnung genügt, um beim zeitgenössischen Beobachter den Verdacht von Gewalttätigkeiten zu wek-
ken; sie lassen ihn überall nach zusätzlichen Indizien zur Erhärtung
des Verdachts, d. h. nach anderen Stereotypen der Verfolgung suchen.

Auf den ersten Blick scheinen die Anklagepunkte ziemlich unter-
schiedlich zu sein, aber ihre Einheit ist leicht zu ermitteln. Da sind
zuerst Gewaltverbrechen gegen jene Menschen, gegen die Gewalt
auszuüben besonders verbrecherisch ist, sei es absolut, sei es in bezug
auf das verbrecherische Individuum gesehen: Gewalt gegen den
König, den Vater, das Symbol der höchsten Autorität, in biblischen
wie zeitgenössischen Gesellschaften aber auch gegen die schwächsten
und hilflosesten Wesen, insbesondere also gegen Kinder.

Dann folgen Sexualverbrechen – Vergewaltigung, Inzest, Bestialität. Häufigste Erwähnung finden stets jene Verbrechen, die die
strengsten der in der untersuchten Gesellschaft gültigen Tabus brechen.

Und schließlich die religiösen Verbrechen wie Hostienschändung.
Auch hier handelt es sich um die strengsten Tabus, die gebrochen
werden.

Es scheint sich hier in allen Fällen um fundamentale Verbrechen
zu handeln. Sie greifen die Fundamente der kulturellen Ordnung an,
ja selbst Unterschiede in Familie und sozialer Hierarchie, ohne die es
keine Gesellschaftsordnung geben könnte. Auf der Ebene der Einzel-
tat entsprechen sie also den globalen Konsequenzen einer Pestepidemie oder jeder vergleichbaren Katastrophe. Sie begnügen sich nicht
mit einer Lockerung der gesellschaftlichen Beziehung, sondern betreiben deren gänzliche Zerstörung.

Die Verfolger sind zu guter Letzt immer davon überzeugt, eine
kleine Gruppe von Individuen oder sogar ein einzelner könne sich
trotz schwacher Kräfte für die Gesellschaft insgesamt als äußerst
schädlich erweisen. Die stereotype Anschuldigung erlaubt und erleichtert diesen Glauben, indem sie offensichtlich eine vermittelnde
Rolle spielt. Sie dient als Brücke zwischen der Winzigkeit des Individuums und der Enormität des Sozialkörpers. Damit Verbrechern,

auch teuflischen Verbrechern die Entdifferenzierung einer ganzen Gemeinschaft gelingen kann, müssen sie diese entweder unmittelbar in ihren Lebenszentren treffen, oder aber in der eigenen Privatsphäre beginnen und dort ansteckend-entdifferenzierende Verbrechen begehen, wie Vatermord, Inzest usw.

Wir haben uns nicht mit den letzten Gründen für diesen Glauben zu befassen, beispielsweise mit den unbewußten Wünschen, von denen die Psychoanalytiker sprechen, oder mit dem geheimen Willen zur Unterdrückung, von dem die Marxisten sprechen. Wir stellen uns diesseits; unser Bemühen ist elementarer; uns interessiert allein der Anklagemechanismus sowie die Verflechtung der verfolgungsspezifischen Vorstellungen und Handlungen. Es handelt sich hier um ein System, und wenn zu dessen Verständnis unbedingt Gründe beigebracht werden müssen, dann genügt uns der unmittelbarste und offenkundigste. Der Schrecken, den das Verschwinden der Kultur den Menschen einflößt, das allgemeine Durcheinander, das in Massenerhebungen seinen Ausdruck findet – es ist letzten Endes identisch mit der buchstäblich entdifferenzierten Gemeinschaft. Ihr mangelt, was die Menschen voneinander in Raum und Zeit *unterscheidet (différer)*: jetzt versammeln sie sich nämlich ohne Ordnung im selben Augenblick am selben Ort.

Die Menge neigt immer zur Verfolgung, ist sie doch an den natürlichen Ursachen für ihre Unruhe, für das, was sie zur *turba* macht, nicht interessiert. Die Menge sucht *per definitionem* die Aktion, kann aber nicht auf die natürlichen Ursachen einwirken. Sie sucht also nach einer erreichbaren Ursache, die ihren Hunger nach Gewalt stillen kann. Die Glieder der Menge sind immer potentielle Verfolger, träumen sie doch davon, die Gemeinschaft von den sie korrumpierenden Elementen, von den sie unterwandernden Verrätern zu reinigen. Das Menge-Werden der Menge ist identisch mit dem düsteren Ruf, der sie versammelt oder mobilisiert, mit anderen Worten: der sie in den *mob* verwandelt. Dieser Begriff ist von *mobile* abgeleitet, der vom Wort *crowd* ebenso verschieden ist wie der lateinische Ausdruck *turba* von *vulgus*.

Es gibt *Mobilmachungen* nur von Militärs oder von Partisanen, anders gesagt, Mobilmachungen gegen einen Feind, der bereits bezeichnet ist oder es bald sein wird, sollte es die Menge kraft ihrer Mobilität nicht bereits getan haben.

Alle denkbaren stereotypen Anschuldigungen gegen Juden und andere kollektive Sündenböcke waren während der Schwarzen Pest in Umlauf. Guillaume de Machaut erwähnt sie aber nicht. Er klagt die Juden nur an, die Bäche vergiftet zu haben. Er schließt die unglaublichsten Anschuldigungen aus; seine relative Zurückhaltung hängt vielleicht damit zusammen, daß er ein «Intellektueller» war. Es kann ihr aber auch eine allgemeinere Bedeutung zukommen, die mit der Entwicklung der Mentalitäten gegen Ende des Mittelalters zusammenhängt.

Im Verlaufe dieser Epoche schwächt sich der Glaube an die okkulten Mächte ab. Mit den Gründen dafür werden wir uns später befassen. Die Suche nach den Schuldigen geht weiter, aber sie verlangt nach rationaleren Verbrechen; sie sucht sich Materialität und Substanz zu verleihen. Deshalb wendet sie sich, meiner Ansicht nach, häufig der *Gift-Thematik* zu. Die Verfolger träumen von Giften von so hohem Konzentrationsgrad, daß mit geringsten Mengen ganze Bevölkerungsschichten vergiftet werden könnten. Es geht darum, der inzwischen zu offensichtlich gewordenen Willkür der magischen Kausalität Materialität bzw. «wissenschaftliche» Logik zu verleihen. Die Chemie löst das rein Dämonische ab.

Das Ziel dieser Operation bleibt das gleiche. Dank der Giftanschuldigung kann die Verantwortung für durchaus reale Katastrophen Leuten angelastet werden, deren kriminelles Handeln nicht eigentlich feststeht. Dank des Giftes gelingt es, sich selbst davon zu überzeugen, daß eine kleine Gruppe, ja sogar ein einzelner der ganzen Gesellschaft schaden kann, ohne entdeckt zu werden. Das Gift ist also zugleich weniger mythisch und ebenso mythisch wie die früheren Anschuldigungen, oder es ist schlicht und einfach der «Böse Blick», kraft dem irgendeinem Individuum die Verantwortung für irgendein Unglück zugeschoben werden kann. In der Brunnenvergiftung ist also eine Variante des Anschuldigungsstereotyps zu sehen.

Beweis dafür, daß diese Anschuldigungen dem gleichen Bedürfnis entsprechen, ist die Tatsache, daß sich in den Hexenprozessen alle diese Anschuldigungen überlagern. Die verdächtigten Frauen werden immer der nächtlichen Teilnahme am berüchtigten *Sabbat* überführt. Es gibt kein mögliches Alibi, denn die physische Präsenz der Angeklagten ist für die Beweisführung gar nicht erforderlich. Die

Teilnahme an verbrecherischen Versammlungen kann rein geistiger Natur sein.

Die Verbrechen und die Vorbereitung von Verbrechen, die zum Sabbat gehören, sind reich an sozialen Rückwirkungen. Man stößt auf jene Schandtaten, die traditionsgemäß den Juden in der christlichen Welt und vorher den Christen im römischen Reich zugeschrieben wurden. Es ist also immer die Rede von rituellem Kindesmord, von religiöser Profanierung, von inzestuösen Beziehungen und von Bestialität. Aber Giftküchen wie auch schuldhafte Handlungen gegen einflußreiche oder prominente Persönlichkeiten spielen in diesen Angelegenheiten ebenfalls eine große Rolle. Ungeachtet ihrer persönlichen Bedeutungslosigkeit, gibt sich die Hexe folglich Tätigkeiten hin, die die Gesellschaft als Ganzes beeinträchtigen können. Deshalb verschmähen auch Teufel und Dämonen das Bündnis mit ihr nicht.

Ich befasse mich nun nicht länger mit dem Thema der stereotypen Anschuldigungen. Aus den vorstehenden Überlegungen ist ohne weiteres ersichtlich, worum es beim zweiten Stereotyp geht und insbesondere was es mit dem ersten, der Entdifferenzierungskrise, verbindet.

Ich gehe nun über zum dritten Stereotyp. Manchmal sind die Opfer der Menge rein willkürlich ausgewählt, manchmal nicht. Es kommt sogar vor, daß die ihnen zur Last gelegten Verbrechen tatsächlich geschehen sind, aber selbst in diesem Fall gibt das nicht den Ausschlag für die Wahl der Verfolger; ausschlaggebend ist die Zugehörigkeit der Opfer zu bestimmten, der Verfolgung ganz besonders ausgesetzten Kategorien. Unter den für die Brunnenvergiftung verantwortlichen Personen nennt Guillaume de Machaut zuerst die Juden. In unseren Augen ist dies der wertvollste und aufschlußreichste Hinweis für die der Verfolgung eigentümliche Verzerrung. Im Kontext der übrigen, imaginären und realen Stereotypen wissen wir, daß dieses Stereotyp real sein muß. In der modernen abendländischen Gesellschaft werden nämlich Juden tatsächlich häufig verfolgt.

Ethnische und religiöse Minderheiten neigen dazu, die Mehrheiten gegen sich zu polarisieren. Es handelt sich hier um ein Kriterium der Opferselektion, das zwar in jeder Gesellschaft verschieden ausgeprägt, im Prinzip jedoch kulturübergreifend ist. Es gibt kaum Gesellschaften, die im Umgang mit ihren Minderheiten, mit allen schlecht integrierten oder von anderen sich unterscheidenden Gruppierungen nicht irgendwelche Formen von Diskriminierung oder Verfolgung ausüben würden. In Indien werden vor allem die Moslems verfolgt und in Pakistan die Hindus. Es gibt also allgemeingültige Merkmale der Opferselektion, und sie bilden unseren dritten Typus von Stereotypen.

Neben kulturellen und religiösen gibt es auch rein *physische* Kriterien. Krankheit, geistige Umnachtung, genetische Mißbildungen, Folgen von Unglücksfällen und körperliche Behinderungen ganz allgemein sind dazu angetan, die Verfolger anzuziehen. Daß es sich dabei um ein allgemein verbreitetes Phänomen handelt, wird deutlich, sobald man seine Umgebung oder sich selbst beobachtet. Noch heute können viele Leute bei einem ersten Kontakt ihr leichtes Zurückschrecken angesichts einer physischen Anomalie nicht unterdrücken. Das Wort *abnormal* selbst hat, wie der Ausdruck Pest im Mittelalter, etwas von einem Tabu an sich; es ist zugleich edel und verflucht – *sacer* in jedem möglichen Wortsinn. Man erachtet es für ziemlicher, den Ausdruck durch das englische Wort «gehandikapt» zu ersetzen.

Die «Gehandikapten» sind noch immer Gegenstand von eigentlich diskriminierenden und vom Opfergedanken geleiteten Maßnahmen, die in keinem Verhältnis stehen zu den Störungen, die ihre Präsenz im normalen Ablauf des gesellschaftlichen Lebens auslösen könnte. Es macht die Größe unserer Gesellschaft aus, daß sie sich inzwischen verpflichtet fühlt, Maßnahmen zu ihren Gunsten zu ergreifen.

Die Behinderung ist Teil eines unauflöslichen Ganzen von Opferzeichen; in bestimmten Gruppen – beispielsweise einem Internat – ist jeder, der gewisse Anpassungsschwierigkeiten zeigt, der Ausländer, der Provinzler, das Waisenkind, der Sohn aus besseren Kreisen, der Abgebrannte oder ganz einfach der zuletzt Angekommene mit dem Behinderten austauschbar.

Bei tatsächlich vorhandenen Behinderungen oder Mißbildungen werden «primitive» Geister gegen die betroffenen Individuen eingenommen. In gleicher Weise tendiert jene Gruppe, die ihre Opfer gewohnheitsmäßig aus einer bestimmten gesellschaftlichen, ethnischen oder religiösen Kategorie auswählt, dazu, dieser Kategorie Behinderungen oder Mißbildungen zuzuschreiben, die – wären sie real – die Opferpolarisierung noch verstärken würden. Diese Tendenz kommt in rassistisch gefärbten Karikaturen besonders deutlich zum Ausdruck.

Anomalien brauchen aber nicht physischer Natur zu sein. Sie kommen in allen Lebensbereichen und Verhaltensweisen vor. Genauso kann Anomalie in allen Bereichen als bevorzugtes Kriterium bei der Selektion von Verfolgten dienen.

Nehmen wir beispielsweise eine soziale Anomalie; hier definiert der Durchschnitt die Norm. Je größer die Abweichung, nach oben wie nach unten, vom gängigen sozialen Status, um so größer das Risiko der Verfolgung. Am unteren Ende der sozialen Leiter läßt sich das mühelos erkennen.

Hingegen ist weit schwieriger erkennbar, daß es neben der Randständigkeit der Armen oder Randständigkeit des Außerhalb auch eine Randständigkeit des Innerhalb gibt, jene der Reichen und Mächtigen. Der Monarch und sein Hof lassen manchmal an das *Auge* eines Hurrikans denken. Diese doppelte Randständigkeit legt die Vorstellung einer wirbelförmigen Gesellschaftsordnung nahe. Zwar genießen Reiche und Mächtige in normalen Zeiten alle Arten von Protektion und Privilegien, in deren Genuß Benachteiligte nicht kommen. Hier jedoch interessieren nicht normale Zeiten, sondern Krisenzeiten. Bereits ein kurzer Blick auf die Weltgeschichte macht deutlich, daß die Risiken eines gewaltsamen Todes durch eine entfesselte Menge für Privilegierte statistisch gesehen höher sind als für jede andere Kategorie.

Letzten Endes rufen alle extremen Eigenschaften von Zeit zu Zeit den Zorn des Kollektivs hervor, und zwar nicht nur Extreme wie Reichtum und Armut, sondern auch Erfolg und Mißerfolg, Schönheit und Häßlichkeit, Laster und Tugend, Anziehung und Abstoßung; hervorgerufen wird er durch die Schwäche der Frauen, der Kinder und Greise, aber auch durch die Macht der Starken, die angesichts der Überzahl zur Schwäche wird. Mit großer Regelmäßigkeit wenden sich die Massen gegen jene, die einst eine außergewöhnliche Anziehungskraft auf sie ausgeübt hatten.

Einige werden es vermutlich skandalös finden, daß Reiche und Mächtige in den Reihen der Opfer kollektiver Verfolgungen figurieren, zusammen mit Schwäche und Armut. In ihren Augen stehen die beiden Phänomene nicht in einem Symmetrieverhältnis zueinander. Reiche und Mächtige üben auf ihre Gesellschaft einen Einfluß aus, der die Gewalttaten rechtfertigt, denen sie in Krisenzeiten ausgeliefert sein können. Es handelt sich dabei um den gerechten Aufstand der Unterdrückten usw.

Manchmal ist es schwierig, die Grenze zwischen rationaler Diskriminierung und willkürlicher Verfolgung zu ziehen. Aus politischen, moralischen, medizinischen oder anderen Gründen erachten wir heute bestimmte Formen der Diskriminierung als vernünftig, die indes alten Formen der Verfolgung ähnlich sind; so beispielsweise, wenn in Seuchenzeiten über jedes möglicherweise ansteckende Individuum die Quarantäne verhängt wird. Im Mittelalter wehren sich die Ärzte gegen den Gedanken, die Pest könnte sich über den physischen Kontakt mit den bereits Erkrankten verbreiten. Ärzte gehören im allgemeinen aufgeklärteren Schichten an, und in ihren Augen gleicht jede Theorie der Ansteckung allzusehr dem der Verfolgermentalität eigentümlichen Vorurteil, um nicht suspekt zu sein. Und gleichwohl haben diese Ärzte unrecht. Damit der Gedanke der Ansteckung wieder aufkommen und sich im 19. Jahrhundert in einem rein medizinischen, der Verfolgermentalität völlig fremden Kontext auch durchsetzen kann, darf der Verdacht auf Wiederkehr eines alten Vorurteils unter neuem Deckmantel gar nicht erst aufkommen.

Das ist zwar eine interessante Frage, hat aber mit dem vorliegenden Werk nichts zu tun. Mein einziges Ziel ist es, die Merkmale jener aufzuzählen, die die gewalttätigen Massen gegen sich aufbringen, eben weil sie diese Merkmale aufweisen. Die erwähnten Beispiele sind in dieser Hinsicht nicht anzuzweifeln. Daß auch heute noch gewisse dieser Gewalttätigkeiten gerechtfertigt werden können, ist für die hier durchgeführte Analyse unerheblich.

Ich versuche nicht, das Feld der Verfolgung exakt abzustecken; ich versuche nicht, exakt festzustellen, wo die Ungerechtigkeit anfängt und wo sie aufhört. Entgegen der Meinung gewisser Leute habe ich kein Interesse daran, der gesellschaftlichen und kulturellen Ordnung Zensuren zu erteilen. Mein Bemühen geht allein dahin, aufzuzeigen, daß es ein kulturübergreifendes Schema kollektiver Gewalt gibt, das in groben Zügen mühelos umrissen werden kann. Daß es dieses Schema gibt, ist eine Sache, daß dieses oder jenes konkrete Ereignis darunterfällt, ist eine ganz andere Sache. In gewissen Fällen ist ein Entscheid darüber nur schwer zu fällen, aber die von mir intendierte Beweisführung ist davon nicht betroffen. Wer zögert, in diesem oder jenem Merkmal eines konkreten Ereignisses ein Stereotyp der Verfolgung zu erkennen, der darf das Problem nicht allein auf der Ebene dieses von seinem Kontext losgelösten Merkmales zu lösen versuchen; er muß sich vielmehr fragen, ob die anderen Stereotypen ebenfalls mit ihm verbunden sind.

Dazu zwei Beispiele. Die meisten Historiker sind der Meinung, daß die französische Monarchie teilweise mitverantwortlich ist für die Revolution von 1789. Fällt also die Hinrichtung von Marie-Antoinette nicht unter unser Schema? Die Königin gehört mehreren bevorzugten Opferkategorien an; sie ist nicht nur Königin, sondern auch Ausländerin. Ihre österreichische Herkunft taucht in den Anschuldigungen aus dem Volk immer wieder auf. Das sie verurteilende Gericht stand unter dem Druck der Pariser Bevölkerung. Aber auch unser erstes Stereotyp ist präsent: in der Revolution finden sich alle charakteristischen Merkmale großer Krisen, die kollektive Verfolgungen begünstigen. Gewiß, die Historiker sind nicht gewohnt, die Gegebenheiten der Französischen Revolution als stereotype Elemente ein und desselben Verfolgungsschemas zu behandeln. Ich behaupte auch keineswegs, diese Denkweise müsse generell an die Stelle unserer bisherigen Ansichten über die Französische Revolution treten. Gleichwohl stellt sie eine oft verschwiegene, im Prozeß gegen die Königin aber ausdrücklich vorgetragene Anklage in ein interessantes Licht, nämlich die Anschuldigung eines inzestuösen Verhältnisses mit ihrem Sohn.*

Nehmen wir einen anderen Verurteilten als Beispiel. Er hat die Tat, die die Gewalttätigkeit der Menge heraufbeschwört, tatsächlich begangen. Ein Schwarzer hat tatsächlich eine weiße Frau vergewaltigt. Die kollektive Gewalt ist hier nicht mehr willkürlich im üblichen Wortsinn. Sie sanktioniert tatsächlich jene Tat, die zu sanktionieren sie vorgibt. Es ließe sich also denken, daß unter diesen Umständen keine verfolgungsspezifischen Verzerrungen vorliegen und daß infolgedessen der Präsenz der Stereotypen der Verfolgung nicht mehr jene

* Jean-Claude Guillebaud verdanke ich den Hinweis auf diese Inzestanschuldigung.

Bedeutung zukommt, die ich ihr beigemessen habe. In Wahrheit jedoch sind die verfolgungsspezifischen Verzerrungen vorhanden und keineswegs unvereinbar mit dem Wortlaut der Anschuldigung. Die den Verfolgern eigentümliche Vorstellung bleibt irrational. Sie kehrt die Beziehung zwischen Gesamtsituation der Gesellschaft und individueller Übertretung um. Falls zwischen beiden Ebenen ein Ursächlichkeits- oder Motivationszusammenhang besteht, kann er nur vom Kollektiv zum einzelnen verlaufen. Die Verfolgermentalität verläuft aber in umgekehrter Richtung. Sie sieht im Mikrokosmos des einzelnen keine Spiegelung oder Nachahmung der Gesamtsituation, sondern sucht im Individuum Ursprung und Ursache all dessen, was sie verletzt. Die Verantwortung der Opfer, real oder nicht, fällt der gleichen phantastischen Übertreibung anheim. Unter dem Aspekt, der uns hier interessiert, gibt es also letztlich kaum einen Unterschied zwischen dem Fall der Marie-Antoinette und dem Fall des verfolgten Schwarzen.

Zwischen den beiden ersten Stereotypen besteht, wie bereits dargelegt, ein enger Zusammenhang. Die Opfer werden «entdifferenzierender» Verbrechen angeklagt, um die «Entdifferenzierung» der Krise mit ihnen in Verbindung bringen zu können. In Wirklichkeit jedoch sind es ihre Opferzeichen, die sie als Opfer der Verfolgung kennzeichnen. Welches ist nun der Zusammenhang dieses dritten Stereotyps mit den beiden anderen? Auf den ersten Blick sind die Opferzeichen rein differenzierend. Dasselbe gilt jedoch auch für die kulturellen Zeichen. Es muß also hier zwei Arten der Differenzierung geben, zwei Typen von Differenzen.

Es gibt keine Kultur, innerhalb welcher sich der einzelne nicht als «anders» als die anderen betrachtet und die «Differenzen» als legitim und notwendig versteht. Die derzeitige Verherrlichung der Differenz ist denn auch keineswegs radikal und fortschrittlich, sondern nur der abstrakte Ausdruck einer allen Kulturen gemeinsamen Betrachtungsweise. Jedes Individuum neigt dazu, sich als von den anderen «stärker verschieden» zu fühlen als die anderen, und parallel dazu besteht in jeder Kultur die Tendenz, sich nicht nur als von den anderen verschieden, sondern als am stärksten verschieden von den anderen zu verstehen; jede Kultur entwickelt nämlich in den ihr zugehörigen Individuen dieses Gefühl der «Differenz».

Die Zeichen der Opferselektion bezeichnen nicht die Differenz innerhalb des Systems, sondern jene außerhalb des Systems, also die Möglichkeit des Systems, seine eigene Differenz aufzuschieben *(différer)*, mit anderen Worten, überhaupt nicht zu differieren und als System zu existieren aufzuhören.

Das läßt sich im Falle der körperlichen Behinderungen sehr gut zeigen. Der menschliche Körper ist ein System von anatomischen Differenzen. Die Behinderung, auch die unfallbedingte, beunruhigt, weil sie den Eindruck einer destabilisierenden Dynamik erweckt. Sie scheint das System als solches zu bedrohen. Man versucht sie, freilich erfolglos, einzudämmen; sie versetzt die Differenzen, monströs geworden, in Schrecken; sie beschleunigen sich, prallen aufeinander, vermengen sich und drohen sich letztlich aufzuheben. Die systemexterne Differenz verbreitet Schrecken, weil sie die Wahrheit des Systems, seine Bedingtheit, seine Zerbrechlichkeit und seine Sterblichkeit nahelegt.

Die Opferkategorien scheinen eine Veranlagung zu entdifferenzierenden Verbrechen zu haben. Vorgeworfen wird den religiösen, ethnischen oder nationalen Minoritäten nicht etwa ihre eigene Differenz, vorgeworfen wird ihnen vielmehr, sie würden sich nicht in geziemender Weise unterscheiden, ja im Extremfall sogar überhaupt nicht unterscheiden. Fremde sind nicht in der Lage, die «wahren» Differenzen zu beachten; sie haben entweder nicht die richtigen Sitten oder es fehlt ihnen an Geschmack; sie nehmen das Unterscheidende als solches nur schlecht wahr. Nicht jener ist *barbaros*, der eine andere Sprache spricht, sondern derjenige, der die allein maßgeblichen Unterscheidungen nicht macht, nämlich jene der griechischen Sprache. Das Vokabular der Vorurteile von Stämmen, Nationen usw. drückt nicht den Haß auf die Differenz, sondern auf ihr Fehlen aus. Man sieht nicht den anderen *nomos* im Anderen, sondern die Anomalie, nicht die andere Norm, sondern die Abnormität; der Behinderte wird verkrüppelt, der Fremde wird *staatenlos*. Es ist nicht gut, in Rußland als *Kosmopolit* zu gelten. Mischlinge äffen alle Differenzen nach, weil sie keine besitzen. Die uralten Mechanismen wiederholen sich von Generation zu Generation, oft im Unbewußten ihrer Wiederholung verharrend, freilich auf einer weniger tödlichen Stufe als in der Vergangenheit. So glaubt etwa der Antiamerikanismus unserer Tage von allen früheren Vorurteilen zu «differieren», weil er sich, in Absetzung vom Entdifferenzierungsvirus ausschließlich amerikanischer Provenienz, alle Differenzen aneignet.

Überall ist die Rede davon, die «Differenz» werde verfolgt, aber das ist nicht notwendigerweise der Diskurs der Opfer; es ist vielmehr jener fortwährende Diskurs der Kulturen, der in der Zurückweisung des Universalen immer abstrakter und universaler wird und sich nur noch in der inzwischen unerläßlich gewordenen Maske des Kampfes gegen Verfolgung zeigen kann.

Selbst in den geschlossensten Kulturen betrachten sich die Menschen als frei und dem Universalen offen; die engsten Kulturräume werden dank ihres differenzierenden Charakters von innen her als unerschöpflich erlebt. Alles, was diese Illusion in Frage stellt, versetzt uns in Angst und Schrecken und weckt in uns die uralte Neigung zur Verfolgung. Diese Neigung schlägt die immer gleichen Wege ein, sie findet ihre Konkretisierung in den immer gleichen Stereotypen und antwortet auf die immer gleiche Bedrohung. Im Gegensatz zu dem, was wir stets hören, sind die Verfolger nie von der Differenz besessen, sondern immer vom unaussprechlichen Gegenteil, der Entdifferenzierung.

Die Stereotypen der Verfolgung sind nicht voneinander zu trennen, und bemerkenswerterweise werden sie in den meisten Sprachen auch nicht voneinander getrennt. Das gilt beispielsweise für das Griechische und für das Lateinische, also auch für das Französische; wir müssen daher bei der Erforschung der Stereotypen ständig auf verwandte Begriffe zurückgreifen: *Krise, kriminell, Kriterium, Kritik* gehen alle auf die gleiche Wurzel zurück, nämlich auf das griechische Verb *krino*, das nicht nur beurteilen, unterscheiden, differenzieren bedeutet, sondern auch ein Opfer anklagen und verurteilen. Man soll sich nie zu sehr auf Etymologien verlassen, und sie sind nie Ausgangspunkt meiner Überlegungen. Aber das Phänomen ist so beständig, daß es meiner Meinung nach nicht verboten ist, es zu beobachten. Es legt einen noch verborgenen Zusammenhang zwischen den kollektiven Verfolgungen und der Kultur als Ganzes nahe. Falls dieser Zusammenhang wirklich besteht, so ist es bisher keinem Linguisten, keinem Philosophen und keinem Politiker je gelungen, ihn aufzuhellen.

III

Ein Mythos – was ist das?

Wann immer in einem mündlichen oder schriftlichen Zeugnis von direkt oder indirekt kollektiven Gewalttätigkeiten die Rede ist, stellen wir uns die Frage, ob es auch folgende Stereotypen enthält: 1. die Beschreibung einer gesellschaftlichen und kulturellen Krise, also einer allumfassenden Entdifferenzierung – erstes Stereotyp; 2. «entdifferenzierende» Verbrechen – zweites Stereotyp; 3. ob die dieser Verbrechen bezichtigten Personen die Zeichen der Opferselektion, paradoxe Zeichen der Entdifferenzierung, besitzen – drittes Stereotyp. Es gibt noch ein viertes Stereotyp, nämlich die Gewalt selbst; von ihr wird später die Rede sein.

Es ist das Nebeneinander verschiedener Stereotypen in ein und demselben Dokument, das auf Verfolgung schließen läßt. Nicht alle Stereotypen müssen unbedingt vorhanden sein. Drei, oft auch zwei genügen. Ihr Vorhandensein führt uns zur Behauptung, daß 1. die Gewalttätigkeiten real sind; 2. die Krise real ist; 3. die Opfer nicht aufgrund der ihnen zur Last gelegten Verbrechen ausgewählt werden, sondern aufgrund ihrer Opferzeichen sowie all dessen, was ihre schuldbehaftete Affinität zur Krise nahelegt; 4. es beabsichtigt ist, die Verantwortung für diese Krise den Opfern aufzubürden und auf die Krise dadurch einzuwirken, daß die Opfer vernichtet oder zumindest aus der Gemeinschaft, die sie «verunreinigen», ausgestoßen werden.

Gilt dieses Schema generell, dann müßte es sich in allen Gesellschaften wiederfinden. Und tatsächlich finden es die Historiker in allen Gesellschaften, die unter ihre Kompetenz fallen – heute also weltweit, früher lediglich in der abendländischen Gesellschaft und ihren unmittelbaren Vorläufern, insbesondere dem römischen Reich.

Die Ethnologen hingegen entdecken dieses Verfolgungsschema nie in den von ihnen untersuchten Gesellschaften. Es fragt sich, warum dies so ist. Es gibt darauf zwei mögliche Antworten. 1. In «ethnologischen» Gesellschaften wird Verfolgung nicht oder nur so wenig praktiziert, daß die im Falle von Guillaume de Machaut praktizierte Analyse auf sie nicht anwendbar ist. Der derzeit herrschende Neo-Primitivismus neigt dieser Lösung zu. Der Unmenschlichkeit unserer Gesellschaft setzt er die höhere Menschlichkeit aller übrigen Kulturen entgegen. Gleichwohl wagt noch niemand die These zu vertreten, alle nicht abendländischen Gesellschaften kennten keine Verfolgung. 2. Die Verfolgung ist vorhanden, aber wir nehmen sie nicht wahr, entweder weil wir nicht im Besitz der entsprechenden Dokumente sind *oder weil wir die uns zugänglichen Dokumente nicht zu entschlüsseln vermögen.*

Ich denke, die zweite Hypothese ist die richtige. Auch in den mythisch-rituellen Gesellschaften gibt es Verfolgung. Wir sind im Besitz von Dokumenten, die dies aufzeigen könnten: sie enthalten die gleichen, eben aufgezählten Stereotypen der Verfolgung, sie gehören zum gleichen übergreifenden Schema wie etwa die Behandlung der Juden im Text von Guillaume de Machaut. Wären wir konsequent, würden wir für sie den gleichen Interpretationstypus verwenden.

Diese Dokumente sind die Mythen. Um eine Beweisführung zu erleichtern, beginne ich mit einem für unseren Zusammenhang exemplarischen Mythos. Er enthält alle Stereotypen der Verfolgung, und nichts sonst. Er enthält sie sogar in überraschend augenfälliger Form. Es handelt sich dabei um den Ödipus-Mythos, wie er von Sophokles in *König Ödipus* dargestellt wird. Ich fahre dann fort mit jenen Mythen, die das Verfolgungsschema ebenfalls wiedergeben, wenn auch in weniger leicht zu entschlüsselnder Form. Schließlich werde ich mich Mythen zuwenden, die eben dieses Schema so offenkundig verwerfen, daß sie damit dessen Stichhaltigkeit nur bestätigen. Ich beginne beim Einfacheren und wende mich dann dem Schwierigen zu, um zu zeigen, daß alle Mythen ihre Wurzeln in realen Gewalttätigkeiten haben, die gegen reale Opfer gerichtet sind.

Ich beginne also mit dem Ödipus-Mythos. In Theben wütet die Pest: erstes Stereotyp der Verfolgung. Ödipus ist verantwortlich, weil er seinen Vater getötet und seine Mutter geheiratet hat: zweites Stereotyp der Verfolgung. Laut Orakelspruch muß der schändliche Verbrecher aus der Stadt gejagt werden, um die Epidemie zu beenden. Die auf Verfolgung angelegte Finalität ist explizit. Vatermord und Inzest dienen offenkundig der Vermittlung zwischen Individuum und Kollektiv; diese Verbrechen sind dermaßen entdifferenzierend, daß ihre Wirkung sich durch Ansteckung auf die ganze Gesellschaft verbreitet. Aus dem Text von Sophokles können wir ersehen, daß entdifferenziert sein und pestkrank sein ein und dasselbe ist.

Drittes Stereotyp: die Opferzeichen. Da ist zuerst die Behinderung: Ödipus hinkt. Zudem ist dieser Held als ein gänzlich Unbekannter in Theben eingetroffen, er ist *de facto*, wenn auch nicht *de jure* ein Fremder. Schließlich ist er Königssohn und selbst König, Laios' rechtmäßiger Erbe. Wie so viele andere mythische Figuren versteht sich Ödipus darauf, die Randständigkeit des Außerhalb und die Randständigkeit des Innerhalb in sich zu vereinigen. Wie Odysseus am Ende der *Odyssee* ist er bald Fremder und Bettler, bald allmächtiger Monarch.

Die einzige Gegebenheit, für die sich in den historisch belegten Verfolgungen keine Entsprechung finden läßt, ist der Status des ausgesetzten Kindes. Aber es herrscht Einmütigkeit darüber, daß im ausgesetzten Kind ein vorzeitiges Opfer zu sehen ist, ausgewählt aufgrund von Anzeichen der Anomalie, die für seine Zukunft Schlimmes erahnen lassen und offenkundig identisch sind mit den oben aufgezählten Zeichen der Opferselektion. Schicksal des ausgesetzten Kindes ist es, von der Gemeinschaft, der es angehört, ausgestoßen zu werden. Das ausgesetzte Kind wird immer nur zeitweilig gerettet, der Gang seines Schicksals wird höchstens verzögert *(différer)*, und der Schlußakt des Mythos bewahrheitet die Unfehlbarkeit des Orakels, das es bereits im zarten Kindesalter der kollektiven Gewalt anheimstellte.

Je mehr Opferzeichen ein Individuum besitzt, um so eher wird es das Verderben auf sein Haupt ziehen. Ödipus' Behinderung, seine Vergangenheit als ausgesetztes Kind, seine Lage als Fremder, Emporkömmling und König machen aus ihm ein wahres Konglomerat von Opferzeichen. Das würde uns nicht entgehen, gälte der Mythos als historisches Dokument; wir würden uns dann nämlich fragen, was denn alle diese Zeichen zusammen mit den anderen Stereotypen der Verfolgung hier zu suchen hätten. Über die Antwort besteht kein Zweifel. Wir würden im Mythos mit Sicherheit das sehen, was wir im Text von Guillaume de Machaut sehen, nämlich den aus der Sicht von naiven Verfolgern verfaßten Bericht über eine Verfolgung. Die Verfolger stellen ihr Opfer so dar, wie sie es tatsächlich sehen, nämlich als schuldig, verbergen jedoch die objektiven Spuren ihrer Verfolgung keineswegs. Unserer Auffassung nach müßte es hinter diesem Text ein reales Opfer geben; dieses wäre nicht aufgrund der ihm angelasteten stereotypen Verbrechen ausgewählt worden – die noch nie jemandem die Pest weitergegeben haben –, sondern aufgrund aller in eben diesem Text aufgezählten Opfermerkmale, die tatsächlich dazu geeignet sind, den paranoiden Verdacht einer von der Pest geängstigten Menge auf sich zu ziehen.

Im Mythos, aber auch bei Guillaume und in den Hexenprozessen gibt es wahrhaft *mythologische* Anschuldigungen wie Vatermord, Inzest, moralische oder physische Vergiftung der Gemeinschaft. Diese Anschuldigungen sind charakteristisch für die Art und Weise, wie entfesselte Mengen sich ihre Opfer vorstellen. Aber diese gleichen Anschuldigungen stehen neben Kriterien der Opferselektion, die durchaus real sein könnten. Wie sollte man nicht annehmen, es gebe ein reales Opfer hinter einem Text, der uns dieses Opfer als solches darstellt und es uns einerseits so vorführt, wie es sich die Verfolger im allgemeinen vorstellen, und andererseits so, wie es in Wirklichkeit sein muß, um von tatsächlichen Verfolgern ausgewählt zu werden. Um die Gewißheit zu verstärken, wird zudem erwähnt, die Ausstoßung dieses Opfers finde unter akut krisenhaften, die Verfolgung tatsächlich begünstigenden Umständen statt. Alle Voraussetzungen sind beisammen, um beim modernen Leser, läge ein «historischer» Text vor, automatisch den oben beschriebenen Typus von Interpretation auszulösen, also jenen Typus von Interpretation, den wir normalerweise auf alle aus der Sicht der Verfolger geschriebenen Texte anwenden. Warum nehmen wir im Falle des Mythos davon Abstand?

Im Mythos sind die Stereotypen vollständiger und intakter als im Text von Guillaume. Wie sollte man annehmen, sie seien rein zufällig da hineingeraten oder würden sich einer gänzlich willkürlichen und überbordenden dichterischen Einbildungskraft verdanken, die der

Mentalität wie auch der Realität der Verfolgung fremd ist? Aber gerade das sollen wir nach dem Willen unserer Professoren glauben, und ich selbst werde von ihnen als extravagant beurteilt, wenn ich das Gegenteil vertrete.

Der Ödipus-Mythos könnte – so lautet der Einwand – ein von Sophokles selbst oder von irgendeinem anderen Autor manipulierter oder in allen Stücken erfundener Text sein. Ich neige dazu, stets mit dem Ödipus-Mythos zu beginnen, weil er im Hinblick auf die Stereotypen der Verfolgung exemplarisch ist; vielleicht verdankt er diese Beispielhaftigkeit tatsächlich Sophokles. Aber das ändert die Sache nicht, ganz im Gegenteil. Wenn Sophokles den Mythos im Hinblick auf die Stereotypen der Verfolgung verbessert, dann tut er das, weil er, ganz im Gegensatz zu unseren Ethnologen, *etwas ahnt*. Aus innerster Inspiration neigt er – das war schon immer die Vermutung jener, die aus ihm einen «Propheten» machen wollten – zur Enthüllung dessen, was am Mythos das wesentlich Mythische ist, die «Mythenhaftigkeit» im allgemeinen; sie ist nicht etwa nur ein vergängliches literarisches Parfum, sondern die Sicht der Verfolger auf ihre eigene Verfolgung.

Wie in den mittelalterlichen Verfolgungen finden sich die Stereotypen der Verfolgung auch in den Mythen vereinigt, und dieses Zusammentreffen ist, statistisch gesehen, aufschlußreich. Zu viele Mythen gehören dem gleichen Modell an, als daß die Wiederholung dieses Modells etwas anderem als tatsächlichen Verfolgungen zugeschrieben werden könnte. Etwas anderes anzunehmen wäre ebenso absurd wie die Schlußfolgerung, die Aussagen von Guillaume de Machaut über die Juden seien rein fiktiver Natur.

Sobald wir einem als historisch erkannten Text gegenüberstehen, wissen wir, daß allein die durch eine Verfolgermentalität wahrgenommene Verfolgerhaltung das Miteinander all jener Stereotypen bewerkstelligen kann, die in zahlreichen Mythen vorkommen. Die Verfolger glauben ihr Opfer aufgrund von Verbrechen auszuwählen, die sie ihm zuschreiben und die es in ihren Augen für jene Katastrophen verantwortlich machen, auf die sie wiederum mit Verfolgung reagieren. In Wirklichkeit sind sie von den verfolgungsspezifischen Kriterien determiniert und überliefern uns diese ganz getreulich; das tun sie nicht etwa in belehrender Absicht, sondern weil sie keine Ahnung von deren Enthüllungswert haben.

In *Das Heilige und die Gewalt** habe ich erstmals die Hypothese formuliert, am Ursprung des Mythos stehe ein reales Opfer und eine reale kollektive Gewalt. Die meisten Literaturwissenschaftler haben ihre Berechtigung nicht anerkannt. Selbst jene, die scheinbar am ehesten darauf hätten eingehen können, sehen in dieser Hypothese eigenartigerweise nur eine «Ursprungsfabel à la Rousseau», eine Wiederholung von Gründungsmythen. Sie erkennen nicht, welchen Typus von Interpretation ich in Richtung Mythos verschiebe. Ihrer Meinung nach mache ich mir Illusionen über *die Möglichkeiten der historischen Forschung* auf dem Gebiet der Mythologie. Wie könnte ich die Realität des Opfers als gewiß darstellen, würde ich nicht die Macht der Interpretation zu hoch veranschlagen?

Diese Einwände sind aufschlußreich. Die Literaturwissenschaftler sind der Überzeugung, äußerstes Mißtrauen sei die einzig mögliche Regel im Umgang mit Texten, in die offensichtlich eine imaginäre Vorstellungswelt hineinspielt. Keine Textangabe ist wahrscheinlicher, so wiederholen sie, als die unwahrscheinlichste von allen. Gälte es diese Regel zu beachten, dann allerdings müßte in der Tat darauf verzichtet werden, dem Mythos auch nur die geringste sachliche Information zu entnehmen. Das Unwahrscheinlichste ist hier aber die Entstehung der Pest durch Vatermord und Inzest; das Thema ist mit Sicherheit imaginär, nur ist das kein Grund, um überall auf Imaginäres zu schließen – ganz im Gegenteil. Die Einbildungskraft, die dieses Thema erfindet, ist nicht jene Einbildungskraft, nach der sich einsame Literaten sehnen, es ist auch nicht das Unbewußte des psychoanalytischen Subjekts, sondern es ist das Unbewußte der Verfolger; es ist dasselbe Unbewußte, das den rituellen Kindesmord der Christen im römischen Reich und der Juden in der christlichen Welt ausdenkt. Es ist die gleiche Einbildungskraft, die die Geschichte der Brunnenvergiftungen während der Schwarzen Pest ausdenkt.

Wenn die Einbildungskraft der Verfolger das Wort hat, dann ist nichts vom Gesagten zu glauben, außer folgendem: 1. die tatsächlichen Umstände ihrer Entstehung; 2. die charakteristischen Züge ihrer üblichen Opfer und 3. die meistens daraus entstehenden Folgen, nämlich die kollektive Gewalt. Wenn die Einbildungskraft der

---

* Siehe 3. Kap. S. 104–133.

Verfolger nicht nur von pestbringenden Vatermorden und Inzesten berichtet, sondern auch sämtliche realen Begleitumstände eines derartigen Glaubens und alle daraus resultierenden Verhaltensweisen aufzählt, dann ist es wahrscheinlich, daß sie in allen diesen Punkten die Wahrheit sagt, gerade weil sie im ersten Punkt lügt. Hier stoßen wir wieder auf unsere vier Stereotypen der Verfolgung; es handelt sich um die gleiche Kombination von Wahrscheinlichem und Unwahrscheinlichem wie in den historischen Texten. Sie kann nichts anderes bedeuten, als was wir sie in jenen Texten bedeuten lassen, nämlich die teils richtige, teils falsche Perspektive der von ihrer eigenen Verfolgung überzeugten Verfolger.

Dieser Gedankengang entspringt nicht Naivität. Die wahre Naivität verbirgt sich hier in der übertriebenen Skepsis, eine Naivität, die unfähig ist, die Stereotypen der Verfolgung wahrzunehmen und sie mit der von ihnen geforderten, durchaus gerechtfertigten Kühnheit zu interpretieren. Der Ödipus-Mythos ist kein literarischer Text wie alle anderen, er ist auch kein psychoanalytischer Text, aber er ist mit Sicherheit ein Verfolgungstext; also ist er auch als Verfolgungstext zu behandeln.

Hier wird man einwenden, die Applikation des in der Geschichte und für sie erfundenen Interpretationsverfahrens auf den Mythos verstehe sich nicht von selbst. Ich stimme dem zu, aber, wie oben gezeigt, spielt die bestehende Geschichtsschreibung nur eine zweitrangige Rolle bei der Entzifferung der mit Verfolgung verbundenen Vorstellungen. Hätte man sich im übrigen auf sie verlassen müssen, dann hätte diese Entzifferung nie angefangen, und tatsächlich hat sie ja auch erst zu Beginn der Neuzeit begonnen.

Wenn die von den Hexenverfolgern erwähnten Opfer unserer Meinung nach wirkliche Opfer sind, dann nicht etwa deshalb, weil unsere Informationen in aller Regel aus unabhängigen, nicht von den Anklägern kontrollierten Quellen stammen. Zwar bringen wir den Text in einen ihn erhellenden Verstehenszusammenhang, aber dieser wiederum bestünde nicht, würden wir die historischen Verfolgungstexte so behandeln, wie wir den Ödipus-Mythos behandeln.

Wie bereits erwähnt, wissen wir nicht, wo sich die von Guillaume de Machaut beschriebenen Ereignisse abspielten; im Extremfall könnten sie uns völlig unbekannt sein, die Existenz der Schwarzen

Pest mit eingeschlossen, und dennoch würden wir daraus folgern, ein derartiger Text müsse das Vorkommnis realer Verfolgung widerspiegeln. Bereits das Zusammentreffen der Stereotypen der Verfolgung würde uns darüber Aufschluß geben. Weshalb nicht auch im Falle des Mythos?

Meine Hypothese ist nicht historisch in dem Sinne, wie meine Kollegen diesen Begriff verstehen. Sie ist rein «struktural», wie es auch meine Lesart der verfolgungsspezifischen Vorstellungen in der Geschichte ist. Allein aufgrund der Natur und der Verkettung der Stereotypen der Verfolgung postulieren wir die Verwurzelung eines Textes in einer realen Verfolgung. Solange diese Entstehung nicht postuliert wird, läßt sich auch nicht erklären, warum und wie dieselben Themen unablässig wiederkehren und sich so organisieren, wie sie es tatsächlich tun. Sobald hingegen diese Entstehung postuliert wird, hellt sich das Dunkel auf, lassen sich alle Themen durchgängig erklären, und es ist kein ernst zu nehmender Einwand mehr möglich. Eben deshalb haben wir diese Entstehung für alle jene historischen Texte übernommen, die zu unserem Verfolgungsschema gehören, und wir haben es ohne Zögern getan; folglich sehen wir darin kein Postulat mehr, sondern die schlichte Wahrheit dieser Texte. Und wir haben recht. Bleibt die Frage, warum uns die gleiche Lösung angesichts eines Mythos wie des Ödipus-Mythos nicht in den Sinn kommt.

Hier liegt die eigentliche Problematik. Um sie deutlich herauszuarbeiten, habe ich vorhin ausführlich jenen Typus von Interpretation analysiert, den unsere Wahrnehmung von Stereotypen der Verfolgung ganz spontan in Gang setzt. Solange wir von historischen Texten sprechen, erscheint uns diese Interpretation als selbstverständlich, und wir betrachten es als überflüssig, deren Schritte eigens zu präzisieren. Gerade das hindert uns jedoch daran, den nötigen Abstand zu gewinnen, um *Einsicht* in die mit Verfolgung verbundenen Vorstellungen zu gewinnen; zwar besitzen wir sie bereits, können sie aber noch nicht richtig umsetzen, weil sie nie wirklich verdeutlicht wird.

Wir wissen, aber wir wissen nicht, daß wir wissen, und so bleibt unser Wissen in jenen Bereichen gefangen, in denen es seinen Anfang genommen hat. Wir ahnen nicht einmal, welche Möglichkeiten sich außerhalb dieser Bereiche verbergen. Meine Kritiker erkennen ihr eigenes Wissen buchstäblich nicht wieder, wenn ich es auf den Ödipus-Mythos anwende.

Ich mag ihnen ihre Inkonsequenz kaum vorwerfen. Lange habe auch ich die wahre Natur meiner Hypothese nicht erkannt. Ich war der Meinung, meine eigene Arbeit baue auf jener Sigmund Freuds und anderer anfechtbarer und tatsächlich auch angefochtener moderner Hermeneuten auf. Meine Kritiker haben, auf ihre Art, an diesem Irrtum teil. Sie stellen sich vor, meine überraschenden Ergebnisse seien aus einer noch anfechtbareren «methodologischen» Überbietung entstanden. Sie erkennen den von ihnen selbst praktizierten Interpretationsmodus nicht etwa deshalb nicht wieder, weil ich ihn auch nur im geringsten modifiziert hätte, sondern weil ich ihm ein neues Applikationsfeld eröffne und ihn so aus seinem üblichen Kontext herausnehme. Wir sollten ihn erkennen, aber wir können es nicht. Wir sehen nur noch den kühnen Entwurf, nicht mehr seine Berechtigung. Er erweckt den Eindruck eines Fisches an Land, von dem man nicht genau weiß, was es mit ihm auf sich hat. Meine Kritiker halten meine Interpretation für das bislang letzte vom Zeitgeist in die Welt gesetzte Ungeheuer. Die meisten der mir entgegengebrachten Einwände bauen auf diesem Irrtum auf. Ich habe meinerseits dem Mißverständnis Vorschub geleistet, konnte ich doch nur langsam aus jenen Sackgassen herausfinden, in die sich die zeitgenössische Interpretation verirrt hat.

Alle meine Ausführungen zur Mythologie gälten als selbstverständlich, beinahe als zu selbstverständlich, ginge es um einen zum «historischen» Dokument erhobenen Text. Falls meine Leser noch immer skeptisch sind, werde ich sie mit einem ganz einfachen Experiment schnell überzeugen. Ich werde die Geschichte des Ödipus kraß frisieren; ich werde ihr das griechische Gewand nehmen und sie nach abendländischer Art kleiden. Der Mythos wird dabei auf der gesellschaftlichen Leiter ein oder zwei Stufen absteigen. Ich präzisiere weder Ort noch Datum des fiktiven Geschehens. Der Rest wird Sache des guten Willens des Lesers sein. Er wird meine Erzählung ganz automatisch irgendwo in die christliche Welt des 12. bis 19. Jahrhunderts einordnen; das genügt, um – wie eine Triebfeder – jene Operation in Gang zu setzen, die am Mythos vorzunehmen

46

niemandem in den Sinn kommt, solange wir in ihm das erkennen, was wir einen Mythos nennen.

Die Ernten sind schlecht, die Kühe verwerfen; alle sind miteinander zerstritten. Es scheint, als sei das Dorf verhext. Klar, der Hinkende hat uns das eingebrockt. Er ist eines schönen Tages aufgetaucht, niemand weiß woher, und hat sich eingerichtet, als wäre er hier zu Hause. Er hat sich sogar erkühnt, die umworbenste Erbin des Dorfes zu heiraten, und er hat mit ihr zwei Kinder gezeugt. Es scheint bei ihnen nicht alles mit rechten Dingen zu und her zu gehen. Der Fremde wird verdächtigt, dem ersten Mann seiner Frau, einem Dorfpotentaten, übel mitgespielt zu haben; er verschwand nämlich unter ganz mysteriösen Umständen, und der Neuankömmling übernahm seine Stellung in beiden Rollen. Eines Tages wurde es den Kerlen im Dorf zuviel. Sie nahmen ihre Mistgabeln und zwangen damit die unheimliche Figur zu verschwinden.

Niemanden befällt hier auch nur der leiseste Zweifel. Jeder kommt instinktiv auf die von mir erheischte Interpretation. Jeder versteht, daß das Opfer höchstwahrscheinlich nichts von alledem getan hat, was ihm vorgeworfen wird, daß es aber geradezu dafür prädestiniert ist, als Ventil für die Angst oder Aufgebrachtheit seiner Mitbewohner zu dienen. Den Zusammenhang von Wahrscheinlich und Unwahrscheinlich in dieser kleinen Geschichte nimmt jedermann mühelos wahr. Niemand wird behaupten wollen, es handle sich hier um eine unschuldige Fabel; niemand wird darin das Werk einer willkürlichen dichterischen Einbildungskraft sehen, die möglicherweise nur «die Grundmechanismen des menschlichen Denkens» illustrieren will.

Und trotzdem hat sich nichts verändert. Es handelt sich immer noch um die Struktur des Mythos, ist es doch lediglich dessen krasse Überzeichnung. Die Wahl des Interpretationsmodus fällt somit nicht aufgrund der Einbettung oder Nichteinbettung des Textes in einen historischen Erkenntniszusammenhang, der diesen Text von außen erhellen würde. Ein Szenenwechsel genügt, um den Interpreten auf jene Lesart hinzulenken, die er entrüstet von sich weisen würde, würde ihm der Text in einer «eigentlich» mythologischen Form präsentiert. Versetzen wir unsere Geschichte nach Polynesien oder in die Welt der Indianer Amerikas, und schon sehen wir wieder jenen feierlichen Respekt am Werk, der für Hellenisten, mit der griechischen Version des Mythos befaßt, so charakteristisch ist; gepaart ist dieser Respekt mit der gleichen standhaften Weigerung, auf die angemessenste Interpretation zurückzugreifen. Letztere ist ausschließlich unserer historischen Welt vorbehalten, aus Gründen, denen wir später nachgehen wollen.

Hier enthüllt sich eine wahrhafte kulturelle Schizophrenie. Meine Hypothese wäre bereits dann nicht zwecklos, wenn sie diese Schizophrenie manifest zu machen vermöchte. Wir interpretieren Texte nicht dem zufolge, was sie tatsächlich sind, sondern ihrer äußerlichen Hülle folgend, ihrer Verkaufsverpackung, wäre man beinahe geneigt zu sagen. Eine geringfügige Veränderung in der Präsentation eines Textes, und schon ist die uns einzig verfügbare radikale Entmystifizierung blockiert oder in Gang gesetzt, doch niemand ist sich über diesen Sachverhalt im klaren.

Bislang war nur von einem Mythos die Rede, den auch ich unter dem Blickwinkel der verfolgungsspezifischen Vorstellungen als exemplarisch einstufe. Es soll nun auch von weniger exemplarischen Mythen die Rede sein. Ihre Ähnlichkeit mit Verfolgungstexten liegt nicht auf der Hand. Suchen wir aber nach unseren vier Stereotypen, dann werden wir sie, freilich in verwandelter Form, in zahlreichen Mythen mühelos wiederfinden.

Oft beschränkt sich der Anfang eines Mythos auf ein einziges Merkmal. Tag und Nacht sind nicht voneinander geschieden. Himmel und Erde kommunizieren miteinander: die Götter halten sich bei den Menschen auf und die Menschen bei den Göttern. Zwischen Gottheit, Mensch und Tier gibt es keine scharfe Unterscheidung. Sonne und Mond sind Zwillinge; sie bekämpfen sich ständig, und sie sind nicht voneinander zu unterscheiden. Die Sonne steht der Erde zu nahe; Trockenheit und Hitze machen das Leben unerträglich.

Auf den ersten Blick gibt es in diesen mythischen Anfängen nichts, was mit etwas Realem in Zusammenhang gebracht werden könnte. Gleichwohl geht es offenkundig um Entdifferenzierung. Die großen sozialen Krisen, welche kollektive Verfolgungen begünstigen, werden als Entdifferenzierung gelebt und erfahren. Dieses Merkmal wurde im vorangehenden Kapitel herausgearbeitet. Hier stellt sich nun die Frage, ob wir es nicht mit unserem ersten Stereotyp der Verfolgung, einem extrem verwandelten und stilisierten, auf seine einfachste Formel gebrachten Stereotyp zu tun haben.

Dieses Mythisch-Entdifferenzierte hat manchmal idyllische Konnotationen, von denen später die Rede sein wird. Oft jedoch hat es katastrophale Wirkungen. Sind Tag und Nacht nicht voneinander geschieden, dann bedeutet das die Abwesenheit der Sonne und das Verderben aller Dinge. Die der Erde zu nahe stehende Sonne bedeutet eine Existenz, die gleichfalls unlebbar ist, aber aus dem entgegengesetzten Grund. Die Mythen, die als «Erfinder des Todes» gelten, erfinden ihn in Wahrheit gar nicht, sondern unterscheiden ihn ganz klar vom Leben, wogegen diese beiden «am Anfang» nicht voneinander unterschieden sind. Meiner Ansicht nach will das heißen, daß es unmöglich ist, zu leben ohne zu sterben, anders gesagt, daß die Existenz einmal mehr unerträglich ist.

Die «uranfängliche» Entdifferenzierung, das «ursprüngliche» Chaos haben oft einen konfliktuellen Charakter. Die voneinander nicht Unterschiedenen bekämpfen sich unablässig, um sich voneinander zu unterscheiden. Dieses Thema ist insbesondere in den nachvedischen Texten im Indien der Brahmanen entwickelt. Alles beginnt immer mit einer endlosen, unentscheidbaren Schlacht von Göttern und Dämonen, die sich so sehr gleichen, daß sie nicht voneinander unterschieden werden können. Es ist also immer die zu schnelle und sichtbare schlechte Reziprozität, die zur Vereinheitlichung der Verhaltensweisen in jenen großen sozialen Krisen führt, die wie von selbst kollektive Verfolgungen auszulösen vermögen. Das Entdifferenzierte ist nur die teilweise mythische Umsetzung dieser Sachlage. Dazu gehört auch das Thema der Zwillinge oder der feindlichen Brüder, also jenes Thema, das die konfliktuelle Entdifferenzierung besonders ökonomisch illustriert; das ist zweifellos der Grund, warum dieses Thema überall auf der Welt ein klassischer Ansatzpunkt der Mythologie ist.

Lévi-Strauss hat als erster die Einheit von zahlreichen Mythenanfängen wahrgenommen und auf den Begriff des Entdifferenzierten zurückgegriffen. Für ihn hat dieses Entdifferenzierte aber lediglich rhetorischen Wert; es dient als Hintergrund für die Entfaltung der Differenzen. Es kommt nicht in Frage, dieses Thema mit realen sozialen Verhältnissen in Zusammenhang zu bringen. Und bisher blieb offensichtlich jede Möglichkeit verschlossen, den Mythos konkret über seinen Zusammenhang mit dem Realen zu befragen. Mit unseren vier Stereotypen der Verfolgung hat sich die Sachlage schlagartig verändert. Falls wir auch die anderen drei Stereotypen in jenen Mythen wiederfinden, die in der eben beschriebenen Weise beginnen, dann ist es eine meiner Ansicht nach legitime Schlußfolgerung, die anfängliche Entdifferenzierung bilde eine zwar schematische, aber durchaus erkennbare Version des ersten Stereotyps.

Das zweite Stereotyp bedarf keiner langen Erklärung. In der Regel tauchen alle Verbrechen, die die Verfolger ihren Opfern zuschreiben, in den Mythen auf. In bestimmten Mythologien, insbesondere in der griechischen kommt es vor, daß diese Verbrechen nicht wie Verbrechen behandelt werden; man sieht in ihnen nur noch bloße Torheiten; sie werden entschuldigt und heruntergespielt, sind aber gleichwohl präsent und entsprechen dem Buchstaben, wenn nicht dem Geist nach vollständig unserem Stereotyp. In den «wilderen» oder «primitiveren» Mythen – aber dieser Ausdruck ist ja inzwischen verpönt – sind die Hauptfiguren ganz beachtliche Tabubrecher und Gesetzesübertreter (Transgressoren), und sie werden auch als solche behandelt. Sie ziehen deshalb eine Bestrafung auf sich, die dem Schicksal der Opfer von kollektiven Verfolgungen auf eigentümliche Weise gleicht. Dabei handelt es sich oft um eine Art von Lynchmord. Stärker als der Ödipus-Mythos rücken die von mir als «wild» bezeichneten Mythen in diesem wichtigen Punkt in die Nähe jener Massenphänomene, mit denen ich sie in Verbindung bringen will.

Nur noch ein einziges Stereotyp bleibt in diesen Mythen zu entdekken, nämlich das bevorzugte Zeichen der Opferselektion. Man braucht nicht zu betonen, daß es in sämtlichen Mythologien der Welt von Hinkenden, Einäugigen, Einarmigen, Blinden und anderen Behinderten nur so wimmelt. Es gibt auch Pestkranke in Hülle und Fülle.

Neben häßlichen gibt es auch außergewöhnlich schöne, makellose Helden. Das heißt nicht, die Mythologie sei die Beliebigkeit selbst, vielmehr wendet sie sich mit Vorliebe den Extremen zu, und eben dieses kennzeichnet, wie gesagt, die verfolgungsspezifische Polarisierung.

Das ganze Spektrum der Opferzeichen kommt in den Mythen vor. Das fällt uns nicht auf, weil wir vor allem die Zugehörigkeit der Opfer zu einer ethnischen oder religiösen Minorität wahrnehmen. Dieses Zeichen aber kann in der Mythologie nicht als solches wiederauftauchen. Wir stoßen weder auf verfolgte Juden noch Schwarze. Ihr Äquivalent findet sich jedoch meiner Ansicht nach in einem weltweit zentralen Thema, dem Thema des *Fremden*, der gemeinsam verjagt oder ermordet wird.*

Opfer ist, wer aus der Fremde kommt, ein angesehener Fremder. Er wird zu einem Fest eingeladen, das im an ihm verübten Lynchmord sein Ende findet. Warum? Er hat etwas getan, was er nicht hätte tun sollen; sein Verhalten wird als verhängnisvoll betrachtet; eine seiner Gesten wird falsch interpretiert. Auch hier ist lediglich von der Annahme eines realen Opfers, eines realen Fremden auszugehen, und schon klärt sich alles auf. Der Fremde führt sich in den Augen seiner Gastgeber befremdlich oder beleidigend auf, weil er sich an die fremden Normen hält. Jenseits einer bestimmten Schwelle des Ethnozentrismus wird der Fremde eigentlich mythologisch, im Guten wie im Bösen. Das geringste Mißverständnis kann sich als verhängnisvoll erweisen. Hinter dem Thema des ermordeten und daraufhin vergöttlichten Fremden läßt sich eine derart extreme Form von «Provinzialismus» ausmachen, daß wir sie gar nicht mehr als solche erkennen können, so wie wir diesseits oder jenseits einer bestimmten Wellenlänge Töne und Farben nicht mehr wahrnehmen können. Um allzu philosophische Interpretationen zu vermeiden, sind diese mythischen Themen auch hier in eine abendländische Dorfszenerie zu verlegen. Wie in der oben vorgenommenen Umsetzung des Ödipus-Mythos wird sogleich klar, worum es geht. Eine durchaus angemessene intellektuelle Gymnastik, insbesondere aber etwas weniger erstarrte Verehrung für alles, was nicht zum modernen Abendland gehört, werden uns schnell lehren, in der Mythologie das Feld des Erkennbaren und des Einsichtigen zu erweitern.

* Siehe auch die drei untersuchten Mythen in: R. Girard, *Des choses cachées depuis la fondation du monde*, S. 114–140; dt.: *Das Ende der Gewalt*, S. 105–123, wobei Kap. V, A nicht übersetzt ist.

Ohne die Mythen allzu genau unter die Lupe zu nehmen, wird klar, daß eine große Anzahl von ihnen unsere vier Stereotypen der Verfolgung enthält; zwar gibt es andere, die nur drei, zwei, eins oder sogar überhaupt keines enthalten. Ich vergesse sie nicht, aber ich bin noch nicht in der Lage, sie angemessen zu analysieren. Langsam wird uns deutlich, daß die bereits entschlüsselten, mit Verfolgung verbundenen Vorstellungen einen wahren Ariadnefaden bilden, mit dessen Hilfe wir uns im Labyrinth der Mythologie zurechtfinden. Sie ermöglichen es uns, auch jene Mythen auf ihren wahren Ursprung – die kollektive Gewalt – zurückzuführen, die keine Stereotypen der Verfolgung enthalten. Wie wir unten sehen werden, widersprechen Mythen ohne Stereotypen der Verfolgung keineswegs unserer These; es braucht auch keine zweifelhaften Kunstgriffe, um sie mit der These zu verknüpfen, sondern sie bestätigen sie ganz im Gegenteil auf eklatante Weise. Im Moment setzen wir unsere Analyse jener Mythen fort, die die Stereotypen enthalten; zwar sind sie weniger leicht erkennbar, weil sie im Gegensatz zu den mittelalterlichen Verfolgungen oder dem Ödipus-Mythos stark verklärt sind.

Diese stärkere Verklärung *(transfiguration)* läßt keinen unüberbrückbaren Graben zwischen den Mythen und den bereits entschlüsselten Verfolgungen entstehen. In einem Wort läßt sich nämlich ausdrücken, zu welchem Typus sie gehört: sie ist buchstäblich monströs.

Seit der Romantik besteht die Tendenz, im mythologischen Ungeheuer eine eigentliche Schöpfung *ex nihilo*, eine reine Erfindung zu sehen. Die Einbildungskraft wird als absolute Kraft interpretiert, die Formen ausdenken kann, die nirgends in der Natur existieren. Die Untersuchung der mythologischen Ungeheuer enthüllt nichts Derartiges. Im Ungeheuer kombinieren und mischen sich nämlich stets Elemente, die verschiedenen bereits existierenden Formen entlehnt sind und die nun Unverwechselbarkeit für sich beanspruchen. So ist denn der Minotaurus eine Mischung von Mensch und Stier. Dasselbe gilt auch für Dionysos; was bei ihm auffällt, ist jedoch eher die Gottheit und nicht das Ungeheuer beziehungsweise die Mischung der Formen.

Ausgangspunkt dafür, das Monströse zu denken, ist die Entdifferenzierung, also ein Prozeß, der nicht die Realität, sondern deren

Wahrnehmung beeinflußt. Aufgrund ihrer Beschleunigung ruft die Reziprozität der Konflikte nicht nur den durchaus richtigen Eindruck von identischen Verhaltensweisen bei Gegenspielern hervor, sondern sie zerlegt zudem das Wahrgenommene und wird schwindelerregend. Die Ungeheuer, notwendigerweise aus einer Fragmentierung des Wahrgenommenen hervorgegangen, sind Resultat einer Zerstückelung, auf die dann eine Wiederherstellung folgt, die freilich den natürlichen Besonderheiten keinerlei Rechnung mehr trägt. Das Ungeheuer ist eine unstabile Halluzination; im nachhinein neigt es dazu, sich in stabilen Formen, in falschen monströsen Besonderheiten auszukristallisieren, da der Akt des Erinnerns sich in einer von neuem stabilisierten Welt vollzieht.

Oben haben wir gesehen, daß den Vorstellungen der historischen Verfolger unter diesem Aspekt bereits etwas Mythologisches anhaftet. Der Übergang zum Monströsen liegt in der Weiterführung der bereits erwähnten Vorstellungen von der Krise als Entdifferenzierung, vom Opfer als dem entdifferenzierender Verbrechen Schuldigen, von den Zeichen der Opferselektion als Mißbildung. Es gibt einen Punkt, an dem sich physische und moralische Monstrosität treffen. Ein bestialisches Verbrechen beispielsweise setzt monströse Mischungen von Menschen und Tieren in die Welt; im Hermaphroditismus des Teiresias unterscheidet sich die physische Monstrosität nicht mehr von der moralischen. Es sind gewissermaßen die Stereotypen selbst, die sich vermischen, um mythologische Ungeheuer hervorzubringen.

Im mythologischen Ungeheuer sind das «Physische» und das «Moralische» nicht zu trennen. Die Verbindung beider ist so vollkommen, daß jeder Trennungsversuch zur Sterilität verurteilt ist. Falls jedoch meine Ansicht zutrifft, muß hier die Unterscheidung erfolgen. Die physische Mißbildung muß dem tatsächlichen Merkmal irgendeines Opfers, einer tatsächlichen Behinderung entsprechen; das Hinken des Ödipus oder des Vulkan ist ursprünglich nicht zwangsläufig weniger real als jenes der mittelalterlichen Hexe. Die moralische Monstrosität jedoch kommt der Grundtendenz aller Verfolger entgegen; sie projizieren die aus irgendeiner Krise oder aus irgendeinem öffentlichen oder privaten Unglück hervorgehenden Ungeheuer auf einen beliebigen Unglücklichen, dessen Mißbildung oder Fremdheit eine besondere Affinität zum Monströsen nahelegt.

Meine Analyse wird als Phantasiegebilde betrachtet, gilt doch Monstrosität ganz allgemein als Beweis für den absolut fiktiven und imaginären Charakter der Mythologie. Im Ungeheuer jedoch sind das mit Sicherheit Falsche und das möglicherweise Wahre, von dem ich hier bereits ausführlich gesprochen habe, vereinigt. Man wird einwenden, alle unsere Stereotypen stellten sich in einem für meine These entmutigenden Durcheinander dar. Werden sie jedoch gemeinsam wahrgenommen, dann bilden sie eine Art Einheit; sie erzeugen ein ganz bestimmtes Klima, das unverwechselbare Klima der Mythologie, und wir sollen, so scheint es, gar nichts unternehmen, um die Elemente voneinander zu trennen – und sei es nur aus ästhetischen Gründen.

Tatsache ist denn auch, daß unsere besten Interpreten diese Elemente nie voneinander getrennt haben. Trotzdem habe ich den Eindruck, daß sie von gewissen Forschern nicht alle auf die gleiche Ebene gebracht werden können. Sie sind unterwegs zur entscheidenden Aufteilung zwischen den – imaginären – Verbrechen der Opfer und den – vielleicht realen – Zeichen der Opferselektion. Hier über die griechische Mythologie ein bezeichnender Text von Mircea Eliade, der mit letzteren beginnt und mit ersteren aufhört:

Sie (die Heroen) zeichnen sich durch *Kraft* und *Schönheit* aus, aber auch durch *monströse Züge*; sie sind entweder von *riesenhaftem* Wuchs – Herakles, Achilles, Orest, Pelops – oder *überdurchschnittlich klein*, sind *tiergestaltig* (z. B. Lykaon, der «Wolf») oder *verwandeln sich in Tiere*. Sie sind *androgyn* (Kekrops), *wechseln ihr Geschlecht* (Tiresias) oder *verwandeln sich in Frauen* (Herakles). Daneben sind Heroen durch zahlreiche *Anomalien* gekennzeichnet *(Azephalie* oder *Polyzephalie*; Herakles hat *drei Zahnreihen)*; sie sind häufig *hinkend, bucklig* oder *blind*. Sehr oft fallen die Heroen dem *Wahnsinn* zum Opfer (Orest, Bellerophon, sogar Herakles, *als er die Söhne*, die Megare ihm geboren hatte, *niedermetzelte)*. Was ihr *sexuelles Verhalten* betrifft, so ist es *exzessiv oder abwegig*: Herakles *schwängert in einer einzigen Nacht die fünfzig Töchter des Thespios*, Theseus ist seiner *zahllosen Vergewaltigungen* wegen berüchtigt (Helena, Ariadne usw.), Achilles *raubt Stratonike*. Die Heroen begehen *Inzest mit ihren*

Töchtern oder Müttern und richten aus Neid, Zorn oder auch ohne jeden Grund *Blutbäder* an: *sie töten selbst ihre Väter und Mütter und sonstigen Verwandten.**

(Hervorhebung v. Verf.)

Ein dank der Dichte der charakteristischen Einzelheiten bewundernswerter Text. Der Autor vereinigt unter dem Zeichen des Monströsen die Merkmale der Opferselektion und die stereotypen Verbrechen, aber er vermischt sie nicht. Etwas in ihm scheint sich gegen die Vermischung der beiden Rubriken zu sträuben. So entsteht *de facto* eine Trennung, die *de jure* nicht gerechtfertigt ist. Diese stumme Unterscheidung ist interessanter als viele strukturalistische Spielereien, kann sich aber weiter nicht mehr erhellen.

In der Mythologie gehen physische und moralische Monstrosität zusammen. Ihr Zusammengehen scheint normal; die Sprache selbst legt es nahe. Niemand hat etwas dagegen einzuwenden. Handelte es sich um unsere historische Welt, könnten wir die Möglichkeit von realen Opfern nicht ausschließen. Das stete Nebeneinander der beiden Monstrositäten schiene uns verabscheuenswert; wir hätten den Verdacht, es entstamme der Verfolgermentalität. Woher sonst sollte es auch stammen? Welche andere Macht könnte die beiden Themen stets zusammenführen? Zur eigenen Beruhigung sagt man sich, es müsse sich um die *Einbildungskraft* handeln. Wir zählen immer auf sie, um der Realität entgehen zu können. Aber einmal mehr ist es nicht die willkürliche Einbildungskraft unserer Ästheten, sondern die verworrenere Einbildungskraft eines Guillaume de Machaut, die uns gerade deshalb zu den realen Opfern zurückführt, weil sie verworren ist – wir haben es also immer noch mit der Einbildungskraft der Verfolger zu tun.

In jenen Mythen, die die Verfolgung eines Behinderten rechtfertigen, sind physische und moralische Monstrosität fest miteinander verbunden. Die im Umkreis vorhandenen Stereotypen der Verfolgung lassen keinen Zweifel mehr zu. Käme diese Verbin-

---

* M. Eliade, *Geschichte der religiösen Ideen I*, S. 266.

dung nur äußerst selten vor, dann wären noch Zweifel möglich, sie findet sich jedoch in zahllosen Exemplaren; sie ist das tägliche Brot der Mythologie.

Während sich ein kritischer Geist in falsch verstandenem Eifer auf das Imaginäre gewisser Gegebenheiten in einem Text stützt, um dann auf das Imaginäre des Ganzen zu schließen, stellt sich ein mißtrauischerer Geist die Frage, ob das in den Mythen tätige Imaginäre nicht einmal mehr unausweichlich auf die effektive Gewalt verweist. Zwar sehen wir sehr wohl, daß die Vorstellung verzerrt ist, aber sie ist systematisch und ganz im Sinne der Verfolger verzerrt. Diese Verzerrung ist hauptsächlich auf das Opfer ausgerichtet, und von diesem Punkt her strahlt sie auf das ganze Gemälde aus. Guillaumes Steinhagel, seine gänzlich zerstörten Städte und vor allem seine vergifteten Bäche bringen weder die Schwarze Pest noch das Massaker der Sündenböcke auf die Umlaufbahn der Fiktion.

Die rasche Verbreitung des Monströsen führt in der Mythologie, so lautet der Einwand, zu einer Verschiedenheit von Formen, die jede systematische Lesart verunmöglicht, damit aber werde meine These des alleinigen Ursprungs unhaltbar. Das ist etwa so ernst zu nehmen wie jener Einwand gegen die Theorie über die Wolkenbildung durch Wasserverdampfung, der besagt, die immer wechselnde Form der Wolken erfordere zwangsläufig eine unendliche Zahl von unterschiedlichen Erklärungen.

Mit Ausnahme von einigen exemplarischen Mythen, insbesondere des Ödipus-Mythos, ist die Mythologie nicht *direkt*, wohl aber *indirekt* mit den entschlüsselbaren, mit Verfolgung verbundenen Vorstellungen gleichzustellen. Anstatt einige unbestimmt-monströse Züge aufzuweisen, läßt sich das Opfer nur schwer als Opfer erkennen, weil es durch und durch Ungeheuer ist. Aus dieser Divergenz folgt nicht, die beiden Texttypen könnten nicht die gleiche Entstehungsgeschichte haben. Eine Detailbetrachtung macht deutlich, daß man es zwangsläufig mit ein und demselben Prinzip der Verzerrung des Vorgestellten zu tun hat; im Falle der Mythologie jedoch läuft dieser Motor auf höheren Touren als im Falle der Geschichte.

Ein sorgfältiger Vergleich stereotyper Verbrechen in den historischen Verfolgungen und in den Mythen bestätigt diese Annahme.

Zwar ist die Überzeugung der Verfolger überall um so stärker, je weniger vernünftig sie ist. In den historischen Verfolgungen jedoch ist sie nicht mehr so mächtig, daß sie ihre Natur und die dadurch in Gang gesetzte Anklage verbergen könnte. Das Opfer ist zweifellos von vornherein verurteilt, es kann sich nicht verteidigen, und sein Prozeß ist immer bereits gemacht; es handelt sich um einen zwar höchst schändlichen Prozeß, der aber seine Natur als Prozeß eingesteht. Die Hexen sind Gegenstand einer durchaus legalen gerichtlichen Verfolgung; sogar die verfolgten Juden werden ausdrücklich angeklagt, und es werden ihnen weniger unwahrscheinliche Verbrechen zur Last gelegt als den mythischen Helden. Der durch die «Brunnenvergiftungen» hervorgerufene Wunsch nach relativer Wahrscheinlichkeit trägt paradoxerweise dazu bei, uns über die von uns vorzunehmende Spaltung des Textes in Wahr und Falsch aufzuklären. Nur so wird uns dessen Natur verständlich. Die Mythologie erfordert die gleiche Operation, aber noch mehr Kühnheit, weil die Gegebenheiten stärker ineinandergeschachtelt sind.

In den historischen Verfolgungen bleiben die «Schuldigen» von ihren «Verbrechen» genügend unterschieden, so daß man sich über die Natur des Vorganges nicht täuschen kann. Im Mythos ist das nicht der Fall. Der Schuldige ist so wesenhaft mit seinem Vergehen verbunden, daß das eine nicht vom anderen getrennt werden kann. Dieses Vergehen erscheint als eine Art phantastische Wesenheit, als ein ontologisches Attribut. In zahlreichen Mythen genügt die Nähe des Unglücklichen, um seine ganze Umgebung anzustecken, Mensch und Tier an der Pest erkranken zu lassen, die Ernte zu verderben, die Nahrung zu vergiften, das Wild verschwinden zu lassen und überall Unfrieden zu stiften. Wo immer er vorbeikommt, gerät alles aus den Fugen und wächst kein Gras mehr. So wie der Feigenbaum Feigen hervorbringt, so bringt er Katastrophen hervor. Es genügt, daß er ist, wie er ist.

In den Mythen definiert sich das Opfer als Schuldiger oder Verbrecher. Hier ist sich diese Definition ihrer selbst so gewiß und der Kausalzusammenhang zwischen Verbrechen und kollektiver Krise so stark, daß es selbst den scharfsinnigsten Forschern bisher noch nicht gelungen ist, diese Gegebenheiten voneinander zu trennen und den Anklagevorgang zu ermitteln. Um das zu erreichen, folgen wir dem

Faden der Ariadne, nämlich dem mittelalterlichen oder neuzeitlichen Verfolgungstext.

Sogar die am stärksten der Vision der Verfolgung verpflichteten historischen Texte widerspiegeln immer nur einen schwächeren Glauben. Je mehr sie sich darauf versteifen, die Rechtmäßigkeit der von ihnen vertretenen schlechten Sache zu beweisen, desto weniger gelingt es ihnen. Wenn der Mythos sagen würde: «Es ist nicht daran zu zweifeln, daß Ödipus seinen Vater getötet hat, es ist gewiß, daß er mit seiner Mutter geschlafen hat», dann würden wir den hier inkarnierten Typus von Lüge erkennen; er würde im Stile der historischen Verfolger, im Stile ihres Glaubens zu uns sprechen. Nun aber spricht er im gemessenen Stil der unbezweifelbaren Tatsachen. Er versichert uns: «Ödipus hat seinen Vater getötet, er hat mit seiner Mutter geschlafen», im Ton etwa folgender Feststellungen: «Auf den Tag folgt die Nacht» oder: «Die Sonne geht im Osten auf».

Mit dem Übergang von den Mythen zu den abendländischen Verfolgungen schwächen sich die verfolgungsspezifischen Verzerrungen ab. Diese Abschwächung hat es uns ermöglicht, die abendländischen Verfolgungen zuerst zu entschlüsseln. Diese erste Entschlüsselung muß jetzt als Sprungbrett für den Zugang zur Mythologie dienen. Ich halte mich zuerst an die bereits besprochenen, leichter faßlichen Texte wie denjenigen von Guillaume de Machaut, gehe dann zur Lektüre des Ödipus-Mythos über, um mich schließlich kontinuierlich immer schwierigeren Texten zuzuwenden; so wird es uns gelingen, alle Stereotypen der Verfolgung zu ermitteln und folglich reale Gewalttaten und reale Opfer zu postulieren; sie verbergen sich hinter Themen, die so phantastisch sind, daß es beinahe unvorstellbar erscheint, sie eines Tages nicht mehr für «rein imaginär» zu halten.

Unsere mittelalterlichen Vorfahren nahmen die verrücktesten Fabeln ernst: Brunnenvergiftungen durch Juden oder Leprakranke, Ritualmorde an Kindern, Hexenbesen und teuflische Orgien bei Vollmond. Ihre Mischung von Grausamkeit und Leichtgläubigkeit scheint uns unübertrefflich. Und trotzdem wird sie von den Mythen übertroffen; die historischen Verfolger gehören in den Bereich eines bereits verblaßten Aberglaubens. Wir glauben uns vor mythischen Illusionen geschützt, weil wir uns geschworen haben, sie gar nicht wahrzunehmen. In Wirklichkeit aber ist es lediglich die raffiniertere Art und Weise, sich unangenehme Fragen dadurch vom Leib zu halten, daß man alles für illusorisch, statt alles für wahr hält. Das beste und definitivste Alibi ist noch immer jene abstrakte Ungläubigkeit, die der vom Mythos nahegelegten Gewalt jegliche Realität abspricht.

Es ist uns zur Gewohnheit geworden, selbst die wahrscheinlichen Merkmale der mythologischen Helden als notwendigerweise fiktiv zu erachten, weil sie in Verbindung mit unwahrscheinlichen Merkmalen auftreten. Aber es handelt sich immer um das gleiche, von der gleichen falschen Vorsicht diktierte Vorurteil zugunsten einer Fiktion; es würde uns auch daran hindern, die Realität der Judenmassaker anzuerkennen, wenn wir ihm erlauben würden, unsere Lektüre von Guillaume de Machaut gänzlich zu bestimmen. Unter dem Vorwand, diese Massaker stünden neben mehr oder weniger bedeutungsvollen Fabeln jeglicher Art, zweifeln wir deren Realität nicht an. Ebensowenig ist also auch im Falle der Mythen Zweifel angebracht.

In den Texten der historischen Verfolger schimmert das Gesicht der Opfer durch die Maske hindurch. Es gibt Lücken und Risse, während in der Mythologie die Maske noch intakt ist; sie bedeckt das ganze Gesicht so perfekt, daß wir nicht einmal vermuten, es könnte sich um eine Maske handeln. Dahinter steht *niemand*, weder Opfer noch Verfolger, so meinen wir. Wir gleichen ein wenig Polyphems Brüdern, den Zyklopen, die dieser vergeblich um Hilfe anruft, nachdem er von Odysseus und seinen Gefährten geblendet worden ist. Wir behalten unser einziges Auge dem vor, was wir Geschichte nennen. Unsere Ohren hingegen, falls wir welche haben, hören nur immer dieses *niemand, niemand...*, das in der kollektiven Gewalt selbst wurzelt und uns diese als null und nichtig erscheinen läßt – als eine gänzlich der dichterischen Improvisation eines Polyphem entsprungene Erfindung.

Die mythologischen Ungeheuer sind für uns keine übernatürlichen oder sogar natürlichen Wesen mehr, sie gehören keiner theologischen oder zoologischen Gattung mehr an, sind aber immer noch Quasi-Gattungen des Imaginären, sagenhafte «Archetypen», die in ein Unbewußtes eingepfercht sind, das mythischer ist als die Mythen selbst. Unsere Wissenschaft der Mythen hat einen vierhundertjährigen Rückstand auf die historische Kritik, aber das ihr im Weg stehende

Hindernis ist nicht unüberwindlich. Es geht nicht darum, irgendeine natürliche Grenze der Sehkraft zu überschreiten und das zu erblicken, was innerhalb der Ordnung der Farben Infrarot oder Ultraviolett sind. Es gab eine Zeit, in der niemand das Lesen beherrschte, auch nicht das Lesen der verfolgungsspezifischen Verzerrungen unserer eigenen Geschichte. Inzwischen haben wir es gelernt. Wir können diese Errungenschaft sogar datieren. Sie geht auf den Beginn der Neuzeit zurück. Sie stellt meiner Meinung nach nur eine erste Etappe in einem nie wirklich unterbrochenen Entschlüsselungsprozeß dar, der freilich seit Jahrhunderten auf der Stelle tritt, versuchte er doch nie einen verheißungsvollen Weg einzuschlagen und sich auf die Mythologie zu erstrecken.

Es gilt nun von einer wesentlichen Dimension der Mythen zu sprechen, die in den historischen Verfolgungen zwar nicht gänzlich, aber doch beinahe fehlt, nämlich der Dimension des Heiligen. Die mittelalterlichen und modernen Verfolger verehren ihre Opfer nicht, sie hassen sie nur. Sie sind also leicht als solche ausfindig zu machen. Schwieriger hingegen ist es, das Opfer in einem übernatürlichen, dem Kulte geweihten Wesen zu erkennen. Gewiß, die ruhmreichen Abenteuer der Helden sind den stereotypen Verbrechen der kollektiven Opfer manchmal zum Verwechseln ähnlich. Wie diese läßt sich auch der Held von den Seinen verjagen oder sogar ermorden. Aber die in dieser Angelegenheit angeblich kompetenten Kenner, angefangen bei den späten Griechen bis hin zu allen modernen Hellenisten, sind sich darin einig, diese unliebsamen Zwischenfälle herunterzuspielen. Nur kleine Torheiten, meinen sie, in einer sonst edlen und überragenden Karriere, und sie in Erinnerung zu rufen zeuge von schlechtem Stil.

Die Mythen verströmen das Heilige, und sie scheinen nicht mit Texten vergleichbar zu sein, die dies nicht tun. So auffallend die auf den vorangehenden Seiten erwähnten Ähnlichkeiten auch sein mögen, sie verblassen angesichts dieser Unvergleichbarkeit. Ich versuche die Mythen dadurch zu erklären, daß ich in ihnen extremere verfolgungsspezifische Verzerrungen ausfindig mache, als sie bei historischen Verfolgern vorkommen, die sich ihrer eigenen Verfolgungen erinnern. Bisher war der Methode Erfolg beschieden, denn

ich habe in den Mythen alles gefunden, was auch in den Verfolgungstexten steht, wenn auch in stärker verzerrter Form. Hier nun aber
taucht eine Schwierigkeit auf. Das Heilige ist in den Mythen voll
präsent, in den Verfolgungstexten jedoch praktisch nicht. Wir stehen
also vor der Frage, ob uns nicht das Wesentliche entgeht. Zwar ist
die Mythologie von unten her durch meine komparative Methode
angreifbar, aber – so sagen unsere Idealisten – sie wird sich ihr immer
gegen oben hin entziehen, und zwar wegen ihrer transzendenten
Dimension, die sie außer Reichweite hält.

Meiner Meinung nach stimmt das nicht, und es läßt sich auf zwei
Arten zeigen. Aufgrund der Ähnlichkeiten und Unterschiede zwischen den beiden Textsorten kann mit Hilfe einer einfachen Überlegung buchstäblich auf die Natur des Heiligen und die Notwendigkeit
seines Vorhandenseins in den Mythen geschlossen werden. Ich wende
mich dann wieder den Verfolgungstexten zu, um, allem Anschein
zum Trotz, aufzuzeigen, daß sie Spuren des Heiligen enthalten und
genau dem entsprechen, was von diesen Texten erwartet werden
kann, sofern man in ihnen, so wie ich es inzwischen tue, verkommene
und halb zerfallene Mythen sieht.

Um zu verstehen, was es mit dem Heiligen auf sich hat, ist von dem
auszugehen, was ich das Stereotyp der Anschuldigung, die Schuld
und die illusorische Verantwortung der Opfer, genannt habe; in
erster Linie ist darin echter Glaube zu sehen. Guillaume de Machaut
glaubt aufrichtig an die Vergiftung der Bäche durch die Juden. Jean
Bodin glaubt aufrichtig an die Gefahren, in die das Frankreich seiner
Zeit durch die Hexerei gestürzt wird. Es ist nicht nötig, mit dem
Glauben zu sympathisieren, um dessen Aufrichtigkeit anzuerkennen.

Jean Bodin ist kein mittelmäßiger Kopf, und trotzdem glaubt er
an die Hexerei. Zwei Jahrhunderte später wird eben dieser Glaube
auch Leute mit sehr beschränkten intellektuellen Fähigkeiten in schal-
lendes Gelächter ausbrechen lassen.

Woher also mögen die Illusionen eines Jean Bodin oder eines
Guillaume de Machaut rühren? Offensichtlich sind sie gesellschaftlicher Natur. Solche Illusionen werden immer von einer großen Anzahl von Menschen geteilt. In den meisten menschlichen Gesellschaften wird der Hexenglaube nicht nur von einigen wenigen oder vielen,
sondern von allen geteilt.

Der magische Glaube ist in einen bestimmten sozialen Konsens eingebettet. Auch wenn dieser Konsens im 16., ja sogar im 14. Jahrhundert nicht vollständig ist, so wird er doch, zumindest in bestimmten Gesellschaftsschichten, von vielen geteilt; er ist für den einzelnen mehr oder weniger verbindlich. Die Ausnahmen sind noch nicht so zahlreich und einflußreich, daß sie die Verfolgungen verhindern könnten. Die mit Verfolgung verbundenen Vorstellungen bewahren gewisse Merkmale einer kollektiven Vorstellung im Sinne Durkheims.

Wir haben gesehen, worin dieser Glaube besteht. Breite Bevölkerungsschichten sind so schrecklichen Plagen wie der Pest ausgeliefert, manchmal auch weniger sichtbaren Schwierigkeiten. Dank der Verfolgungsmechanismen finden Furcht und kollektive Frustrationen ihre Befriedigung stellvertretend in den Opfern, läßt sich doch aufgrund der Zugehörigkeit derselben zu schlecht integrierten Minderheiten usw. leicht eine Einheitsfront gegen sie bilden.

Wir verstehen diesen Vorgang inzwischen, weil wir in einem Text die Stereotypen der Verfolgung ausfindig machen können. Ist es einmal soweit, dann rufen wir meist erstaunt aus: *Das Opfer ist ein Sündenbock.* Jedermann versteht ganz genau, was dieser Ausdruck besagt; niemand hat Zweifel darüber, welchen Sinn er hat. Der Ausdruck Sündenbock bezeichnet gleichzeitig die Unschuld der Opfer, die gegen sie gerichtete kollektive Polarisierung und die kollektive Finalität dieser Polarisierung. Die Verfolger schließen sich in die «Logik» der mit Verfolgung verbundenen Vorstellung ein und finden nicht mehr aus ihr heraus. Zweifellos hat Guillaume de Machaut nie selbst an kollektiven Gewalttaten teilgenommen, aber er übernimmt die verfolgungsspezifische Vorstellung, die diese Gewalttaten nährt und sich ihrerseits von ihnen nährt; er nimmt an der Kollektivwirkung Sündenbock teil. Der Akt der Polarisierung übt auf die darin Verstrickten einen derartigen Zwang aus, daß sich das Opfer unmöglich rechtfertigen kann.

Wir sagen also «Sündenbock» und fassen damit alles zusammen, was ich bisher über die kollektiven Verfolgungen gesagt habe. Angesichts des Textes von Guillaume de Machaut den Ausdruck «Sündenbock» verwenden heißt, sich von dieser Vorstellung nicht hinters Licht führen zu lassen und das getan zu haben, was zu tun war, um das System von ihr zu befreien und sie durch die eigene Lesart zu ersetzen.

«Sündenbock» faßt jenen Interpretationstypus zusammen, den ich auf die Mythologie ausdehnen möchte. Leider geht es mit diesem Ausdruck wie mit der Interpretation selbst. Unter dem Vorwand, jedermann kenne dessen Gebrauch, kommt niemand auf die Idee, genau zu prüfen, was es mit ihm auf sich hat, und so häufen sich die Mißverständnisse.

Im Beispiel von Guillaume de Machaut und in den Verfolgungstexten im allgemeinen steht dieser Gebrauch nicht in direktem Zusammenhang mit dem Sündenbockritus, wie er im Levitikus beschrieben ist, aber auch nicht mit den anderen Riten, die jenen im Levitikus gleichen und deshalb manchmal ebenfalls so genannt werden.

Sobald wir über den «Sündenbock» nachdenken oder außerhalb des Verfolgungskontextes an diesen Ausdruck denken, neigen wir dazu, den Sinn des Ausdrucks zu verändern. Wir denken an den Ritus; da es sich um eine religiöse Zeremonie handelte, die an einem bestimmten Datum stattfand und von Priestern durchgeführt wurde, kommt uns der Gedanke einer absichtlichen Manipulation. Wir stellen uns geschickte Strategen vor, die alles über Opfermechanismen wissen und die mit vollem Bewußtsein und mit machiavellistischen Hintergedanken unschuldige Opfer darbringen.

Daß solche Dinge, vor allem in der heutigen Zeit, vorkommen können, ist durchaus möglich; sie würden jedoch nicht geschehen, auch heute nicht, wenn eventuelle Manipulatoren für ihre Untaten nicht über eine äußerst manipulierbare Masse verfügen würden, also über Leute, die sich vom System der mit Verfolgung verbundenen Vorstellungen völlig gefangennehmen lassen und so zum Glauben an den Sündenbock fähig sind.

Guillaume de Machaut hat offensichtlich nichts von einem Manipulator an sich. Dafür reicht seine Intelligenz nicht aus. Sollte in seiner Welt bereits Manipulation vorkommen, dann gehört er auf die Seite der Manipulierten. Die aufschlußreichen Einzelheiten seines Textes sind für ihn offensichtlich nicht aufschlußreich, sondern nur für uns, die wir deren wahre Bedeutung verstehen. Ich habe vor kurzem von naiven Verfolgern gesprochen, ich hätte auch von ihrem fehlenden Bewußtsein sprechen können.

Eine zu bewußte und berechnende Auffassung dessen, was der Begriff «Sündenbock» abdeckt, beseitigt im modernen Gebrauch das Wesentliche, nämlich den Glauben der Verfolger an die Schuld ihrer Opfer, ihr Gefangensein in der Verfolgerillusion, die – wie wir gesehen haben – sehr komplex ist und ein wahres System von Vorstellungen darstellt.

Das Gefangensein in diesem System berechtigt uns, von einem verfolgungsspezifischen Unbewußten zu sprechen; Beweis für dessen Existenz ist, daß sogar jene, die heutzutage sehr geschickt die Sündenböcke der anderen entdecken – und Gott weiß, daß wir es in dieser Angelegenheit zur Meisterschaft gebracht haben –, nie ihre eigenen Sündenböcke zu entdecken vermögen. Kaum jemand fühlt sich in dieser Hinsicht schuldig. Nur wer in sich geht, kann die ungeheure Tragweite des Geheimnisses erfassen. Jeder muß mit sich selbst abmachen, wo er in Sachen Sündenbock steht. Ich für meine Person wüßte nicht, daß ich welche hätte, und ich bin davon überzeugt, lieber Leser, daß es Ihnen ebenso geht. Wir alle haben nur ganz legitime Feindschaften. Und trotzdem wimmelt es in der Welt von Sündenböcken. Die verfolgungsspezifische Illusion wütet mehr denn je; zwar sind die Folgen nicht immer so tragisch wie zur Zeit von Guillaume de Machaut, dafür um so tückischer. *Scheinheiliger Leser, mein Bruder, mein Spiegelbild...*

Wenn es sogar mit uns so steht, die wir uns doch im Auffinden von individuellen und kollektiven Sündenböcken an Geistesschärfe und Subtilitäten gegenseitig überbieten, wie stand es dann damit im 14. Jahrhundert? Niemand entschlüsselte die verfolgungsspezifischen Vorstellungen so, wie wir es heute tun. «Sündenbock» hatte noch nicht den Sinn, den wir diesem Ausdruck heute verleihen. Der Gedanke, daß Menschenmassen oder sogar ganze Gesellschaften sich in das Gefängnis ihrer eigenen Opferillusionen einschließen könnten, blieb unvorstellbar. Hätte man diesen Gedankengang den Menschen des Mittelalters zu erklären versucht, sie hätten ihn nicht verstanden.

Guillaume de Machaut geht weiter als wir in der Unterwerfung unter die Wirkungen des Sündenbocks. Seine Welt steckt tiefer im verfolgungsspezifischen Unbewußten als unsere, offensichtlich aber weniger tief als die Welt der Mythologien. Bei Guillaume wird nur ein geringer Teil der Schwarzen Pest – und nicht einmal der schlimmste – den Sündenböcken zugeschrieben: im Ödipus-Mythos ist es die ganze Pest. In der Welt der Mythologien genügen zur Erklärung von Epidemien die stereotypen Verbrechen und die dieser Verbrechen Schuldigen vollauf. Um das festzustellen, müssen nur die ethnologischen Dokumente beigezogen werden. Die Ethnologen verhüllen ihr Gesicht angesichts meiner Blasphemien, aber sie haben seit langem alle zu deren Bestätigung notwendigen Zeugnisse gesammelt. In den sogenannten ethnologischen Gesellschaften läßt das Auftreten einer Epidemie sofort den Verdacht auf Übertretung der Grundregeln der Gemeinschaft aufkommen. Es ist uns untersagt, diese Gesellschaften als primitiv zu qualifizieren. Hingegen sind wir dazu angehalten, alles als primitiv zu qualifizieren, was in unserer Welt den mythologischen Glauben und die damit verbundenen verfolgungsspezifischen Verhaltensweisen aufrechterhält.

In den Mythen sind die mit Verfolgung verbundenen Vorstellungen stärker als in den historischen Verfolgungen, und gerade diese Stärke irritiert uns. Im Vergleich zu diesem unerschütterlichen Glauben gilt unser Glaube wenig. In unserer Geschichte sind die mit Verfolgung verbundenen Vorstellungen immer schwankend und bruchstückhaft, und spätestens nach einigen Jahrhunderten sind sie entmystifiziert; im Ödipus-Mythos jedoch haben sie Jahrtausende überdauert und entziehen sich noch heute unseren Bemühungen, sie zu verstehen.

Dieser unerschütterliche Glaube ist uns inzwischen fremd. Wir können höchstens versuchen, ihn zu begreifen, indem wir seiner Spur in den Texten nachgehen. Wir stellen dann fest, daß alles, was wir das Heilige nennen, eins ist mit diesem blinden und massiven Glauben.

Denken wir nun über dieses Phänomen und über die Bedingungen seiner Möglichkeit nach. Wir wissen nicht, warum dieser Glaube so stark ist, vermuten aber, er entspreche einem Sündenbockmechanismus, der wirkungsvoller ist als unsere eigenen, entspreche einer anderen, stärkeren Intensität der Verfolgung. Nach der numerischen Überlegenheit der mythologischen Welten zu schließen, ist diese stärkere Intensität der Normalfall, und unsere Gesellschaft stellt die Ausnahme dar.

Ein derart starker Glaube könnte nicht entstehen und vor allem nicht in den Gedenkmythen der Verfolger nach dem Tod des Opfers weiterbestehen, wenn die Beziehungen innerhalb der Gemeinschaft Zweifel an der Wirksamkeit dieses Glaubens zuließen, mit anderen Worten, wenn diese Beziehungen nicht wieder intakt wären. Damit alle Verfolger fest an die Boshaftigkeit ihres Opfers glauben können, muß dieses alle Verdächtigungen, Spannungen und Vergeltungsmaßnahmen auf sich ziehen, die diese Beziehungen vergiften. Die Gemeinschaft muß sich dieses Giftes tatsächlich entledigt haben. Sie muß sich befreit und mit sich selbst versöhnt fühlen.

Die Schlußfolgerung der meisten Mythen läuft darauf hinaus. Sie führt uns eine wahrhafte Rückkehr der in der Krise in Frage gestellten Ordnung vor Augen, öfter noch die Entstehung einer ganz neuen Ordnung. Diese erwächst aus der wiedergefundenen religiösen Einheit der durch die erlittene Prüfung zu neuem Leben erweckten Gemeinschaft.

Erklärt werden kann die stete Verbindung im Mythos von äußerst schuldhaftem Opfer und gewalttätigem und zugleich befreiendem Abschluß allein mit der Kraft des Sündenbockmechanismus. Diese Hypothese löst denn auch tatsächlich das Grundrätsel jeglicher Mythologie: die nicht vorhandene oder durch den Sündenbock beeinträchtigte Ordnung wird wiederhergestellt oder neu hergestellt, und zwar vermittelt durch denjenigen, der sie gestört hatte. Und das ist denn auch der springende Punkt. Denkbar ist ohne weiteres, daß ein Opfer für ein über alle hereingebrochenes Unheil verantwortlich gemacht wird – genau das geschieht in den Mythen wie auch in den kollektiven Verfolgungen. In den Mythen jedoch – und nur dort – läßt eben dieses Opfer die Ordnung wieder einkehren, ja symbolisiert und verkörpert sie.

Davon haben sich die Fachleute noch nicht erholt. Der Transgressor verwandelt sich in einen Erneuerer, ja Gründer der von ihm quasi vorwegnehmend übertretenen Ordnung. Der oberste Delinquent verwandelt sich in eine Stütze der Gesellschaft. Es gibt Mythen, in denen dieses Paradox von den Gläubigen mehr oder weniger gemildert, zensiert oder geschminkt wurde, zweifellos von Gläubigen, die beinahe ebensosehr darüber skandalisiert waren, wie unsere Ethnologen es heute sind, aber – und darauf werden wir später zurückkommen – dieses Paradox schimmert trotz Schminke durch. Es ist für die Mythologie überaus bezeichnend.

Dieses Rätsel beschäftigte bereits Platon, als er sich über die Unsterblichkeit der homerischen Götter beklagte. Seit Jahrhunderten beißen sich die Interpreten, die dieses Rätsel umgehen, ihre Zähne daran aus. Es ist das gleiche Rätsel wie das des *ursprünglichen* Heiligen beziehungsweise das Rätsel der wohltätigen Umkehrung der dem Sündenbock zugeschriebenen bösartigen Allmacht. Zum Verständnis dieser Umkehrung und zur Lösung dieses Rätsels gilt es von neuem auf unsere Themenverbindung zu achten, also auf unsere vier einigermaßen verzerrten Stereotypen der Verfolgung *und* auf die entsprechende Schlußfolgerung, die uns die versöhnten Verfolger vor Augen führt. *Sie müssen wirklich versöhnt sein.* Es gibt keinen Grund, daran zu zweifeln, gedenken sie doch nach dem Tod des Opfers ihrer Prüfungen und schreiben ihm diese Prüfungen immer ohne zu zögern zu.

Das ist auch nicht weiter erstaunlich. Wie könnten sich die Verfolger ihre eigene Versöhnung, das Ende der Krise sonst erklären? Sie können das Verdienst dafür nicht sich selbst zuschreiben. Von ihrem eigenen Opfer in Angst und Schrecken versetzt, verstehen sie sich selbst in dem Moment, wo sie sich auf diesen Sündenbock stürzen, als gänzlich passiv, bloß reagierend und völlig von ihm dominiert. Sie meinen, alle Initiative gehe von ihm aus. In ihrem Gesichtsfeld ist nur Platz für eine Ursache, den Sündenbock, der absolut triumphiert und jede andere mögliche Kausalität absorbiert. Den Verfolgern kann nur das geschehen, was dem Sündenbock unmittelbar zugeschrieben wird, und falls sie sich miteinander versöhnen, dann ist es sein Gewinn. Es gibt nur noch einen einzigen Verantwortlichen, den absolut Verantwortlichen, und er wird für die Heilung verantwortlich sein, weil er bereits für die Krankheit verantwortlich ist. Als Paradox erfährt dies nur, wer einen dualistischen Standpunkt einnimmt und von der Opfererfahrung bereits so weit entfernt ist, daß er die Einheit nicht mehr wahrnimmt und darauf besteht, das «Gute» und das «Böse» klar voneinander zu unterscheiden.

Zwar heilen die Sündenböcke weder wirkliche Epidemien noch Dürre, noch Überschwemmungen. Worauf es jedoch in jeder Krise bekanntlich ankommt, ist die Art und Weise, wie sie sich auf die menschlichen Beziehungen auswirkt. Ein Prozeß schlechter Reziprozität bahnt sich an, nährt sich aus sich selbst und braucht keine äußeren Ursachen, um weiterzubestehen. Solange die äußeren Ursachen – beispielsweise eine Pestepidemie – andauern, werden die Sündenböcke keine Wirkung zeitigen. Sobald jedoch diese Ursachen wegfallen, kann der erste dahergelaufene Sündenbock die Krise dadurch beendigen, daß er ihre interpersonalen Nachwirkungen dank der Projektion aller Bösartigkeit auf das Opfer auflöst. Der Sündenbock wirkt ausschließlich auf die durch die Krise aus den Fugen geratenen menschlichen Beziehungen ein, wird aber den Eindruck erwecken, ebenfalls auf die äußeren Ursachen, auf Pest, Dürre und andere objektive Katastrophen einzuwirken.

Jenseits einer bestimmten Schwelle des Glaubens stellt die Sündenbockwirkung die Beziehungen zwischen Verfolger und Opfer auf den Kopf, und diese Umkehrung bringt das Heilige hervor, die Gründerahnen und die Gottheiten. Sie macht aus dem in Wirklichkeit passiven Opfer die einzig handelnde und allmächtige Ursache gegenüber einer Gruppe, die sich selbst als gänzlich manipuliert versteht. Wenn Gruppen von Menschen als Gruppen krank werden können und die Gründe dafür objektiven Ursachen oder allein ihnen selbst entspringen, wenn sich Beziehungen innerhalb der Gruppen verschlechtern und dank einmütig verabscheuten Opfern auch wieder verbessern können, dann ist evident, daß diese Gruppen derartiger gesellschaftlicher Krankheiten – in Übereinstimmung mit dem die Heilung erleichternden Glauben – gedenken werden; der zugrunde liegende Glaube ist der Glaube an die Allmacht der Sündenböcke. Die einmütige Abscheu vor demjenigen, der krank macht, wird folglich überlagert von der einmütigen Verehrung für denjenigen, der eben diese Krankheit heilt.

Mythen sind als Systeme von verfolgungsspezifischen Vorstellungen zu verstehen, die unseren eigenen durchaus analog sind, aber durch die Wirksamkeit des Verfolgungsvorganges kompliziert werden. Diese Wirksamkeit aber wollen wir nicht erkennen, weil sie uns doppelt skandalisiert, auf der Ebene der Moral und derjenigen der Vernunft. Wir können die erste, bösartige Verwandlung des Opfers wahrnehmen, und sie erscheint uns als völlig normal; wir können jedoch die zweite, gutartige Verwandlung nicht wahrnehmen und betrachten es als unvorstellbar, daß sie die erste überlagert, ohne sie, zumindest in einer ersten Phase, zu annullieren.

Menschen, die zusammenleben, sind in ihren Beziehungen, im

Guten wie im Bösen, plötzlichen Veränderungen unterworfen. Wenn sie einen vollständigen, die Rückkehr zur Normalität erleichternden Zyklus von Veränderungen dem kollektiven Opfer zuschreiben, dann werden sie aus dieser doppelten Übertragung zweifellos den Glauben an eine transzendente Macht schöpfen, die zugleich doppelt und eins ist und ihnen abwechslungsweise Verderben und Heil, Strafe und Belohnung bringt. Diese Macht manifestiert sich in den Gewalttätigkeiten, deren Opfer, mehr noch aber deren geheimnisvolle Anstifterin sie ist.

Wenn dieses Opfer seine Wohltaten über seinen Tod hinaus über jene ergießen kann, die es getötet haben, dann muß es auferstanden oder nie wirklich tot gewesen sein. Die Kausalität des Sündenbocks drängt sich mit solcher Kraft auf, daß ihr selbst der Tod nicht Einhalt gebieten kann. Um nicht auf das Opfer als Ursache verzichten zu müssen, läßt sie es bei Bedarf auferstehen, macht es zumindest für eine gewisse Zeit unsterblich und erfindet alles, was wir Transzendenz und Übernatürlichkeit nennen.*

---

* R. Girard, *Das Heilige und die Gewalt*, S. 129–133; ders., *Das Ende der Gewalt*, S. 35–52.

IV

Gewalt und Magie

Um das Heilige zu erklären, habe ich jene mit Verfolgung verbundenen Vorstellungen, die das Heilige enthalten, mit denjenigen verglichen, die es nicht enthalten. Ich habe darüber nachgedacht, was der
Mythologie im Vergleich zu den historischen Verfolgungen eigen-
tümlich ist. Diese Eigentümlichkeit ist jedoch relativ, und genau das
habe ich vernachlässigt. Ich habe von historischen Verzerrungen
gesprochen, als wären sie dem Heiligen gänzlich fremd. Sie sind es
jedoch nicht. In den mittelalterlichen und neuzeitlichen Texten
schwächt sich das Heilige mehr und mehr ab, überlebt jedoch. Ich
habe diese Überbleibsel nicht erwähnt, weil ich den Abstand zwischen der Mythologie und jenen Texten nicht mindern wollte, von
denen ich ja gerade behaupte, sie könnten diesen Abstand reduzieren.
Sich auf approximative Ähnlichkeiten abzustützen wäre, gerade hier,
so fatal, weil es eine perfekte Erklärung für die Ungleichheiten gibt.
Es ist der Sündenbockmechanismus, wahrer Erzeuger von erkennbaren oder nicht erkennbaren mythologischen oder nicht mythologischen verfolgungsspezifischen Verzerrungen, je nach dem Niveau
seiner Funktionsweise.

Da dieser Unterschied in der Funktionsweise nunmehr postuliert
ist, kann ich mich jetzt den Spuren des Heiligen zuwenden, die im
Umkreis der erkennbaren Verzerrungen fortbestehen. Dabei stellt
sich die Frage, ob sie dort in gleicher Weise funktionieren wie in den
Mythen und ob sie die oben vorgelegte theoretische Definition bestätigen.

In den mittelalterlichen Verfolgungen steht der Haß im Vordergrund, und es ist naheliegend, alles andere zu übersehen. Das gilt insbesondere im Falle der Juden. Zwar genießt die jüdische Medizin zu jener Zeit außerordentliches Ansehen. Vielleicht gibt es dafür auch eine rationale Erklärung, nämlich die tatsächlich vorhandene Überlegenheit von Ärzten, die dem wissenschaftlichen Fortschritt gegenüber offener sind als andere. Aber insbesondere im Falle der Pest ist diese Erklärung keineswegs überzeugend. Hier vermag auch die beste Medizin nicht mehr als die schlechteste. Die Aristokraten, aber auch die unteren sozialen Schichten geben den jüdischen Ärzten den Vorzug, weil sie die Kraft zur Heilung mit der Kraft zum Krankmachen gleichsetzen. Dieses Ansehen gilt also keineswegs Individuen, die sich von ihren Zeitgenossen dadurch unterscheiden würden, daß sie keine Vorurteile hätten. Meiner Meinung nach sind Ansehen und Vorurteil zwei Aspekte ein und derselben Mentalität, worin wiederum ein Überbleibsel des ursprünglichen Heiligen zu sehen ist. Auch in der heutigen Zeit ist die vom Arzt verbreitete beinahe heilige Furcht an dessen Autorität nicht ganz unbeteiligt.

Zeige der Jude uns gegenüber seinen schlechten Willen, und er wird uns die Pest bringen; zeige er seinen guten Willen, und er wird uns verschonen oder heilen, falls er bereits zugeschlagen hat. Er erscheint also als letzte Zuflucht, und zwar gerade aufgrund und nicht trotz des Übels, das er uns zufügen kann oder bereits zugefügt hat. Auch bei Apollo ist das nicht anders; die Thebaner flehen gerade diesen Gott an, sie von der Pest zu befreien, weil sie ihn als für diese Plage letztlich Verantwortlichen betrachten. Apollo ist demzufolge nicht als gütiger, friedlicher und heiterer Gott zu betrachten oder als apollinisch im Sinne Nietzsches und der Ästheten. Letztere werden in diesem wie in vielen anderen Punkten vom späten Verblassen der olympischen Gottheiten getäuscht. Allem Anschein und gewissen theoretischen Verharmlosungen zum Trotz bleibt dieser tragische Apollo «der verabscheuenswerteste» aller Götter, gemäß Homers Formel, deren Gebrauch ihm Platon vorwirft, so als handle es sich um ein persönliches Hirngespinst des Dichters.

Jenseits einer bestimmten Intensität des Glaubens erscheint der Sündenbock nicht mehr nur als passives Aufnahmegefäß der bösen Kräfte, sondern als jener allmächtige Manipulator, dessen eigentliche Mythologie uns dazu zwingt, das von der gesellschaftlichen Einmütigkeit sanktionierte Wunderwerk zu postulieren. Wer sagt, der Sündenbock sei die einzige *Ursache* der Plage, der sagt, diese Plage werde buchstäblich zu seiner *Sache* und er könne nach Gutdünken darüber verfügen – zur Strafe oder zur Belohnung, je nachdem, ob ihm jemand gefällt oder mißfällt.

Der jüdische Arzt von Königin Elisabeth von England, Lopez, wurde in jenem Moment wegen Mordversuchs durch Vergiftung und magische Praktiken hingerichtet, als er am englischen Hof allerhöchstes Ansehen genoß. Das geringste Scheitern, die mindeste Denunziation kann den Emporkömmling zu Fall bringen, und sein Fall wird um so tiefer sein, je höher sein Aufstieg war. So stürzt auch Ödipus, Erlöser Thebens und anerkannter Heiler, Träger von Opferzeichen, auf dem Höhepunkt seines Ruhmes in unruhiger Zeit – Opfer einer unserer stereotypen Anschuldigungen.*

Zur übernatürlichen Seite des Vergehens kommt ein Verbrechen im modernen Sinne hinzu; es ist dies die Antwort auf die Forderung nach Rationalität, charakteristisch für eine in bezug auf Magie späte Epoche. Es geht dabei vor allem um Vergiftung, also um jenes Verbrechen, das dem Angeklagten sämtliche juristischen Garantien beinahe ebenso brutal entzieht, wie dies bei eindeutig magischen Anschuldigungen der Fall ist; das Gift ist, insbesondere für Ärzte, so leicht zu verbergen, daß es unmöglich nachgewiesen werden kann, *also muß es nicht nachgewiesen werden.*

Auf diesem Weg kommen wir zugleich wieder auf alle unsere Beispiele zurück. Es kommen Gegebenheiten vor, die an den Ödipus-Mythos erinnern, einige verweisen auf Guillaume de Machaut und auf alle verfolgten Juden, wieder andere gleichen dem falschen Mythos, den ich selbst gebastelt habe, um den Ödipus-Mythos zu «historisieren» und so zu beweisen, wie willkürlich der Entscheid darüber ist, ob ein Text historisch oder mythologisch ist.

Weil wir uns hier in einem historischen Kontext befinden, wenden

---

* Vgl. J. Trachtenberg, *The Devil and the Jews*, S. 98; H. Michelson, *The Jew in Early English Literature*, S. 84 ff. Über die Darstellung des Juden in der christlichen Welt siehe auch die Studien von G.I. Langmuir: «Qu'est-ce que ‹les Juifs› signifiaient pour la société médiévale?»; ders., «From Ambrose of Milan to Emicho of Leiningen: the transformation of hostility against Jews in Northern Christendom».

wir uns automatisch der sozialpsychologischen und entmystifizieren-
den Interpretation zu. Wir erahnen die von neidischen Rivalen orga-
nisierte Kabale, und schon sehen wir jene Aspekte, welche an das
mythologische Heilige erinnern, nicht mehr.

In Lopez wie in Ödipus, ja selbst in Apollo ist der Herr über das
Leben identisch mit dem Herrn über den Tod, ist er doch Herr über
eine schreckliche Plage, die Krankheit. Lopez ist je nachdem wundersamer Spender von Gesundheit und nicht weniger wundersamer
Spender von Krankheiten, die er, wenn er nur wollte, stets heilen
könnte. Der dem Text aufgedrückte Stempel der Historizität ermöglicht es uns, ohne Zögern auf jenen Typus von Interpretation zurückzugreifen, der jedoch im Falle der Mythologie, insbesondere der
griechischen, als blasphemisch, ja undenkbar betrachtet würde. Ich
bin ein Vogel, seht meine Flügel, ich bin eine Maus, es lebe die Ratte.
Man präsentiere die Sache in Form eines Mythos – schon verfügt man
über ein aussagekräftiges Symbol der menschlichen Daseinsbedin-
gungen, des Auf und Ab des Schicksals, schon brechen unsere Humanisten in wahre Begeisterungsstürme aus. Man versetze die Erzählung ins Elisabethanische Zeitalter – schon handelt es sich nur noch
um eine schmutzige Palastintrige, typisch für jene übersteigerten
Ambitionen, jene heuchlerischen Gewalttätigkeiten und jenen düsteren Aberglauben, die allein in der modernen westlichen Welt perma-
nent wüten. Die zweite Vision entspricht sicherlich eher der Wahrheit
als die erste, sie entspricht aber insofern nicht ganz der Wahrheit, als
Überbleibsel einer unbewußten Verfolgermentalität in der Affäre
Lopez eine Rolle spielen könnten. Dem trägt diese Vision freilich
keine Rechnung. Sie schwärzt unsere ganze historische Welt an und
stellt ihre tatsächlich begangenen Verbrechen auf dem scheinbar
lichten Hintergrund der rousseauschen Unschuld dar, die nur gerade
diese Welt nicht besäße.

Hinter den heilenden Göttern stehen immer die Opfer, und sie
haben stets etwas Medizinisches an sich. Wie im Falle der Juden
werden die Hexen von denen denunziert, die ihre Dienste in Anspruch nehmen. Alle Verfolger schreiben ihren Opfern eine Schäd-
lichkeit zu, die sich ins Positive wenden kann und umgekehrt.

Alle Aspekte der Mythologie finden sich auch in den mittelalterlichen Verfolgungen, aber in weniger extremer Form. So etwa bei

dem Ungeheuer, das dort in leicht erkennbarer Form weiterbesteht, sobald man sich die Mühe macht, Phänomene zu vergleichen, die ein blinder Entschluß als nicht vergleichbar erklärt hat.

Die Austauschbarkeit von Mensch und Tier ist die wichtigste und spektakulärste Modalität des Monströsen in der Mythologie. Sie findet sich auch in den mittelalterlichen Opfern. Von Hexen und Zauberern wird angenommen, sie besäßen eine besondere Affinität zum Ziegenbock, einem äußerst bösartigen Tier. In Prozessen werden die Verdächtigen darauf hin untersucht, ob sie einen Bocksfuß haben; man betastet ihre Stirn, und die geringste Wölbung wird als Hornansatz interpretiert. Der Gedanke, die Grenze zwischen Mensch und Tier könnte bei den Trägern von Opferzeichen verschwinden, wird mit allen Mitteln betrieben. Besitzt die angebliche Hexe ein Haustier, Katze, Hund oder Vogel, so wird sogleich ihre Ähnlichkeit mit dem Tier festgestellt, und das Tier selbst wird zu einer Art Erscheinung – eine zeitliche Verkörperung oder eine Verkleidung, die dem Erfolg gewisser Unterfangen nützlich ist. Diese Tiere spielen genau die gleiche Rolle wie der Schwan des Jupiters bei der Verführung der Leda oder der Stier bei derjenigen von Pasiphaë. Von dieser Ähnlichkeit werden wir durch die äußerst negativen Konnotationen des Monströsen in der mittelalterlichen Welt abgelenkt, wogegen es in der späten Mythologie und im neuzeitlichen Verständnis von Mythologie fast ausschließlich positiv besetzt ist. Im Verlauf der vergangenen Jahrhunderte unserer Geschichte haben erst Schriftsteller und Künstler, später dann die zeitgenössischen Ethnologen den bereits in der sogenannten «klassischen» Epoche begonnenen Prozeß der Verharmlosung und Zensur vollendet. Darauf werde ich später zurückkommen.

Die quasi mythologische Figur der alten Hexe veranschaulicht sehr deutlich die Tendenz zur Verschmelzung von moralischen und körperlichen Monstrositäten, auf die bereits im Zusammenhang mit der eigentlichen Mythologie hingewiesen worden ist. Die Hexe hinkt, sie ist krumm, ihr Gesicht ist übersät von Warzen und Wucherungen, die ihre Häßlichkeit verstärken. Alles an ihr ruft nach Verfolgung. Gleiches gilt selbstverständlich für den Juden im Antisemitismus des Mittelalters und der Neuzeit. Er ist geradezu eine Ansammlung von Opferzeichen, versammelt in jenen Individuen, die sich in Zielscheiben für die Mehrheit verwandeln.

Auch vom Juden wird gesagt, er sei mit dem Ziegenbock und gewissen anderen Tieren besonders verbunden. Auch hier kann die Aufhebung der Unterschiede zwischen Mensch und Tier in ganz unerwarteter Form auftauchen. Im Jahr 1575 beispielsweise zeigt Johann Fischarts illustrierte *Wunderzeitung* eine Jüdin aus Binzwangen, nahe Augsburg, die zwei vor ihr liegende Ferkel betrachtet, die sie soeben zur Welt gebracht hat.*

Derartige Dinge tauchen in sämtlichen Mythologien der Welt auf, aber ihre Ähnlichkeit entgeht uns, weil der Sündenbockmechanismus nicht in beiden Fällen nach dem gleichen Prinzip funktioniert und das gesellschaftliche Ergebnis nicht vergleichbar ist. Das überlegene Prinzip der Mythologie führt zu einer Sakralisierung des Opfers, womit die verfolgungsspezifischen Verzerrungen verdeckt, ja manchmal sogar getilgt werden.

Nehmen wir beispielsweise einen im Nordwesten Kanadas, in der Nähe des Polarkreises sehr bedeutenden Mythos. Es handelt sich dabei um den Gründungsmythos der Dog-Rib-Indianer. Ich zitiere hier die Zusammenfassung von Roger Bastide im Band *Ethnologie générale* der *Encyclopédie de la Pléiade* (S. 1065).

Eine Frau hat mit einem Hund Geschlechtsverkehr, und sie bringt sechs Hündchen zur Welt. Ihr Stamm verjagt sie, und sie ist gezwungen, ihre Nahrung selbst zu suchen. Als sie eines Tages aus dem Busch zurückkehrt, entdeckt sie, daß ihre Hündchen Kinder sind, die aus ihren Tierfellen schlüpfen, sobald sie außer Haus ist. Sie tut, als würde sie das Haus verlassen, und nachdem sich ihre Kinder ihrer Felle entledigt haben, nimmt sie sie ihnen weg und zwingt sie so dazu, von nun an ihre menschliche Identität zu behalten.

Hier finden wir alle unsere Stereotypen der Verfolgung; sie sind nicht leicht voneinander zu unterscheiden, aber gerade ihre Verschmelzung ist aufschlußreich. Was ich die Krise, die allgemeine Entdifferenzierung nenne, ist identisch mit dem Schwanken zwischen Mensch und Tier bei der Mutter, aber auch bei den Kindern, die die Gemeinschaft

* J. Trachtenberg, *The Devil and the Jews*, S. 52f.

darstellen. Das Opferzeichen ist die Weiblichkeit, und das stereotype Verbrechen ist die Bestialität. Die Frau ist sicherlich für die Krise verantwortlich, bringt sie doch eine monströse Gemeinschaft zur Welt. Aber der Mythos gibt stillschweigend die Wahrheit zu. Es gibt keinen Unterschied zwischen der Verbrecherin und der Gemeinschaft: beide sind gleichermaßen entdifferenziert, und die Gemeinschaft besteht schon vor dem Verbrechen, denn sie straft es. Man hat es also tatsächlich mit einem Sündenbock zu tun, der eines stereotypen Verbrechens angeklagt ist und entsprechend behandelt wird: *Ihr Stamm verjagt sie, und sie ist gezwungen, ihre Nahrung selbst zu suchen . . .*

Wir sehen keinen Zusammenhang mit der Jüdin aus Binzwangen, die unter der Anklage steht, Ferkel auf die Welt gebracht zu haben, weil der Sündenbockmechanismus in diesem Fall voll spielt und zum Gründungsmechanismus wird; er wendet sich ins Positive. Und deshalb ist die Gemeinschaft gleichzeitig älter und jünger als das von ihr bestrafte Verbrechen: sie geht aus diesem Verbrechen hervor, und zwar im wesentlichen nicht in ihrer Monstrosität, sondern in ihrer klar differenzierten Humanität. Dem Sündenbock, der zuerst unter der Anklage steht, die Gemeinschaft zwischen Mensch und Tier schwanken zu lassen, kommt schließlich das Verdienst zu, die Differenz zwischen beiden endgültig zu stabilisieren. Die Frau-Hündin wird eine große Göttin, die nicht nur die Bestialität, sondern auch den Inzest und alle anderen stereotypen Verbrechen, alle Vergehen gegen die Grundregeln der Gesellschaft bestraft. Die Scheinursache des Chaos wird zur Scheinursache der Ordnung, denn tatsächlich ist es ein Opfer, das die bedrohte Einheit der dankbaren Gemeinschaft wiederherstellt, zuerst als Gegenüber, dann als Mitte dieser Einheit.

In den Mythen gibt es zwei Momente, die von den Interpreten nicht unterschieden werden können. Das erste Moment ist die Anklage gegen einen Sündenbock, der noch nicht geheiligt ist und in sich alle bösen Kräfte vereinigt. Dieses erste Moment wird von einem zweiten überlagert, nämlich von der durch die Versöhnung der Gemeinschaft hervorgerufenen positiven Sakralität. Das erste Moment habe ich mit Hilfe seiner Entsprechung in den historischen Texten herausgearbeitet, welche die Sicht der Verfolger spiegeln. Diese Texte eignen sich für den Interpreten gerade deshalb so gut als Leitfaden auf dem Weg zu diesem ersten Moment, weil sie beinahe gänzlich auf es beschränkt sind.

Die Verfolgungstexte legen die Annahme nahe, die Mythen enthielten eine erste, jener der Verfolger entsprechende Verklärung *(transfiguration)*; aber es handelt sich dabei gewissermaßen nur um den Sockel einer zweiten Verklärung. Noch leichtgläubiger als die unsrigen, sind die mythologischen Verfolger von ihren Sündenbockwirkungen dermaßen besetzt, daß sie sich durch sie tatsächlich versöhnen lassen; dadurch wird die von ihrem Opfer bereits ausgelöste Schreckensreaktion und Feindseligkeit von einer Reaktion der Verehrung überlagert. Wir tun uns schwer mit dem Verständnis dieser zweiten Art von Verklärung, die in unserer Welt keine oder kaum eine Entsprechung kennt. Sind die beiden aber erst einmal voneinander unterschieden, dann kann die zweite Verklärung aufgrund der Divergenzen, die in den beiden miteinander verglichenen Textsorten insbesondere im Schlußteil auftauchen, logisch analysiert werden. So konnte ich dann die Richtigkeit dieser Analyse verifizieren. Es ließ sich nämlich feststellen, daß die spärlichen Spuren des Heiligen in unseren historischen Opfern zu augenfällig den voll entfalteten Formen eben dieses Heiligen gleichen, als daß sie einem anderen Mechanismus zugehörig sein könnten.

Es gilt also, in der kollektiven Gewalt eine Maschinerie zur Mythenherstellung zu erkennen, die auch in unserer Welt keineswegs zu funktionieren aufgehört hat, die aber aus Gründen, auf die wir bald kommen werden, immer weniger gut funktioniert. Die zweite der beiden mythischen Verklärungen ist offensichtlich die schwächere, denn sie ist beinahe gänzlich verschwunden. Die moderne abendländische Geschichte ist geprägt vom Zerfall der mythischen Formen; diese überleben nur noch in Verfolgungsphänomenen, die beinahe gänzlich auf die erste Verklärung beschränkt sind. Wenn es eine direkte Entsprechung zwischen den mythologischen Verzerrungen und dem Glauben der Verfolger gibt, dann könnte dieser Zerfall sehr wohl die andere Seite jener einmaligen und ständig wachsenden Fähigkeit zur Entschlüsselung sein, die, obschon unvollständig, dennoch charakteristisch für uns ist. Diese Kompetenz zur Entschlüsselung begann mit der Zerlegung des Heiligen, die dann ihre Fortsetzung in der Entzifferung der halb zerlegten Formen fand. Zum gegenwärtigen Zeitpunkt lehrt sie uns nun, zu den noch intakten Formen vorzustoßen und die Mythologie im strengen Sinne zu entziffern.

Die verfolgungsspezifischen Verzerrungen sind, die sakralisierende Kehrtwendung einmal ausgenommen, im Dog-Rib-Mythos nicht stärker als in der zitierten Stelle bei Guillaume de Machaut. Das Verständnis stolpert vor allem über das Heilige. Da wir die zweifache Verklärung des Sündenbocks nicht nachvollziehen, sehen wir im Heiligen weiterhin das gleiche, unzweifelhaft illusorische, aber irreduzible Phänomen wie die Anhänger des Dog-Rib-Kultes. Mythen und Riten enthalten alle für die Analyse dieses Phänomens notwendigen Daten, aber wir erkennen sie nicht.

Schenkt man dem Mythos zu großes Vertrauen, wenn man hinter ihm ein reales Opfer, einen realen Sündenbock vermutet? Diese Auffassung wird sicherlich vertreten. Aber die Situation des Interpreten gegenüber dem Dog-Rib-Text ist grundsätzlich die gleiche wie in den früheren Beispielen. Es gibt zu viele Stereotypen der Verfolgung, als daß die rein imaginäre Auffassung wahrscheinlich wäre. Übertriebenes Mißtrauen ist dem Mythenverständnis ebenso abträglich wie übertriebenes Vertrauen. Aufgrund von Regeln, die auf die Stereotypen der Verfolgung nicht anwendbar sind, gilt meine Lesart als tollkühn.

Mag sein, daß ich mich in bezug auf den von mir ausgewählten Mythos der Frau-Hündin irre. Auch dieser Mythos könnte von A bis Z erfunden sein, und zwar aus den gleichen Gründen, die mich weiter oben bewogen haben, einen «falschen» Ödipus-Mythos zu fabrizieren. Es würde sich in diesem Fall um einen örtlich begrenzten Irrtum handeln, der die Richtigkeit der Gesamtinterpretation keineswegs in Frage stellen würde. Selbst wenn der Dog-Rib-Mythos nicht aus realer kollektiver Gewalt entstanden wäre, wäre er das Werk eines kompetenten Imitators, der fähig ist, mit seinem Text die Wirkungen dieser Art von Gewalt exakt wiederzugeben; er würde also ein ebenso gültiges Beispiel liefern wie ich mit meinem falschen Ödipus-Mythos. Wenn ich davon ausgehe, daß hinter dem von mir erfundenen Text ein reales Opfer steht, dann täusche ich mich ausnahmsweise, aber mein faktischer Irrtum bleibt gleichwohl der Wahrheit der meisten Texte verpflichtet, die aus eben diesen Stereotypen aufgebaut und gleich strukturiert sind. Statistisch gesehen ist es undenkbar, daß alle diese Texte von Fälschern geschrieben worden sind.

Man muß nur an die Frau von Binzwangen denken, die unter der Anklage steht, Ungeheuer geboren zu haben, um zu verstehen, daß es hier wie oben um das gleiche geht. Eine minimale Veränderung des Dekors, und schon würde die Abschwächung des positiven Heiligen meine Kritiker in die Richtung eben jener Interpretation führen, die sie als unzulässig erklären. Sie würden dann die von ihnen geforderte Lesart für die Mythen vergessen; sie selbst würden deren mystifizierenden Charakter anprangern, sollte sie ihnen aufgezwungen werden. Rückständig sind alle Lesarten, mögen sie sich auch noch so avantgardistisch gebärden, solange sie sich nicht der oben definierten historischen Methode, also der Methode der entmystifizierten Verfolgung bedienen.

Die Ethnologie der Ethnologen glaubt sich von meiner These meilenweit entfernt, in bestimmten Punkten jedoch steht sie ihr durchaus nahe. Seit langem hat sie in dem, was sie das «magische Denken» nennt, eine übernatürliche Erklärung *kausalen Typus* erkannt. Hubert und Mauss sahen in der Magie «eine gigantische Variation über das Thema des Kausalitätsprinzips». Dieser Typus von Kausalität geht jenem der Wissenschaft vorauf und kündigt ihn in gewisser Weise an. Je nach momentaner ideologischer Stimmungslage betonen die Ethnologen Ähnlichkeiten oder Unterschiede zwischen den beiden Erklärungstypen. Die Unterschiede tragen bei jenen den Sieg davon, die die Überlegenheit der Wissenschaft feiern, die Ähnlichkeiten hingegen bei jenen, die uns als zu eitel betrachten und uns einen Dämpfer aufsetzen möchten.

Lévi-Strauss gehört beiden Kategorien zugleich an. In *Das wilde Denken* übernimmt er die Formel von Hubert und Mauss und definiert Riten und magische Glaubensinhalte als «Ausdrucksformen eines Glaubens an eine künftige Wissenschaft».* Nur der verstandesmäßige Aspekt interessiert ihn, aber zur Untermauerung seiner Ausführungen zitiert er einen Text von Evans-Pritchard, der die Identität von magischem Denken und *Hexenjagd* offensichtlich macht:

Als System einer Naturphilosophie gesehen, enthält sie (witchcraft) eine Theorie der Ursachen: das Unglück entsteht aus der

* C. Lévi-Strauss, a.a.O., S. 23.

Zauberei, die mit den Naturkräften zusammenarbeitet. Daß ein Mann von einem Büffel auf die Hörner genommen wird, daß ein Dachspeicher, dessen Unterbau die Termiten zerfressen haben, ihm auf den Kopf fällt oder daß er eine Gehirnhautentzündung bekommt, werden die Azande damit erklären, daß der Büffel, der Speicher oder die Krankheit Ursachen sind, die sich mit der Zauberei verbünden, um den Mann zu töten. Für den Büffel, den Speicher und die Krankheit ist die Zauberei nicht verantwortlich zu machen, denn sie existieren an sich; verantwortlich ist sie aber für den besonderen Umstand, der jene in zerstörerische Beziehung zu einem Individuum bringt. Der Speicher wäre auf alle Fälle zusammengestürzt, aber wegen der Zauberei ist er in einem bestimmten Augenblick eingefallen, als ein bestimmtes Individuum sich unter ihm ausruhte. Unter all diesen Ursachen läßt allein die Zauberei eine korrigierende Einmischung zu, da nur sie von einer Person ausgeht. Gegen den Büffel und den Speicher kann man nichts tun. Obwohl sie gleichfalls als Ursachen anerkannt werden, sind sie auf der Ebene der sozialen Beziehungen nicht bedeutsam.*

Der Ausdruck «Naturphilosophie» erinnert an das Bild des edlen Wilden eines Rousseau, der in aller Unschuld über die «Geheimnisse der Natur» nachdenkt. In Wirklichkeit jedoch gehört das magische Denken nicht in den Bereich desinteressierter Neugier. Am häufigsten greift man im Falle einer Katastrophe darauf zurück. Es stellt vor allem ein Anklagesystem dar. Die Rolle des Zauberers spielt immer der *Andere*, und seine Handlungsweise ist übernatürlich, um seinem Nachbarn zu schaden.

Evans-Pritchard zeigt das auf, was ich selbst aufgezeigt habe, aber er tut es in der von den Ethnologen bevorzugten Sprache. Das magische Denken sucht «eine auf der Ebene der sozialen Beziehungen bedeutsame Ursache», d.h. ein menschliches Wesen, ein Opfer, einen Sündenbock. Die Natur der *korrigierenden Einmischung*, die aus der magischen Erklärung hervorgeht, muß nicht weiter präzisiert werden.

Sämtliche Aussagen Evans-Pritchards finden nicht nur auf die

* E.E. Evans-Pritchard, «Witchcraft», S. 418 f.

magischen Alltagsphänomene der ethnologischen Welt Anwendung, sondern auf alle Verfolgungsphänomene, von den mittelalterlichen Gewalttätigkeiten bis zur «eigentlichen» Mythologie.

Theben weiß, daß jede menschliche Gemeinschaft von Zeit zu Zeit von Epidemien heimgesucht wird. Die Frage der Thebaner aber lautet: Warum gerade unsere Stadt, warum gerade zu diesem Zeitpunkt? Die Leidenden interessieren sich nicht für natürliche Ursachen. Nur die Magie erlaubt «eine korrigierende Einmischung», und jedermann sucht eifrig nach einem zu bestrafenden Zauberer. Gegen die Pest als solche oder, wenn man will, gegen Apollo selbst gibt es kein Heilmittel. Hingegen steht nichts der kathartischen Bestrafung des armen Ödipus im Weg.

Lévi-Strauss selbst legt diese Einsichten in seinen Überlegungen zum magischen Denken nahe, führt aber die Kunst der Untertreibung noch weiter als Evans-Pritchard. Er räumt zwar ein, daß trotz einigen «guten wissenschaftlichen Ergebnissen» die Magie im allgemeinen neben der Wissenschaft eine schlechte Figur macht, wenn auch nicht aus den von den Anhängern des «primitiven Denkens» vorgebrachten Gründen. Das magische Denken, so schreibt er, «unterscheidet sich von der Wissenschaft weniger durch die Unkenntnis oder die Geringschätzung des Determinismus als vielmehr durch einen weit gebieterischeren und anspruchsvolleren Anspruch auf Determinismus, welchen die Wissenschaft höchstens unvernünftig und übereilt nennen kann»*. Weniger denn je ist die Rede von Gewalt, aber alle Adjektive der eben zitierten Stelle lassen sich durchaus auf die Befindlichkeit der von magischer Kausalität durchdrungenen Verfolger anwenden. Tatsächlich sind die Verfolger in all ihren Urteilen und in all ihren Taten *gebieterisch, anspruchsvoll, unvernünftig* und *übereilt*. Das magische Denken versteht sich selbst in der Regel als Defensivhandlung gegen die Magie; es führt deshalb zum gleichen Verhaltenstypus wie das Denken der Hexenverfolger oder der christlichen Volksmenge während der Schwarzen Pest. Von all diesen Leuten sagen wir übrigens zu Recht, ihr Denken sei *magisch*. Ich erinnere daran, daß wir auch von *mythologischem* Denken sprechen. Die beiden Begriffe sind Synonyme und ihre Verwendung gleichermaßen gerechtfertigt.

* C. Lévi-Strauss, *Das wilde Denken*, S. 22.

Das beweist Evans-Pritchard, ohne sich darüber Rechenschaft zu geben. Es besteht kein wesentlicher Unterschied zwischen magischen Vorstellungen und Verhaltensweisen in der Geschichte und in der Mythologie.

Der entscheidende Unterschied liegt in der moralischen Haltung der beiden Disziplinen Geschichte und Ethnologie. Die Historiker legen den Akzent auf den Aspekt der Verfolgung und prangern lautstark die Intoleranz und den Aberglauben an, die solche Dinge erst möglich machen. Die Ethnologen wiederum interessieren sich nur für die wissenstheoretischen Aspekte, also für die Ursachentheorie. Ein einfaches Vertauschen der Anwendungsbereiche ohne Veränderung der Sprache bringt einmal mehr die schizophrene Natur unserer Zivilisation zutage. Diese Feststellung führt unweigerlich zu einem Unbehagen; sie zieht Werte in Mitleidenschaft, die wir bisher als unerschütterlich betrachtet haben. Das ist aber kein Grund, dieses Unbehagen auf jene zu projizieren, die den Finger darauf legen, und sie als Sündenböcke zu behandeln. Vielmehr ist es der gleiche Grund wie immer, nämlich der uralte, tiefliegende Grund, der sich uns nun in seiner modernen, intellektualisierten Version darstellt. Was immer die Gefahr in sich birgt, das *Unbewußte* des Sündenbocks in uns, also die auf dem Sündenbockmechanismus gründende Vorstellung aller Dinge zu erschüttern, das tendiert dazu, diesen Mechanismus einmal mehr auszulösen. Zur Beseitigung der in diesem System auftauchenden Risse und Lücken greift man – *mehr* oder *weniger* unbewußt – immer auf den eben dieses System hervorbringenden und erneuernden Mechanismus zurück. In der heutigen Zeit liegt der Akzent offensichtlich auf *weniger*. Selbst wenn es immer mehr Verfolgungen gibt, so gibt es doch immer weniger *Unbewußtes* in der Verfolgung, weniger nicht bemerkte Verzerrungen in der Opferdarstellung. Aus diesem Grund aber schwächen sich die Widerstände gegen die Wahrheit ab, und die Mythologie insgesamt ist dabei, in den Bereich des Einsichtigen hinüberzukippen.

Die Mythen sind verfolgungsspezifische Vorstellungen, analog den von uns bereits entschlüsselten; da sie aber stärkere Verzerrungen aufweisen, sind sie schwieriger zu entschlüsseln.

In der Mythologie sind die Verklärungen stärker. Die Opfer werden zu Ungeheuern, sie verfügen über außerordentliche Macht. Nachdem sie das Chaos gesät haben, stellen sie die Ordnung wieder her und stehen als Gründungsahnen oder Gottheiten da. Dieses Mehr an Verklärung läßt Mythen und historische Verfolgungen nicht unvergleichbar werden, ganz im Gegenteil. Zur Erläuterung genügt der Rückgriff auf jenen Mechanismus, den wir für die bereits entschlüsselten Vorstellungen postuliert haben, dem aber ein wirkungsvolleres Funktionieren zu unterstellen ist. Die Rückkehr zu Ordnung und Frieden wird mit der gleichen Ursache in Verbindung gebracht wie die voraufgehenden Unruhen, nämlich mit dem Opfer selbst. Das führt zur Aussage, das Opfer sei geheiligt. So wird die Episode der Verfolgung zu einem eigentlichen religiösen und kulturellen Ausgangspunkt. Die Wirkung des Gesamtprozesses wird es denn auch sein: 1. als Modell zu dienen für die Mythologie, die seiner als einer religiösen Epiphanie gedenken wird; 2. als Modell zu dienen für jenes Ritual, das sich bemüht, ihn in Anwendung des Prinzips zu wiederholen, wonach immer das zu wiederholen ist, was das Opfer – insofern es wohltätig ist – getan oder erlitten hat; 3. als Gegenmodell für die Verbote zu dienen in Anwendung des Prinzips, wonach nie das wiederholt werden soll, was eben dieses Opfer – insofern es bösartig ist – getan hat.

Es gibt nichts in den mythisch-rituellen Religionen, was nicht logischerweise dem Sündenbockmechanismus entspränge, der auf einem höheren Niveau funktioniert als in der Geschichte. Die frühe Ethnologie hatte recht, wenn sie einen engen Zusammenhang zwischen Mythen und Ritualen postulierte, aber sie konnte das Rätsel dieses Zusammenhangs nie lösen, weil sie die Verfolgungsphänomene nie als Modell und Gegenmodell jeder religiösen Institution wahrzunehmen vermochte. Sie sah bald in den Mythen, bald in den Ritualen die ursprüngliche Gegebenheit, im je anderen wiederum nur eine Spiegelung. Nach unzähligen Mißerfolgen haben es die Ethnologen schließlich aufgegeben, sich über Natur und Zusammenhang der religiösen Institutionen Rechenschaft zu geben.

Der Sündenbockeffekt löst ein Problem, das die heutigen Ethnologen gar nicht mehr als solches wahrnehmen. Um die Durchschlagskraft der von mir vorgelegten Lösung zu erfassen, gilt es darüber nachzudenken, welcher Zusammenhang zwischen dem tatsächlich beschriebenen Ereignis und dem von den Verfolgern über ihre eigenen Verfolgungen verfaßten Bericht besteht. Der unbeteiligte Betrachter, der Zeuge eines kollektiven Gewaltakts wird, ohne aber an ihm teilzunehmen, sieht nur ein ohnmächtiges Opfer, das von einer hysterischen Menge mißhandelt wird. Wendet er sich aber mit der Frage, was denn hier geschehen sei, an den einzelnen in dieser Menge, dann wird er das, was er mit eigenen Augen gesehen hat, kaum oder überhaupt nicht mehr erkennen. Man wird ihm von der außerordentlichen Kraft des Opfers erzählen, vom verborgenen Einfluß, den es auf die Gemeinschaft ausübte und vielleicht noch immer ausübt, da es doch zweifellos dem Tod entgangen sein muß usw.

Es besteht ein Gefälle zwischen dem tatsächlichen Ereignis und der Sicht der Verfolger, das es noch zu vergrößern gilt, um den Zusammenhang von Mythen und Ritualen zu verstehen. Die grausamsten Riten zeigen uns eine unkontrollierte Menge, die sich nach und nach auf ein Opfer festlegt, um sich schließlich auf es zu stürzen. Der Mythos erzählt uns die Geschichte eines gefürchteten Gottes, der die Gläubigen durch ein Opfer oder durch seinen eigenen Tod rettete, nachdem er in der Gemeinschaft das Chaos gesät hatte.

Die Anhänger dieser Kulte behaupten alle, sie wiederholten in ihren Riten das, was sich in den Mythen ereignet habe; wir verstehen den Sinn dieser Aussagen nicht, weil wir in den Riten das von der entfesselten Menge mißhandelte Opfer sehen und weil uns die Mythen von einem allmächtigen Gott erzählen, der eine Gemeinschaft beherrscht. Wir verstehen nicht, daß es sich in beiden Fällen um die gleiche Figur handelt, weil wir uns nicht vorstellen können, daß es so starke verfolgungsspezifische Verzerrungen gibt, daß sie das Opfer sakralisieren.

Die frühe Ethnologie hegte zu Recht den Verdacht, die brutalsten Riten seien die primitivsten. Rein chronologisch gesehen, sind es nicht unbedingt die ältesten, aber es sind die ihrem gewalttätigen Ursprung am nächsten stehenden Riten, und als solche sind sie am aufschlußreichsten. Obwohl die Mythen das gleiche Verfolgungsgeschehen zum Modell nehmen wie die Riten, gleichen sie ihm weniger, und zwar selbst dann, wenn sie am meisten Ähnlichkeit mit ihm aufweisen. In diesem Fall sind Worte lügnerischer als Taten. Und gerade das führt die Ethnologen stets in die Irre. Sie sehen nicht, daß ein und dieselbe Episode kollektiver Gewalttätigkeit eine viel stärkere Ähnlichkeit aufweist mit dem, was sie im Ritual war, als mit dem, was sie im Mythos war. In den Ritualen nämlich werden die Gläubigen in ihren Handlungen die kollektive Gewalttätigkeit ihrer Vorgänger wiederholen, sie werden diese Gewalttätigkeit nachahmen. Dabei beeinflußt die Vorstellung von ihrem Handeln ihr Verhalten nicht in gleichem Maße wie ihre Worte. Die Worte sind gänzlich bestimmt durch die mit Verfolgung verbundenen Vorstellungen, also durch die Symbolkraft des versöhnenden Opfers, während die Ritualhandlungen direkt die Gesten der verfolgenden Menge nachahmen.

V

Teotihuacan

Ein Vorwurf meiner Kritiker lautet, ich würde ständig von der Vorstellung einer Sache zur Realität der vorgestellten Sache gleiten. Allen Lesern, die meinen Ausführungen einigermaßen aufmerksam gefolgt sind, muß inzwischen klargeworden sein, daß ich diesen Vorwurf nicht verdiene oder, falls ich ihn verdiene, daß wir ihn alle gleicherweise verdienen, wenn wir hinter quasi mythologischen mittelalterlichen Verfolgungstexten die Realität der Opfer postulieren.

Aber ich will mich nun Mythen zuwenden, die – zumindest dem Anschein nach – meiner These weniger entgegenkommen, verneinen sie doch die Relevanz des Kollektivmordes für die Mythologie. Eine Art und Weise, diese Relevanz zu verneinen, besteht in der Behauptung, die Opfer seien zwar gestorben, aber sie wären freiwillig in den Tod gegangen. Wohin mit den Mythen der Selbstopferung in den primitiven Gesellschaften?

Ich wende mich nun einem großen amerikanischen Mythos der Selbstopferung zu, dem Mythos von der Schaffung von Sonne und Mond bei den Azteken. Wir verdanken ihn – wie auch beinahe alles übrige Wissen über die Azteken – Bernardino de Sahagun, dem Verfasser der *Historia general de las cosas de la Nueva España*. In *Der verfemte Teil* gibt Georges Bataille eine Übersetzung und Bearbeitung, die ich hier in leicht gekürzter Form wiedergebe:

Man sagt, daß während der Nachtzeit, als die Sonne noch nicht schien, als es noch keinen Tag gab, da, heißt es, versammelten sich und berieten sich die Götter an dem Orte, den man Teotihuacan

nannte, und richteten das Wort aneinander: «Kommt doch ihr
Götter! Wer will es übernehmen, wer will es auf sich nehmen, zu
machen, daß es Sonnenschein gebe, daß es Tag werde?»
Und siehe, sogleich antwortete er, *Tecuciztecatl*, an Ort und Stelle
bot er sich an und sprach: «Götter! Wahrlich *Ich* werde es sein!»
Und weiter fragten die Götter: «Welcher andere noch?» Und
gleich sahen sie einander an, erwogen die Lage und richteten
aneinander das Wort: «Wie wird das sein? Wie wird es um uns
stehen?» Keiner aber erkühnte sich (und jeder dachte): Ein anderer
wird sich schon anbieten. Ein jeder Herr fürchtete sich und wich
aus.
Der eine Herr *Nanauatzin* aber hielt sich dort unter ihnen zurück,
der hörte nur zu; und als man mit sich zu Rate ging, riefen ihn
alsbald die Götter und sprachen zu ihm: «Sei du es, kleiner Bubonenmann!»
Und schnell bemächtigte er sich ihrer Worte, nahm sie freudig auf
und sagte: «Es ist schon gut, ihr Götter! Ihr laßt mich mir selbst
einen guten Dienst erweisen!»
Daraufhin fingen die beiden, Tecuciztecatl (und Nanauatzin), un-
gesäumt an, Busse zu tun und vier Tage lang zu fasten...
Als dem nun so geschehen und die Mitternacht voll war, umstell-
ten alle Götter ringsum den Herd, der der Götterfels heißt, wo vier
Tage lang das Feuer brannte; zu beiden Seiten stellten sie sich
ordnungsgemäß auf.
In die Mitte aber führten sie vor und stellten sie jene zwei auf, die
Tecuciztecatl und Nanauatzin hießen. Die verharrten still, das
Gesicht dem Feuer zugewandt, die stellten sich dem Feuer gegenüber auf. Die Götter aber sprachen nunmehr und richteten das
Wort an Tecuciztecatl: «Oh, nur los, Tecuciztecatl! Stürze dich,
wirf dich ins Feuer!»
Sogleich nun machte er sich fertig, sich ins Feuer zu werfen. Aber
die Hitze, die ihm entgegenschlug, war unerträglich, gegen die war
nicht anzugehen, sie war nicht auszuhalten; so gar schrecklich heiß
war die Feuerstelle. Mächtig in Flammen stand und hoch gehäuft,
hoch geschichtet war die Glut.
Deshalb fürchtete er sich vor ihr, torkelte, wich zurück und kehrte
um. Dann machte er sich noch einmal auf, es zu versuchen, machte

alle Anstrengungen, sich ins Feuer zu stürzen, sich ihm hinzugeben. Aber auf keine Art und Weise wagte er, es auszuführen, so heiß reichte es immer wieder bis zu ihm hin. Heftig wich er zurück, sprang rückwärts, konnte nicht mehr gegenangehn, erlahmte viermal, nicht mehr als viermal machte er es so, prüfte er seine Kraft; aber immer war es ihm unmöglich, sich ins Feuer zu werfen.

Es bestand da aber eine Abmachung über das «viermal» (als Höchstzahl der Versuche). Und als er das «viermal» voll gemacht hatte, riefen die Götter nach Nanauatzin und sprachen zu ihm: «Nun du! Nun schon du Nanauatzin! Frisch auf!»

Nanauatzin nun faßte ein für allemal Mut, überwand sich vollständig, biß herzhaft die Zähne zusammen und schloß fest die Augenlider. Er fürchtete sich ja vor nichts, er blieb nicht stockend stehen, er blieb nicht zurück, er wich nicht nach hinten aus.

Vielmehr stürzte er sich ohne Zögern, warf sich mit Wucht in das Feuer, ging eben in einem einzigen Anlauf los. Sofort brannte er nun, platzte sein Fleisch auf und brotzelte.

Als aber Tecuciztecatl sah, daß jener brannte, da endlich warf er sich hinein und verbrannte somit nun auch.

Man sagt und meint, daß gleicherweise augenblicklich auch der *Adler* sich aufmachte, ihnen nachfolgte, mit Wucht sich ins Feuer stürzte, in die Glut sich warf. Auch er verbrannte sich noch tüchtig, daher ist sein Gefieder schwärzlich, angeräuchert.

Und der allerletzte war der *Jaguar*. Der aber fing nicht mehr so viel Feuer, als er in die Glut fiel; keineswegs verbrannte er deshalb, wurde nicht ganz und gar verbrannt, er versengte sich nur allenthalben, fing nicht viel Feuer. Deshalb ist er nur gefleckt, wie mit schwarzer Farbe bekleckst, als wäre er häufig durch schwarze Schmutzlachen gestapft...

Gleich streckten sich daraufhin die Götter hin, zu erwarten, von woher wohl Nanauatzin aufgehen würde, der ja als erster ins Feuer gefallen war, damit die Sonne scheine, damit es Tag werde...

Als nun die Sonne endlich aufging und verweilte, war sie wie (ein Stück) hochroter Farbe, das sich verbogen hinstreckt. Man konnte ihr nicht ins Gesicht sehen; sie blendete einem die Augen, so sehr glänzte sie, strahlte sie. Nach allen Richtungen reichten ihre Strahlen, und ihre Glutpfeile drangen überall hin.

Darnach nun ging zuletzt *Tecuciztecatl* auf, folgte genau auf sie da
wo der Osten ist, zeigte sich neben der Sonne…

(Es wird gesagt:) daß er selbst, der Mond Tecuciztecatl zur Sonne
geworden wäre, wenn er sich als erster ins Feuer gestürzt hätte.
Die Götter mußten hernach sterben, der Wind, Quetzalcoatl, tötete
sie alle. Der Wind riß ihnen das Herz aus dem Leibe und belebte
damit die neugeborenen Gestirne.*

Der erste Gott wird von niemandem bestimmt, er hat sich tatsächlich
freiwillig gemeldet, für den zweiten aber gilt das nicht. Ein wenig
später hat sich die Situation gekehrt. Der zweite Gott stürzt sich
sofort ins Feuer, ohne daß er von neuem dazu aufgefordert werden
müßte, auf den ersten aber trifft das nicht zu. So kommt im Verhalten
der beiden Gottheiten jedesmal eine Zwangskomponente ins Spiel.
Geht man von einem Gott zum anderen über, kommt es zu Kehrtwendungen, die ihren Ausdruck sowohl in Differenzen wie in Symmetrien finden. Es gilt ersteren Rechnung zu tragen; im Gegensatz
zur strukturalistischen Auffassung jedoch sind nicht die Differenzen
am aufschlußreichsten, sondern die Symmetrien, also die den beiden
Opfern gemeinsamen Aspekte.

Der Mythos setzt den Akzent auf die Freiwilligkeit des Entschlu-
ßes. Die Götter sind groß, und sie stürzen sich aus freien Stücken in
den Tod, um den Fortbestand der Welt und der Menschheit zu
sichern. Gleichwohl stößt man in beiden Fällen auf diese bedenkens-
werte undurchsichtige Zwangskomponente.

Einmal durch die Götter bestimmt, zeigt sich der kleine Bubonenmann äußerst fügsam. Er begeistert sich für den Gedanken, für eine
so hehre Sache wie die Geburt der Sonne in den Tod zu gehen, aber
er hat sich nicht freiwillig gemeldet. Es handelt sich dabei zweifellos
um ein allen verschreckten und verängstigten Göttern gemeinsames
Vergehen – sie wagen es nicht, «sich anzubieten». Hier liegt nur ein
geringfügiges Vergehen vor, wird man einwenden; zweifellos, aber

* G. Bataille, *Der verfemte Teil*, S. 74–77. (In der deutschen Ausgabe zitiert nach:
Wahrsagerei, Himmelskunde und Kalender der alten Azteken, aus dem aztekischen
Urtext Bernardino de Sahaguns übersetzt und erläutert von Dr. Leonhard
Schultze, Jena, Stuttgart 1950, S. 35 ff.; Anm. d. Übers.)

wir werden weiter unten sehen, daß Mythen dahin tendieren, die Vergehen der Götter herunterzuspielen. Trotzdem bleibt es ein Vergehen, das auch vom kleinen Bubonenmann für kurze Zeit geteilt wird, bevor er dann mutig die ihm übertragene Aufgabe übernimmt.

Nanauatzin hat ein unterscheidendes Merkmal, das unsere Aufmerksamkeit unweigerlich auf sich zieht. Er hat nämlich *bubas*, Pusteln, die aus ihm einen Lepra- oder Pestkranken, den Träger bestimmter ansteckender Krankheiten machen. Aus meiner Perspektive, jener der kollektiven Verfolgung, ist darin ein bevorzugtes Merkmal der Opferselektion zu erkennen; es stellt sich also die Frage, ob nicht dieses Merkmal die Wahl des Opfers bestimmt. Demzufolge würde es sich doch eher um ein Opfer und einen Kollektivmord handeln als um eine Selbstopferung. Selbstverständlich sagt uns der Mythos nicht, daß es sich so verhält, aber es ist von einem Mythos auch nicht zu erwarten, daß er uns diese Art von Wahrheit enthülle.

Gleichwohl bestätigt der Mythos die wahrscheinliche Sündenbockrolle von *Nanauatzin*, indem er ihn als einen Gott darstellt, *der sich unter ihnen zurückhält*; er hält sich abseits und bleibt stumm.

Bei dieser Gelegenheit sei noch kurz vermerkt, daß bei den Azteken der Sonnengott auch der Gott der Pest ist, wie Apollo bei den Griechen. Vielleicht hätte Apollo mehr Ähnlichkeit mit dem Gott der Azteken, wäre er nicht durch die olympische Zensur gegangen, die ihn von jedem Opferstigma reinigte.

Diese Konstellation findet sich an manchen Stellen. Welche Gemeinsamkeit besteht zwischen Pest und Sonne? Um das zu verstehen, ist auf individueller wie kollektiver Ebene auf banale Symbolik und auf fadenscheiniges Unbewußtes zu verzichten. Dort läßt sich nämlich immer finden, was man will, denn man legt nur das hinein, was man will. Aufschlußreicher ist es, die Szene, die sich vor unseren Augen abspielt, genau zu betrachten. Seit jeher haben die Menschen ihre kleinen Bubonenmänner auf dem Scheiterhaufen verbrannt, weil sie seit jeher im Feuer die radikalste Reinigung sehen. Der Bezug taucht in unserem Mythos nicht ausdrücklich auf, aber er läßt sich unterschwellig erahnen und kommt in anderen amerikanischen Mythen ausdrücklich vor. Je drohender die Ansteckung ist, desto mehr drängt es sich auf, im Kampf gegen sie das Feuer einzusetzen. Wird dies nun von einem starken Sündenbockeffekt überlagert, so wenden sich die Henker wie üblich ihrem Opfer zu, das in ihren Augen bereits für die Epidemie verantwortlich ist, und werden es auch für die Heilung verantwortlich halten. Die Sonnengötter sind erst einmal Kranke, die als so gefährlich eingestuft werden, daß man sich des Riesenfeuers von Teotihuacan, einer eigentlichen künstlichen Sonne bedient, um sie bis auf den letzten Rest zu vernichten. Hört die Krankheit dann unversehens auf, dann wird das Opfer deshalb vergöttlicht, weil es sich verbrennen läßt und mit dem Feuerherd verschmilzt, der es hätte vernichten sollen und nun in geheimnisvoller Weise in eine wohltätige Macht verwandelt. So ist es denn zur unauslöschlichen Flamme geworden, die über der Menschheit leuchtet. Wo wird sich diese Flamme in der Folge wiederfinden? Die Frage stellen heißt, sie beantworten. Es kann sich nur um die Sonne handeln oder – im äußersten Fall – um Mond und Sterne. Allein die Gestirne leuchten den Menschen ohne Unterlaß, aber es ist nirgends gesagt, daß sie ihnen immer leuchten werden: um ihre wohlwollende Mitarbeit zu ermutigen, müssen sie genährt und in Wiederholung ihres Entstehungsprozesses mit Opfern versorgt werden – es braucht Opfer noch und noch. Missetaten verüben und Wohltaten verbreiten, dazu bedient sich der Gott zwangsläufig desselben Verfahrens: er sendet seine Strahlen nach der Menge aus. Strahlen bringen Licht, Wärme und Fruchtbarkeit, aber auch die Pest. Sie werden dann zu Pfeilen, die ein erzürnter Apollo den Thebanern entgegenschleudert. Gegen Ende des Mittelalters treffen wir alle diese Themen in der Verehrung des heiligen Sebastian an, sie bilden dort ein System von verfolgungsspezifischen Vorstellungen. Strukturiert werden sie wie üblich durch den freilich abgeschwächten Sündenbockeffekt.*

Der Heilige gilt als Beschützer vor der Pest, *weil er mit Pfeilen durchbohrt ist* und weil diese Pfeile immer noch das bedeuten, was sie bei den Griechen und zweifellos auch bei den Azteken bedeuteten, nämlich die Sonnenstrahlen, die Pest. Epidemien werden oft durch einen Pfeilhagel dargestellt, der von Gottvater oder gar von Christus gesandt wird.

Zwischen dem heiligen Sebastian und den Pfeilen oder, besser gesagt, der Epidemie besteht eine Art Wesensverwandtschaft; die

* Vgl. J. Delumeau, *Angst im Abendland*, Bd. 1, S. 152 f.

Gläubigen aber hoffen, die Gegenwart des Heiligen in ihren Kirchen möge genügen, auf daß er die herumschwirrenden Pfeile auf sich ziehe und an ihrer Stelle getroffen werde. Man stellt den heiligen Sebastian gewissermaßen als bevorzugte Zielscheibe der Krankheit auf; man droht mit ihm wie mit der ehernen Schlange.

Der Heilige spielt also die Rolle des Sündenbocks: Beschützer, weil pestkrank, folglich sakralisiert im ursprünglichen doppelten Wortsinn: verdammt und gesegnet. Wie alle primitiven Götter beschützt der Heilige dadurch, daß er die Plage monopolisiert, ja im äußersten Fall sogar verkörpert. Der bösartige Aspekt dieser Verkörperung ist beinahe verschwunden. Man muß sich also davor hüten zu sagen: «Das ist genau wie bei den Azteken.» Es ist nämlich nicht dasselbe, da es hier keine wirkliche Gewalt gibt; mit Sicherheit ist jedoch der gleiche Mechanismus am Werk, der für uns deshalb so leicht wahrnehmbar ist, weil er auf einem viel niedrigeren Niveau funktioniert, auf einem stark zurückgebildeten Glaubensniveau.

Bei einem Vergleich zwischen dem heiligen Sebastian einerseits, den verfolgten und «heilenden» Juden andererseits wird deutlich, daß die bösartigen und wohltätigen Aspekte umgekehrt proportional vorhanden sind. Die realen Verfolgungen und die «heidnischen», primitiven Aspekte des Heiligenkults sind vom Zerfall des Mythologischen nicht in gleichem Maße betroffen.

Einziges Vergehen *Nanauatzins* ist es, passiv darauf zu warten, bestimmt zu werden. Hingegen trägt dieser Gott ein untrügliches Kriterium der Opferselektion. Bei *Tecuciztecatl* verhält es sich genau umgekehrt; er trägt kein Kriterium der Opferselektion, zeichnet sich hingegen durch größte Prahlerei und Feigheit aus. Während seiner viertägigen Bußzeit wiederholt er seine großspurigen Gesten. Zwar begeht er keine widernatürlichen Verbrechen, aber er macht sich, ganz im Sinne der Griechen, der *hybris* schuldig.

Ohne Opfer gäbe es weder Sonne noch Mond; die Welt wäre in Dunkelheit und Chaos gestürzt. Die aztekische Religion insgesamt beruht auf diesem Gedanken. Ausgangspunkt unseres Mythos ist die gefürchtete Entdifferenzierung von Tag und Nacht. Wir finden also hier wieder das Stereotyp der Krise in seiner klassischen Form, also in der Form von gesellschaftlichen Umständen, die dem Sündenbockeffekt äußerst förderlich sind.

Wir finden demnach drei von vier Stereotypen vor: eine Krise, Vergehen, wenn nicht sogar Verbrechen, ein Kriterium der Opferselektion und zwei eines gewaltsamen Todes gestorbene Individuen, die buchstäblich die differenzierende Entscheidung herbeiführen. Daraus entsteht nicht nur die Erscheinung der beiden gut voneinander differenzierten, leuchtenden Gestirne, sondern auch die zwei Tierarten eigene Färbung, jene von Adler und Jaguar.

Als einziges Stereotyp fehlt der Kollektivmord. Der Mythos versichert uns, es gebe keinen Mord, handle es sich doch um einen freiwilligen Tod. Aber in höchst nützlicher Weise fügt er, wie bereits erwähnt, dem freien Willen der beiden Opfer ein Element des Zwanges bei. Und um uns gänzlich davon zu überzeugen, daß es sich hier tatsächlich um einen nur oberflächlich geleugneten oder getarnten Kollektivmord handelt, brauchen wir nur die alles entscheidende Szene zu betrachten. Die Götter haben sich zu beiden Seiten in zwei bedrohlichen Reihen aufgestellt. Sie organisieren die ganze Sache und regeln jede Einzelheit. Sie handeln immer in Übereinstimmung, sie sprechen mit einer Stimme, zuerst um den zweiten «Freiwilligen» zu wählen, dann um den beiden Opfern zu befehlen, sich «freiwillig» ins Feuer zu stürzen. Was würde geschehen, wenn der schwach gewordene Freiwillige nicht dem Beispiel seines Gefährten folgen und sich nicht schließlich doch noch entscheiden würde? Würden ihm die um ihn versammelten Götter erlauben, seinen Platz unter ihnen wieder einzunehmen, so als wäre nichts geschehen? Würden sie zu brutaleren Formen der Anstachelung greifen? Dem Gedanken, die Opfer könnten sich ihrer demiurgischen Aufgabe vollständig entziehen, mangelt es an Wahrscheinlichkeit. Falls eines der beiden Opfer fliehen wollte, könnten die beiden parallelen Reihen der Götter sich schnell zu einem Kreis schließen und so den Fehlbaren ins Feuer drängen.

Ich möchte den Leser bitten, diese ganz oder beinahe kreisförmige Anordnung im Gedächtnis zu behalten, denn sie wird, mit oder ohne Feuer, mit oder ohne sichtbares Opfer in den meisten noch zu kommentierenden Mythen in Erscheinung treten.

Fassen wir zusammen: Die Opferung der beiden Opfer wird uns im wesentlichen als freiwillige Tat, als Selbstopferung dargestellt, aber in beiden Fällen wird diese Freiheit durch ein Element von Zwang subtil angetastet, und zwar an zwei verschiedenen Stellen des

Geschehens. Dieses Element von Zwang ist entscheidend, denn es kommt zu all jenen Textelementen hinzu, die bereits ein aus der Sicht der Verfolger mythologisiertes Verfolgungsphänomen nahelegen – drei von vier Stereotypen sind vorhanden, und das Vorhandensein des vierten wird sowohl durch den Tod der Opfer als auch durch die allgemeine Konstellation der Szene höchst eindrücklich suggeriert. Würde uns diese Szene stumm in Form eines lebenden Bildes vor Augen geführt, wir würden nicht daran zweifeln, daß es sich um die Tötung von Opfern handelt, an deren Zustimmung die Opferer keinen Gedanken verschwenden. Es würde gerade deshalb kein Zweifel aufkommen, weil wir die religiöse Handlung der Azteken- kultur schlechthin wiedererkennen würden: das Menschenopfer. Ei- nige Spezialisten sprechen von zwanzigtausend Opfern pro Jahr zum Zeitpunkt der Eroberung durch Cortez. Selbst wenn diese Angaben übertrieben wären, würde das Menschenopfer bei den Azteken gleichwohl eine wahrhaft monströse Rolle gespielt haben. Dieses Volk führte ständig Krieg, nicht etwa um sein Territorium zu ver- größern, sondern um sich die Opfer für die unzähligen Opferungen zu beschaffen, die von Bernardino de Sahagun aufgezählt werden.

Seit Jahrhunderten sind die Ethnologen im Besitz dieser Daten, in der Tat seit jener Epoche, in welcher im Abendland die ersten Ent- schlüsselungen von verfolgungsspezifischen Vorstellungen vorgelegt wurden. Sie ziehen jedoch nicht in beiden Fällen die gleichen Schlüsse – heute weniger denn je. Sie verbringen den größten Teil ihrer Zeit damit, bei den Azteken das herunterzuspielen oder gänzlich zu recht- fertigen, was sie in ihrer eigenen Welt zu Recht verurteilen. Einmal mehr sehen wir, daß die Humanwissenschaften zweierlei Maß neh- men, je nachdem ob sie sich mit den historischen oder den ethnologi- schen Gesellschaften befassen. Unsere Unfähigkeit, in den Mythen enthaltene verfolgungsspezifische Vorstellungen wahrzunehmen, die stärker mystifiziert sind als unsere eigenen, hängt nicht nur mit dem höheren Schwierigkeitsgrad des Unterfangens und der stärkeren Verklärung der jeweiligen Gegebenheiten zusammen, sondern auch mit dem außergewöhnlichen Widerwillen unserer Intellektuellen, die sogenannten «ethnologischen» Gesellschaften mit gleicher Unerbitt- lichkeit zu erforschen wie die eigene.

Gewiß, die Ethnologen stehen vor einer schwierigen Aufgabe. Bei der geringsten Berührung mit der modernen abendländischen Gesellschaft zersplittern «ihre» Kulturen wie Glas, so daß bis heute kaum eine überlebt hat. Dieser Stand der Dinge führte seit jeher und führt noch immer zu Formen der Unterdrückung, die gerade wegen der sie begleitenden Verachtung einen bitteren Nachgeschmack hinterläßt. Die heutigen Intellektuellen sind vor allem von dieser Verachtung traumatisiert und bemühen sich folglich, diese untergegangenen Welten im günstigsten Lichte zu präsentieren. So erweist sich unsere Unwissenheit manchmal als hilfreich. Wie könnten wir die religiöse Lebensweise dieser Menschen kritisieren? Wir wissen nicht genug, um ihnen widersprechen zu können, wenn sie uns ihre Opfer als echte Freiwillige darstellen, als Gläubige, die glaubten die Existenz der Welt verlängern zu können, indem sie sich stumm niedermetzeln ließen.

Bei den Azteken herrscht also eine Opferideologie, und unser Mythos macht deutlich, worin sie besteht. Ohne Opfer wäre die Welt in Dunkelheit und Chaos gestürzt. Erste Opfer genügen nicht. Am Schluß der von mir zitierten Stelle leuchten Sonne und Mond am Himmel, aber sie bewegen sich nicht; um sie zur Bewegung zu zwingen, müssen zuerst die Götter, ausnahmslos alle Götter geopfert werden, dann aber auch die anonymen Mengen, die an deren Stelle treten. Alles gründet im Opfer.

Zwar ist ohne Zweifel «ein Körnchen Wahrheit» im Mythos des zustimmenden Opfers, und der Mythos zeigt uns denn auch, was es damit auf sich hat. Der prahlerische Gott hat seine Kräfte überschätzt; er weicht im entscheidenden Moment zurück: dieses Zurückweichen legt nahe, daß nicht alle Opfer so freudig zustimmten, wie es uns die Ethnologen glauben machen wollen. *Tecuciztecatl* überwindet schließlich seine Feigheit; das Vorbild seines Gefährten führt die Wende von den ersten gescheiterten Versuchen zum Enderfolg herbei. In diesem Augenblick tritt jene Kraft zutage, von der die in Gruppen lebenden Menschen beherrscht werden: die Nachahmung, die Mimesis. Ich habe bisher nicht von ihr gesprochen, denn ich wollte auf möglichst einfache Art die Relevanz des Kollektivmords für die Interpretation der Mythologie nachweisen; ich wollte lediglich die strikt notwendigen Daten einführen, und zu ihnen gehört die Mimetik tatsächlich nicht. Ich gehe nun auf die bemerkenswerte Rolle ein, die ihr von unserem Mythos zugewiesen wird.

Offensichtlich bewegt der Wille, alle anderen Götter zu überflügeln, also der Geist der mimetischen Rivalität, den künftigen Mondgott dazu, sich freiwillig zu melden. Er will ohne Rivalen sein, der erste von allen, er will als Modell für die anderen dienen, ohne selbst an jemandem Modell nehmen zu müssen. Das ist *hybris*, jene Form des mimetischen Wunsches, die so überreizt ist, daß sie sich jenseits jeglicher Mimetik ansiedelt, um nur noch an sich selbst Modell nehmen zu müssen. Offensichtlich kann der Mondgott der Aufforderung, sich ins Feuer zu stürzen, deshalb nicht folgen, weil er plötzlich kein Modell mehr hat, nachdem er den von ihm beanspruchten ersten Platz erlangt hat; er kann sich an niemanden mehr halten, er muß die anderen führen; aber aus eben dem Grund, der ihn den ersten Platz für sich fordern ließ, ist er unfähig, dies zu tun: er ist zu ausschließlich mimetisch ausgerichtet. Der zweite Gott hingegen, die künftige Sonne, versuchte nicht, sich in den Vordergrund zu drängen; er ist auf weniger hysterische Weise mimetisch; und gerade deshalb ergreift er entschlossen jene Initiative, die sein Gefährte nicht ergreifen konnte; er kann also demjenigen, der ohne Modell nicht handeln kann, als Modell dienen.

Überall im Mythos zirkulieren unter der Oberfläche mimetische Elemente. Der Moralismus der Fabel schöpft sie nicht aus; der Gegensatz zwischen den zwei Figuren schreibt sich in den weiteren Kreis einer anderen Nachahmung ein, jener der versammelten Götter, der mimetisch vereinten Götter, und sie beherrscht die Gesamtszenerie. Alles, was die Götter tun, ist vollkommen, denn sie tun es einmütig. Das Spiel von Freiheit und Zwang ist letzten Endes unentwirrbar, weil es der mimetischen Kraft der Götterversammlung untergeordnet ist. Ich habe vom freien Handeln dessen gesprochen, der sich als Antwort auf den Aufruf der Götter freiwillig meldet oder sich ohne Zögern in die Flammen stürzt, aber diese Freiheit ist eins mit dem göttlichen Willen, der stets sagt: «Oh, nur los, stürze dich, wirf dich ins Feuer!» Es gibt immer nur die mehr oder weniger rasche, mehr oder weniger direkte Nachahmung dieses Willens. Der spontane Wille ist eins mit dem unwiderstehlichen Vorbild, mit der hypnotischen Macht des Vorbildes. Für den kleinen Bubonenmann verwandeln sich die Worte der Götter: «Oh, nur los, stürze dich, wirf dich ins Feuer» unmittelbar in eine Handlung; sie haben bereits exemplarische Kraft. Für den anderen Gott hingegen genügen die Worte nicht; er braucht neben den Worten das Schauspiel des Handelns selbst. *Tecuciztecatl* stürzt sich ins Feuer, weil er seinen Gefährten sich hineinstürzen sieht. Eben schien er mimetischer zu sein – aber hätte man vielleicht letztlich nicht doch weniger mimetisch sagen müssen?

Die mimetische Zusammenarbeit der Opfer mit ihren Henkern geht auch im Mittelalter, ja sogar in unserem Zeitalter weiter, wenn auch in abgeschwächter Form. Im 16. Jahrhundert wird gesagt, die Hexen würden ihren Scheiterhaufen selbst auswählen; die Abscheulichkeit ihrer Taten wurde ihnen demnach drastisch vor Augen geführt. Auch die Häretiker fordern oft die Folter, die sie aufgrund ihres schändlichen Glaubens verdienen; und es wäre ein Mangel an Nächstenliebe, sie ihnen vorzuenthalten. Auch in der Gegenwart bekennen die lüsternen Schlangen aller Stalinismen mehr, als von ihnen zu bekennen verlangt wird, und sie beglückwünschen sich zur gerechten Strafe, die ihrer harrt. Ich glaube nicht, daß solche Verhaltensweisen allein mit Angst erklärt werden können. Bereits Ödipus stimmt in den einmütigen Chor jener ein, die aus ihm die schändlichste aller Befleckungen machen; es ekelt ihn vor sich selbst, und er fleht die Stadt Theben an, ihn auszuspeien.

Wenn solche Verhaltensweisen in unserer Gesellschaft zum Vorschein kommen, dann lehnen wir es entrüstet ab, uns zu deren Komplizen zu machen, akzeptieren sie jedoch ohne mit der Wimper zu zucken, wenn es sich um Azteken oder andere primitive Völker handelt. Die Ethnologen beschreiben lustvoll das beneidenswerte Los dieser Opfer. In der Zeit vor ihrer Opferung genießen sie außerordentliche Privilegien, und heiter, vielleicht sogar freudig schreiten sie ihrem Tod entgegen. Unter anderen empfiehlt auch Jacques Soustelle seinen Lesern, diese religiösen Schlächtereien nicht im Lichte unserer eigenen Auffassungen zu interpretieren. Der Ethnozentrismus, diese gräßliche Sünde, lauert, und was immer die exotischen Gesellschaften tun mögen, wir müssen uns vor einem negativen Urteil hüten.*

Wie lobenswert das Bemühen, diese unbekannten Welten zu «rehabilitieren», auch sein mag, es ist dabei mit Umsicht ans Werk zu

---

* Vgl. J. Soustelle, *Das Leben der Azteken*, S. 189–194.

gehen. Die gegenwärtigen Übertreibungen können es an Lächerlichkeit mit der früheren stolzen Überheblichkeit aufnehmen, aber im umgekehrten Sinne. Im Grunde genommen ist es immer die gleiche Herablassung: wir legen an diese Gesellschaften nicht die gleichen Maßstäbe an wie an uns selbst; diesmal aber tun wir es aufgrund einer für das Ende des Jahrhunderts ganz typischen demagogischen Umkehrung. Entweder sind unsere Quellen wertlos, und wir können nur noch verstummen: wir werden nämlich nie etwas Gewisses über die Azteken erfahren, oder aber unsere Quellen sind wertvoll, und die Ehrlichkeit nötigt uns zum Schluß, daß die Religion dieses Volkes sich ihren Platz im Weltmuseum des menschlichen Grauens nicht widerrechtlich angeeignet hat. Der anti-ethnozentrische Eifer kommt auf Abwege, wenn er die blutigen Orgien mit jenem offensichtlich trügerischen Bild rechtfertigt, das sie von sich selbst vermitteln.

Obwohl von der Opferideologie durchdrungen, legt der grausame und grandiose Teotihuacan-Mythos stumm Zeugnis ab gegen diese mystifizierende Vision. Falls etwas diesen Text menschlicher macht, dann ist es gewiß nicht das vom Neorousseauismus und von Neonietzscheanern beider Nachkriegszeiten ärgerlicherweise übernommene falsche Idyll von Opfer und Henker, sondern das, was sich dieser heuchlerischen Vision entgegenstellt, ohne ihr offen zu widersprechen, nämlich das Zögern, das ich inmitten der sie umgebenden Scheinevidenzen bemerken konnte. Die beunruhigende Schönheit dieses Mythos ist nicht zu trennen von jenem Zittern, von dem er völlig durchdrungen ist. Dieses Zittern muß verstärkt werden, um das Gebäude zu erschüttern und es schließlich zum Einsturz zu bringen.

VI

Asen, Kureten, Titanen

Auf den vorangehenden Seiten habe ich einen Mythos kommentiert, der keinen Kollektivmord enthält, dieses Manko stärkt jedoch meiner Meinung nach die Position meiner Gegner keineswegs. Und das ist nur ein Anfang. Da ich bisher nur wenige Beispiele vorgelegt habe, was mir nicht grundlos zum Vorwurf gemacht wurde, werde ich es nun nachholen. Alle diese Beispiele werde ich unter den unzähligen Mythen oder mythischen Varianten auswählen, die ganz offensichtlich, in beinahe karikaturistischer Weise vermeiden, eine sehr zentrale Szene als Kollektivmord zu definieren, obwohl sie ganz eindeutig nach dieser Definition ruft. Diese Szene weist stets die gleiche Konstellation auf: die Mörder stehen immer im Kreis um das Opfer herum, aber an die Stelle des offenkundigen Bedeutungsgehalts treten ganz andere Bedeutungen, denen nur eines gemeinsam ist, nämlich daß sie nicht den Kollektivmord bedeuten.

Mein zweites Beispiel gehört der skandinavischen Mythologie an. Baldr ist der beste aller Götter, ohne Fehl, reich an Tugenden aller Art, unfähig zur Gewalt. Beunruhigende Träume warnen ihn vor einer auf ihm lastenden Todesdrohung. Er teilt den Asen, seinen Gefährten, seine Ängste mit. Diese entschließen sich «für Baldr Sicherheit vor jeder Nachstellung zu erwirken». Um das zu erreichen, läßt Frigg, seine Mutter

alle belebten und unbelebten Wesen – Feuer, Wasser, Metalle, Steine, Erde, Holz, Krankheiten, Vierfüßler, Vögel, Schlangen... – schwören, ihm kein Leid anzutun. So geschützt spielen Baldr und die Asen zum Zeitvertreib auf dem Dorfplatz ein erstaunliches Spiel. Sie schießen auf ihn, bewerfen ihn mit Steinen, versetzen ihm Schwerthiebe, aber nichts verletzt ihn.

Diese Zusammenfassung stammt von Georges Dumézil und ist in *Mythe et Epopée* nachzulesen.* Es ist ohne weiteres einsichtig, warum der eminente Mythologe das von den Asen durchgeführte Spiel als erstaunlich bezeichnet. Für dieses gleiche göttliche Spiel braucht er weiter unten zwei andere Adjektive, «spektakulär» und «manipuliert». So weckt er unsere Neugier, tut aber nichts zu deren Befriedigung. Was kann unser Erstaunen angesichts eines solchen Schauspiels in einem Mythos wecken? Handelt es sich um eine außergewöhnliche Szene oder, ganz im Gegenteil, um eine ganz übliche, banale Szene, die aber eine unübliche Bedeutung enthält? Das Spiel erweckt in der Tat den Anschein der Manipulation. Wir würden das jedoch nicht zu behaupten wagen, ließe es nur gerade sich selbst und nicht etwas anderes durchscheinen, nämlich eine andere, im allgemeinen keineswegs verdeckte Szene, die allen Mythologen durchaus vertraut ist, von ihnen aber nie direkt erwähnt wird. Dumézil unterstellt, das Spiel der Asen sei manipuliert, ohne zu sagen, was ihm dabei vorschwebt; man könnte also sagen, er spreche von dieser Szene, aber nur indirekt. Es geht einmal mehr um den Kollektivmord. Wäre Baldr nicht unverwundbar, würde er offensichtlich die von den Asen ihm zugedachte Behandlung nicht überleben; das vom Gott und von allen Asen befürchtete Ereignis würde eintreffen. Baldr würde wie so viele andere Gottheiten auch als Opfer eines Kollektivmordes sterben. Der Baldr-Mythos würde sich in nichts von unzähligen anderen Mythen unterscheiden, deren zentrales Drama ein Kollektivmord ist.

Das Schauspiel dieses Mythos enthält nichts wirklich Originelles und Unerwartetes, versetzt uns aber in Erstaunen und erweckt in uns den Anschein der Manipulation, gleicht es doch aufs Haar jener gängigsten, stets wiederholten Vorstellung innerhalb der gesamten Mythologie – dem Kollektivmord. Die Übereinkunft, Baldr sei unverwundbar, hat ganz einfach die Mordvorstellung in ein harmloses Spiel verwandelt.

Handelt es sich dabei um einen reinen Zufall, eine willkürliche Ähn-

* Ebd. S. 224.

lichkeit? Die Fortsetzung zeigt uns, daß dem keineswegs so ist. Um zu verstehen, daß dieser Mythos zwangsläufig in enger Beziehung zu den Mythen *mit Kollektivmord* steht, muß man weiterlesen, um am Schluß festzustellen, daß das im Prinzip harmlose Spiel der Asen letzten Endes die gleichen Folgen zeitigt, wie wenn es «als Ernstfall» betrieben worden wäre. Baldr stürzt, tödlich getroffen von einem dieser Götter, die so tun, als hätten sie die Absicht, ihn zu töten, von denen der Mythos jedoch aus vielleicht durchaus erkennbaren Gründen vorgibt, dem sei nicht so.

Was ist vorgefallen? Um das in Erfahrung zu bringen, fahren wir in unserer Lektüre von *Mythe et Epopée* fort. Es gibt einen Gott oder eher Dämon, Loki, den *trickster* oder Betrüger in der skandinavischen Mythologie, der am manipulierten Spiel nicht teilnimmt und es zu stören sucht. In Übereinstimmung mit seinen Quellen schreibt G. Dumézil: «Als dies aber Loki . . . sah, da gefiel es ihm übel.»* Bei allen Zuschauern ruft der simulierte Lynchmord an Baldr starke Reaktionen hervor, Mißfallen bei Loki, Erstaunen bei G. Dumézil. Und es ist Lokis Schuld, es ist immer Lokis Schuld, wenn der simulierte Lynchmord an Baldr, das kindliche Spiel dieser vortrefflichen Asen schließlich die gleichen Folgen nach sich zieht, wie wenn es sich um einen richtigen Lynchmord handeln würde.

Der skandinavische *trickster* nimmt die Gestalt einer Frau an und fragt Frigg, ob ausnahmslos alle Wesen Eide geleistet hätten, Baldr zu schonen. Und er erfährt von Frigg, daß ein *mistilteinn* (Mistelzweig) genannter Baumschößling ihr so jung erschienen war, daß sie keinen Eid von ihm verlangt habe. Loki ergreift den Mistelzweig und geht zum Ding (der heilige Ort, an dem der Lynchmord stattfindet) zurück. Er drückt den Zweig dem blinden Bruder Baldrs, Höd, in die Hand; dieser hatte bisher seinen Bruder nicht geschlagen, weil er ihn nicht sehen konnte. Loki aber führt seine Hand gegen das Opfer, das tödlich getroffen ist, ermordet von einem zarten Mistelzweig.**

---

* Zitiert nach G. Dumézil, *Loki*. Wissenschaftliche Buchgesellschaft Darmstadt 1959, S. 28; Anm. d. Übers.
** Text von G. Dumézil, *Mythe et Epopée*, S. 224f., in der Zusammenfassung des Autors; Anm. d. Übers.

Lokis Bosheit annulliert also letztlich die Wirkung der von den Göttern «zum Schutze» Baldrs getroffenen Maßnahmen. Warum verläuft dieser Mythos auf so eigenartigen und krummen Wegen, um ungefähr zum gleichen Ergebnis zu kommen wie tausend andere Mythen auch, nämlich zum gewaltsamen Tod eines Gottes, der von anderen Göttern, seinen gegen ihn verbündeten Gefährten, getroffen wird? Wenn es sich um ein ganz normales Ergebnis handelt, warum nicht den ganz normalen Weg einschlagen?

Meiner Meinung nach ist die einzige wahrscheinliche, ja vorstellbare Antwort die, daß die von uns analysierte Version des Mythos *nicht die ursprüngliche ist*. Sie muß ältere Versionen überlagert haben, die aus Baldr das Opfer eines ganz banalen, ganz «klassischen» Kollektivmordes machten. Sie muß das Werk von Leuten sein, die die überlieferte Version dieses Mordes nicht zulassen können, weil sie aus allen Göttern, mit Ausnahme des Opfers, eigentliche Verbrecher macht. Die ursprüngliche Götterrunde unterscheidet sich in nichts von einer gemeinen Mörderbande. Die Gläubigen wollen einerseits nichts mehr von ihnen wissen, aber sie haben keine anderen; andererseits jedoch liegt ihnen sehr viel an ihren religiösen Vorstellungen, ja sie hängen leidenschaftlich an ihnen. Sie wollen gleichzeitig diese Vorstellungen bewahren und sich ihrer entledigen oder, eher, sie auf den Kopf stellen und das wesentliche Stereotyp, den Kollektivmord, beseitigen. Es ist das Bemühen um die Versöhnung dieser beiden Forderungen, das zu derart befremdlich konstruierten Mythen führen muß.

Die Lösung liegt in der Behauptung, die Ahnen hätten sehr wohl gesehen, was es in der ursprünglichen Epiphanie zu sehen gab, *aber sie hätten es nicht richtig interpretiert*. Naiv und barbarisch, wie sie waren, verstanden sie den subtilen Vorgang nicht. Sie glaubten, es handle sich um einen Kollektivmord. Sie gingen in die Falle, die ihnen der dämonische Loki – der einzige wahre Mörder und Betrüger obendrein – gestellt hatte. Loki wird zum alleinigen Sammelbecken der früher auf alle Mörder gleichmäßig verteilten Gewalt, die durch die Konzentration auf ein einziges Individuum geradezu pervers wird. Letztlich ist es allein Lokis Ruf, der für die Rehabilitierung aller anderen Götter geopfert wird. Die Wahl Lokis ist einigermaßen paradox, wenn es – wie mir scheint – richtig ist, daß Loki in der ursprünglichen Szene als einziger Gott nicht am Lynchmord teilnimmt.

Man muß also, so scheint es, davon ausgehen, der Mythos sei zum moralischen Schaden eines einzigen Gottes und zum Vorteil aller übrigen manipuliert worden. Der Wille, die ursprünglichen Mörder reinzuwaschen, läßt sich in der eigenartigen Darstellung des Mordgeschehens an Baldr noch an einigen weiteren Indizien ablesen. Alle Einzelheiten sind ganz offensichtlich darauf angelegt, denjenigen vor jeder Verantwortung zu schützen, der am ehesten als Verbrecher zu gelten riskiert, denn unter seiner Hand stirbt Baldr – übrigens wird er als der Mörder mit der Hand, als *handbani* bezeichnet.

Bei einem im Prinzip vom Kollektiv begangenen Mord sind nicht alle Teilnehmer gleichermaßen schuldig; falls nachgewiesen werden kann, wer zum entscheidenden Schlag ausgeholt hat – und das ist hier der Fall –, dann trägt dieser eine unvergleichlich größere Verantwortung. Der Mythos wird also sein Bemühen, Höd reinzuwaschen, verstärken, und zwar sichtlich allein deshalb, weil er diesen Schlag geführt hat und deshalb der schuldigste von allen ist. Ihn von Schuld reinzuwaschen braucht größere Anstrengungen als für alle anderen Götter insgesamt.

Man muß nur von dieser Annahme ausgehen, und schon klären sich ausnahmslos alle Einzelheiten des Mordes auf. Da ist einmal Höds Blindheit, er hat seinen Bruder bisher nicht geschlagen, weil er ihn nicht sehen kann. Um seinen Bruder zu treffen, muß seine Hand geführt werden, und selbstverständlich ist es Loki, der ihm diesen Dienst erweist. Höd hat keinen Grund zur Annahme, sein Schlag könnte Baldr töten. Wie die anderen Götter glaubt er, sein Bruder sei durch keine Waffe, kein mögliches Wurfgeschoß verwundbar. Und um ihn gänzlich zu beruhigen, legt ihm Loki den allerleichtesten Gegenstand in die Hand, einen dermaßen unbedeutenden Gegenstand, daß seine Verwandlung in eine tödliche Waffe als höchst unwahrscheinlich gelten muß. Auch ein im höchsten Maße um Wohlergehen und Sicherheit seines Bruders besorgter Mensch könnte die schrecklichen Folgen seines Tuns nicht voraussehen, würde er wie Höd handeln. Um letzteren reinzuwaschen, häuft der Mythos also gewissermaßen Entschuldigung auf Entschuldigung. Anstelle der einfachen Verleugnung, die im Falle der anderen Götter als durchaus genügend erachtet wird, ist Höds Verantwortung Gegenstand von mindestens drei aufeinanderfolgenden Verleugnungen. Und jedesmal geht die Sache auf Kosten Lokis. Als dreifach eines Mordes Schuldiger, den er technisch nicht begangen hat, manipuliert Loki in zynischer Weise den unglücklichen Höd, der dreifach eines Mordes nicht schuldig ist, an dem er technisch gesehen allein schuldig ist.

Wer zuviel beweisen will, beweist gar nichts. Es verhält sich mit dem Baldr-Mythos wie mit den unvorsichtigerweise immer wieder wiederholten Entschuldigungen von Leuten, die sich etwas haben zuschulden kommen lassen. Sie geben sich keinerlei Rechenschaft darüber, daß eine halbwegs befriedigende Entschuldigung mehr wert ist als mehrere ausgezeichnete. Will jemand sein Publikum hinters Licht führen, dann soll er es tunlichst vermeiden, ihm zu verstehen zu geben, daß er es hinters Licht zu führen sucht. Es ist immer der Wunsch, etwas zu gut zu verbergen, der aufdeckt, daß es etwas zu verbergen gibt. Dieser Wunsch wird gerade deshalb so gut sichtbar, weil er in seinem Umfeld alles zum Verschwinden bringt, was uns davon ablenken könnte, und uns so direkt zur verborgenen Sache führt. Nichts ist geeigneter, Verdachtsmomente zu wecken, als eine bizarre Anhäufung von Unverantwortlichkeitsfaktoren auf dem Haupt des wahren Schuldigen.

Wie man sieht, läßt sich der Baldr-Mythos so lesen, daß aufgrund eines einzigen, möglichst ökonomischen und einfachen Prinzips ausnahmslos alle Einzelheiten erklärt werden können; dabei ist freilich vorausgesetzt, daß man dieses Prinzip wenn nicht im realen Kollektivmord, so doch im aufschlußreichen Widerwillen gegen eine solche Vorstellung sucht. Ganz offenkundig ist der Mythos von dieser Vorstellung besessen und gänzlich bestimmt, obwohl sie nirgends in den von ihm bearbeiteten Themen figuriert. Schenkt man den zeitgenössischen Mythologen jedoch Glauben, dann täuscht sich dieser Mythos. Es gibt keinen stichhaltigen Grund, der Vorstellung des Kollektivmordes auszuweichen, da dieser in der Mythologie keinerlei Rolle spielt. Gleichwohl ist es bemerkenswert, daß der Baldr-Mythos dem zeitgenössischen Dogma keinerlei Rechnung trägt. Er kümmert sich keinen Deut um den Strukturalismus. Meiner Ansicht nach ist es richtig, die Mythen insbesondere dann zur Sprache kommen zu lassen, wenn das, worüber sie sprechen, unseren vorgefaßten Meinungen widerspricht.

Zu zeigen bleibt nun, daß der Baldr-Mythos innerhalb der Mythologie nichts Abwegiges, keinen Ausnahmefall darstellt. Entsprechende Inhalte lassen sich zwar nicht immer, aber doch in einer gewissen Anzahl von gewichtigen Überlieferungen finden. Diese sind dem eben herangezogenen Mythos von ihrer wahrscheinlichen Intention her zu nahe, zugleich aber von der gewählten Lösung und dem thematischen Inhalt der überlieferten Version her zu fern, um uns nicht in der Auffassung zu bestärken, daß in der Entwicklung dieser Systeme ein Stand der Mythenbildung und -adaptation existieren muß, der sich durch die Tilgung der Bedeutung «Kollektivmord» auszeichnet. Dieser Wille zur Tilgung ist äußerst spektakulär, geht er doch in der Regel mit einem religiösen Konservatismus einher, der die früheren Vorstellungen, deren Gegenstand allein der Kollektivmord sein kann, integral oder doch möglichst unangetastet bewahrt wissen will.

Ich gehe nun zu einem zweiten, der griechischen Mythologie entnommenen Beispiel über, nämlich zur Geburt des Zeus. Der Gott Kronos verschlingt alle seine Kinder, und er ist auf der Suche nach dem Letztgeborenen, Zeus, den seine Mutter Rhea außer Reichweite gebracht hat. Wilde Krieger, die Kureten, verstecken den Säugling, indem sie einen Kreis um ihn bilden. Erschreckt fängt der kleine Zeus zu schreien an und könnte so dem Vater sein Versteck verraten. Um sein Geschrei zu übertönen und den Menschenfresser zu täuschen, lassen die Kureten ihre Waffen klirren; sie führen sich möglichst laut und bedrohlich auf.*

Je größer die Angst des Säuglings wird, desto durchdringender werden seine Schreie, desto lärmiger müssen sich wiederum die Kureten verhalten und seine Angst dadurch noch steigern. Sie erscheinen also letztlich um so schrecklicher, je beruhigender sie in Wirklichkeit sind und je wirksamer ihr Schutz ist. Man wäre geneigt zu glauben, sie würden sich im Kreis um das Kind versammeln, um es zu töten: in Wahrheit aber verhalten sie sich so, um ihm das Leben zu retten.

Einmal mehr fehlt in diesem Mythos die kollektive Gewalt; sie fehlt jedoch nicht so, wie tausend andere Dinge fehlen, an die dieser Mythos überhaupt nicht denken läßt; ihr Fehlen ist analog, aber nicht

* Vgl. Strabon, *The Geography*, 10.3.11. C 468.

identisch mit der im Baldr-Mythos soeben analysierten Abwesenheit. In der Umgebung des kleinen Zeus ist die Sachlage klar: die Kureten erinnern an die für den Kollektivmord typische Konstellation und Verhaltensweise. Woran könnte man sonst denken angesichts dieser wilden Schreie und der kreisförmig auf das wehrlose Kind gerichteten Waffen? Würde es sich um ein stummes Schauspiel, ein lebendes Bild handeln, wir würden ihm ohne Zögern den Sinn geben, den ihm der Mythos nicht geben will. Wie das manipulierte Spiel der Asen oder der Selbstmord der Azteken gleichen die Mimik der Kureten und die ängstliche Reaktion des Kindes so stark wie möglich jenem Drama, das – statistisch gesehen – weltweit die Mythologie dominiert; aber dieser Mythos wie auch der Baldr-Mythos versichern uns, diese Ähnlichkeit sei illusorisch. Man könnte beinahe von zeitgenössischer Anthropologie sprechen.

Um die gewalttätige Bedeutung der Szene aufzuheben, verleihen beide Mythen den Mördern die Rolle von «Beschützern». Aber hier hört die Ähnlichkeit bereits auf. Im skandinavischen Mythos hat der als nicht real dargestellte Mord die gleichen Folgen, wie wenn er real begangen worden wäre. Im griechischen Mythos gibt es keinerlei Folgen mehr. Die Würde des Zeus ist unvereinbar mit seinem Tod unter den Händen der Kureten. Auch hier besteht meiner Vermutung nach eine ursprünglichere Version dieses Mythos, die einen Kollektivmord enthielt. Im Zuge einer Metamorphose verschwand dieser Mord, wobei die diesen Mord bezeichnenden Vorstellungen nicht oder nur geringfügig modifiziert wurden. Die Problemstellung ist die gleiche, aber die griechische Lösung ist zugleich eleganter und radikaler als die skandinavische. Es gelingt ihr, der Lynchszene selbst und dem Kreis der Mörder rund um ihr Opfer eine schützende Note zu verleihen. Wie wir gesehen haben, blieb dem skandinavischen Mythos nur die Möglichkeit zur spielerischen Darstellung eines Verhaltens, von dem selbst die der Problematik des Kollektivmords äußerst kritisch gesinnten Beobachter zugeben müssen, es müsse «manipuliert» sein, mit anderen Worten, es müsse *einen anderen Sinn* haben.

Die beiden Lösungen sind zu eigenständig, als daß ein Mythos den anderen hätte beeinflussen können. Es handelt sich um zwei religiöse Denktypen, die auf einem analogen Entwicklungsstand zwar nicht genau das gleiche, aber doch analoge Ziele verfolgen. Angesichts dieser Sachlage ist ohne zu zögern auf jene Auffassung zurückzukommen, die besagt, in der Mythologie hätte eine Entwicklung oder, wie wir unten sehen werden, es hätten aufeinanderfolgende Revolutionen stattgefunden, die im übrigen, wie bereits gesagt, einer kleinen Anzahl von religiösen Überlieferungen vorbehalten geblieben sind.

Wie der Baldr-Mythos muß auch jener der Kureten von Interpreten stammen, die ehrlich davon überzeugt sind, sie hätten ihre mythologische Tradition in veränderter Form überliefert bekommen. Der Kollektivmord scheint in ihren Augen zu skandalös, um wahr zu sein, und sie denken nicht im entferntesten an Textverfälschung, wenn sie die entsprechende Szene auf ihre Weise neu interpretieren. Auch hier scheint die Übermittlung fehlerhaft zu sein. Statt die von ihnen rezipierte Überlieferung getreu weiterzugeben, haben die Ahnen sie verdorben, weil sie unfähig waren, sie zu verstehen. Auch hier wird die früher auf alle Mörder verteilte Gewalt einem einzigen Gott, Kronos, angelastet, der infolge dieser Übertragung wahrhaft monströs wird. Derartige Karikaturen finden sich in aller Regel nicht in jenen Mythen, in denen die Vorstellung des Kollektivmordes vorkommt. Es findet gewissermaßen eine Spaltung in *Gut* und *Böse* statt: der moralische Dualismus tritt im Zusammenhang mit der Tilgung der *kollektiven* Gewalt auf. In der Göttermythologie wird das Böse einem Gott der vorangehenden Generation angelastet; diese Tatsache spiegelt zweifellos die negative Auffassung wider, die sich eine neue religiöse Sensibilität von jenen Vorstellungen macht, die sie ihrerseits transformiert.

Meine eben vorgelegte Lesart des Mythos des Zeus und der Kureten gründet gänzlich auf einer *Abwesenheit*, nämlich der Abwesenheit des Kollektivmordes. Ich habe die Abwesenheit des Mordes so behandelt, als handle es sich um eine faktische Gegebenheit; sie muß jedoch zwangsläufig spekulativ bleiben, ja ist sogar spekulativer als im Falle Baldrs, denn im Gegensatz zu Baldr wird Zeus geschont, und es gibt keine Folgeerscheinungen eines Kollektivmordes. Obwohl durch die Ähnlichkeit der beiden Mythen stark gemacht, ist meine Interpretation des griechischen Mythos zweifellos schwächer als jene des skandinavischen. Um sie zu verbessern, müßte in der Nachbarschaft unseres Mythos ein zweiter, möglichst ähnlicher Mythos ausfindig gemacht werden, der sich aber insofern unterscheiden würde,

als er den Kollektivmord am göttlichen Kind nicht ausgemerzt hätte;
er hätte den ursprünglichen Sinn der im Mythos der Kureten geschickt verklärten Szene vollumfänglich beibehalten. Die Chancen,
daß eine solche Verklärung stattgefunden hat und meine Interpretation richtig ist, würden dadurch erhöht. Heißt das zuviel verlangen?
Keineswegs. Es gibt in der griechischen Mythologie tatsächlich einen
Mythos, der – von einer Ausnahme abgesehen – dem Mythos der
Kureten vollständig entspricht: dort figuriert die kollektive Gewalt
und wird an einem göttlichen Kind ausgeübt; sie besitzt dort noch
jenen Sinn, der bei den Kureten *ganz offensichtlich fehlt*. Man urteile
selbst:

Mit Spielzeug (Rasseln usw.) versuchen die Titanen den kleinen
Dionysos in ihren Kreis zu locken. Von den glitzernden Gegenstän-
den angezogen, nähert sich das Kind, und der monströse Kreis
schließt sich. Gemeinsam töten die Titanen Dionysos; nachher ko-
chen und verschlingen sie ihn. Zeus, Vater des Dionysos, schleudert
seine Blitze gegen die Titanen und läßt seinen Sohn auferstehen.*

Von den Kureten zu den Titanen findet eine Umkehrung der
meisten Bedeutungen statt. Beschützer bei den Titanen, ist der Vater
bei den Kureten zerstörerisch und kannibalisch. Zerstörerisch und
kannibalisch bei den Titanen, ist die Gemeinschaft Beschützerin bei
den Kureten. In beiden Mythen werden vor dem Kind Gegenstände
hin und her geschwenkt. Harmlos dem Anschein nach, in Wirklichkeit aber tödlich bei den Titanen, sind sie dem Anschein nach tödlich,
in Wirklichkeit aber harmlos bei den Kureten.

Die Mythologie ist ein Spiel der Transformationen. Aufgezeigt hat
das Lévi-Strauss, und sein Beitrag ist wertvoll. Aber der Ethnologe
vertritt, meiner Ansicht nach zu Unrecht, die Auffassung, der Übergang könne stets in jeder beliebigen Richtung geschehen. Alles
befinde sich auf der gleichen Ebene. Nichts Wesentliches werde je
gewonnen oder verspielt. Der Pfeil der Zeit existiere nicht.

Hier wird die Unzulänglichkeit einer solchen Auffassung deutlich.
Unsere beiden Mythen sind tatsächlich je die Transformation des
anderen – das habe ich eben gezeigt. Nachdem der Zauberer die
Karten neu gemischt hat, legt er sie in einer anderen Reihenfolge auf

* Vgl. M. Eliade, *Geschichte der religiösen Ideen I*, S. 336–340.

den Tisch. Erst herrscht der Eindruck vor, es seien alle Karten vorhanden. Aber stimmt das wirklich? Bei genauerem Hinschauen sehen wir, daß in Wirklichkeit immer eine Karte fehlt, und zwar immer die gleiche: die Vorstellung des Kollektivmordes. Das ganze übrige Geschehen ist diesem Verschwinden untergeordnet, und wer nur die Kombinatorik sieht, sieht nur das Unwesentliche. Zudem kann sie unmöglich in ihrer Ganzheit erfaßt werden, solange man nicht versteht, welchen geheimen Absichten sie gehorcht.

Die strukturalistische Analyse beruht auf dem alleinigen Prinzip der differenzierten binären Opposition. Mit Hilfe dieses Prinzips kann der Stellenwert des Alle-gegen-Einen der kollektiven Gewalt in der Mythologie nicht erfaßt werden. Der Strukturalismus sieht darin nur eine Opposition unter anderen, und er führt sie auf das allgemeine Gesetz zurück. Er mißt der Gewaltvorstellung keine besondere Bedeutung bei, weder der vorhandenen noch der nicht vorhandenen. Sein Analyseinstrumentarium ist zu grob, um zu verstehen, was im Verlaufe einer Transformation wie der beschriebenen verlorengeht. Der Zauberer mischt die Karten lange und legt sie dann in neuer Anordnung auf den Tisch, weil er uns jene vergessen machen will, die er hat verschwinden lassen, und zudem will er uns auch noch dieses Verschwinden vergessen machen, sollten wir es durch Zufall bemerkt haben. In unseren Strukturalisten besitzt der mythologische und religiöse Zauberer ein dankbares Publikum. Wie sollten unsere Mythologen das Verdecken einer Szene bemerken, die nicht zu bemerken sie sich selbst dann bemühen, wenn sie ihnen in die Augen springt.

Das Verschwinden des Kollektivmordes im Übergang vom Titanen- zum Kureten-Mythos erkennen heißt verstehen, daß diese Art von Transformation nur in einer Richtung stattfinden kann, nämlich der von mir gezeigten. Der Kollektivmord kann mit Sicherheit aus der Mythologie verschwinden. Er tut auch nie etwas anderes; ist er aber einmal verschwunden, kann er unmöglich wiederauftauchen. Er kann nicht, schwer bewaffnet, irgendeiner Kombinatorik entsteigen wie Minerva dem Haupte des Zeus. Hat ein Mythos einmal von der Titanen- zur Baldr- oder Kureten-Form gewechselt, dann gibt es keine Rückkehr zur früheren Form; sie ist undenkbar. Anders gesagt, es gibt eine *Geschichte* der Mythologie. Ich kann dieses Faktum anerkennen, ohne in die alten Illusionen des Historizismus zurückzufallen; aus einer rein «strukturalen» Textanalyse ergibt sich die Notwendigkeit von historischen oder, so man will, diachronen Etappen. Die Mythologie löscht den Kollektivmord aus, aber sie erfindet ihn nicht von neuem, weil sie ihn offenkundig nie erfunden hat.

Damit will keineswegs gesagt sein, der Mythos der Kureten gehe aus dem Mythos der Titanen hervor, er sei die Transformation gerade dieses Mythos und keines anderen. Es gibt überall in der Mythologie genügend Kollektivmorde, um nicht auf einen bestimmten angewiesen zu sein. Bei näherer Betrachtung zeigt sich übrigens, daß der Mythos der Titanen einer religiösen Sicht entspricht, die jener des Zeus-Mythos vielleicht gar nicht so fern ist. Obwohl ersterer die Vorstellung des Kollektivmordes beibehalten hat, muß auch er Gegenstand gewisser Umgestaltungen gewesen sein. Es findet sich hier nämlich die gleiche Spaltung in *Gut* und *Böse* wie im Mythos der Kureten, und beide Male zugunsten von Zeus. Die kollektive Gewalt bleibt, aber sie wird wie der Kannibalismus als schlecht erklärt. Wie im Mythos der Kureten wird die Gewalt einer früheren mythologischen Generation, also einem inzwischen als «wild» oder «primitiv» erachteten religiösen System angelastet.

Angesichts des Mythos der Titanen empfinden Kinder und naive Wesen ein Gefühl des Schreckens, eine Art Zurückweichen. Unsere heutigen Ethnologen würden sagen, sie ließen sich durch ihren Affekt beherrschen. Ich meinerseits fiele, so wird behauptet, in eine *affektive* Ethnologie zurück, die gänzlich der gefühlsmäßigen Inkohärenz gewidmet sei. Wie die Romanschriftsteller des Realismus um 1850 sehen unsere Humanwissenschaften in unmenschlicher Kälte und fehlender Betroffenheit jene Geisteshaltung, die der Aneignung des wissenschaftlichen Wissens am förderlichsten ist. Die Exaktheit der sogenannten «harten» Wissenschaften ruft einen Enthusiasmus hervor, der oft die Metapher der «Härte» allzu buchstäblich nimmt. Die Forschung straft dann jene Gefühle mit Verachtung, die sie nicht ohne Gefahren wegschieben kann, spielen sie doch im untersuchten Gegenstand – hier dem mythologischen Text – eine wesentliche Rolle. Selbst wenn eine vollständige Trennung zwischen der Analyse der «Strukturen» und dem Affekt aufrechterhalten werden könnte, wäre ihre Aufrechterhaltung nicht von Interesse. Um in unseren beiden Beispielen dem Geheimnis der mythologischen Transformation auf die Spur zu kommen, muß den von den Ethnologen verachteten Gefühlen Rechnung getragen werden. Härte vorzutäuschen, um nicht wehrlos dazustehen, bedeutet in Wirklichkeit, sich seiner besten Waffen zu berauben.

Unsere echten Triumphe über die Mythologie haben nichts mit dieser gespielten Nichtbetroffenheit zu tun. Sie gehen auf eine Zeit zurück, in der es keine Wissenschaft ohne Gewissen gab. Sie sind das anonyme Werk jener, die sich als erste gegen die Hexenjagd wandten und die verfolgungsspezifischen Vorstellungen der intoleranten Menge kritisierten.

Selbst unter dem Gesichtspunkt einer rein formalen Lesart und in Berücksichtigung all dessen, was als Stärke der herrschenden Schulmeinung gilt, sind keine befriedigenden Ergebnisse zu erwarten, solange entweder dem vorhandenen Kollektivmord oder, falls er nicht vorhanden ist, dem durch sein Verschwinden verursachten Unbehagen nicht gebührend Rechnung getragen wird: um eine solche Abwesenheit herum organisieren sich auch dann noch alle Vorstellungen. Wer dieses Unbehagen nicht sehen will, dem wird es nie gelingen, *auch nur die strikt kombinatorischen und transformatorischen Aspekte der Beziehungen zwischen bestimmten Mythen herauszuarbeiten.*

VII

Die Verbrechen der Götter

Die Entwicklung der Mythologie ist beherrscht vom Willen, Gewalt-
vorstellungen zu tilgen. Das wird verständlich, wenn dieser Prozeß
über die von mir soeben definierte Etappe hinaus nachvollzogen wird.
In dieser ersten Etappe steht nur die *kollektive* Gewalt auf dem Spiel;
nach ihrem Verschwinden tritt, wir haben es gesehen, jedesmal die
individuelle Gewalt an ihre Stelle. Darauf folgt, insbesondere in der griechischen und römischen Welt, möglicherweise eine zweite Etappe, in
der auch diese individuelle Gewalt aufgehoben wird; von nun an gelten
in der Mythologie alle Formen von Gewalt als unerträglich. Alle Mythen, die diese zweite Etappe erreichen, verfolgen das gleiche Ziel, ob
sie es nun wissen oder nicht – und in den meisten Fällen scheinen sie es
nicht zu wissen. Sie versuchen nämlich die letzten Spuren des Kollektivmordes, sozusagen die Spuren der Spuren zu beseitigen.

Die Haltung Platons stellt ein erstrangiges Beispiel dieser neuen
Etappe dar. Im *Staat* ist der Wille zur Tilgung der mythologischen
Gewalt ganz ausdrücklich; er setzt sich insbesondere im Falle der
Figur des Kronos sehr deutlich durch, und zwar in einem Text, der
direkt an die eben beendete Analyse anschließt:

Was Kronos getan und was er von seinen Söhnen erlitten hat, das,
meine ich, sollte man, auch wenn es wahr wäre, nicht so leichthin
vor unverständigen und jungen Leuten erzählen, sondern man
sollte es am besten verschweigen. Ist es aber doch nötig, davon zu
reden, dann sollte man das heimlich vor möglichst wenigen Zuhörern tun, und zuerst opfern, und zwar nicht nur ein Schwein,

sondern ein großes und schwer erschwingliches Opfer, damit möglichst wenige in den Fall kommen, das zu hören. «Allerdings», sagte er (Adeimantos), «sind diese Geschichten anstößig.»*

Wie wir sehen, ist Platon nicht etwa über den ja bereits verschwundenen Kollektivmord schockiert, sondern über die individuelle Gewalt, unangebrachtes Zeichen dieses Verschwindens. Weil ausdrücklich vorhanden, nimmt der Wille zur Beseitigung die Form einer eigentlichen Zensur, einer bewußten Amputation des mythologischen Textes an. Er besitzt nicht mehr jene Macht zur Neuordnung der Strukturen und jene außerordentliche Stimmigkeit, die er in der vorangehenden Etappe besessen hatte. Eben deshalb gelingt es ihm auch nicht, den mythologischen Text zu verändern. Weil er dieses Scheitern voraussieht, schlägt Platon eine Art Kompromiß vor, der von äußerst aufschlußreichen religiösen Vorsichtsmaßnahmen begleitet ist. Die Empfehlung eines möglichst großen und schwer erschwinglichen Opfers ist nicht nur von der Sorge motiviert, die Anzahl der in Kronos' und Zeus' Missetaten Eingeweihten möglichst niedrig zu halten. Im Kontext einer noch opferkultisch ausgerichteten Religion entspricht diese Empfehlung dem, was von einem aufrichtig religiösen Geist erwartet werden kann, der sich mit einer Gewalt konfrontiert sieht, deren Ansteckungspotential er fürchtet; als Gegengewicht für diese Gewalt braucht es eine vergleichbare, aber legitime und heilige Gewalt, nämlich die Darbringung eines möglichst großen Opfers. In Platons Text schließt sich also vor unseren Augen und beinahe explizit der Kreis von Gewalt und Heiligem.

Die von Platon geforderte Zensur hat sich nie in der von ihm vorgesehenen Form durchgesetzt; gleichwohl hat sie sich durchgesetzt und setzt sich – wenn auch in anderer, wirksamerer Form – noch immer durch, etwa in der heute im Fach Ethnologie verkörperten Form. Im Gegensatz zur früheren Etappe gelingt der platonischen keine eigentliche Umformung des Mythos, gleichwohl kommt ihr Gründungscharakter zu. Eine andere, nicht mehr eigentlich mythologische, sondern «rationale» und «philosophische» Kultur wird gegründet – der Grundtext der Philosophie.

* Platon, *Der Staat,* II.378a 1–7.

Die Verurteilung der Mythologie findet sich bei einer großen Zahl antiker Autoren, im allgemeinen in banalen, von Platon übernommenen Formen, die aber sehr deutlich die wahre Natur des Ärgernisses erhellen. Varro beispielsweise spricht von einer «Theologie der Dichter»*, die ihm ganz besonders verheerend erscheint, schlägt sie der Verehrung der Gläubigen doch Götter vor, die «Diebe, Ehebrecher oder Sklaven eines Menschen sind; alles in allem, man schreibt dort den Göttern jenes Chaos zu, in welches jeder, auch der verachtetste Mensch fällt.»**

Was Varro, in der Folge von Platon, die Theologie der Dichter nennt, ist das eigentlich ursprüngliche Heilige, das doppelte Heilige also, das Verflucht und Gesegnet in sich vereinigt. Alle von Platon kritisierten Homerstellen sprechen gleichermaßen von den bösartigen und gutartigen Aspekten der Gottheit. Platons Wille zur Differenzierung kann diese moralische Doppeldeutigkeit des Göttlichen nicht tolerieren. Heute geschieht das gleiche bei Lévi-Strauss und im Strukturalismus, mit dem einzigen Unterschied, daß die moralische Größe Platons verschwunden ist und daß an deren Stelle ein einfaches logisches und linguistisches Bemühen getreten ist, eine Philosophie der Mischung, die unmöglich ist, weil sie den «Gesetzen von Sprache und Denken» nicht entspricht ... Die Möglichkeit, daß die Denkweise der Menschen nicht immer genau die gleiche ist, bleibt ausgeschlossen.

Dionysios von Halikarnass klagt ebenfalls über diese Mythen, die die Götter darstellen als «bösartig, unheilbringend, unanständig, die unter Bedingungen leben, die nicht nur göttlichen Wesen, sondern ganz einfach ehrlichen Leuten unwürdig sind ...». In Wahrheit ahnen alle diese antiken Autoren, ihre Götter könnten in Wirklichkeit lediglich die von allen Menschen verachteten und mit Füßen getretenen Opfer sein. Das wollen sie nicht. Voll Schrecken verwerfen sie diese Möglichkeit, denn im Gegensatz zu den jüdischen Propheten und später zu den Evangelien ist für sie die Vorstellung undenkbar, ein so behandeltes Opfer könnte unschuldig sein.

---

* So lautet die Bezeichnung Augustinus' für Varros «mythische Theologie»; Anm. d. Übers.
** Zitiert in G. Dumézil, *La religion romaine archaïque*, S. 108.

Platon versucht ganz ausdrücklich, die Mythologie zu zensieren und sie von ihren überlieferten Themen abzubringen. Wir sehen in seinem Text jene Art von Beweggründen auftauchen, die wir vorhin zur Erklärung des Verschwindens des Kollektivmordes im Mythos der Kureten postulieren mußten. Die ersten Transformationen gehen auf ein der Philosophie voraufgehendes Stadium zurück, und sie haben noch intakte Mythen zum Gegenstand. Wir haben in diesem Punkt kein anderes Zeugnis als die Mythen selbst, die bereits transformierten Mythen also, die unversehens einsichtig werden, sobald sie als das Ergebnis dieser Transformationen betrachtet werden. Die Anordnungen des Philosophen entspringen also nicht einfach einer Laune; sie erhellen nachträglich die Entwicklung aller sich entwikkelnden Mythologien. Platon hat mit seiner Säuberung der Mythologie offensichtlich nahe oder ferne Vorgänger, die noch mythologisch arbeiten: sie operieren innerhalb des überlieferten mythologischen und religiösen Rahmens; sie transformieren die mythologische Erzählung.

Das Stereotyp der von den Göttern und Helden erlittenen Gewalt schwächt sich ab, indem es zuerst seine brutal-spektakuläre kollektive Dimension verliert und zur individuellen Gewalt wird; in der Folge verschwindet es dann gänzlich. Die anderen Stereotypen der Verfolgung kennen aus den gleichen Gründen vergleichbare Entwicklungen. Wer den Kollektivmord an Göttern nicht mehr toleriert, den müssen auch die diesen Mord rechtfertigenden Verbrechen schockieren. Die eben zitierten Texte machen deutlich, daß beides Hand in Hand geht. Varro beklagt sich über die Dichter, *die den Göttern jenes Chaos zuschreiben, in welches jeder, auch der verachtetste Mensch fällt.* Selbstverständlich sind nicht die Dichter schuld an dieser Schuldzuschreibung. Beweis dafür sind die Mythologien der Welt. In jener Epoche wie auch in unseren Tagen liefern die «Dichter», also die Interpreten der vorangehenden Epoche, Ersatz-Sündenböcke, und der ihnen vorgeworfene Verrat berechtigt zu neuer Zensur.

Von nun an sind Gottheiten erwünscht, die weder Verbrecher noch Opfer sind, und da man nicht versteht, daß sie Sündenböcke sind, werden die von den Göttern begangenen Gewalttaten und Verbrechen, die Opferzeichen und die Krise selbst nach und nach getilgt. Manchmal wird der Sinn der Krise auf den Kopf gestellt und der

Entdifferenzierung zwischen Göttern und Menschen jener utopische Sinn verliehen, auf den ich weiter oben angespielt habe.

Je mehr sich eine Gemeinschaft von den gewalttätigen Ursprüngen ihres Kultes entfernt, um so mehr schwächt sich der Sinn des Rituals ab und verstärkt sich der moralische Dualismus. Die Götter und ihre Taten, auch ihre schlechtesten Taten, haben den Riten zuerst als Modell gedient. Damit ist gesagt, die Religionen gäben bei großen rituellen Anlässen dem Chaos einen gewissen Raum, würden es aber immer der Ordnung unterwerfen. Gleichwohl kommt der Moment, wo die Menschen nur noch moralisch fundierte Vorbilder suchen und von allen Vergehen gereinigte Götter fordern. Man soll die Klagen eines Platon oder eines Euripides, der ebenfalls die Götter erneuern will, nicht leichtnehmen. Sie widerspiegeln nämlich den Zerfall des ursprünglichen Heiligen, geben also jene dualistische Tendenz wieder, die nur die wohltätigen Aspekte der Götter anerkennen will; es entwickelt sich eine ganze Ideologie, die darin besteht, entweder das Heilige den Dämonen zuzuschieben und Dämonen und Götter immer mehr voneinander zu trennen, so wie es die Religion der Brahmanen tut, oder aber das Böse als null und nichtig und als einer *ursprünglichen* Religion aufgepfropft zu betrachten, einer Religion, die allein dem vom Erneuerer angepeilten Ideal entspricht. In Wirklichkeit jedoch verfertigt sich der Erneuerer einen eigenen Ursprung, indem er dieses Ideal in eine rein imaginäre Vergangenheit verweist. Dieses Zurückweisen verwandelt die ursprüngliche Krise in ein Idyll und eine Utopie. Das konfliktuelle Entdifferenzierte verwandelt sich in selige Verschmelzung.

Die idealisierende Tendenz transformiert oder tilgt demnach alle Stereotypen: Krise, Opferzeichen, kollektive Gewalt und natürlich auch das Verbrechen des Opfers. Am Baldr-Mythos läßt sich das sehr schön zeigen. Der *nicht von einem Kollektiv getötete Gott* kann kein schuldiger Gott sein. Er ist ein Gott, dessen Verbrechen vollständig getilgt ist, ein erhabener Gott ohne Fehl und Tadel. Nicht der Zufall hebt beide Stereotypen zugleich auf, sondern die eine *Inspiration* aller Gläubigen. Die Strafe und ihre Ursache sind miteinander verknüpft, und sie müssen miteinander verschwinden, denn sie verschwinden aus ein und demselben Grund.

Bin ich zur Annahme berechtigt, es handle sich um ein Verschwinden, eine Tilgung und nicht etwa nur um eine bloße Abwesenheit? Für den Kollektivmord habe ich den Beweis erbracht, er berührt jedoch nur indirekt jenes Verbrechen, das meiner Meinung nach jeder Gottheit ursprünglich zugeschrieben worden ist. Implizit stelle ich die Behauptung auf, es müsse einen ersten «verbrecherischen» Baldr in einer ursprünglicheren Mythenversion gegeben haben. Wie wir gesehen haben, enthält der Baldr-Mythos alles, um die außerordentliche Relevanz des abwesenden Kollektivmordes und dessen Vertuschung in der uns überlieferten Version zu bestätigen. Für das ebenfalls *abwesende* Verbrechen gilt das nicht in gleicher Weise. Um die Universalität aller Stereotypen der Verfolgung zu beweisen, müßte der Beweis erbracht werden, daß sie auch gerade für jene Mythen, *die sie nicht enthalten,* von größtem Belang bleiben.

Versuchen wir es also mit dem Stereotyp des Verbrechens. Eine Untersuchung der Mythen legt eine in der Mythologie vorhandene Tendenz zur Verharmlosung und schließlichen Aufhebung der Verbrechen der Götter nahe; das gilt insbesondere für die griechische Mythologie, und zwar bereits lange bevor ihr Platon und die Philosophen begrifflichen Ausdruck verleihen.

Bereits ein oberflächlicher Vergleich zeigt, daß die Mythen nicht in zwei unter dem Gesichtspunkt des göttlichen Vergehens sauber getrennte Kategorien eingeteilt werden können – die schuldigen Götter auf der einen, die unschuldigen Götter auf der anderen Seite. Es gibt eine Unzahl von Zwischenstufen, eine vollständige Bandbreite vom grausamsten Verbrechen über unbedeutende Fehler, Ungeschicklichkeiten oder Dummheiten bis hin zur vollkommenen Unschuld; aber auch bloße Ungeschicklichkeiten bewirken in den meisten Fällen die gleichen katastrophalen Folgen wie echte Verbrechen.

Ich bin der Meinung, diese Bandbreite sollte nicht nach einem statischen, sondern nach einem evolutiven Prinzip interpretiert werden. Das bestätigt ein Blick auf die beeindruckende Themenvielfalt, deren gemeinsamer Nenner sichtlich ein und derselbe Wille ist; der Wille nämlich, ein Vergehen zu verharmlosen und zu entschuldigen, dessen Definition zwar überall gleich lautet, das auf uns aber so verschieden wirkt, daß die grundlegende Einheit aller dieser Verbrechen nicht mehr sichtbar wird. Die olympischen Götter im klassischen Griechenland sind, wie gezeigt, nicht mehr Opfer, verüben aber noch immer die meisten jener stereotypen Verbrechen, die in anderen Mythologien eine Tötung rechtfertigen. Diesen Taten wird jedoch so viel Nachsicht und eine von so viel Raffinesse durchdrungene, schmeichelhafte Behandlung zuteil, daß die hervorgerufene Wirkung auch heute noch völlig verschieden ist von dem, was derjenige empfindet, der ihnen in den als «ethnologisch» qualifizierten Mythen begegnet.

Wenn sich Zeus in einen Schwan verwandelt, um Leda zu verführen, denken wir nicht mehr an ein bestialisches Verbrechen; auch wenn der Minotaurus Pasiphaë heiratet, denken wir kaum mehr daran, beschuldigen vielmehr den daran erinnernden Schriftsteller des *schlechten Geschmacks;* trotzdem unterscheidet sich dieses Geschehen in nichts vom Dog-Rib-Mythos der Frau-Hündin, ja selbst von der grauenhaften mittelalterlichen Fiktion der jüdischen Frau von Binzwangen, die einen Wurf Ferkel gebiert. Je nachdem, ob wir die Verfolgungskonsequenzen wahrnehmen oder zumindest erahnen oder sie überhaupt nicht wahrnehmen, reagieren wir auf dieselben Fabeln verschieden. Die ästhetische und dichterische Bearbeitung beschränkt sich auf die tausenderlei Arten, die Stereotypen der Verfolgung zu arrangieren, also auf die Verschönerung und Verheimlichung all dessen, was den ursprünglichen Mechanismus der Textproduktion, den Sündenbockmechanismus, aufdeckt.

Wie alle Puritanismen verfehlt auch jener Platons sein Ziel, nämlich die Aufdeckung des Opfermechanismus und die Entmystifizierung der mit Verfolgung verbundenen Vorstellungen; gleichwohl zeigt er mehr Größe und Tiefgang als die moralische Laxheit der Dichter oder der Ästhetizismus der zeitgenössischen «Interpreten», der das Wesentliche der Problematik verschwinden läßt. – Platon wendet sich nicht nur dagegen, daß den Göttern alle stereotypen Verbrechen zugeschrieben werden, sondern auch gegen die dichterische Bearbeitung dieser Verbrechen, die dazu führt, daß darin nur noch kleine Vergehen, einfache Eskapaden oder bloße Torheiten gesehen werden.

Der aristotelische Begriff der *«hamartia»* bringt die dichterische Verharmlosung des Vergehens auf den Begriff. Er legt, im Gegensatz zur bösartigen Fülle der alten Mythen, einfache Nachlässigkeit und Unterlassungsfehler nahe. Die Übersetzung als tragischer Fehltritt, *tragic flaw* im Englischen, läßt an einen ganz geringen Fehler denken, an einen einzigen Riß in der sonst homogenen Masse unantastbarer Tugend. Die zerstörerische Dimension des Heiligen ist immer noch da, aber auf jenes strikte Minimum reduziert, das für die logische Rechtfertigung der unverändert katastrophalen Folgen unabdingbar ist. Die Kluft ist groß zwischen dieser Auffassung und jenen Mythen, in denen ein Gleichgewicht zwischen Bösartig und Gutartig herrscht. Die meisten sogenannten «primitiven» Mythen sind uns in diesem ersten Stadium des Gleichgewichts tradiert worden, und meiner Ansicht nach werden sie von der frühen Ethnologie zu Recht als primitiv bezeichnet; sie ahnt ihre Nähe zu der sie gründenden Sündenbockwirkung, also zu der durch die gelungene, extrem gewalttätige und bösartige Projektion ausgelösten Wirkung.

Damit der Wille zur Entlastung des Gottes nicht unverzüglich zur vollständigen Beseitigung seines Vergehens führt – was ein Platon am anderen Ende der Argumentationskette ganz offen fordert –, muß über lange Zeit hinweg eine Kraft am Werk sein, die im Sinne äußersten Respekts vor dem überlieferten Text wirkt. Und diese Kraft kann nur die anhaltende Sündenbockwirkung, nur die dem ursprünglichen Religiösen in seiner rituellen und opferkultischen Phase eigene Logik sein. Wie bereits gesagt, verkörpert der Gott die Plage; er ist nicht jenseits, sondern diesseits von Gut und Böse. Die durch ihn verkörperte Differenz hat sich noch nicht in moralische Unterscheidungen ausgeformt; die Transzendenz des Opfers ist noch nicht in eine gute und göttliche Macht einerseits und in eine böse und dämonische Macht andererseits gespalten.

Erst wenn diese Spaltung vollzogen wird und sich unter dem vielfältigen Druck auf die ursprüngliche mythische Zusammensetzung auch vollziehen muß, zerbricht das Gleichgewicht innerhalb der Mythen und verschiebt sich bald zugunsten des Bösartigen, bald zugunsten des Gutartigen, bald in beide Richtungen zugleich; dann aber kann sich die primitive doppeldeutige Gottheit in einen vollkommen guten Helden und ein vollkommen schlechtes, die Gemeinschaft vernichtendes Ungeheuer spalten: Ödipus und die Sphinx, der heilige Georg und der Drache, die Wasserschlange des Arawak-Mythos und ihr befreiender Mörder. Das Ungeheuer erbt das an der Angelegenheit Verabscheuenswerte, die *Krise,* das *Kriminelle* und die

Kriterien der Opferselektion, also die drei ersten Stereotypen der Verfolgung. Der Held verkörpert nur das vierte Stereotyp, also den Mord, den opferkultischen Entscheid, der gerade deshalb so offenkundig befreiend ist, weil die Bösartigkeit des Ungeheuers die Gewalt voll rechtfertigt.

Es handelt sich hier offensichtlich um eine späte Spaltung, denn sie führt zu Märchen und Legenden, also zu mythischen Formen, die dermaßen verkümmert sind, daß sie nicht mehr Gegenstand eines eigentlich religiösen Glaubens sind. Kommen wir also auf frühere Formen zurück.

Es kann nicht darum gehen, das Verbrechen des Gottes ein für allemal aufzuheben. Eine solche Zensur, ohne von den nötigen Vorsichtsmaßnahmen begleitet zu sein, würde lediglich ein Problem lösen, um ein neues zu schaffen. Scharfsichtiger als alle unsere Ethnologen begreifen ernsthafte Benutzer der Mythologie sehr wohl, daß die an ihrem Gott verübte Gewalt durch sein zuvor begangenes Vergehen gerechtfertigt ist. Mit der Streichung dieser Rechtfertigung ohne jede gerichtliche Formalität würde zwar die heiligste Figur entlastet, gleichzeitig aber jene Gemeinschaft kriminalisiert, die – ihrer Meinung nach zu Recht – diese Figur straft. Diese Gemeinschaft der Lynchmörder ist jedoch beinahe ebenso geheiligt wie das Gründungsopfer, gründet erstere doch die Gemeinde der Gläubigen. Der Wunsch, die Mythologie moralischer zu gestalten, führt in ein Dilemma. Mühelos können wir dieses Dilemma aus den ursprünglichen mythischen Themen erschließen, aber wir können zudem seine direkten Folgen an Texten ablesen, die offensichtlich eine weitere Entwicklung durchgemacht haben. Wir erkennen sie an den manchmal sehr subtilen, bisher unverständlich gebliebenen Nuancen göttlicher Schuld, die sich aber plötzlich im Hinblick auf die mehr oder weniger geschickten Lösungen erhellen, welche die Gläubigen im Laufe der Zeiten und der Mythen erfunden haben, um alle Handlungsträger des heiligen Dramas zugleich zu «ent-schuldigen».

Die einfachste Lösung besteht darin, die Verbrechen der Opfer unverändert beizubehalten, dabei aber vorzugeben, sie seien ungewollt. Das Opfer hat zwar das ihm angelastete Verbrechen tatsächlich begangen, aber *es hat es nicht absichtlich getan.* Ödipus hat zwar seinen Vater erschlagen und mit seiner Mutter geschlafen, aber er glaubte etwas ganz anderes zu tun. Letztlich ist gewissermaßen niemand mehr schuldig, und alle moralischen Anforderungen sind unter *beinahe* gänzlicher Respektierung des überlieferten Textes erfüllt. Haben die Mythen einmal ein einigermaßen *kritisches* Stadium ihrer Entwicklung beziehungsweise ihrer Interpretation erreicht, dann zeigen sie oft ein Nebeneinander von unschuldigen Opfern nach Art des Ödipus und unschuldig schuldigen Gemeinschaften.

Ungefähr der gleiche Sachverhalt läßt sich auch im Falle des oben analysierten skandinavischen Gottes, Höd, feststellen. Obwohl er physisch für den Mord verantwortlich ist, ist der Mörder des geschätzten Baldr womöglich noch unschuldiger als Ödipus, denn es gibt, wie dargelegt, mehrere ausgezeichnete Gründe, in seiner mörderischen Tat nur eine harmlose Spielerei zu sehen, eine amüsante Parodie ohne nachteilige Folgen für den von ihm als Zielscheibe anvisierten Bruder. Höd kann nicht ahnen, was geschehen wird.

Auf die primitiven Götter, deren Schuldhaftigkeit umfassend ist, folgen also Götter mit begrenzter oder nicht vorhandener Schuldhaftigkeit. Aber diese Absolution ist nie wirklich universal. Wird das Vergehen an irgendeinem Ort beseitigt, so taucht es in aller Regel anderswo wieder auf, im allgemeinen außerhalb des Zentrums des Geschehens und in übersteigerter Form. Es tritt dann ein Gott oder eher eine Art Dämon mit gesteigerter Schuldhaftigkeit in Erscheinung, ein Loki oder ein Kronos, der seine Rolle als Sündenbock gewissermaßen in einem zumindest dem Anschein nach übertragenen, rein textimmanenten Sinne spielt, die sich aber gleichwohl immer auf irgendein reales Opfer zurückbeziehen läßt, sobald die Spuren bis zu ihrem Ursprung zurückverfolgt werden.

Es gibt noch andere Methoden, um die göttliche Schuldhaftigkeit zu vermindern, ohne sie der gewalttätigen Gemeinschaft zuzuschieben und insbesondere ohne das Nicht-zu-Offenbarende schlechthin, den Sündenbockmechanismus, zu offenbaren. Es werden dann den Opfern Taten angelastet, die nicht grundsätzlich schlecht sind, die aber wegen besonderer Umstände, die den Opfern nicht bekannt sind, Folgen nach sich ziehen, die die kollektive Gewalt rechtfertigen. Es handelt sich hier also lediglich um eine Variante des Verbrechens ohne verbrecherische Absicht.

Höchstform dieser doppelten Rechtfertigung ist die Deutung der

Beziehungen zwischen dem Opfer und der Gemeinschaft der Lynchmörder als reines Mißverständnis und falsch verstandene Botschaft.

Es kommt auch vor, daß die Verbrechen der Götter zwar für real gehalten werden, ihnen aber von den Mythen eine zusätzliche Ursache zugeschrieben wird; dabei handelt es sich um eine möglicherweise unwiderstehliche Naturgewalt, die den Gott gegen seinen Willen zu schlechtem Benehmen zwingt, etwa um einen berauschenden Trank oder um den giftigen Stich eines Insekts.

Ich zitiere in diesem Zusammenhang Eliades Ausführungen zu einem von einer Biene gestochenen hethitischen Gott in seiner *Geschichte der religiösen Ideen:*

Da der Anfang der Erzählung verloren ist, wissen wir nicht, warum Telipinu beschließt, zu «verschwinden»... Die Folgen seines Verschwindens werden unmittelbar spürbar. Die Feuer im Herd verlöschen, Götter und Menschen fühlen sich «bedrückt», das Schaf verließ sein Lamm und die Kuh ihr Kalb; «Gerste und Emmer reiften nicht mehr», Tiere und Menschen begatten sich nicht mehr; die Weideflächen dörrten aus, und die Quellen versiegten... Schließlich schickt die Muttergöttin die Biene; diese findet den Gott schlafend in einem Hain und weckt ihn durch ihren Stich. Telipinu aber ist erzürnt und bewirkt solches Unheil im Lande, daß die Götter Angst bekommen und zur Magie greifen, um ihn wieder zu beruhigen. Durch magische Zeremonien und Formeln wird Telipinu von seinem Zorn und vom «Bösen» gereinigt. Beruhigt kehrt er schließlich in den Kreis der Götter zurück – und das Leben geht wieder seinen gewohnten Gang.*

Zwei Stereotypen der Verfolgung werden hervorgehoben, die Krise und das Vergehen des Gottes, der diese Krise heraufbeschwört. Die Verantwortung des Gottes wird durch den Bienenstich zugleich erhöht und abgeschwächt. Nicht die unmittelbare kollektive Gewalt verwandelt das Bösartige ins Gutartige, sondern ihre rituelle Entsprechung. Die magische Handlung aber bedeutet diese Gewalt; sie zielt immer darauf ab, die ursprüngliche Sündenbockwirkung zu wieder-

* M. Eliade, *Geschichte der religiösen Ideen I,* S. 138.

holen, und hat außerdem kollektiven Charakter. *Alle anderen Götter* bekommen Angst und treten *gegen* Telipinu an, um seinem zerstörerischen Treiben ein Ende zu setzen. Aber die Gewalt dieses Eingreifens wird verschleiert; die Götter sind nicht eigentlich Telipinus Feinde, und Telipinu ist nicht eigentlich der Menschen Feind. Zwar herrscht in der Gemeinschaft ein Chaos, dessen Ursache göttlich ist, aber nirgendwo bestehen wirklich schlechte Absichten – weder in der Beziehung zwischen Telipinu und den Menschen noch in der Beziehung zwischen den Göttern und Telipinu.

Zu den Varianten des verharmlosten Vergehens gehören auch die Taten des nordamerikanischen *trickster* und aller «betrügerischen» Götter. Diese Götter sind Sündenböcke wie alle anderen auch. Ihre Wohltaten lassen sich alle auf einen auf Kosten des Opfers gefestigten sozialen Pakt zurückführen. Immer und überall gehen diesen Wohltaten nicht zu bezweifelnde und gerechterweise gesühnte Missetaten voraus. Es handelt sich also hier wie überall sonst um das Paradox des nützlichen, weil schädlichen Gottes – Träger der Ordnung, weil Verursacher des Chaos. Innerhalb einer noch intakten mythisch-verfolgungsspezifischen Vorstellung stellt sich unweigerlich mit der Zeit das Problem der göttlichen Absichten. Warum bringt der Gott diejenigen in eine mißliche Lage, denen er letztlich Hilfe und Schutz gewähren will? Warum bringt er sich dadurch selbst in eine mißliche Lage? Neben den Göttern, die Böses tun, ohne zu wissen, daß ihr Tun böse ist, und den Göttern, die Böses tun, weil sie unwiderstehlich dazu gedrängt werden, wird zwangsläufig eine dritte Lösung erdacht werden müssen, nämlich der Gott, der Böses tut, um sich zu amüsieren – der Gott als Witzbold. Letzten Endes erweist er immer einen Dienst, aber er liebt es, böse Streiche zu spielen, und tut es auch unablässig. Dadurch wird er auch erst bekannt. Er treibt es mit seinen Späßen so weit, daß er die Folgen nicht mehr in der Hand hat. Er ist der Zauberlehrling, der mit der kleinsten Flamme die Welt in Brand setzt und mit seinem Urin die Erde überflutet. Jede *korrigierende Einmischung* gegen ihn ist also vollkommen gerechtfertigt, und erst in deren Folge verwandelt er sich, wie immer, in einen Wohltäter.

Bei der Durchführung seiner Aufgabe gilt der *trickster* bald als so listig, bald als so dumm und linkisch, daß sich gewollt oder ungewollt Zwischenfälle ereignen. Das angestrebte Ergebnis wird in Frage gestellt und zugleich dadurch sichergestellt, daß die für das gute Funktionieren jeder Gemeinschaft unerläßliche Einmütigkeit auf Kosten des Tolpatsches hergestellt wird.

Im *trickster* läßt sich die Systematisierung einer der beiden großen Theologien erkennen, die dem geheiligten Sündenbock entspringen, nämlich jene der *göttlichen Laune*. Die andere Theologie ist die des *göttlichen Zornes*. Sie stellt die andere Lösung jenes Problems dar, vor das sich die in der Verfolgungsvorstellung Gefangenen angesichts der versöhnenden Kraft des in ihren Augen tatsächlich Schuldigen gestellt sehen. Träte er nicht so in Erscheinung und könnten die Nutznießer des Mechanismus die Kausalität des Sündenbocks in Frage stellen, dann gäbe es weder Versöhnung noch Göttlichkeit.

Aus dieser Perspektive ist der Gott grundsätzlich so gut wie eh und je, aber er verwandelt sich temporär in einen bösen Gott. Er quält seine Anhänger, um sie auf den rechten Weg zurückzuführen und ihre Unzulänglichkeiten zu korrigieren, die es ihm nicht erlauben, sich unverzüglich als Wohltäter zu zeigen. Wer liebt, straft. Diese zweite Lösung ist zwar weniger amüsant, dafür jedoch insofern tiefgründiger, als sie beim Menschen den freilich äußerst seltenen Gedanken aufkommen läßt, ihr Sündenbock sei nicht die einzige Verkörperung der Gewalt. Die Gemeinschaft teilt die Schuld am Bösen mit dem Gott; ihr eigenes Chaos macht sie schuldig. Die Theologie des Zornes nähert sich zwar der Wahrheit, bleibt aber noch innerhalb der mit Verfolgung verbundenen Vorstellung. Man kann ihr nicht entfliehen, ohne den Sündenbockmechanismus zu analysieren und ohne den Knoten zu entwirren, der die mythologische Vorstellung in sich selbst einschließt.

Um das Thema der göttlichen Vergehen abzuschließen, aber auch um zu zeigen, daß die kurz beschriebenen Lösungen nicht nach strengen Kategorien gehandhabt werden müssen, werde ich nun von einem Mythos sprechen, der an weit auseinanderliegenden Orten der Erde auftaucht und dem es äußerst geschickt gelingt, jene Vorteile zu kombinieren, zwischen welchen die vorangehenden Lösungen wählen mußten.

Nachdem Kadmos – der Urahne der gesamten Mythologie Thebens – den Drachen getötet hat, streut er die Zähne des Ungeheuers auf den Boden, und sogleich tauchen voll bewaffnete Krieger auf. Als

Abkömmling der voraufgehenden Bedrohung veranschaulicht diese neue Bedrohung die Beziehung zwischen der im Innern der menschlichen Gemeinschaft herrschenden Verfolgungskrise einerseits und allen Drachen und Fabeltieren andererseits. Um sich der Krieger zu entledigen, verfällt Kadmos auf eine ganz einfache List. Unversehens hebt er einen Stein auf und schleudert ihn mitten in die Truppe. Keiner der Krieger ist getroffen, aber der Lärm hat zur Folge, daß sich jeder von seinem Nachbarn herausgefordert fühlt; nach kurzer Zeit kämpfen alle gegeneinander und bringen sich bis auf wenige Ausnahmen gegenseitig um.

Kadmos erscheint hier als eine Art *trickster*. In einem gewissen Sinne ist er der Urheber der gesellschaftlichen Krise, des großen Chaos, das eine menschliche Gemeinschaft vollständig vernichten kann. Strenggenommen kann der Fall nicht geahndet werden, denn der Stein hat niemanden getroffen; die Lage verschlimmert sich nur aufgrund der törichten Brutalität der Krieger und ihres blindwütigen Hangs zur Eskalation des Konflikts. Eine bösartige Reziprozität nährt und steigert den Konflikt gerade deshalb so wirkungsvoll, weil sie von den Teilnehmern überhaupt nicht wahrgenommen wird.

Erstaunlich an diesem Mythos ist, daß er auf spektakuläre Weise die immer weniger verzögerte *(différé)*, also immer stärker beschleunigte Reziprozität offenkundig macht, die sich in krisengeschüttelten Gesellschaften ausbreitet – darüber habe ich bereits gesprochen. Zudem enthüllt er implizit sowohl die Daseinsberechtigung des Sündenbocks wie auch den Grund seiner Wirksamkeit. Ist die bösartige Reziprozität einmal ausgelöst, dann kann sie nur noch schlimmer werden, und zwar weil alle zu einem bestimmten Zeitpunkt noch irrealen Vorwürfe einen Augenblick später real sind. Ständig ist für ungefähr die Hälfte der Kämpfenden die Gerechtigkeit wiederhergestellt, weil sie sich als gerächt betrachtet, während die andere Hälfte eben diese Gerechtigkeit wiederherstellen will, indem sie ihrem momentan zufriedengestellten Gegner jenen Schlag verabreichen will, der sie endgültig rächen wird.

Diese unglückliche Verkettung von Umständen könnte nur dadurch durchbrochen werden, daß sich alle darüber einigen könnten, es handle sich um bösartige Reziprozität. Ihnen jedoch die Einsicht abzuverlangen, daß die Beziehungen innerhalb der Gruppe ihr Unglück nicht nur nähren, sondern hervorbringen können, das wäre zuviel verlangt. Eine Gemeinschaft kann aus ebenso unbedeutenden wie zwingenden und massiven Gründen von der guten in die bösartige Reziprozität fallen – das Ergebnis aber bleibt sich gleich. Alle tragen immer eine ungefähr gleich große Verantwortung, was aber niemand zur Kenntnis nehmen will. Notfalls werden sich die Menschen ihrer schlechten Reziprozität bewußt, aber auch dann verlangt es sie nach einem Urheber, einem realen und strafbaren Ursprung; vielleicht werden sie bereit sein, dessen Stellenwert zu verringern, aber sie werden immer nach einer Erstursache verlangen, die, wie Evans-Pritchard sagen würde, *nach einer korrigierenden Einmischung ruft, nämlich nach einer auf der Ebene der sozialen Beziehungen bedeutsamen Ursache.*

Man versteht mühelos, warum und wie der Sündenbockmechanismus diesen Vorgang manchmal unterbricht. Der blindwütige Instinkt nach Vergeltungsmaßnahmen, die törichte Reziprozität, die jedermann auf den nächsten oder offenkundigsten Gegner stürzen läßt, gründet auf nichts Bestimmtem; so kann sich denn ungefähr alles irgendwann über irgendwem zusammenbrauen, mit Vorliebe aber auf dem Höhepunkt der Hysterie. Als Anstoß genügt zuerst ein rein zufälliges oder durch irgendein Opferzeichen hervorgerufenes Zusammentreffen. Eine potentielle Zielscheibe möge ein klein wenig attraktiver erscheinen, und schon kippt die ganze Gemeinschaft mit einem Schlag in eine keinen Widerspruch duldende Gewißheit um, in die selige versöhnende Einmütigkeit . . .

Da es in diesem Fall nie eine andere Ursache der Gewalt gibt als den Glauben der Allgemeinheit an eine andere Ursache, muß sich diese Allgemeingültigkeit lediglich in einem realen Anderen, dem Sündenbock, verkörpern, der so zum Andern aller wird; damit aber hört die *korrigierende Einmischung* auf, bloß dem *Anschein nach* wirksam zu sein, sie zeitigt vielmehr tatsächlich Wirkung und führt so schlicht und einfach bei allen Überlebenden zum vollständigen Erlöschen eines jeglichen Wunsches nach Vergeltungsmaßnahmen. Einzig der Sündenbock könnte sich rächen wollen, er aber ist offenkundig dazu nicht in der Lage.

Mit anderen Worten: um im Kadmos-Mythos die gegenseitige Vernichtung zu unterbrechen, müßten die Krieger nur entdecken, daß Kadmos die Rolle des *agent provocateur* spielt, und sich dann auf seine Kosten versöhnen. Dabei ist unwichtig, ob es diese Figur tatsächlich gibt, es genügt, daß jedermann von ihrem Vorhandensein und ihrer Identität überzeugt ist. Wie kann man sich aber Gewißheit verschaffen, den wahren Schuldigen gefaßt zu haben, wenn nur ein Steinchen heruntergefallen ist, wenn nur das leise Geräusch eines Steinchens, das auf andere Steinchen fällt, zu hören ist? Jederzeit kann sich ein ähnlicher Zwischenfall ereignen, dem keinerlei perverse Absicht des Urhebers zugrunde liegt, ja der keinen eigentlichen Urheber hat. Hier zählt allein der mehr oder weniger intensive und verbreitete *Glaube* an Wille und Fähigkeit eines eventuellen Sündenbocks, Unruhe zu säen, also die Ordnung wiederherzustellen. Falls sich nicht entdecken läßt, was tatsächlich geschehen ist, oder – so man will – sich kein überzeugender Sündenbock finden läßt, dann hören die Krieger nicht auf, sich zu bekämpfen, und die Krise geht bis zur endgültigen Vernichtung weiter.

Die Überlebenden stellen die aus dem Kadmos-Mythos hervorgegangene Gemeinschaft dar; die Toten stellen, im Gegensatz zu Kadmos, ausschließlich das Chaos dar. Für den Mythos ist Kadmos zugleich chaotische Macht – er sät die Drachenzähne aus – und ordnende Macht – er erlöst die Menschheit, indem er erst den Drachen tötet und dann die Mehrzahl der Krieger, *draco redivivus,* das neue tausendköpfige Ungeheuer, das aus den Resten des vorherigen Ungeheuers hervorgegangen ist. Bei Kadmos handelt es sich also tatsächlich um einen jener Götter, die das Chaos «nur» heraufbeschwören, um ihm ein Ende setzen zu können. Kadmos ist demnach in seinem Mythos und für diesen Mythos nicht expliziter Sündenbock; er ist der implizite Sündenbock, der geheiligte Sündenbock des Mythos selbst, der Gott der Thebaner; und dieser Mythos ist letzten Endes lediglich raffiniert. Es gelingt ihm nicht, ja es kann ihm nicht gelingen, das Geheimnis seiner eigenen Herstellung vollständig zu enthüllen, er beruht also noch auf einem Sündenbockmechanismus.

Solche Mythen vom Typus «kleine Ursache, große Wirkung» oder, wenn man will, «kleiner Sündenbock, große Krise» gibt es auf allen fünf Kontinenten; in ihrer spezifischen Ausgestaltung sind sie manchmal zu singulär, als daß sie sich mit dem Argument der Beeinflussung und des Diffusionismus unter den Tisch wischen ließen. Die indische Version des Kadmos-Mythos mag noch indoeuropäischen «Einflüssen» zuzuschreiben sein, aber mit der in Lévi-Strauss' *Mythologica* aufgeführten nordamerikanischen Version wird die Sache heikel. In einem Baum versteckt, sät ein anthropomorpher Papagei Zwietracht, indem er aus seinem Schnabel Wurfgeschoße herunterfallen läßt. Die These, alle diese Mythen hätten ausschließlich logische und differenzierende Bedeutung und sie hätten mit der unter den Menschen herrschenden Gewalt nichts, aber auch gar nichts zu tun, läßt sich nur schwer aufrechterhalten.

Nicht alle Texte, die frühere Mythen wiederaufnehmen, tilgen den Kollektivmord. Unter den religiösen Kommentatoren, den großen Schriftstellern, insbesondere den Tragikern, aber auch unter den Geschichtsschreibern gibt es gewichtige Ausnahmen. Bei der Lektüre dieses Kommentars gilt es meine bereits vorgelegten Analysen im Gedächtnis zu behalten. Meiner Ansicht nach lassen sie die über Romulus kursierenden Gerüchte in einem neuen Licht erscheinen – übrigens auch alle analogen «Gerüchte» über andere Städte- und Religionsgründer. Freud hat als einziger moderner Autor diese Gerüchte ernst genommen. In *Der Mann Moses und die monotheistische Religion* hat er, leider zu vorwiegend polemischen Zwecken, die am Rande der jüdischen Überlieferung vorkommenden, verstreuten «Gerüchte» verwendet, wonach auch Moses Opfer eines Kollektivmords gewesen ist. Aber eigenartigerweise unterläßt es der Autor von *Totem und Tabu*, die sich aufdrängenden Schlüsse aus der bemerkenswerten Übereinstimmung zwischen den «Gerüchten» über Moses und jenen über zahlreiche andere Gesetzgeber und Religionsgründer zu ziehen. Vielleicht läßt sich diese Unterlassung mit seiner zu einseitigen Kritik an der jüdischen Religion erklären. Aus anderen Quellen ergibt sich, daß beispielsweise Zarathustra von den als Wölfen verkleideten Mitgliedern eines jener Ritualbünde ermordet wurde, deren opferkultische Gewalt er immer bekämpft hatte und die noch immer jenen Charakter der kollektiven Einmütigkeit des Gründungsmordes trägt, den sie wiederholt. Am Rande der offiziellen Biographien gibt es oft eine mehr oder weniger «esoterische» Überlieferung des Kollektivmordes.

Die modernen Historiker nehmen diese Geschichten nicht ernst. Es ist ihnen auch nicht übelzunehmen, verfügen sie doch nicht über die nötigen Mittel, sie in ihre Analysen einzuordnen. Sie stehen vor der Wahl, diese Geschichten entweder im Rahmen eines einzigen Autors – «ihres» Autors, wie sie sagen – zu untersuchen, und dann sehen sie darin nur das, was auch ihre ironisch oder vorsichtig gestimmten Quellen darin sehen, nämlich nicht verifizierbares Gerede und «Waschweibergeschichten». Oder aber sie können sie im Rahmen der Mythologie oder, so man will, der Universalgeschichte untersuchen. In diesem Fall müssen sie zwangsläufig anerkennen, daß das Thema, obwohl selbst keineswegs universal, mit zu großer Häufigkeit auftaucht, als daß sich Erklärungen erübrigten. Dieses Thema kann nicht ohne weiteres als mythologisch bezeichnet werden, steht es doch immer in kategorischem Widerspruch zu den Mythen. Fühlen sich unsere Leute nun endlich dazu verpflichtet, ihr Problem ins Auge zu fassen und seine Existenz zuzugeben? Zählen Sie nicht darauf; wer dem Wahren entfliehen will, findet zahllose Auswege. Die Weigerung, einen Sinngehalt anzuerkennen, greift hier zu ihrer stärksten Waffe, ihrem eigentlichen Todesstrahl. Sie erklärt das störende Thema für rein rhetorisch. Sie beschließt, jedes Bestehen auf dem nicht vorhandenen Kollektivmord, jedes mißtrauische Zurückkommen auf seine Abwesenheit entspringe einem rein dekorativen Bemühen. Es wäre jedoch naiv, darauf hereinzufallen. Es gibt keine Rettungsplanke, die unsinkbarer wäre; nach langer Abwesenheit taucht sie in unserem Zeitalter wieder auf, und alle Stürme unserer Apokalypse fegen vergeblich darüber hinweg; zwar trägt sie mehr Passagiere als das Floß der *Medusa,* aber sie sinkt nicht. Was könnte sie auch zum Sinken bringen?

Letztlich wird dem Kollektivmord von niemandem irgendwelche Bedeutung zugemessen. Greifen wir also auf Titus Livius zurück – eine aufschlußreichere Instanz als die Universität, die ihn zu ihrer Geisel gemacht hat. Laut diesem Geschichtsschreiber brach ein heftiges Unwetter los «und hüllte den König in einen so dichten Sturzregen, daß die Versammelten ihn nicht mehr sehen konnten; und danach war Romulus nicht mehr auf Erden». Noch waren die Römer eine Zeitlang sprachlos vor Kummer, dann aber «grüßten sie alle Romulus als Gott». Jedoch:

Es gab aber, glaube ich, auch damals schon einige, die im stillen die Senatoren beschuldigten, den König eigenhändig in Stücke gerissen zu haben. Denn auch diese Version breitete sich aus, wenn auch nur in ganz dunklen Andeutungen. Jene andere dagegen setzte sich infolge der Bewunderung, die der Mann genoß, und infolge des Schreckens, der die Menschen befallen hatte, allgemein durch.*

Plutarch erwähnt zahlreiche Versionen von Romulus' Tod. Drei davon sind Varianten des Kollektivmordes. Gemäß einigen wurde Romulus im eigenen Bett von seinen Feinden erstickt, gemäß anderen wurde er im Tempel des Vulkan von den Senatoren überfallen und in Stücke gerissen. Noch andere erzählen, die Sache hätte sich im Ziegensumpf ereignet, und zwar im Verlauf des bereits von Titus Livius erwähnten heftigen Gewitters. Das «Volk» zerstreute sich, während «die Vornehmen sich zusammendrängten». Wie bei Titus Livius sind es auch bei Plutarch die Senatoren, also die Mörder, die den Kult des neuen Gottes schaffen, indem sie «sich zusammendrängen»:

> Die meisten glaubten das, gingen fröhlich davon und beteten mit frohen Hoffnungen zu Romulus. Es gab aber auch einige, die scharfe und feindselige Kritik übten und die Patrizier durch die Beschuldigung beunruhigten, sie wollten dem Volke alberne Märchen aufbinden, nachdem sie selbst den König umgebracht hätten.**

Falls es wirklich eine Legende ist, ist es eine Gegen-Legende. Wie bei Freud ist sie letztlich Ausdruck eines expliziten Willens zur Entmystifizierung. Die offizielle Version wird als Legende ausgegeben; die Mächtigen haben zur Stärkung ihrer Autorität Interesse an ihrer Verbreitung. Der Mord an Romulus erinnert an den Mord an Pentheus in *Die Bakchen*:

> ... sondern die einen vermuteten, die Senatoren hätten ihn im Tempel des Vulcanus überfallen und getötet, den Körper dann zerteilt, und jeder habe ein Stück im Bausch der Toga versteckt weggetragen.

* Titus Livius, *Römische Geschichte*, I.16, S. 47.
** Plutarch, *Romulus*, 27, S. 101.

Dieses Ende erinnert an den dionysischen *diasparagmos;* das Opfer wird nach dem Tod von der Menge in Stücke zerrissen. Die mythologischen und religiösen Echos können also nicht angezweifelt werden, aber der *diasparagmos* wiederholt sich spontan in der von mörderischer Raserei erfaßten Menge. Die Erzählungen über die großen Volkstumulte im Frankreich der Religionskriege wimmeln von Beispielen analog denen im Text von Plutarch. Die Aufrührer streiten sich um die kleinsten Reste ihrer Opfer; sie betrachten diese als kostbare Reliquien, die gehandelt werden und horrende Preise erzielen. Unzählige Beispiele legen einen engen Zusammenhang zwischen kollektiver Gewalt und einer Art Sakralisierungsvorgang nahe, zu dessen Entfaltung nicht unbedingt ein bereits mächtiges und berühmtes Opfer erforderlich ist. Die Verwandlung der Reste in Reliquien wird auch im Zusammenhang mit einigen Formen von rassistischem Lynchmord in der heutigen Welt bezeugt.

Es sind also gewissermaßen die Mörder selbst, die ihr Opfer heiligen. Und genau das geben uns die «Gerüchte» über Romulus zu verstehen. Sie sagen es uns auf ganz moderne Art, sehen sie doch hinter dieser Geschichte eine Art politisches Komplott, eine in allen Teilen erfundene Geschichte, die von Leuten in Umlauf gebracht worden ist, die nie den Kopf verloren und die ganze Zeit hindurch immer wußten, was sie wollten. Der Text spiegelt die plebejische Perspektive wider. Der Kampf gegen die Aristokratie reduziert die Vergöttlichung des Romulus auf eine Art Komplott gegen das Volk, ein Instrument senatorialer Propaganda. Der Gedanke, die Sakralisierung verkläre ein in Wirklichkeit ganz gräßliches Ereignis, ist äußerst wichtig. Gleichwohl kann diese These einer absichtlichen Tarnung – verlockend insbesondere für die heutige Mentalität, die sie in gewisser Hinsicht ankündigt – jene Beobachter nicht voll befriedigen, die davon ausgehen, daß Massenphänomene und gesteigerte kollektive Mimetik bei der Entstehung des Heiligen eine wesentliche Rolle spielen.

Würden wir aus dem mythologischen Vorgang ein Gebilde machen, das sich auf jeder Stufe seiner selbst voll bewußt ist, dann allerdings ließen uns die von Titus Livius und Plutarch erwähnten *Gerüchte,* sollten wir sie zum Nennwert nehmen, in die Fehler des neuzeitlichen Rationalismus der Religion gegenüber zurückfallen. Ihr

Hauptinteresse liegt in dem von ihnen nahegelegten Zusammenhang zwischen Mythenbildung und entfesselter Menge. Das gelehrte 19. Jahrhundert legt ihn niemals im gleichen Maße nahe, und es behält immer nur das im Gedächtnis, was an diesen Gerüchten falsch ist: für dieses Jahrhundert erschöpft sich das Religiöse in einem Komplott der Mächtigen gegen die Schwachen.

Es gilt, sich ausnahmslos allen Spuren der kollektiven Gewalt zuzuwenden und die eine anhand der anderen kritisch zu betrachten. In der durch die bisherigen Analysen eröffneten Perspektive erhalten die *Gerüchte* eine Dimension, die dem traditionellen Positivismus, also der groben Analyse von «Wahr» und «Falsch», von Historischem und Mythologischem entgeht. Im Rahmen dieser Alternative lassen sich die *Gerüchte* nirgends einordnen; niemand verfügt über die zu ihrer Bearbeitung nötige Kompetenz. Die Historiker können ihnen nicht Rechnung tragen: sie sind noch verdächtiger als alles, was sie selbst über den Ursprung Roms erzählen könnten. Das erkennt sogar Titus Livius an. Auch die Mythologen können sich nicht für etwas interessieren, was sich eher als antimythologisch denn mythologisch versteht. Die Gerüchte fallen in Leerräume des organisierten Wissens. Das widerfährt der kollektiven Gewalt immer wieder. Je weiter sich die Kultur fortentwickelt, desto stärker werden diese Spuren verwischt und getilgt; in dieser Hinsicht vollenden Philologie und moderne Textkritik das Werk der späten Mythologien. Und das nennt man dann Wissen.

Die Vertuschung des Kollektivmordes geht auch bei uns mit der gleichen tückischen und unwiderstehlichen Kraft voran wie in der Vergangenheit. Um dies aufzuzeigen, greife ich ein zweites Mal auf das Mythenkorpus zurück, das sich um Romulus und Remus rankt. Es ermöglicht einen aufschlußreichen Einblick in den sich hier abspielenden Arbeitsprozeß. Es verhilft uns zur Einsicht, daß die Vertuschung der Spuren auch dank unserer eigenen, von uns zwangsläufig nicht bemerkten Vermittlung dort weitergeht, wo wir selbst mit dem Text von Titus Livius befaßt sind.

Die meisten meiner Leser werden davon überzeugt sein, die häretischen Versionen von Romulus' Tod stellten die *einzige* Version des Kollektivmordes im fraglichen Mythenkorpus dar. Jedermann weiß aber, daß der Mythos einen anderen gewaltsamen Tod enthält, der, wie man glaubt, ebenfalls als Mord, wenn auch als *individueller* Mord dargestellt wird, nämlich Remus' Tod.

Romulus ist der alleinige Mörder. Befragen Sie sämtliche kultivierten Bekannten, und ausnahmslos alle werden Ihnen diesen Sachverhalt bestätigen. In einem Anfall von Zorn tötet Romulus seinen Bruder, weil letzterer mit einem Sprung mutwillig die um Rom gezogene symbolische Grenze überspringt, die Romulus soeben hat errichten lassen.

Diese Version des Mordes ist im Werk von Titus Livius tatsächlich vorhanden, aber es ist nicht die einzige, ja nicht einmal die erste. Die erste Version ist eine kollektive. Im Gegensatz zur zweiten ist sie ein klassisches Beispiel für einen Mythos mit einer noch intakten Vorstellung des Kollektivmordes. Die erste Version ist einem Streit der Auguren aufgepfropft. Die Zeichen des Vogelflugs können die Entscheidung zwischen den beiden feindlichen Zwillingen, Romulus und Remus, nicht herbeiführen. Diese letzte Episode ist allgemein bekannt; sie wird von niemandem vertuscht, läßt sie sich doch ohne weiteres mit der zweiten Version des Mythos verbinden, die dem Mythos stets seinen Abschluß liefert und die wir stets, ohne uns dessen gewahr zu werden, wählen, *weil es jene Version ist, die den Kollektivmord beseitigt.* Nachdem Titus Livius vom Projekt der beiden Brüder erzählt hat, an jener Stelle, wo sie ausgesetzt und aufgezogen worden sind, eine neue Stadt zu erbauen, fährt er fort:

Gestört wurden diese Vorstellungen dann von dem Erbübel, der Herrschsucht, und es entwickelte sich daraus ein häßlicher Streit, der aus einem ziemlich harmlosen Anlaß hervorging. Weil sie Zwillinge waren und die Rücksicht auf das Recht des Älteren die Entscheidung nicht herbeiführen konnte, sollten die Götter, unter deren Schutz die Gegend stand, durch Zeichen beim Vogelflug bestimmen, wer der neuen Stadt den Namen geben und wer sie nach ihrer Gründung regieren sollte ...

Zuerst soll Remus ein Zeichen erhalten haben, sechs Geier; das Zeichen war bereits gemeldet, da hatte sich dem Romulus die doppelte Anzahl gezeigt, und beide waren von ihrem Anhang als König begrüßt worden. Die einen leiteten den Anspruch auf die Königswürde von dem früheren Zeitpunkt ab, die anderen dagegen von der Anzahl der Vögel. Darüber gerieten sie in Streit, und die zornige Auseinandersetzung führte zu blutigem Kampf. Dabei wurde Remus *im Getümmel* getroffen und fiel.*

(Hervorhebung v. Verf.)

Zwischen den beiden Zwillingen ist immer alles gleich; Wettstreit, Konkurrenz und Rivalität lassen es zum Konflikt kommen. Auslöser dieses Konfliktes ist nicht die Differenz, sondern deren Abwesenheit. Aus diesem Grund aber ist der Strukturalismus mit seinen differenzierten binären Oppositionen ebenso unfähig, die Problematik der feindlichen Zwillinge zu verstehen, wie die «als Sprache strukturierte» Psychoanalyse. Titus Livius begreift genau das gleiche wie die griechischen Tragiker, wenn sie von ihren Zwillingen, Eteokles und Polyneikes, sprechen. Er versteht nämlich, daß das Zwillingsthema mit dem Thema des unentscheidbaren, weil entdifferenzierten Konflikts eins ist; dieser bedeutet das Fehlen der Trennung als absolute Trennung: *Weil sie Zwillinge waren und die Rücksicht auf das Recht des Älteren die Entscheidung nicht herbeiführen konnte,* stellt man sie den Göttern anheim, aber selbst die Götter führen nur scheinbar eine Entscheidung herbei, eine *unentscheidbare Entscheidung,* die lediglich den Zwist nährt und schürt. Jeder der beiden Brüder begehrt das, was der andere begehrt, selbst wenn es sich dabei um ein Objekt handelt, das noch gar nicht existiert, nämlich die Stadt Rom. Es handelt sich um eine rein mimetische Rivalität, die identisch ist mit der opferkultischen Krise, die alle Teilnehmer im gleichen konfliktuellen Wunsch gleichschaltet. Dieser Wunsch aber verwandelt alle, nicht nur die beiden Brüder, in Zwillinge ihrer eigenen Gewalt.

Die von mir herbeigezogene Übersetzung der Collection Budé ist nicht eigentlich falsch, aber sie ist irgendwie flüchtig und ungenügend. *Sie macht das Wesentliche unsichtbar.* Der im lateinischen Text von Titus Livius ganz klar kollektive Charakter des Mordes an Remus wird in der Übersetzung beinahe nicht mehr wahrnehmbar. Das lateinische *in turba,* wörtlich: *in der Menge,* wird mit *«dans la bagarre»*** übersetzt.

---

* Titus Livius, *Römische Geschichte,* I.6 f. S. 23.
** In der deutschen, von H. J. Hillen herausgegebenen Übersetzung ist dieser Ausdruck angemessener mit «im Getümmel» wiedergegeben; Anm. d. Übers.

Michel Serres verdanke ich den Hinweis auf das lateinische Original: *ibi in turba ictus Remus cecidit*, sowie auf den bemerkenswerten Milderungs- und Minimierungsvorgang, den die zitierte Übersetzung darstellt. Man wird einwenden, in diesem Kontext lege das Wort Kampf (bagarre) eine Vielzahl von Kämpfern nahe. Das ist richtig. Aber das Wort *turba* hat einen quasi technischen Wert; mit diesem Ausdruck ist die Menge gemeint, und zwar die *aufgewühlte, unruhige* und *unruhestiftende** Menge. In den zahlreichen Erzählungen von Kollektivmorden im Ersten Buch des Titus Livius taucht dieses Wort am häufigsten auf. Ihm kommt ein so hoher Stellenwert zu, daß eine wortwörtliche Entsprechung in jeder Übersetzung des Livius-Textes unabdingbar ist; wenn sie fehlt, ist darin eine zwar weniger spektakuläre, aber ebenso wirksame Analogie zum Verschwinden des Kollektivmordes etwa im Baldr-Mythos oder im Mythos der Kureten zu sehen. Das will heißen, daß wir auf jeder Stufe der Kultur immer wieder in den gleichen Vorgang zurückfallen: in die Vertuschung des Gründungsmordes. Dieser Vorgang läßt sich bis in unsere Tage hinein verfolgen, vermittelt durch die unterschiedlichsten Ideologien – den klassischen Humanismus beispielsweise oder den Kampf gegen den «abendländischen Ethnozentrismus».

Man wird einwenden, ich würde «Phantasmen» nachhängen. Der Beweis dafür, daß dem nicht so ist, ist die eben erwähnte Auffassung, ja die quasi allgemeingültige Illusion, die Vorstellung des Kollektivmordes sei in einem Mythos wie dem von Romulus und Remus nicht vorhanden. In Wirklichkeit jedoch ist sie vorhanden, und zwar an durchaus zentraler Stelle; sie verschwindet aber nach und nach durch eine Art von Erstickungs- oder Strangulierungsprozeß, eine wahrhafte intellektuelle Entsprechung dessen, was die Patrizier Romulus in einer der von Plutarch erwähnten Mordvarianten antun. Wie Michel Serres zeigt, gibt es mehrere andere Morde, die am Rande vorkommen, immer stärker zurückgedrängt bis zu jenem in Wahrheit beinahe eingetretenen Zeitpunkt, an dem ihr Ausschluß endgültig vollzogen sein wird. Bei einer ersten Anspielung auf diesen Tatbestand beginnen

---

* *Troublé, perturbé* und *perturbateur* sind im Französischen vom lateinischen *turbare (turbas facere)*, betrüben, in Tumult versetzen, und *perturbare*, verwirren, übernommen; Anm. d. Übers.

die «wahren Wissenschaftler» ihre Stirn zu runzeln, bei der zweiten wird man automatisch aus der Gemeinschaft der sogenannten «seriösen» Forscher ausgeschlossen, die inzwischen die Meinung vertreten, vermutlich gebe es überhaupt keine religiösen Phänomene. Es wird über einen geredet, als sei man eine Art intellektueller Abenteurer, gierig nach zweifelhaften Sensationen und auf Publizität bedacht. Im besten Falle ist unsereiner gerade noch ein schamloser Erforscher des Kollektivmordes, dieses Phantoms der mythologischen Studien.

Ich betone einmal mehr, daß meiner Ansicht nach Titus Livius nicht deshalb von Interesse ist, weil dank der kollektiven und subversiven Varianten von Romulus' Tod, insbesondere aber dank der vertuschten, ständig vergessenen oder mehr oder weniger verfälschten Version des Mordes an Remus ein weiterer Mythos in die Reihen jener Mythen aufgenommen werden kann, die die Vorstellung des Kollektivmordes enthalten. Selbst wenn gezeigt werden könnte, daß diese Vorstellung ursprünglich in allen Mythen enthalten ist, wäre die Beweisführung nur von ganz zweitrangigem Interesse. Dem Tilgungsprozeß ist viel mehr Interesse beizumessen, denn er ist zu konstant, um willkürlich zu sein. Gewissermaßen tritt also die Mythologie selbst indirekt, aber massiv als Zeuge auf gegen unsere beharrliche Verkennung ihres zentralen Gehalts.

Titus Livius arbeitet das, was man als das elementare mythologische Drama bezeichnen könnte, streng heraus: die (Un-)Bedeutsamkeit der Zwillinge, ihre mimetische Rivalität, die daraus resultierende opferkultische Krise, den sie beendenden – kollektiven – Mord. Dies alles findet sich übrigens bei allen antiken Autoren wie auch bei allen ihren großen klassischen Imitatoren. Wer diese Einheit erkennt – etwa jene von Titus Livius und Corneille oder von Euripides und Racine –, der nimmt eine von zwei oder drei Jahrhunderten blinden Epigonentums zensierte Selbstverständlichkeit wahr; ohne jedoch die großen Texte einem neuen «Fleischwolf der Kritik» im zeitgenössischen Stil zu überantworten.

All das ist bei Titus Livius bewundernswert und nachahmenswert, ja mehr als nachahmenswert. Das gilt aber auch für die Darstellung der beiden Versionen des Mordes an Remus – der kollektiven und der individuellen –, die folgerichtig in der Ordnung ihrer diachronen Entwicklung präsentiert werden. Im Gegensatz zur herrschenden, noch immer auf Synchronie bedachten Schulmeinung sieht der römische Geschichtsschreiber, daß bei der Ausarbeitung der Faktor *Zeit* mitspielt, daß sich dieser immer in der gleichen Richtung bewegt, immer dem gleichen Ziel zustrebt, das er aber, trotz vielfältiger Unterstützung und beinahe einmütiger Zustimmung nie erreichen wird, nämlich die Tilgung des Kollektivmordes. Die Version ohne Kollektivmord wird im Vergleich zur Version mit Kollektivmord als später entstanden wahrgenommen. Das habe ich bereits am Beispiel von Baldr und den Kureten zu zeigen versucht. Die mythologische Transformation ist eine Einbahnstraße, und sie verläuft in Richtung der Spurentilgung.

Bemerkenswert ist die Feststellung, daß Rom immer eine eigentlich apokalyptische Überlieferung gekannt hat. Sie prophezeit die gewaltsame Zerstörung der Stadt aufgrund ihrer gewaltsamen Entstehung. In seiner *Geschichte der religiösen Ideen* erwähnt Mircea Eliade die Nachwirkungen des Mythos von Romulus und Remus im Bewußtsein der Römer:

An dieses blutige Opfer, das erste, das der Gottheit Roms geweiht wurde, wird das Volk sich immer mit Schrecken erinnern. Mehr als 700 Jahre nach der Gründung wird es Horaz noch als eine Art ursprünglichen Fehler betrachten, dessen Konsequenzen unweigerlich den Verlust der Stadt bedeuten werden, weil ihre Söhne dazu getrieben werden, sich untereinander zu töten. In jedem kritischen Augenblick seiner Geschichte wird Rom sich ängstlich befragen, weil es glaubt, einen Fluch auf sich zu spüren. In seiner Geburtsstunde hatte es mit den Göttern so wenig Frieden wie mit den Menschen. Diese religiöse Beklommenheit wird auf seinem Schicksal lasten.*

Diese Überlieferung ist insofern von Interesse, als sie die Gemeinschaft insgesamt für den Gründungsmord verantwortlich macht. Sie beruht also zwangsläufig auf einer kollektiven Version dieses Mordes. Zwar haftet der Auffassung von langanhaltenden Nachwirkungen

---

* M. Eliade, *Geschichte der religiösen Ideen II*, S. 100–101. (Eliade zitiert hier Pierre Grimal, *La civilisation romaine*. Arthaud Paris 1960, S. 26; Anm. d. Übers.)

etwas Magisches an, gleichwohl verrät sie auf ihre Art eine von ihrer Ausdrucksform unabhängige Wahrheit: der Zwang jeder Gemeinschaft, sich aufgrund einer ihrem Prinzip nach radikal zerstörerischen Gewalt zu gründen und zu organisieren. Dieser Zwang müßte bis zum Ende bestehen bleiben, und niemand weiß, aufgrund welchen Wunders die Gemeinschaft die Gewalt hat *verzögern* (différer) können, aufgrund welchen von den Göttern gewährten Aufschubs diese Gewalt sich vorläufig als aufbauend und versöhnend erweist.

VIII

Die Wissenschaft der Mythen

Inzwischen ist uns bekannt, daß wir die religiösen Formen, Ideen und Institutionen im allgemeinen als verzerrte Widerspiegelung von Gewalttaten zu begreifen haben, die im Hinblick auf ihre kollektiven Nachwirkungen als außergewöhnlich «erfolgreich» zu bezeichnen sind; die Mythologie im besonderen begreifen wir als das Gedenken an eben diese Gewalttaten, wobei gerade deren Erfolg ihre Urheber dazu zwingt, sich dieser Gewalttaten gedenkend zu erinnern. Das Gedenken tradiert sich von Generation zu Generation und entwickelt sich zwangsläufig weiter; nie aber kann es im Verlaufe dieser Entwicklung das Geheimnis seiner ursprünglichen Verzerrung wiederfinden, verliert es vielmehr immer mehr und gräbt es immer tiefer ins Vergessen ein. Religionen und Kulturen verbergen ihre Gewalttaten, um sich zu gründen und zu perpetuieren. Ihr Geheimnis entdecken heißt, das größte Rätsel der Humanwissenschaften, jenes von Natur und Ursprung des Religiösen, einer als *wissenschaftlich* zu bezeichnenden Lösung zuführen.

Mit der Bekräftigung dieses wissenschaftlichen Charakters widerspreche ich dem derzeit gültigen Dogma, wonach Wissenschaft im strengen Sinn im Bereich des Menschlichen unmöglich sei. Meiner Position wird mit äußerster Skepsis begegnet, und zwar insbesondere in den zumindest prinzipiell kompetenten Kreisen, also in den Kreisen der Spezialisten für Humanwissenschaften oder eher Human*nicht*wissenschaften. Sogar wer mir gegenüber weniger Strenge an den Tag legt, betont häufig, ich würde Nachsicht nicht etwa wegen, sondern trotz meiner übertriebenen Ansprüche verdienen. Solches

Wohlwollen tröstet mich und erstaunt mich zugleich. Ist die von mir vertretene These wertlos, was können dann die gänzlich auf deren Verteidigung ausgerichteten Bücher wert sein?

Ich durchschaue sehr wohl, von welchen mildernden Umständen ich profitiere. In einer Welt, die an nichts mehr glaubt, ziehen übersteigerte Ansprüche keine Folgen nach sich. Die Zahl der Veröffentlichungen nimmt immer zu; um für seine eigenen Aufmerksamkeit zu erregen, sieht sich der Autor gezwungen, die Wichtigkeit seiner Aussagen zu übertreiben. Er muß Eigenwerbung machen. Man soll ihm also seine sprachlichen Exzesse nicht übelnehmen. Nicht er befindet sich im Delirium, sondern die objektive Lage des kulturellen Schaffens.

Ich bedaure, diese großzügige Interpretation meines Verhaltens dementieren zu müssen. Je länger ich darüber nachdenke, desto weniger sehe ich die Möglichkeit, anders zu sprechen, als ich es tue. Ich muß also fortfahren, selbst wenn ich dabei Gefahr laufe, Sympathien zu verlieren, die – so fürchte ich – auf einem Mißverständnis beruhen.

Im ständig sich beschleunigenden Wirbel von «Methoden» und «Theorien», im Defilee der Interpretationen, die einen kurzen Augenblick lang in der Gunst des Publikums stehen, bevor sie wahrscheinlich endgültig in Vergessenheit geraten, macht es den Anschein, es gebe keine Stabilität und keine Wahrheit könne sich *halten*. Letzter Schrei in dieser Angelegenheit ist nun die Aussage, die Zahl der Interpretationen sei unendlich und sie hätten alle den gleichen Stellenwert, keine sei richtiger oder falscher als alle übrigen. Es scheint mir, daß ein Text ebenso viele Interpretationen wie Leser hat. Sie sind also dazu bestimmt, im allgemeinen Freudentaumel über die endlich errungene Freiheit endlos aufeinanderzufolgen, ohne daß je eine den entscheidenden Sieg über ihre Rivalinnen davontragen könnte.

Es gilt demnach, die wechselseitige ritualisierte Ausmerzung der «Methodologien» nicht mit dem Ganzen gegenwärtiger Einsichten gleichzusetzen. Dieses Drama bietet uns Zerstreuung. Aber es verhält sich damit wie mit den Stürmen über dem Ozean: sie spielen sich an der Oberfläche ab und stören die Ruhe der Tiefen in keiner Weise. Je mehr Geschäftigkeit wir entfalten, desto eher erscheint uns diese allein als real und desto eher entgeht uns das Unsichtbare.

Die Pseudo-Entmystifikatoren können sich gegenzeitig zerfleischen, ohne das kritische Prinzip, dem sie sich trotz wachsender Untreue verpflichtet fühlen, wirklich zu schwächen. Die jüngsten Doktrinen entspringen alle ein und demselben Entschlüsselungsverfahren – dem ältesten je vom Abendland erfundenen und einzig wirklich beständigen. Gerade weil es jenseits aller Infragestellung liegt, wird es – wie Gott – nicht wahrgenommen. Es beherrscht uns so sehr, daß es mit der unmittelbaren Wahrnehmung identisch zu sein scheint. Wer die Aufmerksamkeit der Anwender im Moment seiner Anwendung darauf lenkt, der erweckt ihr Staunen.

Der Leser wird unseren alten Bekannten, die Entschlüsselung der mit Verfolgung verbundenen Vorstellungen bereits erkannt haben. Im Kontext unserer Geschichte erscheint sie uns banal, doch einmal aus diesem Kontext herausgelöst, steht sie als Unbekannte da. Unsere Unwissenheit ist jedoch nicht ganz so groß wie diejenige eines Monsieur Jourdain, der Prosa schuf, ohne es zu wissen. Die begrenzte Banalität des Verfahrens darf uns nicht die Augen vor dem Außerordentlichen verschließen. Außerhalb unserer Kultur ist es noch von niemandem entdeckt worden, es läßt sich nirgendwo ausfindig machen, und sogar bei uns liegt etwas Geheimnisvolles in der Art, wie wir es verwenden, ohne es je zu sehen.

In der heutigen Welt strapazieren wir dieses Verfahren; es dient uns ständig dazu, uns gegenseitig der Verfolgungstendenzen zu bezichtigen. Es ist von Parteilichkeit und Ideologie verseucht. Um es in seiner ganzen Reinheit wiederzufinden, habe ich zu seiner Veranschaulichung frühe Texte gewählt, deren Interpretation nicht von den parasitären Kontroversen unserer Zeit beeinträchtigt wird. Die Entmystifizierung eines Guillaume de Machaut findet allgemeine Zustimmung. Das ist mein Ausgangspunkt und dahin kehre ich immer zurück, um den endlosen Schikanen unserer textualisierten mimetischen Zwillinge Einhalt zu gebieten. Kontroversen um Nichtigkeiten haben keine Chance gegen die granitene Solidität der von uns analysierten Entschlüsselung.

Zwar gibt es immer irgendwelche Käuze, die besonders in einer so unruhigen Zeit wie der unsrigen die unanfechtbarsten Evidenzen leugnen, ihrem Gemecker kommt jedoch nicht die geringste Bedeutung für das Denken zu. Man muß noch weiter gehen. Es könnte eines Tages passieren, daß die Revolte gegen den von mir eingebrachten Typus von Evidenz wieder Aufwind bekommen könnte und wir den Legionen von Nürnberg oder ihrer Entsprechung gegenüberständen. Die historischen Folgen wären katastrophal, aber die Folgen für das Denken wären gleich Null. Diese Wahrheit duldet keinen Kompromiß, und nichts und niemand kann irgend etwas daran ändern. Selbst wenn morgen niemand mehr auf der Erde leben sollte, um sie zu bezeugen, würde diese Wahrheit die Wahrheit bleiben. Es liegt hier etwas vor, was unserem kulturellen Relativismus und aller Kritik an unserem «Ethnozentrismus» entgeht. Wohl oder übel müssen wir diese Tatsache anerkennen, und die meisten von uns tun es, sobald sie dazu gezwungen werden, aber wir mögen diesen Zwang nicht. Wir hegen die vage Befürchtung, er könnte uns weiter führen, als wir es wünschen.

Kann diese *Wahrheit* als wissenschaftlich qualifiziert werden? Viele Leute hätten dies zu einer Zeit bejaht, da der Ausdruck Wissenschaft sich vorbehaltlos auf die stärksten Gewißheiten anwenden ließ. Selbst wer heute die Menschen seiner Umgebung befragt, der wird von vielen ohne zu zögern die Antwort bekommen, allein die Wissenschaftlichkeit habe der Hexenjagd ein Ende bereiten können. Die magische Kausalität der Verfolgung stützt diese Jagd unterschwellig, und um von dieser abzulassen, muß gleichzeitig der Glaube an jene aufgegeben werden. Die erste wissenschaftliche Revolution findet im Abendland tatsächlich etwa gleichzeitig mit dem endgültigen Verzicht auf diese Hexenjagd statt. Um uns der Sprache der Ethnologen zu bedienen, sagen wir, eine entschiedene Ausrichtung auf die natürlichen Ursachen trage mehr und mehr den Sieg davon über die seit Menschengedenken herrschende Vorliebe der Menschen für *die auf der Ebene der Beziehungen bedeutsamen Ursachen,* die auch *die der korrigierenden Einmischung unterworfenen Ursachen* sind, mit anderen Worten: *die Opfer.*

Zwischen Wissenschaft und Ende der Hexenjagd besteht ein enger Zusammenhang. Genügt dies, um jene Interpretation als «wissenschaftlich» zu qualifizieren, die die mit Verfolgung verbundene Vorstellung dadurch unterläuft, daß sie sie enthüllt? In letzter Zeit sind wir in Sachen Wissenschaft heikel geworden. Vom Zeitgeist beeinflußt, lassen die Wissenschaftstheoretiker je länger je weniger stabile Gewißheiten gelten. Sie rümpfen die Nase angesichts eines mit so wenig Risiken und Schwierigkeiten belasteten Unterfangens wie der Entmythifizierung eines Guillaume de Machaut. Geben wir es zu, es ist ungehörig, für diesen Sachverhalt die Wissenschaft zu bemühen.

Verzichten wir also für eine so banale Geschichte auf den glorreichen Titel. Der Verzicht in diesem präzisen Punkt behagt mir um so mehr, als in seinem Lichte der notwendig wissenschaftliche Charakter des von mir unternommenen Unterfangens manifest wird.

Worum geht es denn überhaupt? Es geht darum, ein Entschlüsselungsverfahren auf Texte anzuwenden, bei denen bisher niemand an eine solche Anwendung gedacht hat. Es handelt sich um ein sehr altes Verfahren, das seine Wirksamkeit unter Beweis gestellt hat und dessen Gültigkeit in seinem bisherigen Anwendungsbereich tausendfach bestätigt worden ist.

Die eigentliche Diskussion um meine Hypothese hat noch nicht begonnen. Bis jetzt war es mir selbst unmöglich, sie richtig zu situieren. Die richtige Fragestellung setzt erst einmal voraus, daß die engen Grenzen meines Unterfangens erfaßt werden. Neu daran ist nicht das, was man allgemein annimmt. Ich beschränke mich darauf, den Blickwinkel eines Interpretationsmodus zu erweitern, dessen Gültigkeit von niemandem bestritten wird. Die richtige Fragestellung dreht sich darum, ob diese Erweiterung berechtigt ist oder nicht. Entweder habe ich recht und tatsächlich etwas entdeckt, oder ich habe unrecht und meine Zeit verloren. Die von mir nicht erfundene, sondern lediglich verschobene Hypothese erfordert, wir haben es gesehen, nur geringfügige Adaptionen, um sich auf den Mythos anwenden zu lassen, so wie sie sich bereits auf Guillaume de Machaut anwenden läßt. Ich kann recht oder unrecht haben, aber ich muß nicht grundsätzlich recht haben, damit die Hypothese die ihr einzig angemessene Qualifikation erhält, nämlich wissenschaftlich zu sein. Irre ich mich, dann wird meine Hypothese bald vergessen sein; irre ich nicht, dann wird sie für die Mythologie jenen Stellenwert bekommen, den sie für die historischen Texte bereits besitzt. Es ist die gleiche Hypothese, und es ist die gleiche Textsorte. Wenn sie sich durchsetzt, dann wird sie sich aus Gründen analog denen durchsetzen, aus denen sie sich auch anderswo bereits durchgesetzt hat. Sie wird sich mit derselben Kraft in die Gemüter einprägen, wie es im Falle der geschichtlichen Vorstellung bereits geschehen ist.

Der einzige Beweggrund, die von uns allen akzeptierte Lesart von Guillaume de Machaut nicht als wissenschaftlich zu qualifizieren, ist nicht die Unwissenheit, sondern die zu große Gewißheit, das nicht vorhandene Risiko, die nicht vorhandene Alternative.

Sobald unsere alte, problemlose Entmystifizierung in den Bereich der Mythologie verschoben wird, verändert sich ihre Charakteristik. Routinemäßige Evidenz macht dem Abenteuer Platz, Unbekanntes tritt in Erscheinung. Die Konkurrenz weiterer Theorien ist groß, und zumindest zum jetzigen Zeitpunkt gelten sie als «seriöser» als meine.

Immer unter der Voraussetzung, ich hätte recht, kommt der mir entgegengebrachten Skepsis nicht mehr Bedeutung zu, als einem landesweiten Referendum zur Frage der Hexerei im Frankreich des 17. Jahrhunderts zugekommen wäre. Die traditionelle Auffassung hätte sicher triumphiert; die Reduktion der Hexerei auf die mit Verfolgung verbundene Vorstellung hätte nur wenige Stimmen auf sich vereinigt. Nicht einmal ein Jahrhundert später hätte das gleiche Referendum bereits das umgekehrte Ergebnis gebracht. Wenn sich die Hypothese auch auf die Mythologie anwenden läßt, dann wird im Falle der Mythologie das gleiche geschehen. Nach und nach wird man sich daran gewöhnen, die Mythen unter dem Blickwinkel der mit Verfolgung verbundenen Vorstellung zu betrachten, so wie man sich in bezug auf die Hexenjagd daran gewöhnt hat. Die Ergebnisse sind zu perfekt, als daß der Rückgriff auf die Hypothese im Bereich der Mythen nicht ebenso mechanisch und «natürlich» vor sich ginge, wie bereits für die historischen Verfolgungen. Eines Tages wird es genauso befremdlich sein, den Ödipus-Mythos nicht so zu lesen wie den Text von Guillaume de Machaut, wie es heute befremdlich ist, die beiden Texte einander anzunähern. An jenem Tag wird das erstaunliche Gefälle verschwunden sein, das wir heute in der Interpretation beobachten können, je nachdem ob es sich um einen in seinen mythologischen Kontext eingebetteten Mythos oder den gleichen, in einen historischen Kontext verpflanzten Mythos handelt.

Es wird dann also im Zusammenhang mit der Entmythifizierung der Mythologie nicht mehr die Rede von Wissenschaft sein, so wie bereits jetzt im Zusammenhang mit Guillaume de Machaut nicht mehr von ihr die Rede ist. Wer aber heute meiner Hypothese den Titel Wissenschaft verweigert, der tut dies aus einem Grund, der demjenigen der künftigen Verweigerung geradezu diametral entgegengesetzt ist. Dann nämlich wird ihre Evidenz so groß sein, daß sie weit hinter die brodelnden Grenzen des unanfechtbaren Wissens zurückfällt. In der Interimszeit jedoch – zwischen der beinahe universalen Ablehnung von heute und der gleichermaßen universalen Zustimmung von morgen – wird sie als *wissenschaftlich* gelten. So wie in der entsprechenden Epoche die Entmystifizierung der Hexerei in Europa als wissenschaftlich angesehen wurde.

Einige Abschnitte weiter oben konnten wir feststellen, daß ein gewisser Widerstand dagegen herrscht, eine Hypothese als wissenschaftlich zu qualifizieren, die so wenig Risiko und Ungewißheit in sich birgt. Aber eine nur aus Risiken und Ungewißheiten zusammengesetzte Hypothese wäre ebensowenig wissenschaftlich. Um diesen Ehrentitel zu verdienen, muß eine Kombination von maximaler aktueller Ungewißheit und maximaler potentieller Gewißheit bestehen.

Gerade diese beiden aber vereinigt meine Hypothese. Einzig und allein aufgrund vergangenen Scheiterns haben die Forscher voreilig entschieden, eine solche Kombination sei nur in mathematisch oder experimentell verifizierbaren Bereichen möglich. Beweis dafür, daß es damit nichts auf sich hat, ist die Tatsache, daß sie bereits realisiert ist. Meine Hypothese besteht seit Jahrhunderten, und dank ihr ist der Übergang von Ungewißheit zu Gewißheit im Bereich der Entmythifizierung bereits einmal vorgekommen; er könnte also ein zweites Mal geschehen.

Wir können uns das nur schlecht vorstellen, weil wir den Gewißheiten inzwischen skeptisch gegenüberstehen; wir neigen dazu, sie in dunkle, weitabgelegene Winkel unseres Geistes zu verbannen; genauso neigten wir vor hundert Jahren dazu, die Ungewißheiten zu verbannen. Willentlich vergessen wir, daß unsere Entmythifizierung der Hexerei und anderer Formen von verfolgungsspezifischem Aberglauben eine unantastbare Gewißheit ist.

Würde sich diese Gewißheit bereits morgen auch auf die Mythologie ausweiten, würden wir dennoch keineswegs alles wissen; aber wir hätten unwiderlegbare und wahrscheinlich endgültige Antworten auf eine Reihe von Fragen, die sich die Forschung zwangsläufig stellt oder stellen würde, hätte sie nicht jede Hoffnung verloren, sie jemals unwiderlegbar und endgültig beantworten zu können.

Ich sehe nicht ein, warum für ein solches Ergebnis, sei es nun mathematisch verifizierbar oder nicht, auf den Ausdruck Wissenschaft verzichtet werden sollte. Welchen anderen Ausdruck sollte man denn verwenden? Der an mich gerichtete Vorwurf lautet, ich würde ihn verwenden, ohne wirklich zu wissen, was der von mir gemachten Verwendung entspricht. Man ärgert sich über meine angebliche Arroganz. Man glaubt mich Bescheidenheit lehren zu können, ohne das geringste Risiko einzugehen. Man hat also kaum Zeit für die Sache, der ich Gehör verschaffen möchte.

Zudem wird mir die «Falsifizierung» Poppers und weiterer Errungenschaften aus Oxford, Wien und Harvard entgegengehalten. Um auf Gewißheit zu setzen, so lautet der Einwand, müßten so drakonische Voraussetzungen erfüllt sein, daß selbst die exaktesten aller exakten Wissenschaften dieses Ziel vielleicht nicht erreichen würden.

Unsere Entmystifizierung von Guillaume de Machaut ist gewiß nicht «falsifizierbar» im Sinne Poppers. Gilt es also darauf zu verzichten? Läßt man selbst in diesem Fall keine Gewißheit zu, will man unbedingt an der großen Demokratie der Nie-ganz-falschen-und-nie-ganz-richtigen-Interpretation festhalten, die derzeit, außer im Bereich des mathematisch Verifizierbaren, überall triumphiert, dann freilich läßt sich dieses Resultat nicht vermeiden. Rückblickend müssen wir dann alle verurteilen, die den Hexenprozessen ein Ende gesetzt haben. Sie waren noch dogmatischer als die Veranstalter der Hexenjagd, und wie diese glaubten sie sich im Besitz der Wahrheit. Sollen ihnen also ihre Ansprüche abgesprochen werden? Mit welchem Recht erlaubten sich diese Leute eine ganz bestimmte Interpretation, nämlich ihre eigene, als die einzig richtige zu erklären, während doch unzählige andere Interpreten, ausgezeichnete Hexenverfolger, hervorragende, ja selbst so progressive Gelehrte wie etwa Jean Bodin die Problematik ganz anders einschätzten? Welch unerträgliche Arroganz, welch schreckliche Intoleranz, welch fürchterlicher Puritanismus! Sollen nicht die zahllosen Blumen der Interpretation zur Blüte kommen – für oder gegen die Hexenjagd, für oder gegen die natürlichen oder die magischen Ursachen, für oder gegen jene, die eine korrigierende Einmischung nahelegen oder nie die ihnen zustehende richtige Strafe bekommen?

Mit einer geringfügigen Kontextverschiebung, die den Sachverhalt im wesentlichen nicht berührt, läßt sich mühelos zeigen, wie lächerlich bestimmte gegenwärtige Ansichten oder zumindest deren Anwendung auf solche Sachverhalte sind. Das kritische Denken befindet sich zweifellos in einem Zustand extremer Dekadenz, der hoffentlich nicht andauern wird; gleichwohl handelt es sich um eine heftige Akutkrankheit, hält sie sich doch für die äußerste Verfeinerung des kritischen Geistes. Hätten unsere Vorfahren wie unsere heutigen Meisterdenker gedacht, sie hätten den Hexenprozessen nie ein Ende gesetzt. Es ist also keineswegs erstaunlich, daß die unbestreitbarsten Greueltaten der jüngeren Geschichte von Leuten angezweifelt werden, die sich nur noch einer ohnmächtigen Intelligenzija gegenübersehen, verurteilt durch die sterilen Übertrumpfungsversuche, deren Beute sie ist, und durch die daraus resultierenden Thesen. Es sind Thesen, deren selbstzerstörerischer Gehalt uns überhaupt nicht mehr oder dann lediglich im Sinne einer «positiven» Entwicklung berührt.

IX

Schlüsselworte
der Passionsgeschichte

Die bisherigen Analysen führen uns zwangsläufig zur Schlußfolgerung, daß die menschliche Kultur dazu verurteilt ist, ihre eigenen Ursprünge aus der kollektiven Gewalt immerwährend zu verschleiern. Diese Definition von Kultur ermöglicht sowohl das Verständnis der aufeinanderfolgenden Stadien eines kulturellen Ganzen als auch des Übergangs von einem Stadium zum anderen; verbindendes Element ist immer eine Krise, die analog zu jenen Krisen ist, deren Spuren wir in den Mythen ermitteln; diese wiederum sind analog zu jenen Krisen, deren Spuren wir in jenen Epochen der Geschichte ausfindig machen, in denen sich Verfolgungen häufen. Es sind immer Zeiten der Krise und der diffusen Gewalt, in denen sich ein subversives Wissen zu verbreiten droht, das jedoch seinerseits immer wieder Opfer jener ganz oder teilweise opferabhängigen Neuformierungen der Gesellschaft wird, die sich auf dem Höhepunkt des Chaos ereignen.

Dieses Modell bleibt auch für unsere Gesellschaft mehr denn je maßgeblich; gleichwohl genügt es offenkundig nicht zur Beurteilung dessen, was wir die Geschichte – unsere Geschichte – nennen. Selbst wenn sich unsere Entschlüsselung der mit Verfolgung verbundenen Vorstellungen innerhalb dieser Geschichte nicht in Kürze auf die gesamte Mythologie ausweiten wird, so stellt sie doch für die kulturelle Vertuschung bereits einen entscheidenden Rückschlag dar, und dieser Rückschlag könnte sehr bald gänzlich in den Ruin führen. Entweder ist die Kultur nicht das, als was ich sie definiert habe, oder die sie tragende Vertuschungskraft paart sich in unserer Welt mit einer zweiten Kraft, die ersterer entgegenwirkt und zur Enthüllung der seit Menschengedenken herrschenden Lüge tendiert.

Diese Enthüllungskraft existiert, und wir alle wissen, daß sie existiert. Aber statt sie so zu verstehen, wie ich sie verstehe, wird sie von den meisten als die Vertuschungskraft schlechthin verstanden. Hierin liegt das größte Mißverständnis unserer Kultur. Es wird sich unweigerlich klären, wenn wir endlich in den Mythologien die Fülle jener Verfolgungsillusion erkennen werden, deren geringere Wirkung wir in unserer eigenen Geschichte bereits entschlüsseln können.

Die Bibel, so wie sie von den Christen definiert wird, die Einheit von Altem und Neuem Testament, stellt diese Enthüllungskraft dar. Sie ist es nämlich, die uns gelehrt hat, das zu entschlüsseln, was wir an den verfolgungsspezifischen Vorstellungen bereits entschlüsseln können; sie lehrt uns gerade jetzt den gesamten Rest, nämlich das Religiöse als Ganzes zu entschlüsseln. Diesmal wird der Sieg so entscheidend sein, daß er die ihn hervorbringende Kraft enthüllen wird. Die Evangelien selbst werden sich als universale Offenbarungskraft erweisen. Seit Jahrhunderten wiederholen uns die maßgeblichen Denker, die Evangelien seien nur ein Mythos unter vielen, und schließlich ist es ihnen gelungen, die meisten Menschen davon zu überzeugen.

Tatsache ist, daß die Evangelien um die Passion Christi kreisen, das heißt um das gleiche Drama wie alle anderen Mythologien der Welt. Das gilt, ich habe es zu zeigen versucht, für *alle* Mythen. Es braucht immer dieses Drama, um neue Mythen entstehen zu lassen, das heißt, es aus der Sicht der Verfolger darzustellen. Aber es braucht dieses gleiche Drama auch, um es aus der Sicht seines Opfers darzustellen, das fest entschlossen ist, die Verfolgungsillusionen zurückzuweisen. Es braucht demnach eben dieses Drama, um jenen Text entstehen zu lassen, der allein in der Lage ist, jeder Mythologie ein Ende zu setzen.

Um dieses außerordentliche Werk zu vollenden – und es ist dabei, sich vor unseren Augen zu vollenden, es ist auf gutem Weg, die Glaubwürdigkeit der mythologischen Vorstellung für immer zu zerstören –, muß der Kraft dieser die Menschheit seit jeher beherrschenden und deshalb so realen mythologischen Vorstellung die noch größere Kraft einer wahrheitsgetreuen Vorstellung gegenübergestellt werden. Das zum Ausdruck gebrachte Ereignis muß das gleiche sein, sonst könnten die Evangelien nicht Punkt für Punkt alle Illusionen widerlegen und diskreditieren, die für die Mythologien charakteristisch, aber auch den Handlungsträgern in der Passion eigen sind.*

Wir sehen sehr wohl, daß die Evangelien die Verfolgung von sich weisen. Aber wir ahnen nicht, daß sie damit gleichzeitig deren Antrieb zerstören; damit aber lösen sie die menschliche Religion insgesamt und die daraus abgeleiteten Kulturen auf: die um uns schwankenden Symbolmächte haben wir nicht als Frucht der mit Verfolgung verbundenen Vorstellung erkannt. Aber der Einfluß dieser Formen schwächt sich ab und ihre Illusionskraft wird gerade deshalb geringer, weil wir je länger je besser die ihnen zugrunde liegenden Sündenbockmechanismen erkennen. Einmal durchschaut, spielen diese Mechanismen nicht mehr; wir glauben immer weniger an die von ihnen postulierte Schuldhaftigkeit der Opfer. Sind die von diesen Mechanismen hergeleiteten Institutionen jedoch einmal ihrer Kräfte beraubt, fällt eine nach der anderen in sich zusammen. Ob wir es nun wissen oder nicht, es sind die Evangelien, die für diesen Zerfall verantwortlich sind. Versuchen wir also, diesen Sachverhalt aufzuzeigen.

Bei der Beschäftigung mit der Passionsgeschichte fällt die wichtige Rolle der Zitate aus dem Alten Testament, insbesondere aus den Psalmen auf. Die ersten Christen nahmen diese Entlehnungen ernst; diese neutestamentliche Praxis findet im Laufe des Mittelalters ihre mehr oder minder geglückte Fortführung und Verstärkung in der sogenannten allegorischen Textauslegung. Moderne Forscher können diesem Sachverhalt in der Regel kein Interesse abgewinnen – ein schwerer Irrtum ihrerseits. Sie richten ihr Augenmerk auf eine rhetorische und strategische Auslegung der Zitate. Gerade in theologischer Hinsicht jedoch haben die Evangelisten als große Neuerer zu gelten. Es ist also durchaus denkbar, daß sie in dem Wunsch, ihren Neuerungen Respektabilität zu verleihen, diese so stark wie möglich unter das schützende Prestige der Bibel stellten. Um das Unerhörte der grenzenlosen Verherrlichung Jesu eher akzeptabel zu machen, würden sie demzufolge ihre Aussagen in die schützende Nähe der verbindlichen Texte stellen.

* René Girard, *Das Ende der Gewalt,* S. 144–295.

Zugegeben, in den Evangelien wird Psalmstellen, ja selbst Satzfetzen ein Gewicht verliehen, das übertrieben erscheint angesichts der Tatsache, daß diesen Texten angeblich nur geringes Sachinteresse zukommt und sie so banal sind, daß ihre Bedeutung diesen Platz in unseren Augen gar nicht rechtfertigt.

Was soll man beispielsweise daraus schließen, daß Johannes (15,25) anläßlich der Verurteilung Jesu feierlich folgenden Satz zitiert: *«Sie hassen mich ohne Ursache»* (Psalm 35,19)? Und der Evangelist insistiert noch. Er sagt uns nämlich, die feindselige Zusammenrottung in der Passion sei geschehen, damit *erfüllt werde der Spruch, in ihrem Gesetz geschrieben.* Die ungeschickte stereotype Formel bestärkt uns in unserem Verdacht. Zweifellos gibt es einen Zusammenhang zwischen dem Psalm und der Art und Weise, wie uns die Evangelisten den Tod Jesu erzählen; aber der Satz ist so banal, die Verwendung so offenkundig, daß wir die Notwendigkeit, den Sachverhalt zu betonen, nicht sehen.

Ähnliches empfinden wir, wenn Lukas Jesus folgende Worte in den Mund legt: «Denn ich sage euch: Es muß auch das noch vollendet werden an mir, was geschrieben steht: ‹Er ist unter die Übeltäter gerechnet.›» (Lk 22,37; Mk 15,28) In diesem Fall handelt es sich nicht um eine Psalmstelle, sondern um ein Zitat aus dem 53. Kapitel des Buches Jesaja. Welch tiefgründigem Denken mögen derartige Entlehnungen entsprechen? Da es nicht einsichtig wird, hält man sich an jene mittelmäßigen Hintergedanken, von denen es in unserer eigenen Welt nur so wimmelt.

Tatsache ist, daß die beiden kurzen Sätze äußerst aufschlußreich sind, und zwar sowohl an sich wie auch im Zusammenhang der Passionserzählung. Um das zu erfassen, muß man verstanden haben, was in der Passionsgeschichte auf dem Spiel steht und dort auch verlorengeht: die Beherrschung der gesamten Menschheit durch die mit Verfolgung verbundene Vorstellung. In diesen anscheinend banalen und deshalb folgenlosen Sätzen kommt schlicht und einfach die Ablehnung der magischen Kausalität samt den stereotypen Anschuldigungen zum Ausdruck. Die Ablehnung all dessen, was die zur Verfolgung entschlossene Menge blindlings akzeptiert. So machen sich die Thebaner ohne zu zögern die Hypothese zu eigen, Ödipus sei wegen seiner inzestuösen Beziehung für die Pest verantwortlich; so lassen die Ägypter den unglücklichen Joseph ins Gefängnis werfen, als Folge des Geredes einer Venus vom Lande, die unbedingt an ihrer Beute festhalten will. Die Ägypter machen immer nur das. Und in mythologischer Hinsicht bleiben wir durchaus ägyptisch, insbesondere mit Freud, der sich von Ägypten die Wahrheit über das Judentum verspricht. Die gängigen Theorien sind weiterhin durch und durch heidnisch, bleiben sie doch in Vatermord, Inzest und dergleichen verhaftet und gänzlich blind gegenüber der Lüge der stereotypen Anschuldigungen. Gemessen an den Evangelien, ja selbst an der Genesis, sind wir sehr im Rückstand.

Auch in der Passionsgeschichte macht sich die Menge blindlings die gegen Jesus erhobenen vagen Anschuldigungen zu eigen. In ihren Augen wird Jesus zu jener Ursache, die nach der korrigierenden Einmischung ruft – der Kreuzigung –, die alle Anhänger des magischen Denkens beim geringsten Anzeichen von Chaos in ihrer kleinen Welt zu suchen beginnen.

Unsere beiden Zitate unterstreichen die Kontinuität zwischen der Menge in der Passionsgeschichte und den bereits in den Psalmen angeprangerten Massen der Verfolger. Weder die Evangelien noch die Psalmen machen sich die grausamen Illusionen dieser Massen zu eigen. Die beiden Zitate setzen jedem mythologischen Erklärungsversuch eine Ende. Sie entwurzeln diesen Baum, ist doch die Schuld des Opfers hauptsächliche Triebfeder des Opfermechanismus; seine scheinbare Abwesenheit in hochentwickelten Mythen, die die Mordszene manipulieren oder vertuschen, hat nichts zu tun mit dem, was sich in den Evangelien abspielt. Die dort vollzogene Entwurzelung verhält sich zu den mythologischen Taschenspielertricks nach Art des Baldr oder der Kureten etwa so wie die vollständige Entfernung eines Tumors zu den «magnetischen» Gesten eines Wunderheilers.

Alle Verfolger sind immer von der Richtigkeit ihres Tuns überzeugt, in Wirklichkeit jedoch *hassen sie ohne Ursache*. Das Fehlen der Ursache in der Anschuldigung *(ad causam)* ist etwas, was die Verfolger nie sehen. Man muß sich also zuerst dieser Illusion annehmen, will man die Unglücklichen aus ihrem unsichtbaren Gefängnis, aus ihrem dunklen Keller befreien, wo sie dahinvegetieren und sich im wunderbarsten Palast wähnen.

Für dieses außerordentliche Werk der Evangelien, die Aufhebung, Zerstörung und Widerrufung der verfolgungsspezifischen Vorstellung, bildet das Alte Testament eine unerschöpfliche Quelle von legitimen Entlehnungen. Nicht ohne Grund sieht sich das Neue Testament dem Alten Testament verpflichtet und stützt sich auf es. Beide sind am gleichen Unterfangen beteiligt. Dem Alten Testament kommt das Verdienst zu, die Initiative ergriffen zu haben, aber das Neue Testament führt sie zu ihrem Ende und vollendet sie.

Insbesondere in den Bußpsalmen können wir wahrnehmen, wie sich das Wort von den Verfolgern weg zu den Opfern verschiebt, aber auch von jenen, die die Geschichte machen, zu jenen, die sie erleiden. Nicht nur erheben die Opfer ihre Stimme, sondern sie brüllen inmitten ihrer Verfolgung; ihre Feinde umgeben sie und schlagen sie. Manchmal haben diese Feinde noch ihr tierisches und monströses Aussehen beibehalten, das sie in den Mythologien hatten – Hundemeuten, Stierhorden, «die mächtigen Büffel von Baschaan». Und trotzdem reißen sich diese Texte von der Mythologie los, wie dies Raymund Schwager sehr richtig gezeigt hat: sie weisen die sakrale Ambivalenz immer mehr zurück, um dem Opfer seine Menschlichkeit zurückzugeben und um die Willkür der von ihm erlittenen Gewalt zu enthüllen.*

Das Opfer, das in den Psalmen zur Sprache kommt, scheint den wackeren Aposteln der Moderne zwar wenig «moralisch» und nicht genügend «biblisch». Unsere Humanisten sind in ihrer Feinfühligkeit verletzt. Meist begegnet der Unglückliche jenen, die ihn hassen, mit Haß. Man bedauert die «für das Alte Testament so typische» Zurschaustellung von Gewalt und Ressentiments. Man erkennt darin ein besonders klares Zeichen für die berüchtigte Bosheit des Gottes Israels. Vor allem seit Nietzsche wird diesen Psalmen die Erfindung aller uns verseuchenden bösartigen Regungen, Erniedrigungen und Ressentiments, angelastet. Diesen vergifteten Psalmen wird oft die ruhige Heiterkeit insbesondere der griechischen und germanischen Mythologie entgegengehalten. Von der Richtigkeit ihrer Sache und von der Schuld ihres Opfers überzeugt, haben die Verfolger tatsächlich keinen Grund zur Beunruhigung.

Das Opfer in den Psalmen wirkt störend, ja deplaziert neben einem

---

* Raymund Schwager, *Brauchen wir einen Sündenbock?*; insbesondere 2. Kap. über das Alte Testament, S. 54–142. Siehe auch Paul Beauchamp, *Psaumes nuit et jour.*

Ödipus, der zumindest so viel guten Geschmack zeigt, sich der wunderbaren klassischen Harmonie anzuschließen. Nehmen Sie doch bitte zur Kenntnis, wie kunstfertig, wie einfühlsam er im richtigen Augenblick zur Selbstkritik ansetzt. Er legt den Enthusiasmus des Analysanden auf der Couch oder des alten Bolschewiken zur Zeit Stalins an den Tag. Kein Zweifel, er dient als Modell für den übersteigerten Konformismus unserer Zeit, der mit dem dröhnenden Avantgardismus identisch ist. Unsere Intellektuellen drängt es so sehr zur Knechtschaft, daß sie in ihren Kreisen bereits Stalinismus übten, bevor dieser überhaupt erfunden worden war. Wen wundert's also, daß sie fünfzig und mehr Jahre verstreichen ließen, bevor sie diskret anfingen, sich über die größten Verfolgungen in der Geschichte der Menschheit Gedanken zu machen. Um das Schweigen zu lernen, ist die Mythologie noch immer die beste Schule. Bibel oder Mythologie – wir wählen ohne zu zögern. Wir sind erst klassisch, dann romantisch, primitiv, wenn es sein muß, modern mit Heftigkeit, neo-primitiv, wenn wir uns voll Abscheu von den Modernismen abwenden, immer gnostisch, nie aber biblisch.

Magische Kausalität und Mythologie sind ein und dasselbe. Die Bedeutung ihrer Negation kann gar nicht übertrieben werden. Die Evangelien wissen mit Sicherheit, was sie tun, wenn sie alle Gelegenheiten ergreifen, um diese Negation zu wiederholen. Sie legen sie sogar Pilatus in den Mund, wenn er sagt: *Ich finde nichts an ihm, was den Tod verdient hätte,* nachdem er Jesus verhört hat. Pilatus ist noch nicht von der Menge beeinflußt; es ist der Richter in ihm, die Verkörperung des römischen Rechts und der gesetzgeberischen Vernunft, die angesichts der Fakten zögernd, aber auf bedeutsame Weise nachgibt.

Der Einwand wird kommen, was denn an dieser biblischen Rehabilitierung der Opfer so außerordentlich sei. Ist sie nicht ganz geläufig, geht sie nicht auf die frühe Antike zurück? Zweifellos, aber Anlaß zu diesen Rehabilitierungen ist immer eine Gruppe, die sich gegen eine andere wendet. Im Umkreis des rehabilitierten Opfers sterben die gläubigen Anhänger nie aus, und die Flamme des Widerstands erlischt nie. Die Wahrheit lasse sich nicht vertuschen, heißt es. Genau das stimmt nicht: sie wird vertuscht, und deshalb ist die mythologische und verfolgungsspezifische Vorstellung nie wirklich gefährdet und bleibt unbehelligt.

Nehmen wir als Beispiel Sokrates' Tod. Die «wahre» Philosophie hat damit nichts zu tun. Sie entgeht der Ansteckung durch den Sündenbock. Es gibt immer noch Wahrheit in dieser Welt, während es zum Zeitpunkt von Christi Tod keine mehr gibt. Sogar die treusten Jünger sagen kein Wort, machen keine Geste, um der Menge entgegenzutreten. Sie werden buchstäblich von ihr absorbiert. Der Petrusbericht gibt uns zu verstehen, daß Petrus, das Haupt der Apostel, seinen Herrn öffentlich verleugnet hat. Dieser Verrat ist keineswegs anekdotisch, er hat nichts mit der seelischen Verfassung des Petrus zu tun. Die Tatsache, daß selbst die Jünger der Sündenbockwirkung nicht widerstehen können, enthüllt die Allmacht der verfolgungsspezifischen Vorstellung über den Menschen. Um zu verstehen, was hier tatsächlich vor sich geht, müßte man die Gruppe der Jünger beinahe zu jenen Mächten zählen, die sich trotz ihrer üblichen Zerstrittenheit in der Verurteilung Christi einig sind. Es sind jene Mächte, die dem Tod eines Verurteilten eine Bedeutung geben können. Sie sind schnell aufgezählt. Es sind immer dieselben. Sie tauchen alle in der Hexenjagd oder in den großen totalitären Regressionen der heutigen Welt wieder auf. Da sind erstens die religiösen Führer, dann die politischen Führer, und da ist schließlich die Menge. Alle diese Leute nehmen an der Handlung teil, erst jeder für sich, dann immer stärker als einheitliches Ganzes. Auffällig ist, daß alle diese Mächte in der Reihenfolge ihrer tatsächlichen Machtfülle eingreifen: zuerst der Schwächste, zuletzt der Stärkste. Der Verschwörung der kirchlichen Führer kommt zwar symbolische, aber wenig reale Bedeutung zu. Herodes spielt eine noch unbedeutendere Rolle. Es muß die Furcht gewesen sein, auch nur eine einzige der den Urteilsspruch über Jesus möglicherweise verstärkenden Kräfte zu vergessen, die Lukas als einzigen dazu getrieben hat, ihn in seine Erzählung der Passionsgeschichte aufzunehmen.

Pilatus ist der wahre Machthaber, aber über ihm steht die Menge. Einmal mobilisiert, triumphiert sie absolut, zieht in ihrem Schlepptau die Institutionen nach sich und zwingt sie dazu, sich in ihr aufzulösen. Es handelt sich also hier sehr wohl um die Einmütigkeit des die Mythologie erzeugenden Kollektivmordes. Diese Menge, eine buchstäblich sich auflösende Gruppe und Gemeinschaft, läßt sich nur noch auf Kosten ihres Opfers, des Sündenbocks, wieder zusammenschweißen. Alles ist darauf ausgerichtet, die Erzeugung von unerschütterlichen verfolgungsspezifischen Vorstellungen so stark wie möglich zu begünstigen. Genau das jedoch tut das Evangelium nicht.

Die Evangelien schreiben Pilatus den Willen zu, dem Volk zu widerstehen. Soll er damit sympathischer und sollen im Gegenzug dazu die jüdischen Behörden unsympathischer gemacht werden? So lautet selbstverständlich die Annahme, und zahlreich sind jene, die alles im Neuen Testament mit den niedrigsten Beweggründen erklären möchten. Sie sind tatsächlich die Menge von heute, sind es vielleicht immer schon gewesen. Und sie haben unrecht wie eh und je.

Pilatus fügt sich schließlich der Meute der Verfolger. Es geht nicht darum, Pilatus «psychologisch» zu erfassen, es geht darum, die Allmacht der Menge zu betonen und zu zeigen, daß sich die oberste Autorität trotz einer Anwandlung von Widerstand fügen muß.

In dieser Angelegenheit stehen nicht Pilatus' Interessen auf dem Spiel. In seinen Augen zählt Jesus nicht. Er ist eine zu unbedeutende Figur, als daß eine auch nur einigermaßen politisch versierte Persönlichkeit das Risiko auf sich nehmen würde, ihn zu retten. Pilatus' Entscheid ist also gewissermaßen zu einfach, um prägnant veranschaulichen zu können, wie sich der Herrscher der Menge beugen muß und welch dominierende Rolle die Menge an jenem Punkt äußerster Erregung spielt, wo der Sündenbockmechanismus ausgelöst wird.

Meiner Meinung nach führt Johannes* die Figur der Ehefrau ein, um Pilatus' Entscheid weniger einfach erscheinen zu lassen. Durch einen Traum aufgeschreckt und mehr oder weniger für die Sache Jesu gewonnen, interveniert diese Frau bei ihrem Ehemann im Sinne des Widerstandes gegen die Menge. Johannes will einen zwischen zwei Einflußbereichen, zwei Polen mimetischer Anziehung hin und her gerissenen Pilatus zeigen – auf der einen Seite die Ehefrau, die den Unschuldigen retten möchte, auf der anderen Seite die nicht einmal aus Römern zusammengesetzte, anonyme und unpersönliche Menge. Niemand könnte Pilatus näherstehen, enger mit seiner Existenz verbunden sein als seine Frau. Niemand könnte mehr Einfluß auf ihn

---

* Die Stelle findet sich bei Mt 27,19; Anm. d. Übers.

ausüben, insbesondere weil diese Frau sehr geschickt an die religiösen Ängste appelliert. Und trotzdem trägt die Menge den Sieg davon; nichts ist wichtiger als dieser Sieg, nichts bedeutsamer für die Enthüllung des Opfermechanismus. Weiter unten werden wir sehen, daß die Evangelien in einer anderen Kollektivmord-Szene einen analogen Sieg der Menge inszenieren, nämlich bei der Enthauptung Johannes des Täufers.

Wer von der Annahme ausginge, diese Menge sei nur aus Vertretern der Unterschicht zusammengesetzt, der würde sich schwer täuschen; diese Menge stellt nicht nur die «Volksmassen» dar, auch die Elite ist darin vertreten, und die Evangelien sollten nicht gesellschaftlicher Herablassung bezichtigt werden. Um zu verstehen, was diese Menge ausmacht, muß man sich nur einmal mehr den Zitaten aus dem Alten Testament zuwenden; hier ist der aufgeklärteste Kommentar über die Intention des Evangeliums zu finden.

Im 7. Kapitel* der Apostelgeschichte, der beinahe der Status eines Evangeliums zukommt, versammelt Petrus seine Gefährten, um mit ihnen über Jesu Tod am Kreuz zu meditieren. Er zitiert ziemlich ausführlich den Psalm, der die einmütig feindliche Aufnahme des Messias durch die Mächtigen dieser Welt beschreibt:

«Warum toben die Heiden,
und die Völker nehmen sich vor, was umsonst ist?
Die Könige der Erde treten zusammen,
und die Fürsten *versammeln sich zuhauf*
wider den Herrn und wider seinen Christus»:
wahrlich ja, sie haben sich versammelt in dieser Stadt wider deinen heiligen Knecht Jesus, welchen du gesalbt hast, Herodes und Pontius Pilatus mit den Heiden und den Völkern von Israel, zu tun, was deine Hand und dein Rat zuvor bedacht hat, daß es geschehen sollte.

(Ap 4,25–28)

Auch hier fragt der moderne Leser nach dem Stellenwert dieses Zitates. Ihm fehlt das Verständnis, und er vermutet wenig schmei-

* Tatsächlich handelt es sich hier um das 4. Kapitel; Anm. d. Übers.

chelhafte Hintergedanken. Geht es nicht einfach darum, dem unwürdigen Tod Jesu Würde zu verleihen, der eher unbedeutenden Folter eines kleinen galiläischen Predigers eine grandiose Inszenierung zu geben? Eben noch klagten wir die Evangelien an, sie würden die verfolgende Menge verachten, nun verdächtigen wir sie ganz im Gegenteil, diese gleiche Menge zu verherrlichen, um das Prestige ihres Helden zu erhöhen.

Was ist davon zu halten? Auf diese Art von Spekulation ist zu verzichten. Im Umgang mit den Evangelien geben systematische Verdächtigungen niemals aufschlußreiche Resultate. Es gilt eher, auf jene Frage zurückzukommen, die unsere ganze Untersuchung leitet. Wie steht es in diesem Text mit der verfolgungsspezifischen Vorstellung und der sie gründenden einmütigen Gewalt? Beides wird gerade auf dem Höhepunkt umgestürzt, nämlich dort, wo die Einmütigkeit der Mächte, die fähig sind, diese Vorstellung herzustellen, erreicht ist. Nicht nur ist hier Subversion am Werk, sondern der bewußte Wille, jede Verfolgungsmythologie umzustürzen und den Leser auch noch darüber zu informieren. Ist dies einmal erkannt, springt die Folgerichtigkeit des Psalmzitats in die Augen.

Der Psalm liefert uns die Liste aller Mächtigen. Wichtig ist das Zusammentreffen der Erregung des Volkes, *des Tobens der Heiden* einerseits und der Könige und Fürsten, der rechtmäßigen Autoritäten andererseits. Überall, nur nicht in der Passion Christi, ist dieses Zusammentreffen unwiderstehlich. Daß diese überwältigende Koalition sich in relativ kleinem Maßstab in einer entfernten Provinz des Römischen Reiches abspielt, setzt keineswegs die Bedeutung der Passionsgeschichte herab, die eins ist mit dem Scheitern der Verfolgung als Vorstellung und mit der exemplarischen Aussagekraft dieses Scheiterns.

Auf der Ebene brutaler Kraftanwendung bleibt die Koalition unbesiegbar, aber deshalb ist sie nicht weniger «umsonst», wie der Psalm sagt, denn es gelingt ihr nicht, ihre Sichtweise der Dinge durchzusetzen. Es gelingt ihr mühelos, Jesus in den Tod zu schicken, aber die Ebene der Bedeutung beherrscht sie nicht. Das Versagen am Karfreitag macht bei den Jüngern der Glaubensstärke von Pfingsten Platz, und die Erinnerung an Jesu Tod wird fortleben, aber in einer ganz anderen Bedeutung, als der von den Mächtigen gewollten. Zwar kann sich diese Bedeutung in ihrer außergewöhnlichen Neuigkeit nicht unmittelbar durchsetzen, gleichwohl durchdringt sie nach und nach die bekehrten Völker und lehrt sie, die in ihrer Umgebung herrschenden verfolgungsspezifischen Vorstellungen immer besser wahrzunehmen und zu verwerfen.

Mit der von ihnen durchgesetzten Tötung Jesu laufen die Mächtigen sogar in eine Art Falle; es ist ihr seit Menschengedenken bestehendes Geheimnis, das nun Buchstabe für Buchstabe in der Erzählung der Passionsgeschichte geschrieben steht und eröffnet wird – ein Geheimnis, das dank der eben zitierten, aber auch vieler weiterer Stellen im Alten Testament bereits gelüftet ist. Der Sündenbockmechanismus steht nun in gleißendem Licht. Er ist Gegenstand intensivster Publizität, er wird zur bekanntesten Sache der Welt, zum verbreitetsten Wissen überhaupt; und es ist dieses Wissen, das sich die Menschen langsam, sehr langsam aneignen werden, denn ihre Intelligenz reicht kaum aus, hinter die mit Verfolgung verbundene Vorstellung zu kommen.

Um die Menschen endlich befreien zu können, dient dieses Wissen als allgemeingültiger Raster der Entmystifizierung. Dabei wird es erst um die Quasi-Mythologien unserer eigenen Geschichte gehen, dann um die weltweite Zerstörung aller Mythen, deren Lüge wir mit aller Kraft schützen, nicht weil wir positiv an sie glauben, sondern weil wir uns vor der biblischen Offenbarung schützen wollen. Diese ist nämlich jederzeit bereit, aus den Trümmern der Mythologie aufzutauchen, mit der wir sie lange Zeit verwechselt haben. Die vergeblichen Unterfangen der Völker sind mehr denn je an der Tagesordnung, für den Messias jedoch ist es ein Kinderspiel, sie zu umgehen. Je stärker wir uns heute in ihrer Illusion wiegen, desto lächerlicher werden sie uns morgen erscheinen.

Das Wesentliche, weder von der Theologie noch von den Humanwissenschaften je wahrgenommen, ist die zum Scheitern gebrachte verfolgungsspezifische Vorstellung. Damit diesem Scheitern der größtmögliche Stellenwert zukommt, muß es sich unter schwierigsten Umständen ereignen, die zwar nicht der Wahrheit, wohl aber der Hervorbringung einer neuen Mythologie förderlich sind. Gerade deshalb insistiert der biblische Text unablässig sowohl auf dem *Ich-finde-nichts-an-Ihm* des gegen den Gerechten gerichteten Urteilsspruchs als auch auf der lückenlosen Einheit der Verfolger, das heißt aller, die an die Existenz und Rechtmäßigkeit der Ursache, des *ad causam,* der Anschuldigung glauben oder zu glauben vorgeben und die diesem Glauben allgemeine Geltung verschaffen wollen.

Wer wie gewisse moderne Kommentatoren seine Zeit damit verliert, über die ihrer Meinung nach immer ungleiche Schuldzuweisung an die verschiedenen Handlungsträger der Passionsgeschichte in den Evangelien nachzudenken, der verkennt bereits im Ansatz die wahre Intention der Erzählung. Sowenig wie der himmlische Vater lassen sich die Evangelien vom Ansehen der Personen leiten, denn die einzige Gegebenheit, an der sie wirklich interessiert sind, ist die Einmütigkeit der Verfolger. Alle jene Strategien, die nur den Antisemitismus, das Elitedenken, die Fortschrittsfeindlichkeit oder wer weiß was für Verbrechen beweisen wollen, deren sich die Evangelien einer unschuldigen Menschheit – dem Opfer – gegenüber schuldig gemacht hätten, sind lediglich in ihrer symbolischen Transparenz aufschlußreich. Die Erfinder dieser Strategien sehen nicht, daß sie selbst von jenem Text interpretiert werden, mit dem sie ihre Rechnung immer endgültig glauben beglichen zu haben. Unter allen vergeblichen Unterfangen der Völker gibt es keines, das lächerlicher wäre.

Es läßt sich auf tausenderlei Arten übersehen, wovon die Evangelien sprechen. Wenn sich Psychoanalytiker und Psychiater der Passionsgeschichte annehmen, dann entdecken sie im einmütigen Kreis der Verfolger nur allzu gerne die Spiegelung der «für die Urchristen charakteristischen Paranoia» und die Spur eines «Verfolgungswahnes». Sie sind sich ihrer Sache gewiß, wissen sie doch die allergewissesten Autoritäten hinter sich – Marxisten, Nietzscheaner, Freudianer jeglicher Couleur, die sich für einmal einig sind, einig allein in der Überzeugung, die Evangelien seien anzuklagen.

Im Falle eines Hexenprozesses käme einem Psychoanalytiker nie eine derartige Erklärung in den Sinn. Nicht an den Opfern üben sie sich diesmal und wetzen ihre Messer, sondern an den Verfolgern. Beglückwünschen wir sie zu diesem Wechsel ihrer Zielscheibe. Es genügt, die Verfolgung als real wahrzunehmen, um Abscheulichkeit und Lächerlichkeit der pseudo-psychoanalytischen Thesen, auf reale Opfer und auf reale kollektive Gewalttaten angewendet, zu erfassen. Gewiß, es gibt den Verfolgungswahn, und es gibt ihn insbesondere in den Wartezimmern unserer Ärzte, aber ebenso gibt es Verfolgungen. Die Einmütigkeit der Verfolger kann nicht einfach ein vor allem bei den Privilegierten des heutigen Abendlandes auftauchendes paranoides Phantasma sein, sondern sie ist auch ein Phänomen, das von Zeit zu Zeit tatsächlich vorkommt. Unsere Neunmalklugen in Sachen Phantasma zögern nie auch nur im geringsten bei der Anwendung ihrer Prinzipien. Sie wissen immer a priori, daß es außerhalb unserer eigenen Geschichte nur Phantasmen gibt: kein Opfer ist real.

Es sind überall die gleichen Stereotypen der Verfolgung, aber niemand wird dessen gewahr. Einmal mehr bestimmt die äußere Hülle – historisch hier, religiös dort – und nicht die Natur des fraglichen Textes die Wahl der Interpretation. Wir finden wieder die unsichtbare Linie, die durch unsere Kultur hindurchgeht; diesseits lassen wir die Möglichkeit von realen Gewalttaten zu, jenseits nicht mehr, und wir füllen die so entstandene Leere mit sämtlichen Abstraktionen eines mit Linguistik und Wirklichkeitsverlust garnierten Pseudo-Nietzscheanertums. Wir sehen es immer deutlicher: im Gefolge des deutschen Idealismus sind die Erscheinungsbilder der zeitgenössischen Theorie stets nur eine Art Schikane zur Verhinderung der Entmystifizierung der Mythologien, neue Maschinerien zur Verzögerung des Fortschreitens der biblischen Offenbarung.

Falls meine Annahme stimmt, nämlich daß die Evangelien den Sündenbockmechanismus enthüllen, ohne ihn jedoch so zu benennen wie wir, aber auch ohne etwas von dem auszulassen, was es über ihn zu wissen gilt, um sich vor seinen tückischen Wirkungen zu schützen und ihn in all seinen Verstecken – vor allem aber in uns selbst – aufzustöbern, dann müßten wir dort all das wiederfinden, was wir von diesem Sündenbock auf den vorangehenden Seiten bereits herausgearbeitet haben, insbesondere aber dessen *unbewußte* Natur.

Ohne dieses Unbewußte, das eins ist mit dem Glauben der Verfolger an die Schuldhaftigkeit ihres Opfers, ließen sich die Verfolger nicht von der verfolgungsspezifischen Vorstellung gefangennehmen. Es gibt hier ein Gefängnis, dessen Mauern sie nicht sehen, eine Knechtschaft, die gerade deshalb so umfassend ist, weil sie sich als Freiheit ausgibt, eine Blindheit, die sich für Scharfsicht hält.

Gehört der Begriff des Unbewußten in die Evangelien? Zwar kommt das Wort dort nicht vor, aber der moderne Sachverstand würde diese Sachlage sogleich erkennen, wäre er diesem Text gegenüber nicht gelähmt und im zarten Fadengespinst traditioneller Frömmigkeit und Antifrömmigkeit gefesselt. Die Definition des Unbewußten der Verfolgung findet sich im Zentrum der Passionserzählung, im Lukas-Evangelium, und es ist der berühmte Satz: *Vater, vergib ihnen; denn sie wissen nicht, was sie tun!* (Lk 23,34)

Die Christen legen hier den Akzent auf die Güte Jesu. Das wäre sehr richtig, würde ihr Insistieren nicht den eigentlichen Gehalt des Satzes verdrängen. Meist nimmt man ihn kaum mehr wahr. Offensichtlich betrachtet man ihn als unwichtig. Dieser Satz wird gewissermaßen so kommentiert, als würde Jesus, vom Wunsche beseelt, den Henkern ihre unverzeihliche Schuld zu vergeben, für sie eine eher überflüssige, nicht ganz der Realität der Passion entsprechende Entschuldigung erfinden.

Die Kommentatoren glauben nicht recht an das, was dieser Satz sagt, und können deshalb für ihn nur eine etwas gespielte Bewunderung hegen, wobei ihre laue Frömmigkeit diesem Text den Geschmack der eigenen Heuchelei vermittelt. Das ist das Schlimmste, was den Evangelien geschehen kann, dieses Ich-weiß-nicht-Was an süßlicher Heuchelei, in die unsere maßlose Scheinheiligkeit sie einhüllt! In Wirklichkeit suchen die Evangelien nie nach halbherzigen Entschuldigungen; sie reden nie, um nichts zu sagen; sentimentales Geschwätz ist nicht ihre Sache.

Um diesem Satz seinen wahren Reiz zu verleihen, gilt es, seine quasi technische Rolle in der Enthüllung des Opfermechanismus zu erfassen. Er enthält eine präzise Aussage über die wegen ihres Sündenbocks versammelten Menschen. *Sie wissen nicht, was sie tun.* Und aus diesem Grund muß ihnen vergeben werden. Nicht der Verfolgungswahn diktiert eine solche Aussage. Aber auch nicht der Wunsch, das Grauen realer Gewalttaten zu vertuschen. An dieser Stelle stoßen wir auf die erste Definition des Unbewußten in der Geschichte der Menschheit, von der alle anderen, sich ständig abschwächenden Definitionen abgeleitet sind: entweder verweisen sie nämlich – mit Freud – die Dimension der Verfolgung in den Hintergrund oder tilgen sie – mit Jung – gänzlich.

Die Apostelgeschichte legt Petrus den gleichen Gedanken in den Mund, wenn er sich in Jerusalem an die Menge, eben die Menge der Passionsgeschichte wendet: «Nun, liebe Brüder, ich weiß, daß ihr's in Unwissenheit getan habt wie auch eure Obersten.» Bemerkenswert ist dieser Satz deshalb, weil er einmal mehr unsere Aufmerksamkeit auf die beiden Machtkategorien legt: die Menge und die Führer, alle gleichermaßen unbewußt. Er verwirft implizit die fälschlicherweise christlich genannte Auffassung, die aus der Passionsgeschichte ein in *seiner bösartigen Dimension* einmaliges Ereignis macht, während sie doch nur ein in seiner offenbarenden Dimension einmaliges Ereignis ist. Sich erstere Auffassung zu eigen machen heißt, aus der Gewalt wiederum einen Fetisch machen und in eine Variante des mythologischen Heidentums zurückfallen.

X

Es ist besser,
ein Mensch sterbe ...

Es fehlt uns nur noch eines, nämlich die direkte Formulierung des
Opfergeschehens in seinen wesentlichen Zügen, die Tatsache also,
daß einer gewissermaßen für die anderen bezahlen muß. Der in dieser
Hinsicht expliziteste Satz der Evangelien ist jener, den Johannes dem
Hohenpriester Kaiphas in den Mund legt. Dieser Satz fällt während
der Verhandlungen, in deren Verlauf schließlich über die Tötung Jesu
entschieden wird. Ganz unzweideutig erwähnt er alles, was ich eben
aufgezählt habe:

> Da versammelten die Hohenpriester und die Pharisäer den Rat und
> sprachen: Was tun wir? Dieser Mensch tut viele Zeichen. Lassen wir
> ihn so, dann werden sie alle an ihn glauben, und es werden die
> Römer kommen und nehmen uns Land und Leute. Einer aber unter
> ihnen, Kaiphas, der desselben Jahres Hoherpriester war, sprach zu
> ihnen: Ihr wisset nichts; ihr bedenket auch nicht: Es ist euch besser,
> *ein* Mensch sterbe für das Volk, als daß das ganze Volk verderbe.
> Solches aber redete er nicht von sich selbst, sondern weil er dessel-
> ben Jahres Hoherpriester war, weissagte er. Denn Jesus sollte ster-
> ben für das Volk, und nicht für das Volk allein, sondern damit er
> auch die Kinder Gottes, die zerstreut waren, zusammenbrächte.
> Von dem Tage an war es für sie beschlossen, daß sie ihn töteten.
>
> (Jo 11,47–53)

Gegenstand der Ratsversammlung ist die Krise, ausgelöst durch die
zu große Popularität Jesu. Dabei handelt es sich aber lediglich um

die vorläufige Version einer viel tiefgreifenderen Krise, nämlich der Krise der jüdischen Gesellschaft insgesamt, die in weniger als einem halben Jahrhundert zur totalen Vernichtung des jüdischen Staates führen wird. Daß überhaupt verhandelt wird, legt bereits die Unmöglichkeit der Entscheidungsfindung nahe. Die unentscheidbare Debatte reflektiert die Krise, die eben diese Debatte zu entscheiden sich bemüht. Da sie zu nichts führt, wird sie von Kaiphas mit einer gewissen Ungeduld und Schroffheit unterbrochen: «Ihr wisset nichts», sagt er. Nachdem sie Kaiphas Worte gehört haben, sagen sich die Ältesten: «Aber natürlich, es ist besser, ein Mensch sterbe für das Volk, als daß das ganze Volk verderbe. Wie konnte ich das übersehen?» Zweifellos hatten sie mit diesem Gedanken gespielt, aber nur der kühnste und entschlossenste der Ältesten konnte ihn aussprechen.

Was Kaiphas ausspricht, ist die Vernunft selbst, die politische Vernunft, die Vernunft des Sündenbocks. Größtmögliche Begrenzung der Gewalt, aber im Extremfall Rückgriff darauf, um mehr Gewalttätigkeit zu vermeiden ... Kaiphas verkörpert das Politische in seiner nobelsten und nicht in seiner niedrigsten Form. Politisch gesehen hat nie jemand klüger gehandelt.

Mit der Gewalt sind vielerlei Risiken verbunden; indem Kaiphas sie auf sich nimmt, profiliert er sich als Führer. Die anderen stützen sich auf ihn. Sie nehmen an ihm Modell; sie ahmen seine ruhige Gewißheit nach. Nachdem sie Kaiphas gehört haben, gibt es für diese Männer keinen Zweifel mehr. Wenn das ganze Volk mit Sicherheit ins Verderben stürzt, dann ist es gewiß besser, ein Mensch sterbe für alle anderen, und zwar jener, der die heraufziehende Gefahr durch seine Weigerung, sich still zu verhalten, verstärkt.

Kaiphas' Satz ruft bis zu einem gewissen Grad die von ihm definierte Sündenbockwirkung hervor. Er beruhigt die Zuhörer nicht nur, sondern elektrisiert sie auch, er «mobilisiert» sie – in dem Sinne wie wir heute von Militärs oder militanten Aktivisten sagen, sie würden *sich mobilisieren*. Worum geht es? Um jene Verschmelzung in der Gruppe, von der Jean-Paul Sartre immer geträumt hat, freilich ohne je zu sagen, daß eine solche Gruppe immer nur Opfer hervorbringt.

Damit der Satz eine solche Wirkung ausüben kann, muß er oberflächlich und noch immer mythologisch verstanden werden. Die oben definierte politische Vernunft bleibt mythologisch, gründet sie doch auf dem, was im Sündenbockeffekt auf der Ebene der politischen Interpretation – die den Rat des Kaiphas ebenso dominiert wie unsere eigene Welt – verborgen bleibt. Die Sündenbockwirkung ist offensichtlich sehr abgeschwächt, im Sinne der oben definierten historischen und modernen Abschwächung. Deshalb wird die politische Vernunft von ihren Opfern stets bekämpft und sogar von jenen *als Verfolgung* angeprangert, die sich gegebenenfalls ihrer bedienen würden, ohne sich darüber Rechenschaft zu geben. Hervorgebracht wird diese politische Vernunft durch die äußerste Erschöpfung des Mechanismus, der dabei aller transzendenten Züge verlustig geht und mit gesellschaftlichem Nutzen gerechtfertigt wird. Im politischen Mythos schimmern viele wahre Aspekte dieses Vorganges durch; dadurch kommt heutzutage bei vielen Leuten die Illusion auf, sie seien im Besitz der vollständigen Enthüllung der Opfermechanismen und ihrer Rechtfertigung – freilich in der verallgemeinerten Form einer politischen Lesart, wie man sie mir ab und zu nachsagt.

Soll der erwähnte Satz tatsächlich Offenbarungscharakter haben, dann darf er nicht politisch, sondern muß biblisch verstanden werden, und zwar im Kontext all dessen, was ich eben deutlich gemacht habe und was noch verdeutlicht werden könnte. Mit einem Schlag ließe sich dann darin die Definition des in der Passionsgeschichte, aber auch in allen Evangelien und in der Bibel insgesamt ans Licht gebrachten Mechanismus erkennen. Die vor unseren Augen entstehende Sündenbockwirkung knüpft an jene Sündenbockwirkung an, die am Ursprung der jüdischen Opferhandlungen steht. Kaiphas ist der Opferer schlechthin; er läßt Opfer sterben, um die Lebenden zu retten. Johannes ruft uns dieses Faktum in Erinnerung und unterstreicht damit, daß jeder wahren *Entscheidung (décision)* innerhalb einer Zivilisation Opfercharakter zukommt *(decidere,* ich wiederhole es, heißt, dem Opfer die Kehle durchschneiden) und daß sie infolgedessen auf eine nicht enthüllte Sündenbockwirkung, auf eine verfolgungsspezifische Vorstellung sakralen Typus zurückgeht.

In der Entscheidung des Hohenpriesters kündigt sich die endgültige Offenbarung des Opfers und seines Ursprungs an. Sie drückt sich ohne Wissen desjenigen aus, der sie ausspricht, aber auch ohne Wissen derjenigen, die sie hören. Nicht nur wissen Kaiphas und seine Zuhörer nicht, was sie tun, sondern sie wissen auch nicht, was sie sagen – also muß ihnen vergeben werden. Dies gilt um so mehr, als unsere politischen Realitäten in der Regel um einiges schmutziger sind als die ihren, nur ist unsere Sprache viel heuchlerischer. Wir vermeiden es, so zu sprechen wie Kaiphas, denn wir verstehen den Sinn seiner Worte besser, ohne ihn jedoch vollständig zu verstehen: es ist der Beweis, daß die Offenbarung sich unter uns ihren Weg bahnt. Das ist zwar kaum zu glauben, führt man sich den gegenwärtigen Stand der neutestamentlichen Forschung, der Religionsgeschichte, der Ethnologie und der Politologie vor Augen. Die «Spezialisten» haben keine Ahnung, wovon wir reden. Sie allein haben am sonst allgemein anerkannten Wissen nicht teil: die erwähnten Disziplinen wollen nichts von ihm wissen. Sie scheinen nämlich so beschaffen zu sein, daß sie die wahren Intuitionen eher eindämmen und neutralisieren, als daß sie sie pflegten. So ist es immer, wenn sich große Umwälzungen anbahnen. Die schlechte Aufnahme des Wissens um den Sündenbock wird diese Umwälzungen nicht verhindern können; sie ist nur ein weiteres Anzeichen dafür, daß sie unmittelbar bevorstehen.

Um den Satz des Johannes wirklich zu verstehen und um von der in ihm enthaltenen Offenbarung im Kontext der Evangelien Nutzen zu ziehen, darf man sich diesem Kontext nicht verschließen. Dieses Verstehen ist keine triviale Rechtfertigung des Mechanismus; es bestärkt uns vielmehr in unserem Widerstand gegen die vom Opfer ausgehende Verführung, gegen die selbst verführerischen verfolgungsspezifischen Vorstellungen und gegen die die Verführung begünstigenden mimetischen Neigungen. Diese Wirkung ist demnach der auf die ersten Zuhörer ausgeübten diametral entgegengesetzt. Beide Wirkungen lassen sich heute in unserer Welt beobachten; Zeichen dafür, daß unsere Geschichte auf Gedeih und Verderb von der Offenbarung der Evangelien getrieben ist.

Aus anthropologischer Sicht liegt das Wesen der Offenbarung darin, daß sie eine Krise jeglicher verfolgungsspezifischen Vorstellung hervorruft. In der Passionsgeschichte selbst gibt es nichts, was unter dem Gesichtspunkt der Verfolgung einmalig wäre. Die Koalition aller Mächte dieser Welt ist nichts Einmaliges. Eben diese Koalition steht am Ursprung aller Mythen. Erstaunlich ist, daß die Evangelien die Einmütigkeit zwar unterstreichen, aber nicht um sich ihr zu beugen und sich ihrem Verdikt zu unterwerfen – so wie dies alle mythologischen Texte, alle politischen und sogar alle philosophischen Texte tun würden –, sondern um diese Einmütigkeit als grundlegenden Irrtum, als die Unwahrheit schlechthin anzuprangern.

Hierin liegt denn auch die unüberbietbare Radikalität der Offenbarung. Zum besseren Verständnis stellen wir dieser Aussage kurz die politische Reflexion der modernen westlichen Welt gegenüber.

Die Mächte dieser Welt sind offensichtlich in zwei nicht symmetrische Gruppen aufgeteilt; auf der einen Seite die rechtmäßigen Autoritäten, auf der anderen Seite die Menge. In der Regel tragen erstere den Sieg über letztere davon; in Krisenzeiten geschieht das Gegenteil. Nicht nur trägt die Menge den Sieg davon, sondern sie erweist sich als eine Art Schmelztiegel, der sogar die anscheinend überhaupt nicht zu erschütternden Autoritäten absorbiert. Dieser Verschmelzungsvorgang bewirkt die Umgestaltung der Autoritäten mittels des Sündenbocks, das heißt des Heiligen. Die mimetische Theorie erhellt diesen Vorgang, den weder die Politologie noch die übrigen Humanwissenschaften zu durchdringen vermögen.

Die Menge ist so mächtig, daß sie nicht die gesamte Gemeinschaft umfassen muß, um zu den erstaunlichsten Ergebnissen zu gelangen. Die rechtmäßigen Autoritäten fügen sich und überlassen ihr die in einer Laune geforderten Opfer, so wie es Pilatus mit Jesus und Herodes mit Johannes dem Täufer taten. Dann lassen sich die Autoritäten von der Menge absorbieren und vergrößern sie so. Die Passionsgeschichte verstehen heißt: verstehen, daß sie vorübergehend jegliche Differenz aufhebt, nicht nur zwischen Kaiphas und Pilatus, Judas und Petrus, sondern auch zwischen all jenen, die rufen oder rufen lassen: «Kreuziget ihn!»

Möge es nun konservativ oder revolutionär sein, das moderne politische Denken kritisiert immer nur eine der beiden Machtkategorien, entweder die Menge oder die etablierte Macht. Es stützt sich systematisch auf die andere Kategorie ab. Diese Wahl zeichnet es als «konservativ» oder «revolutionär» aus.

Die anhaltende Faszination durch Rousseaus *Gesellschaftsvertrag* geht nicht von den möglicherweise in ihm enthaltenen Wahrheiten aus, sondern von jenem schwindelerregenden Schwanken zwischen den beiden Machtkategorien, das sich in ihm vollzieht. Anstatt sich entschlossen auf eine der beiden Seiten zu schlagen und sich – in guter Gesellschaft mit allen «Vernünftigen» – daran zu halten, möchte Rousseau das Unvereinbare miteinander versöhnen. Deshalb gleicht sein Werk in etwa dem Sturmwind einer tatsächlichen Revolution, unvereinbar mit den darin enthaltenen großen Prinzipien.

Die Konservativen bemühen sich, alle rechtmäßigen Autoritäten, aber auch alle jene Institutionen zu stärken, in denen die Kontinuität einer religiösen, kulturellen, politischen oder rechtlichen Tradition verkörpert ist. Anfällig sind sie für den Vorwurf übertriebener Nachsicht den etablierten Mächten gegenüber. Den von der Menge drohenden Gewaltakten hingegen stehen sie sehr wachsam gegenüber. Bei den Revolutionären ist es genau umgekehrt. Den Institutionen gegenüber systematisch kritisch, sakralisieren sie schamlos die Gewaltakte der Menge. Revolutionäre Historiker der Französischen und Russischen Revolution mythologisieren alle Verbrechen. Sie bezeichnen jede ernsthafte Forschung über die Menge als «reaktionär». In diesen Bereichen fühlen sie sich vom Licht der Aufklärung nicht angezogen. Tatsächlich brauchen die Opfermechanismen die Dunkelheit, um «die Welt zu verändern». Die großen revolutionären Schriftsteller liefern gleichwohl ausdrückliche Bestätigungen für die Symbolwirkung realer Gewalt, so beispielsweise Saint-Just für den Tod des Königs.

Gerade weil die Revolutionäre zur offenen Gewaltanwendung greifen, kommt es nicht zur erhofften Wirkung. Das Geheimnis ist gelüftet. Das Fundament der Gewalt verliert seine Wirksamkeit, es kann nur noch durch den Terror weiterbestehen. Das gilt in geringem Maße bereits für die Französische Revolution im Vergleich zur anglo-amerikanischen Demokratie, das gilt aber noch viel mehr für die marxistischen Revolutionen.

Das moderne politische Denken kann nicht ohne Moral auskommen, kann aber nicht zur reinen Moral werden, ohne aufzuhören, politisch zu sein. Zur Moral muß sich also ein anderes Element gesellen. Welches? Wollte man es wirklich wissen, käme man zwangsläufig auf ähnliche Formeln wie Kaiphas: «Es ist besser, dieser Mensch oder jene Menschen sterben, als daß die ganze Gemeinschaft untergehe . . .»

Nicht nur die politischen Gegensätze, sondern alle rivalisierenden Denkrichtungen beruhen auf einer partiellen und parteiischen Aneignung der biblischen Offenbarung. In unserer Welt gibt es immer nur christliche Häresien, also Spaltungen und Teilungen. Das ist übrigens der Sinn des Wortes Häresie. Um die Offenbarung als Waffe im Kampf der mimetischen Rivalität zu verwenden und um ihr Spaltkraft zu verleihen, muß sie erst zerteilt werden. Solange sie intakt ist, bleibt sie Friedensmacht; fragmentiert erst stellt sie sich in den Dienst des Krieges. Einmal zerstückelt, liefert sie beiden Seiten Waffen, die stärker sind als alles, worüber sie sonst verfügen könnten. Und gerade deshalb streitet man sich unablässig um die Kadaverreste; in der heutigen Zeit aber wird eben diese Offenbarung verantwortlich gemacht für die verheerenden Folgen, die sich aus ihrem Mißbrauch ergeben. Mit einem einzigen packenden Satz wird im eschatologischen Kapitel des Matthäus-Evangeliums der Vorgang als Ganzes erfaßt: « *Wo das Aas ist, da sammeln sich die Geier.* » (Mt 24,28)

Die Evangelien führen uns unablässig vor Augen, was die historischen, mehr noch die mythologischen Verfolger vor uns verbergen, nämlich daß ihr Opfer ein Sündenbock ist, und zwar in eben dem Sinn wie wir von den Juden bei Guillaume de Machaut sagen: «Sie sind Sündenböcke.»

Zwar steht der Ausdruck Sündenbock nicht dort, aber die Evangelien ersetzen ihn vorteilhaft durch einen anderen: *Lamm Gottes.* Wie der Sündenbock benennt er die Stellvertretung eines Opfers für alle anderen. Indem aber die ekelerregenden und stinkenden Konnotationen des Bocks durch die gänzlich positiven des Lammes ersetzt werden, nennt dieser Ausdruck überaus treffend die Unschuld dieses Opfers, die Ungerechtigkeit seiner Verurteilung und die Grundlosigkeit des gegen dieses Opfer gerichteten Hasses.

So wird denn alles deutlich. Ständig wird Jesus in die Nähe sämtlicher Sündenböcke, sämtlicher von ihrer Gemeinde ermordeten oder verfolgten Propheten des Alten Testament gerückt, ja er begibt sich selbst in deren Nähe – Abel, Joseph, Moses, Gottesknecht usw. Ob die anderen ihn so bezeichnen oder ob er sich selbst so bezeichnet, immer ist die Bezeichnung von seiner Rolle als verkanntes und unschuldiges Opfer inspiriert. Er ist der von den Bauleuten verworfene Stein, der zum Eckstein wird. Er ist der Stein des Anstoßes, der auch die Weisesten zum Sturze bringt, ist er doch immer zweideutig und leicht mit den Göttern nach alter Manier zu verwechseln. Sogar der Königstitel enthält meiner Ansicht nach einen Hinweis auf den Opfercharakter des sakralen Königtums. Wer ein eindeutiges Zeichen fordert, der muß sich mit dem *Zeichen des Jonas* begnügen.

Wie verhält es sich aber mit dem Zeichen des Jonas? Der Bezug zum Walfisch im Matthäus-Evangelium ist nicht sehr erhellend; ihm ist, in Übereinstimmung mit allen Exegeten, das Schweigen des Lukas-Evangeliums vorzuziehen. Nichts hindert uns jedoch in diesem Punkt daran, auf die von Jesus sehr wahrscheinlich nicht beantwortete Frage eine bessere Antwort zu suchen als Matthäus. Und bereits in den ersten Zeilen erhalten wir die nötigen Informationen. Im Verlauf eines Sturmes wird Jonas durch das Los als jenes Opfer bestimmt, das die Seeleute über Bord werfen, um das in Seenot geratene Schiff zu retten. Das Zeichen des Jonas bezeichnet, einmal mehr, das kollektive Opfer.

Wir haben es also mit zwei Textsorten zu tun, die einen Zusammenhang mit dem «Sündenbock» haben. Beide sprechen sie vom Opfer, aber die eine sagt nicht, daß das Opfer ein Sündenbock ist, und zwingt uns so dazu, es an ihrer Stelle zu sagen: so beispielsweise Guillaume de Machaut und die mythologischen Texte. Die andere Textsorte sagt selbst, daß das Opfer ein Sündenbock ist: so die Evangelien. Mir kommt kein Verdienst zu, ich stelle keineswegs meinen Scharfsinn unter Beweis, wenn ich sage, Jesus sei ein Sündenbock. Das sagt nämlich bereits der Text, und zwar ganz ausdrücklich, wenn er das Opfer als Lamm Gottes, als den von den Bauleuten verworfenen Stein, als jenen Menschen bezeichnet, der für alle anderen leidet; er tut es aber vor allem dann, wenn er die verfolgungsspezifische Verzerrung als Verzerrung darstellt, mit anderen Worten *als das, woran man nicht glauben soll.*

Wenn ich jedoch Guillaume de Machaut interpretiere, dann stelle ich meinen Scharfsinn unter Beweis, wenn ich nach der Lektüre ausrufe: «Die Juden sind Sündenböcke». Ich behaupte dann nämlich etwas, was nicht im Text steht, ja dem vom Autor intendierten Sinn widerspricht. Letzterer präsentiert uns nämlich in der Verfolgungsvision nicht eine Verzerrung, sondern das, *was man glauben soll,* die nackte Wahrheit.

Der vom Text herausgearbeitete Sündenbock ist der Sündenbock *für den* Text und *im* Text. Der von uns selbst herauszuarbeitende Sündenbock ist der Sündenbock *des* Textes. Er kann nicht in einem Text in Erscheinung treten, dessen Leitgedanke er ist; er wird nie als solcher genannt. Er kann nicht thematisiert werden in einem Text, den er *strukturiert.* Er ist nicht Thema, sondern *strukturierender* Mechanismus.

Ich habe versprochen, so einfach wie möglich zu sein, und der Gegensatz zwischen Thema und Struktur mag einigen als abstrakt und jargonhaft erscheinen. Er ist aber absolut notwendig. Um ihn zu verdeutlichen, braucht er lediglich auf jenes Problem angewandt zu werden, dem wir uns gegenübersehen.

Wenn man angesichts des Textes von Guillaume ausruft: «Die Juden sind Sündenböcke», dann faßt man die korrekte *Interpretation* dieses Textes zusammen. Man nimmt die vom Autor unkritisch übernommene verfolgungsspezifische Vorstellung wahr und ersetzt sie durch eine Interpretation, die die Juden jenen Platz einnehmen läßt, den Jesus in der Passionserzählung innehat. Sie sind nicht schuldig, sie sind Opfer eines grundlosen Hasses. Die ganze Menge, manchmal sogar die Autoritäten behaupten einmütig das Gegenteil, aber diese Einmütigkeit beeindruckt uns keineswegs. Die Verfolger wissen nicht, was sie tun.

Wenn wir diesen Entschlüsselungstypus anwenden, betreiben wir alle, ohne es zu wissen, Strukturalismus, und zwar besten Strukturalismus. Die strukturale Kritik ist älter, als wir annehmen. Ich habe sie von möglichst weither geholt, um über unanfechtbare und unangefochtene Beispiele zu verfügen. Im Falle von Guillaume de Machaut genügt es, Sündenbock zu sagen, denn dieser Begriff drückt hier das verborgene strukturierende Prinzip aus, von dem sich alle Themen ableiten lassen. Es lassen sich daraus alle Stereotypen der Verfolgung ableiten, die uns aus der lügnerischen Sicht eines Autors präsentiert werden, der nicht fähig ist, in den von ihm erwähnten Juden die *Sündenböcke* zu erkennen, so wie wir sie als solche wahrnehmen und wie es auch die Evangelien im Falle von Jesus tun.

Es wäre absurd, die beiden Textsorten, Guillaume de Machaut und die Evangelien, einander gleichsetzen zu wollen unter dem Vorwand, die eine wie die andere stünde in einer bestimmten Beziehung zum «Sündenbock». Das gleiche Geschehen wird auf so unterschiedliche Art und Weise beschrieben, daß es abstoßend und dumm wäre, die beiden Texte zu vermengen. Der erste sagt uns, das Opfer sei schuldig; er spiegelt den Sündenbockmechanismus wider, was ihn zu einer unkritischen verfolgungsspezifischen Vorstellung verurteilt und uns dazu verpflichtet, diese Kritik selbst durchzuführen. Der zweite Text hingegen geht uns in dieser Kritik vorauf, proklamiert er doch die Unschuld des Opfers.

Man muß sich darüber im klaren sein, wie lächerlich und abstoßend die soeben von mir erdachte Vermengung wäre. Man würde sich ebenfalls schuldig machen, würde man nicht zwischen dem Antisemitismus etwa eines Guillaume de Machaut und der Anprangerung eben dieses Guillaume de Machaut durch einen modernen Historiker unterscheiden, und zwar unter dem Vorwand, die beiden Texte – jener von Guillaume und jener des Historikers – hätten beide eine enge Beziehung zum *Sündenbock* in einem nicht weiter präzisierten Sinn. Eine solche Verquickung wäre tatsächlich der Gipfel des Grotesken oder der intellektuellen Perversion.

Bevor also mit Blick auf einen bestimmten Text der Begriff Sündenbock beansprucht wird, stellt sich die Frage, ob es sich um den Sündenbock *des* Textes (das verborgene strukturierende Prinzip) oder um den Sündenbock *im* Text (das offen dargelegte Thema) handelt. Nur im ersten Fall ist der Text als gänzlich der verfolgungsspezifischen Vorstellung unterworfener Verfolgungstext zu definieren. Dieser Text wird beherrscht von der Sündenbockwirkung, die er nicht benennt. Im zweiten Fall hingegen benennt der Text die Sündenbockwirkung, von der er nicht beherrscht ist. Nicht nur handelt es sich hier nicht mehr um einen Verfolgungstext, sondern er macht die Wahrheit einer Verfolgung offenkundig.

Im Falle des Antisemitismus und seiner Historiker wird die eben definierte, sehr einfache, ja beinahe zu einfache Unterscheidung gut verständlich. Hier nun der springende Punkt: sobald diese Unterscheidung auf andere Textsorten, Mythologie und Evangelien, appliziert wird, bleibt sie unverstanden und wird nicht wiedererkannt.

Meine Zensoren können nicht zulassen, daß die Mythologie so

gelesen werde, wie wir alle Guillaume de Machaut lesen. Es ist für sie nicht vorstellbar, daß jenes Verfahren, das sie zwar für durchaus analoge Texte selbst verwenden, auch auf die Mythen anwendbar wäre. Von der Richtigkeit ihres eigenen Verfahrens überzeugt, suchen sie in den von mir untersuchten Texten vergeblich nach dem, was sie dort nie finden werden und auch nicht finden können, nämlich *Thema* oder *Motiv* des Sündenbocks. Sie selbst sprechen von Thema oder Motiv und sehen nicht, daß ich hingegen von einem strukturierenden Prinzip spreche.

Sie beschuldigen mich, Dinge zu sehen, die es nicht gibt, und den Mythen beizufügen, was darin nicht vorkommt. Mit dem Text in der Hand befehlen sie mir, ihnen das Wort, die Zeile oder die Stelle zu zeigen, die ganz eindeutig jenen berühmten Sündenbock bezeichnet, von dem ich spreche. Ich kann ihrem Befehl nicht nachkommen, und so halten sie mich denn für «endgültig widerlegt».

Über den Sündenbock schweigen die Mythen. Angeblich ist das eine große Entdeckung. Nach Ansicht meiner Zensoren hätte ich sie selbst machen müssen, da sie ihrerseits darauf kommen, wenn sie mich lesen. Nachdrücklich machen sie mich mit dieser bedeutsamen Wahrheit bekannt. Sie alle sehen in mir einen exemplarischen Fall jener – je nachdem – «typisch französischen» oder «typisch amerikanischen» Krankheit, die sich *Scheuklappendenken* nennt. Leute meiner Art haben Augen und Ohren nur für das, was ihre Theorie bestätigt. Unerbittlich eliminieren sie den Rest. Ich reduziere alles auf ein einziges Thema. Ich erfinde einen neuen *Reduktionismus*. Wie so viele vor mir wähle ich ein Einzelfaktum aus und blähe es auf Kosten aller anderen maßlos auf.

Diese Kritiker sprechen so, als käme der Sündenbock in den Mythen namentlich vor. Um mich nicht gänzlich zu verärgern, so nehme ich wenigstens an, sind sie zu einigen Konzessionen bereit, wollen dem Sündenbock durchaus einen kleinen Platz zugestehen – zweifellos indem sie die anderen Themen und Motive bitten, zur Begrüßung dieses Neuankömmlings zusammenzurücken. Sie sind zu großzügig. Der Sündenbock, so wie er mich interessiert, *hat in den Mythen keinen Platz*. Gäbe es ihn, würde ich mich zwangsläufig irren, und «meine Theorie» würde in sich zusammenfallen. Er könnte dann nämlich niemals das sein, was ich aus ihm mache: das strukturierende Prinzip, das alle Themen von außen beherrscht.

Es ist lächerlich, die Behauptung aufzustellen, der Text von Guillaume de Machaut hätte nichts mit der Struktur des Sündenbocks zu tun, mit dem Scheingrund, er komme im Text selbst nicht vor. Je stärker ein Text von einer Sündenbockwirkung dominiert ist, um so weniger spricht er davon und um so unfähiger erweist er sich, das ihn beherrschende Prinzip wahrzunehmen. In diesem Fall und nur in diesem Fall ist er gänzlich in Abhängigkeit von der Opferillusion, also der falschen Schuldhaftigkeit des Opfers und der magischen Kausalität verfaßt.

Wir sind nicht so einfältig, die Forderung aufzustellen, der Begriff Sündenbock oder seine Entsprechung müsse in jenen Texten ausdrücklich erwähnt werden, die ihn uns aufgrund ihres Verfolgungscharakters nahelegen.

Würden wir mit der Entschlüsselung der mit Verfolgung verbundenen Vorstellungen warten, bis die Gewalttäter die Freundlichkeit hätten, sich selbst als Konsumenten von Sündenböcken zu definieren, dann könnten wir vermutlich lange warten. Wir können uns glücklich schätzen, daß sie uns indirekt Anzeichen für ihre Verfolgungen hinterlassen, die zwar durchschaubar sind, uns aber keineswegs der Interpretation entheben. Warum sollte es bei den Mythen anders sein? Warum sollten hier dieselben Stereotypen der Verfolgung oder deren sichtbare Vertuschung nicht ebenfalls indirekt Anzeichen einer verfolgungsspezifischen Strukturierung, einer Sündenbock*wirkung* sein?

Zum falschen Verständnis der Mythen gesellt sich das falsche Verständnis der Evangelien. Man zupft mich am Ärmel, um mich diskret wissen zu lassen, daß ich mich irre: «Diese Evangelien, die Sie als dem Sündenbock und der Opferstruktur fremd betrachten, sind es in Wirklichkeit gar nicht. Denken Sie an das Lamm Gottes, denken Sie an den Satz des Kaiphas. Ihrer Überzeugung zum Trotz halten die Evangelien Jesus für einen Sündenbock; Sie haben es nicht bemerkt, aber es stimmt unzweifelhaft.»

Das ist die andere Seite des gleichen Mißverständnisses. Nach Ansicht einiger Kritiker würde ich also gewissermaßen in sämtlichen von mir untersuchten Texten alle manifesten Gegebenheiten auf den Kopf stellen; ich würde also überall dort Sündenböcke hineinlegen, wo es keine gibt, und sie überall dort beseitigen, wo sie vorkommen. Ausgehend von einem «meiner Theorie» diametral entgegengesetzten Bild, läßt sich mühelos zeigen, daß ich mich in Gefilden völliger Inkohärenz bewege. Man verlangt nach explizitem Opferbezug, dort wo ihn meine These ausschließt, man schließt ihn überall dort aus, wo ihn meine These erfordert. Häufige Schlußfolgerung ist dann, ich würde die Grundprinzipien zeitgenössischer Textkritik verkennen. Falls ich wirklich so bin, wie man mich darstellt, dann verkenne ich tatsächlich die wechselseitige Unvereinbarkeit von strukturierendem Prinzip und strukturierten Themen. Das ist das Erstaunlichste, so scheint mir, aber vielleicht ist es überhaupt nicht erstaunlich, sondern von brillanter Logik.

In meinen beiden letzten Büchern wollte ich Verwechslungen verhüten, indem ich den Begriff *Sündenbock (bouc émissaire)* immer dann durch den Begriff *versöhnendes Opfer (victime émissaire)* ersetzte, wenn es sich um das strukturierende Prinzip handelte; der zweite Begriff hatte in meinen Augen den Vorteil, daß er hinter jeder verfolgungsspezifischen Vorstellung die wahrscheinliche Präsenz von realen Opfern nahelegte. Diese Vorsichtsmaßnahme sollte indes nicht genügen.

Wie kommt es, daß Leser, die über das nötige Wissen zum Verständnis meiner Darlegungen verfügen – das zeigt sich an ihrer Reaktion auf die historischen Verfolgungen –, «meine Theorie» so gründlich mißverstehen können?

Wir beschränken den strukturierenden Gebrauch des Sündenbocks auf die uns umgebende Welt; wir gehen höchstens bis zum Mittelalter zurück. Sobald wir jedoch von historischen zu mythologischen und religiösen Texten hinüberwechseln, *vergessen* wir buchstäblich diesen durchaus banalen Gebrauch. An dessen Stelle tritt eine Art ritueller Sündenbock – rituell jedoch nicht im Sinne der Bibel, was weiterführend wäre, sondern im Sinne Frazers und seiner Schüler, was uns in eine gänzlich belanglose Sackgasse führt.

Riten sind sicherlich geheimnisvolle Handlungen, auch und gerade für jene, die sie praktizieren, aber es sind willentliche, absichtliche Handlungen. Kulturen können ihre Riten nicht unbewußt praktizieren. Die Riten sind also tatsächlich *Themen* oder *Motive* innerhalb eines großangelegten zivilisatorischen Textes.

Mit seinem ausschließlich rituellen Verständnis des Sündenbocks und seiner Verallgemeinerung des Begriffs hat Frazer der Ethnologie

beträchtlichen Schaden zugefügt. Er verdeckt so die aufschlußreichste Bedeutung des Begriffs, nämlich jene, die zu Beginn der Moderne
auftaucht und die nie, ich wiederhole, nie auch nur einen einzigen
Ritus, ein einziges Thema oder ein einziges kulturelles Motiv bezeichnet, sondern ausschließlich den unbewußten Mechanismus der verfolgungsspezifischen Vorstellungen und Handlungen, also den Sündenbockmechanismus.

Frazer hat seine Sündenbockriten erfunden, weil auch er nicht
erkannt hat, daß der Ursprung aller Riten im *Mechanismus* des Sündenbocks liegt. Damit aber hat Frazer, wie übrigens die gesamte Wissenschaft seiner Zeit, den Gegensatz zwischen Thema und Struktur ärgerlicherweise umgangen. Er hat nicht gesehen, daß jener volkstümliche
und gebräuchliche Ausdruck, der uns angesichts des Textes von Guillaume de Machaut auf der Zunge liegt, viel reicher, viel aufschlußreicher und viel zukunftsträchtiger ist als alle *Themen* und *Motive,* die in
der von ihm an die Hand genommenen, rein thematisch ausgerichteten
und zwangsläufig bastardisierten Enzyklopädie vorkommen. Frazer
wandte sich direkt dem Levitikus zu, um aus einem hebräischen Ritus
den Hauptvertreter einer – in Wahrheit nicht existierenden – Riten-
kategorie zu machen. Dabei stellte er sich nie die Frage nach einem
möglichen Zusammenhang zwischen dem Religiösen im allgemeinen
und jener Art von Phänomen, auf das wir alle anspielen, wenn wir von
einem einzelnen oder einer Minderheit behaupten, sie würden einer
Mehrheit als «Sündenbock» dienen. Er sah nicht, daß es hier um etwas
Wesentliches geht, dem jede Reflexion über den Sündenbock Rechnung tragen muß. Er sah die Weiterführung des Phänomens in unserem eigenen Universum nicht; er sah darin nichts als krassen Aberglauben, dessen wir uns mit religiösem Unglauben und Positivismus
vollständig würden entledigen können. Er sah im Christentum ein
Überbleibsel, ja das letzte Auftrumpfen dieses Aberglaubens.

Noch heute gleiten wir unwiderstehlich vom strukturierenden
Sündenbock zur traurigen Trivialität des von Frazer und den Fraze-
rianern erfundenen Themas oder Motives, sobald unsere Gedanken
vom Historischen zum Mythologischen übergehen. Aber selbst wenn
diese Forscher diese Arbeit nicht in Angriff genommen hätten, wäre
sie von anderen an deren Stelle erledigt worden. Als sie damit began-
nen, war sie übrigens bereits zu drei Vierteln getan. Man soll nicht

den ersten Irrtum wiederholen und sich vorstellen, es handle sich auch hier um einen leicht zu korrigierenden Irrtum. Etwas Wesentliches steht auf dem Spiel. Wenn ich daran denke, wie hartnäckig sich die durch meine Arbeit hervorgerufenen Mißverständnisse halten, dann scheint mir der Widerwille, den strukturierenden Gebrauch in Betracht zu ziehen, sobald es sich um Mythologie und Religion handelt, den Rahmen der Ethnologie zu sprengen. Dieser Widerwille ist allgemein verbreitet, und er ist eins mit der früher erwähnten kulturellen Schizophrenie. Wir weigern uns, an historische Texte einerseits und mythologische sowie religiöse Texte andererseits dieselben Lesekriterien anzulegen.

Die Ethnologen von Cambridge suchten überall, und das ist sehr aufschlußreich, nach dem *Ritus* des Sündenbocks, der ihrer Meinung nach dem Ödipus-Mythos entsprechen mußte. Sie ahnten, daß zwischen Ödipus und dem «Sündenbock» eine enge Beziehung besteht, womit sie recht hatten; aber sie konnten nicht begreifen, mit welcher Beziehung sie es zu tun hatten. Der Positivismus ihrer Zeit untersagte ihnen, etwas anderes zu sehen als überall nur Themen und Motive. Der Gedanke, ein strukturierendes Prinzip sei in dem von ihm strukturierten Text *abwesend,* wäre ihnen als der Gipfel metaphysischer Unverstehbarkeit erschienen. Gleiches gilt für die Mehrheit der Forscher, und ich bin mir nicht einmal sicher, ob ich mich in eben diesem Moment verständlich machen kann – und zwar trotz der Bezugnahme auf die Interpretation von Guillaume de Machaut, bei der wir uns alle ohne zu zögern an einem *im Text nicht auffindbaren* Sündenbock orientieren.

Nach Frazer haben andere äußerst kundige Leser, unter ihnen Marie Delcourt und neuerdings auch Jean-Pierre Vernant, sogleich geahnt, daß Mythos und Sündenbock «etwas miteinander zu tun haben». Zwar muß man mit außerordentlicher Blindheit und Schwerhörigkeit geschlagen sein – was aber in universitären Kreisen durchaus wohlangesehen ist –, um die überall im Mythos aufblitzenden Stereotypen der Verfolgung zu übersehen, die aus ihm den krassesten aller Hexenprozesse machen. Aber niemand kann dieses armselige Rätsel lösen, weil sich niemand am strukturierenden Gebrauch des Sündenbocks, diesem Universalschlüssel zur verfolgungsspezifischen Vorstellung, orientiert. Sobald es sich um einen Mythos handelt, verfällt das Sündenbockdenken unweigerlich ins Schema von Thema und Motiv. Das gilt insbesondere für den Ödipus-Mythos, dessen psychoanalytische, tragische, ästhetische und humanistische Unantastbarkeit um so geheiligter ist, je transparenter er in Wirklichkeit ist. Der spontane Strukturalismus der entmystifizierten Verfolgung löst sich in nichts auf und bleibt unauffindbar.

Trotz seines «Strukturalismus» fällt auch Jean-Pierre Vernant in den «Thematismus» und sieht im Mythos nur eine glatte, mit Themen und Motiven bedeckte Oberfläche. Dort findet sich unter anderem auch das Motiv des Sündenbocks, dem er aber seinen griechischen Namen *pharmakos* gibt, wahrscheinlich um von seinen Kollegen nicht des Ethnozentrismus bezichtigt zu werden.*

Zwar ist der *pharmakos* tatsächlich ein *Thema* oder *Motiv* der griechischen Kultur, aber die Altphilologen werden sich der Bemerkung nicht enthalten können, dieses Thema komme im Ödipus-Mythos eben gerade nicht vor, und wenn es in der Tragödie auf sehr problematische Weise zum Ausdruck komme, dann nur deshalb, weil Sophokles, ähnlich wie Jean-Pierre Vernant, «etwas ahne». Meiner Meinung nach geht Sophokles' Ahnung weit, kann sich jedoch im Rahmen der Tragödie nicht direkt ausdrücken, untersagt sie es doch dem Autor, die von ihm erzählte Geschichte auch nur im geringsten zu verändern. *Aristoteles dixit.* Sophokles ist zweifellos für das verantwortlich, was in *König Ödipus* im Hinblick auf die Stereotypen der Verfolgung exemplarisch ist. Er verwandelt den Mythos in einen Prozeß; bei ihm entspringt die stereotype Beschuldigung einem Vorgang mimetischer Rivalität; er übersät seinen Text mit Anzeichen, die bald den Gedanken eines einsamen, für alle seine Untertanen leidenden Königs, bald den Gedanken eines alleinigen Verantwortlichen nahelegen – Ödipus selbst tritt an die Stelle der *Kollektiv*mörder des Laios. Der Autor legt tatsächlich mit außerordentlichem Nachdruck nahe, Laios sei unter den Hieben zahlreicher Mörder gefallen. Er zeigt uns einen Ödipus, der auf diese Mehrzahl setzt, um sich zu entlasten, da Sophokles geheimnisvollerweise darauf verzichtet, auf die von ihm selbst gestellten Fragen zu antworten**. Ja, Sophokles

---

* Vgl. Jean-Pierre Vernant/Pierre Vidal-Naquet, «Ambiguïté et renversement. Sur la structure énigmatique d'‹Oedipe-Roi›».
** Sandor Goodhart, «Oedipus and Laius' many Murderers».

ahnt etwas, aber er geht in der Enthüllung des strukturierenden Sündenbocks nie so weit wie die Evangelien oder auch die Propheten. Die griechische Kultur untersagt es ihm. Unter seinen Händen bricht die mythische Erzählung nicht auf, um ihren Antrieb offenzulegen; die Falle schließt sich um Ödipus. Und alle unsere Interpreten bleiben in dieser Falle gefangen; so auch Jean-Pierre Vernant, der nur Themen sieht, an die sich andere Themen anreihen, und der nie das wahre Problem auf den Punkt bringt, nämlich das Problem des von der Tragödie zwar erschütterten mythischen Vorstellungsganzen, des Verfolgungssystems, das aber niemals in dem Maße umgestürzt und als Lüge entlarvt wird wie in den Evangelien.

Hier wird immer übersehen, daß Ödipus nicht zugleich inzestuöser Sohn und Vatermörder einerseits sowie *pharmakos* andererseits sein kann. Wenn wir nämlich *pharmakos* sagen, dann verstehen wir darunter ein unschuldiges Opfer, in einem freilich von jüdischem und christlichem Gedankengut durchdrungenen Sinn, der gleichwohl nicht ethnozentrisch ist; denn mit Juden und Christen den *pharmakos* oder Sündenbock als unschuldig verstehen heißt, zu einer *Wahrheit* gelangen, von der wir uns nicht distanzieren können ohne – ich wiederhole mich – auf die Entmystifizierung von Guillaume de Machaut und auf die Negation des magischen Denkens zu verzichten.

Entweder ist Ödipus ein Sündenbock und er ist nicht des Vatermords und Inzests schuldig, oder er ist schuldig und nicht, zumindest nicht für die Griechen, jener unschuldige Sündenbock, den Jean-Pierre Vernant verschämt *pharmakos* nennt.

Die Tragödie enthält tatsächlich Dinge, die in die eine oder andere Richtung gehen, denn sie ist mit sich selbst zerstritten, unfähig, sich dem Mythos anzuschließen, aber auch unfähig, ihn in dem Sinne zu verstoßen, wie dies Propheten, Psalmen und Evangelien tun.

Hier liegt im übrigen die Schönheit der Tragödie, in diesem sie zerreißenden inneren Zwiespalt, nicht aber in der unmöglichen Koexistenz von schuldigem Sohn und unschuldigem Sündenbock in einer von allen Humanismen abgesegneten ästhetisierenden Pseudoharmonie.

Jean-Pierre Vernant spricht von *pharmakos* und nicht von Sündenbock, weil er der Schelte jener Kollegen zu entgehen hofft, die für den aus dem Mythos aufsteigenden Opfergeruch überhaupt nicht empfänglich sind. Aber warum soll man versuchen, Leute mit so schlechtem Geruchssinn zufriedenzustellen? Jean-Pierre Vernant ist zu sensibel, als daß ihm das gelingen könnte und als daß er diesen Nasen nicht beinahe ebensoviel Mißtrauen entgegenbrächte wie ich der seinigen.

Niemand käme auf den Gedanken, im Falle von Guillaume de Machaut *Sündenbock* durch *pharmakos* zu ersetzen. Selbst wenn Guillaume de Machaut Griechisch schreiben würde – was er in etwa auch tut, wenn er das Wort Pest durch *epydimie* ersetzt –, kämen wir, soweit ich sehe, nicht auf den Gedanken, seine Auffassung über die unschuldig Verfolgten sei durch eine *pharmakos*-Wirkung verzerrt. Wir würden immer noch von *Sündenbock* sprechen. An jenem Tag, an dem wir verstehen werden, worum es im Ödipus-Mythos geht und von welchem genetischen und strukturalen Mechanismus dieser Mythos abhängt, werden wir uns dazu entschließen müssen, zu sagen, *Ödipus sei ein Sündenbock*. Zwischen diesem Satz und dem *pharmakos* eines Jean-Pierre Vernant ist die Kluft nicht groß, aber starke Vorurteile verbieten es zahlreichen Leuten, sie zu überschreiten.

Wenn Jean-Pierre Vernant von *pharmakos* spricht, dann entfernt er sich ebensosehr vom Mythos wie ich, wenn ich von *Sündenbock* spreche. Im Gegensatz zu Jean-Pierre Vernant jedoch zögere ich überhaupt nicht; ich kann diese Kluft gänzlich rechtfertigen, und ich gebe zu, daß mich die positivistischen Philologen zum Lachen reizen. Ich entferne mich in der Tat nicht mehr und nicht weniger vom Mythos, als sie sich von Guillaume de Machaut entfernen, wenn sie ihn so lesen, wie wir ihn alle lesen.

Warum halten die gelehrten Positivisten im Falle von Guillaume de Machaut etwas für richtig, was sie im Namen unbedingter Texttreue im Falle von Ödipus und seinem Mythos kategorisch untersagen? Auf diese Fragen können sie keine Antwort geben, ich kann es aber sehr wohl an ihrer Stelle tun. Sie verstehen Guillaume de Machaut wirklich, aber sie verstehen den Ödipus-Mythos nicht; sie verstehen auch das nicht, was ihnen am meisten am Herzen liegt, denn sie betrachten die großen Texte als Fetische, die der abendländische Humanismus braucht, um sich der Bibel und den Evangelien gegenüber rechtfertigen zu können. Das gilt auch für unsere militanten «Ethnozentrifugisten», die im übrigen nur eine Variante der gleichen Illusion darstellen. Warum verurteilen sie den Sündenbockgebrauch bei Guillaume de Machaut nicht als ethnozentrisch?

Ich komme immer wieder auf Guillaume zurück, selbst auf das Risiko hin, meine Leser zu langweilen, nicht etwa weil er an sich so interessant wäre, sondern weil sich in diesem Fall unsere Interpretation entschlossen vom Text entfernt, da es sich um eine konsequent strukturale Interpretation handelt. Sie gründet auf einem Prinzip, das im Text nie erwähnt wird; gleichwohl ist sie zu Recht unantastbar und effektiv nicht zu erschüttern. Weil ich mit den von mir besprochenen Texten nie mehr tue, als diese Interpretation mit ihrem Text tut, stellt sie für mich einen prächtigen Gegenbeweis dar; sie ist das schnellste, einsichtigste und sicherste Mittel, alle falschen Auffassungen, von denen es heutzutage nur so wimmelt, vom Tisch zu fegen, und zwar nicht nur im Bereich des Mythologischen und des Religiösen, sondern in allem, was mit Textinterpretation zu tun hat. Sie läßt uns an die Dekadenz rühren, die sich hinter den «radikalen» Anmaßungen des gegenwärtigen Nihilismus verbirgt. Überall triumphiert der verderbliche Gedanke, es gebe nirgends eine Wahrheit – und schon gar nicht in den von uns interpretierten Texten. Diesem Gedanken ist die Wahrheit entgegenzuhalten, die wir alle ohne Zögern Guillaume de Machaut und den Hexenprozessen entnehmen. Unseren Nihilisten ist die Frage zu stellen, ob sie auch auf diese Wahrheit verzichten und ob in ihren Augen wirklich alle «Diskurse» gleich sind, gleichgültig, ob sie aus dem Munde der Verfolger kommen oder ob sie die Verfolgung anprangern.

XI

Die Enthauptung
Johannes' des Täufers

Es ist gewiß nicht nur polemische Absicht, wenn ich mich eingehend mit der fehlerhaften Interpretation, deren Objekt meine Forschungsarbeit geworden ist, befasse; mit ihr wird nämlich lediglich jene zumindest 300jährige Fehlinterpretation verschlimmert und wiederholt, die auch die Beziehungen zwischen der Bibel und dem Religiösen insgesamt beherrscht. Es ist ein den Christen wie ihren Gegnern gemeinsamer Fehler; geht es um das Wesentliche, dann verhalten sich beide Seiten streng symmetrisch nach Art der feindlichen Brüder, die sie ja auch tatsächlich sind und bleiben wollen. Ihnen liegt wirklich an ihrem Streit, werden sie doch nur von diesem Streit gehalten. Wer immer daran rührt, bringt alle gegen sich auf.

Christengegner und Christen gleichen sich insofern, als sie die gleiche Auffassung von Originalität haben. Seit den Romantikern heißt originell sein, wie wir sehr wohl wissen, nicht das gleiche sagen wie der Nachbar, immer etwas Neues im Sinne der Neuheit von Schulen und Moden bringen; es heißt, innovatorisch wirken, wie unsere Bürokraten und Ideologen heutzutage in einer Welt sagen, die nicht einmal mehr fähig ist, ihre Etiketten zu erneuern, und die endlos zwischen «modern» und «neu» abwechselt, weil sie sich nichts Drittes auszudenken vermag.

Diese Auffassung von originell dominiert den Streit um die Evangelien. Um wirklich originell zu sein, müßten die Evangelien und in ihrer Folge die christliche Religion von etwas anderem sprechen als alle übrigen Religionen. Nun sprechen sie aber über genau das gleiche. Das beweisen uns seit Jahrhunderten unsere Ethnologen und

Religionshistoriker, und hier liegt die eigentliche Inspirationsquelle für ihre Wissenschaft.

Seht, wie primitiv unsere Evangelien sind, wiederholen uns unsere eminentesten Wissenschaftler in allen Tonarten. Seht diese kollektive Folterung, ganz im Zentrum wie in den wildesten Mythen, seht diese Sündenbock-Affäre! Seltsam! Wenn es ausschließlich um die sogenannten «ethnologischen» Mythen geht, dann ist nie von Gewalt die Rede. Es ist nicht erlaubt, Mythen und Religionen als primitiv oder sogar als mehr oder weniger wild zu bezeichnen. Man spricht dieser «ethnozentrischen Problematik» jegliche Stichhaltigkeit ab. Nun ist es aber durchaus möglich, ja geradezu lobenswert, genau diese Begriffe zu verwenden, sobald es um die Evangelien geht.

Ich stimme dieser Sicht der Dinge ganz nachdrücklich zu und applaudiere voll und ganz dem, was die Ethnologen sagen. Sie haben recht, die Evangelien sprechen vom gleichen Ereignis wie die Mythen, sie sprechen vom Gründungsmord, der sich im Zentrum aller Mythologie befindet. Und, auch damit haben sie recht, es sind tatsächlich die primitivsten Mythen, die ihnen am meisten gleichen, denn es sind die einzigen, die in der Regel ausdrücklich von diesem Mord sprechen. In höherentwickelten Mythen ist eben dieser Mord sorgfältig ausradiert, falls er nicht verklärt worden ist.

Wenn die Evangelien vom gleichen Ereignis sprechen wie die Mythen, dann, so sagen sich die Ethnologen, können sie gar nicht anders als mythischer Natur sein. Sie vergessen dabei nur eines. Man kann über den gleichen Mord sprechen, ohne gleich darüber zu sprechen. Man kann darüber so sprechen, wie es die Mörder tun, und man kann darüber sprechen, so wie es nicht etwa irgendein beliebiges Opfer, sondern jenes unvergleichliche Opfer tut, das der Christus der Evangelien ist. Jenseits aller sentimentalen Frömmigkeit und suspekten Rührung kann dieses Opfer als unvergleichlich bezeichnet werden. Es ist insofern unvergleichlich, als es in keinem Punkt je der verfolgungsspezifischen Perspektive erliegt: weder im positiven Sinne, indem es seinen Henkern offen recht gibt, noch im negativen Sinne, indem es ihnen gegenüber den Standpunkt der Rache einnimmt, der immer nur die ins Gegenteil verkehrte Wiederholung der ersten verfolgungsspezifischen Vorstellung, also deren mimetische Wiederholung ist.

Es braucht dieses gänzliche Fehlen von positiver oder negativer Komplizität mit der Gewalt, um das System ihrer Vorstellung, das System jeder Vorstellung außerhalb der Evangelien selbst vollständig zu enthüllen.

Hier besteht wahre Originalität, nämlich die Rückkehr zum Ursprung, eine Rückkehr, die den Ursprung widerruft, indem sie ihn offenbart. Die ständige Wiederholung des Ursprungs, typisch für die falsche Originalität der Innovation, beruht auf der Verschleierung und Tarnung eben dieses Ursprungs.

Die Christen haben die wahre Originalität der Evangelien nicht verstanden. Sie stimmen der Auffassung ihrer Gegner zu. Nach ihrer Vorstellung könnten die Evangelien nur dann originell sein, wenn sie von etwas ganz anderem sprächen als die Mythen. Sie finden sich also mit der fehlenden Originalität der Evangelien ab; sie übernehmen einen vagen Synkretismus, und ihr Credo liegt weit hinter demjenigen Voltaires zurück. Oder aber sie versuchen vergeblich, immer innerhalb des gleichen Denksystems, genau das Gegenteil dessen zu beweisen, was die Ethnologen beweisen. Sie bemühen sich vergeblich um den Beweis, die Passionsgeschichte bringe in jeder Beziehung etwas radikal Neues.

Sie neigen dazu, im Prozeß gegen Jesus, im Dazwischentreten der Menge und in der Kreuzigung ein Ereignis zu sehen, das an sich und als Welt-Ereignis unvergleichbar ist. Die Evangelien sagen ganz im Gegenteil, Jesus befinde sich an der gleichen Stelle wie alle früheren, gegenwärtigen und künftigen Opfer. Darin sehen die Theologen nur mehr oder weniger metaphysische oder mystische Metaphern. Sie nehmen das Evangelium nicht wörtlich und neigen dazu, aus der Passionsgeschichte einen Fetisch zu machen. Sie spielen also unwissentlich das Spiel ihrer Gegner, aber auch das Spiel jeglicher Mythologie. Sie re-sakralisieren die durch die Evangelien entsakralisierte Gewalt.

Der Beweis dafür, daß dieses Vorgehen falsch ist, findet sich in den Evangelien selbst. Es gibt dort ein zweites Beispiel eines Kollektivmordes. In den Einzelfakten unterscheidet er sich zwar von der Passionsgeschichte, nicht aber in den Beziehungen unter den Beteiligten und in den Mechanismen, die er in Gang setzt.

Es handelt sich um den Mord an Johannes dem Täufer. Gegenstand meiner Analyse wird die Erzählung sein, so wie sie bei Markus steht. Obgleich sehr kurz, verleiht dieser Text erst den mimetischen Wünschen, dann den mimetischen Rivalitäten und schließlich der aus dem Ganzen entstehenden Sündenbockwirkung ein erstaunliches Relief. Dieser Text kann nicht einfach als Spiegelung oder Doppel der Passionsgeschichte betrachtet werden. Zu groß sind die Unterschiede, als daß daraus gefolgert werden könnte, die beiden Erzählungen entstammten ein und derselben Quelle oder sie hätten aufeinander abgefärbt. Die Ähnlichkeiten lassen sich besser durch die identische Struktur der dargestellten Ereignisse erklären sowie durch das in den beiden Fällen meisterhafte und identische Verständnis der individuellen und kollektiven Beziehungsgefüge der beiden Ereignisse: das mimetische Verständnis.

Der Mord an Johannes dem Täufer wird eine Art Gegenbeweis für die von mir vorgelegte Analyse der Passionsgeschichte liefern. Er wird uns erlauben, den systematischen Charakter des biblischen Denkens in der Frage des Kollektivmordes und die Rolle dieses Denkens bei der Entstehung des nichtchristlichen Religiösen zu verifizieren.

Herodes möchte in zweiter Ehe Herodias heiraten, die Frau seines Bruders. Der Prophet hatte diese Verbindung verurteilt. Herodes ließ ihn ins Gefängnis werfen, nicht so sehr um seine Kühnheit zu bestrafen, sondern um ihn zu schützen. Herodias verlangt hartnäckig seinen Kopf, aber Herodes will ihr nicht nachgeben. Schließlich trägt die Ehefrau den Sieg davon, indem sie ihre Tochter anläßlich eines Banketts vor Herodes und seinen Tischgenossen tanzen läßt. Angestiftet von ihrer Mutter und unterstützt von den Tischgenossen, verlangt das Mädchen das Haupt Johannes des Täufers. Herodes wagt nicht mehr, es ihr zu verweigern (Mk 6,14–29).

Doch gehen wir der Reihe nach vor:

Denn er, Herodes, hatte ausgesandt und Johannes gegriffen und ins Gefängnis gelegt um der Herodias willen, der Frau seines Bruders Philippus, denn er hatte sie zum Weib genommen. Denn Johannes hatte zu Herodes gesagt: Es ist nicht recht, daß du deines Bruders Frau hast.

Der Prophet legt den Akzent nicht auf die Legalität der Heirat im strikten Sinne. Im Satz: *Es ist nicht recht, daß du deines Bruders Frau hast*, hat das Verb *echein*, haben, keine rechtliche Konnotation. Das freudo-strukturalistische Dogma begünstigt einen Interpretationstypus, der den Evangelien nicht entspricht. Hüten wir uns davor, ein striktes Legalitätsdenken dort einzuführen, wo es nie maßgeblich war, unter dem Vorwand, es zu geißeln. Geist und Buchstabe des Evangeliumstextes stellen sich dem entgegen.

Worum geht es in Wirklichkeit? Um feindliche Brüder. Aufgrund ihrer Nähe sind sie zur Rivalität verurteilt; sie streiten sich um das gleiche Erbe, die gleiche Krone, die gleiche Gattin. Wie in einem Mythos beginnt alles mit einer Geschichte über feindliche Brüder. Haben sie die gleichen Wünsche, weil sie sich gleichen? Oder gleichen sie sich, weil sie die gleichen Wünsche haben? Ist es die Verwandtschaftsbeziehung, die in den Mythen die Gleichheit der Wünsche bestimmt? Oder ist es die Gleichheit der Wünsche, die eine als brüderlich definierte Ähnlichkeit bestimmt?

Für unseren Text scheinen alle diese Überlegungen zugleich wahr zu sein. Herodes und sein Bruder sind zugleich Symbol jenes Begehrens, für das sich der Evangelist interessiert, und reales geschichtliches Beispiel für die Auswirkungen dieses Begehrens. Herodes hatte tatsächlich einen Bruder, er hatte tatsächlich Herodias, dessen Ehefrau, entführt. Dank Flavius Josephus ist uns bekannt, daß Herodes die Freude, seines Bruders Platz eingenommen zu haben, mit bitteren Enttäuschungen zahlen mußte. Unser Text erwähnt sie nicht, aber sie liegen durchaus auf der Linie der mimetischen Verwicklungen, folglich sind sie auch im Sinne der Ermahnungen des Propheten. Herodes hatte eine erste Ehefrau, die er verstieß und deren Vater den Entschluß faßte, die Untreue seines Schwiegersohnes dadurch zu bestrafen, daß er ihm eine empfindliche Niederlage beibrachte.

Herodias *haben*, sich ihrer bemächtigen, ist nicht etwa aufgrund irgendeiner formellen Regel schlecht für Herodes, sondern weil sie nur auf Kosten eines enteigneten Bruders besessen werden kann. Der Prophet warnt seinen königlichen Hörer vor den vernichtenden Wirkungen des mimetischen Wunsches. Die Evangelien geben sich über die Möglichkeiten eines Schiedgerichts zwischen den beiden

Brüdern keiner Illusion hin. Diese Warnung muß im Zusammenhang mit einem ganz kurzen, aber aufschlußreichen Text im Lukas-Evangelium gesehen werden:

> Es sprach aber einer aus dem Volk zu ihm: Meister, sage meinem Bruder, daß er mit mir das Erbe teile. Er aber sprach zu ihm: Mensch, wer hat mich zum Richter oder Erbteiler über euch gesetzt? (Lk 12,13–14)

Die Brüder streiten sich um ein unteilbares Erbe. Jesus erklärt sich für nicht zuständig. Seine Formel: *Wer hat mich zum Richter oder Erbteiler über euch gesetzt?* erinnert an einen Satz zu Beginn des Exodus. Moses greift ein erstes Mal in einen Streit zwischen einem Ägypter und einem Hebräer ein. Er erschlägt den Ägypter, der den Hebräer mißhandelt hatte. Er greift ein zweites Mal in einen Streit zwischen zwei Hebräern ein, worauf ihn einer der beiden fragt: *Wer hat dich zum Aufseher oder Richter über uns gesetzt? Willst du mich auch umbringen, wie du den Ägypter umgebracht hast?* Auffallend ist, daß Jesus nicht die Worte von Moses übernimmt, sondern das, was der Hebräer sagt, um die Autorität Moses' zu bestreiten. Jesus gibt zu verstehen, auf die Frage gebe es in diesem Falle ebenso wenig eine Antwort, wie seinerzeit im Falle der an Moses gerichteten Frage. Niemand hat ihn, Jesus, je eingesetzt oder wird ihn je einsetzen, um als Richter dieser Brüder zu walten und ihre Erbteilungen zu regeln.

Will das heißen, Jesus protestiere gegen den Gedanken, er sei mit einem göttlichen Auftrag betraut, so wie es Moses in der Folge war? Sicherlich nicht, aber Jesus gibt zu verstehen, daß er einen ganz anderen Auftrag hat als Moses. Die Stunde des nationalen Befreiers und des Gesetzgebers ist vorbei. Es ist nicht mehr möglich, die feindlichen Brüder mit einem geregelten Gewalteinsatz voneinander zu trennen und so ihrer Gewalt ein Ende zu setzen. Der Einwand des Hebräers, der Moses an sein Verbrechen vom Vortag erinnert, hat inzwischen Allgemeingültigkeit erlangt. Es gibt keine mögliche Unterscheidung mehr zwischen legitimer Gewalt und illegitimer Gewalt. Es gibt nur noch feindliche Brüder, und alles, was man tun kann, ist, sie vor ihren mimetischen Wünschen zu warnen, in der Hoffnung, sie würden darauf verzichten. Genau das tut Johannes, und seine Warnung erinnert an die Predigt über das Reich Gottes in Jesu Wirken.

Tatsächlich gibt es im Text mit Ausnahme des Propheten nur feindliche Brüder und mimetische Zwillinge: Mutter und Tochter, Herodes und sein Bruder, Herodes und Herodias. Die beiden letzten Namen legen auch phonetisch eine Verbindung nahe, sie werden zu Beginn unseres Textes abwechslungsweise wiederholt, während der Name der Tänzerin überhaupt nicht auftaucht, zweifellos weil es auf ihn kein Echo gibt; im Hinblick auf mimetische Wirkungen bringt er nichts.

Der Bruder oder eher Halbbruder, dem Herodes Herodias abspenstig machen will, heißt in Wirklichkeit nicht Philippus, wie es bei Markus fälschlicherweise heißt, sondern ebenfalls Herodes, er trägt somit den gleichen Namen wie sein Bruder; Herodias sieht sich zwischen Herodes hin und her gerissen. Wäre sie Markus bekannt gewesen, hätte er vermutlich mit dieser Homonymie gespielt. Die geschichtliche Realität ist sogar noch schöner als der Text selbst.

Gleichsam am Rande unseres Textes stehend, bezeichnet die Warnung von Johannes dem Täufer jenen Beziehungstyp, der die Erzählung als Ganzes dominiert und auf seinem Höhepunkt zum Mord am Propheten führt. Der Wunsch wächst und steigert sich, weil Herodes die prophetische Warnung in den Wind schlägt und jedermann seinem Beispiel folgt. Alle Zwischenfälle, alle Einzelheiten des Textes veranschaulichen die aufeinanderfolgenden Momente dieses Wunsches, wobei jedes dieser Momente das Produkt der Wahnsinnslogik einer Übersteigerung ist, die sich aus dem Scheitern der vorangehenden Momente nährt.

Beweis dafür, daß Herodes vor allem den Sieg über seinen Bruder davontragen will, ist die Tatsache, daß Herodias, einmal erobert, jeglichen direkten Einfluß auf ihren Ehemann verliert. Sie kann nicht einmal erreichen, daß er einen unbedeutenden kleinen Propheten töten läßt. Um ihr Ziel zu erreichen, muß Herodias von neuem eine Dreiecksituation herstellen und sich dabei ihrer Tochter bedienen; diese Situation ist analog zu jener, die Herodias die Herrschaft über Herodes dadurch gesichert hatte, daß sie den Einsatz im Spiel der feindlichen Brüder darstellte. Der mimetische Wunsch verlöscht an einem Ort, nur um an einem entfernteren Ort in heftigerer Form neu zu entflammen.

Herodias fühlt sich durch die Worte Johannes des Täufers verleugnet und entwertet, nicht als Mensch, sondern als Einsatz im mimetischen Spiel. Sie ist selbst von Mimetik geradezu verzehrt, so daß sie diese Unterscheidung nicht machen kann. Indem Herodes den Propheten Herodias' Rache entzieht, benimmt er sich gemäß den Gesetzen des Begehrens, er verifiziert die prophetische Aussage, und der Haß der Verlassenen verdoppelt sich. Von Johannes angezogen, weil von ihm abgewiesen, verwandelt sich das Begehren in einen Wunsch nach Zerstörung und gleitet sogleich in Richtung Gewalt ab.

Wenn ich den Wunsch meines Bruders nachahme, wünsche ich das, was er sich wünscht; wir hindern uns also gegenseitig daran, unseren gemeinsamen Wunsch zu erfüllen. Je mehr der Widerstand auf beiden Seiten wächst, desto stärker wird der Wunsch; je mehr das Modell zum Hindernis wird, desto stärker wird das Hindernis zum Modell, bis sich schließlich der Wunsch nur noch dafür interessiert, was ihm entgegensteht. Er verliebt sich nur noch in die von ihm selbst hervorgerufenen Hindernisse. Johannes der Täufer ist ein solches Hindernis. Unnachgiebig, jedem Korruptionsversuch unzugänglich, fasziniert er Herodes und stärker noch Herodias. Herodias ist immer das Werden des Wunsches von Herodes.

Je mehr sich die Mimetik steigert, je mehr sich ihre doppelte Anziehungs- und Abstoßungskraft erhöht, desto schneller überträgt sie sich in Form von Haß vom einen zum anderen. Die Fortsetzung im Text veranschaulicht dieses Gesetz in ganz außergewöhnlicher Weise:

Da trat herein die Tochter der Herodias und tanzte und gefiel wohl dem Herodes und denen, die am Tisch saßen. Da sprach der König zu dem Mädchen: Bitte von mir, was du willst, ich will dir's geben. Und er schwur ihr einen Eid: Was du wirst von mir bitten, will ich dir geben, bis an die Hälfte meines Königreichs. Und sie ging hinaus und sprach zu ihrer Mutter: Was soll ich bitten? Die sprach: Das Haupt Johannes des Täufers. Und sie ging alsbald hinein mit Eile zum König, bat und sprach: Ich will, daß du mir gebest jetzt zur Stunde auf einer Schüssel das Haupt Johannes des Täufers.

(Mk 6,22–25)

Herodes' Angebot bewirkt etwas Befremdliches. Oder eher, befremdlich ist, daß es nichts bewirkt. Anstatt all jene kostbaren oder ausgefallenen Sachen aufzuzählen, von denen anzunehmen ist, junge Menschen würden sie sich wünschen, bleibt Salome stumm. Weder bei Markus noch bei Matthäus wird der Tänzerin ein Name gegeben. Wir nennen sie Salome wegen des Geschichtsschreibers Josephus, der von einer Tochter Herodias' mit diesem Namen spricht.

Salome hat keinen Wunsch zu äußern. Der Mensch hat keine eigenen Wünsche; die Menschen sind ihren eigenen Wünschen fremd; die Kinder wissen nicht, was sich wünschen, und man muß es ihnen beibringen. Herodes schlägt Salome nichts vor, denn er bietet ihr alles und nichts an. Gerade deshalb aber läßt ihn Salome stehen und geht ihre Mutter fragen, was sie sich zu wünschen habe.

Aber geht der Wunsch wirklich von der Mutter auf die Tochter über? Wäre Salome nicht eher ein passiver Zwischenträger, ein braves Kind, das gefügig die grauenhaften Aufträge seiner Mutter erfüllt? Sie ist viel mehr als das – Beweis dafür ist die an den Tag gelegte Hast nach dem Gespräch mit ihrer Mutter. Ihre Unsicherheit verschwindet, und sie verändert sich vollständig. Aufmerksame Beobachter wie Pater Lagrange haben zwar diese unterschiedliche Gangart, nicht aber deren Bedeutung wahrgenommen:

Und sie ging alsbald hinein mit Eile zum König, bat und sprach: Ich will, daß du mir gebest jetzt zur Stunde auf einer Schüssel das Haupt Johannes des Täufers.

Alsbald, mit Eile, zur Stunde ... ein mit Details derart geiziger Text vervielfacht die Anzeichen von fiebriger Ungeduld nicht absichtslos. Salome ist vom Gedanken beunruhigt, der König – der Zauber des Tanzes einmal verraucht und die Tänzerin verschwunden – könnte auf sein Versprechen zurückkommen. Und es ist der Wunsch in ihr, der sich beunruhigt zeigt; der Wunsch ihrer Mutter ist ihr eigener geworden. Daß Salomes Wunsch eine vollständige Kopie eines anderen Wunsches ist, tut seiner Heftigkeit keinen Abbruch, ganz im Gegenteil: die Nachahmung ist noch heftiger als das Original.

Herodias' Tochter ist ein Kind. Der griechische Urtext verwendet nicht das Wort *kore,* junges Mädchen, sondern den Diminutiv *kora-*

sion, der kleines Mädchen bedeutet. Die Jerusalemer Bibel übersetzt korrekt mit kleinem Mädchen. Man muß jene Auffassung vergessen, die aus Salome eine berufsmäßige Verführerin macht. Das Wesen des biblischen Textes hat nichts zu tun mit der Kurtisane von Flaubert, dem Tanz der sieben Schleier und dem ganzen orientalischen Klimbim. Obwohl sie noch kindlich ist oder vielleicht gerade weil sie noch ein Kind ist, geht Salome praktisch unvermittelt von der Unschuld zum Höhepunkt mimetischer Gewalt über. Man könnte sich keine erhellendere Sequenz ausmalen. Als Antwort auf das übertriebene Angebot des Monarchen erst das Schweigen des Mädchens, dann die Frage an die Mutter, dann die Antwort der Mutter, der Wunsch der Mutter und schließlich die Aneignung dieses Wunsches durch das Mädchen, der Wunsch des Mädchens. Die Bitte des Kindes an den Erwachsenen geht nicht etwa dahin, einem Mangel abzuhelfen, der ein Wunsch wäre, sondern *dem mangelnden Wunsch selbst* abzuhelfen. Wir stehen hier vor einer Enthüllung der Nachahmung als reiner Essenz des Wunsches, die immer unverstanden und unverständlich, weil allzu ungewohnt ist, den philosophischen Auffassungen über die Nachahmung ebenso fremd wie den psychoanalytischen Theorien des Wunsches.

Gewiß, diese Enthüllung hat etwas Schematisches an sich. Sie geht auf Kosten eines gewissen psychologischen Realismus. Wie blitzartig die Wunschübertragung von einem Individuum zum anderen auch vor sich gehen mag, es ist nur schwer denkbar, daß sie ausschließlich auf der kurzen Antwort der Mutter auf die von der Tochter gestellte Frage beruhen sollte. Dieser Schematismus verunsichert alle Kommentatoren. Bereits Matthäus wollte nichts von ihm wissen; zwischen Herodes' Angebot und Salomes Antwort hat er den Dialog zwischen Mutter und Tochter ausgelassen. Er hat das Linkische daran gesehen, aber nicht das Geniale, oder er hat den Wortlaut als zu rätselhaft betrachtet, um festgehalten zu werden. Er sagt nur, das Kind sei von der Mutter «angestiftet» worden, was auch die korrekte Interpretation des Geschehens bei Markus ist. Dabei geht aber das packende Schauspiel einer mimetisch mit einem Schlag in eine zweite Herodias verwandelten Salome verloren.

Nachdem die Tochter den mütterlichen Wunsch «erwischt» hat, unterscheidet sich die Tochter nicht mehr von der Mutter. Die beiden

Frauen spielen bei Herodes nacheinander die gleiche Rolle. Unser unantastbarer Kult des Wunsches hindert uns, diesen Vereinheitlichungsprozeß zu erkennen; er schockiert unsere vorgefaßten Meinungen. Moderne Bearbeitungen lassen sich in zwei Kategorien einteilen: die einen verherrlichen nur Herodias, die anderen nur Salome. Sie machen bald aus der einen, bald aus der anderen Figur – das ist auch völlig gleichgültig – die Heldin des heftigsten, also ihrer Meinung nach einzigartigsten, spontansten, befreitesten und befreiendsten Wunsches; gegen all das hebt sich der Markus-Text mit einer Kraft und Einfachheit ab, die der Vulgarität – der Ausdruck ist wörtlich zu nehmen – der von uns geschmiedeten Analyseinstrumente, Psychoanalyse, Soziologie, Ethnologie, Religionsgeschichte usw., vollständig entgeht.

Wenn sich die modernen Interpreten, die einem Kult des Wunsches huldigen, zwischen Herodias und Salome aufteilen, dann stellen sie stillschweigend eine Wahrheit wieder her, die zu verneinen ihr Kult bestimmt ist, nämlich daß der immer stärker mimetische Wunsch die von ihm Besessenen keineswegs individualisiert, sondern ganz im Gegenteil mit steigender Intensität immer stärker austauschbar und gegenseitig auswechselbar macht.

Bevor wir auf den Tanz zu sprechen kommen, gilt es einen Ausdruck aufzunehmen, der, obwohl nicht ausdrücklich erwähnt, unseren Text prägt. Es ist der Skandal, das Ärgernis oder der Stein des Anstoßes. Von *skazein,* hinken, abgeleitet, bezeichnet *skandalon* das Hindernis, das abstößt, um anzuziehen, und anzieht, um abzustoßen. Man kann nicht ein erstes Mal über diesen Stein stolpern, ohne nicht immer wieder über ihn zu stolpern, denn der ursprüngliche und alle weiteren Zwischenfälle machen ihn immer faszinierender.*

Ich sehe im «Skandal» eine strenge Definition des mimetischen Prozesses. Der moderne Wortsinn deckt nur einen kleinen Teil der biblischen Bedeutung ab. Der Wunsch sieht sehr wohl, daß er mit dem Begehren dessen, was der andere wünscht, aus diesem Modell einen Rivalen und ein Hindernis macht. Wäre er vernünftig, würde

---

* Vgl. René Girard, *Des choses cachées . . .,* S. 438–453 (in der deutschen Übersetzung, *Das Ende der Gewalt,* ist dieser dritte Teil des Buches von René Girard nicht übersetzt; Anm. d. Übers.).

er aufgeben, aber wenn der Wunsch vernünftig wäre, wäre er nicht der Wunsch. Da er auf seinem Weg immer nur Hindernisse findet, schließt er sie in seine Vision des Begehrenswerten ein und stellt sie in den Vordergrund; er kann ohne sie nicht mehr wünschen; er pflegt sie gierig. So wird er zum leidenschaftlichen Haß des Hindernisses, er läßt sich skandalisieren. Diese Entwicklung läßt uns der Übergang von Herodes zu Herodias und dann zu Salome klar erkennen.

Johannes der Täufer ist für Herodias allein schon deshalb ein Ärgernis, weil er die Wahrheit sagt; der Wunsch aber kennt keinen schlimmeren Feind als seine eigene Wahrheit. Gerade deshalb aber kann er aus dieser Wahrheit ein Ärgernis machen; die Wahrheit selbst wird skandalös, und das ist das schlimmste aller Ärgernisse. Herodes und Herodias halten die Wahrheit gefangen, verwandeln sie in eine Art Einsatz, setzen sie im Tanz ihrer Wünsche aufs Spiel. Selig ist, sagt Jesus, der nicht Ärgernis nimmt an mir.

Das Ärgernis nimmt schließlich stets von dem Besitz und vermengt sich mit dem, was ihm am vollständigsten entgeht, was ihm am fremdesten sein sollte. Das prophetische Wort ist ein Beispiel, die Kindheit ein anderes. Salome so interpretieren, wie ich es tue, heißt, in ihr ein Kind sehen, das Opfer eines Ärgernisses ist; es heißt aber auch, für sie jene Worte brauchen, die Jesus zu Ärgernis und Kindheit verwendet:

Und wer ein solches Kind aufnimmt in meinem Namen, der nimmt mich auf. Wer aber Ärgernis gibt einem dieser Kleinen, die an mich glauben, dem wäre besser, daß ein Mühlstein an seinen Hals gehängt und er ersäuft würde im Meer, wo es am tiefsten ist.

(Mt 18,5−7)

Das Kind nimmt zwangsläufig den nächsten Erwachsenen zum Modell. Falls es nur bereits vom Ärgernis berührten Wesen begegnet, die dermaßen von ihren Wünschen verzehrt werden, daß sie sich hermetisch abschotten, wird es diese Abschottung zum Modell nehmen; es wird aus sich selbst die mimetische Wiederholung dieser Abschottung machen und deren immer groteskere Karikatur werden.

Um Herodes zu ihren Gunsten zu beeinflussen und seine Zustimmung zum Tod des Gerechten zu erhalten, benutzt Herodias ihr eigenes Kind. Wie sollte sie Salome nicht skandalisieren? Um sich vor dem Ärgernis zu schützen, stürzt sich das Kind in eben dieses Ärgernis, indem es sich den grausamen Wunsch der Mutter zu eigen macht.

Im vorangehenden Zitat stellt das Verschlungenwerden mit einem ungeheuren Gewicht um den Hals ein Bild für das Ärgernis dar. Wie die anderen Bilder legt es einen natürlichen Selbstzerstörungsmechanismus nahe und nicht ein übernatürliches Eingreifen. Indem sich die Menschen in den alten Teufelskreis des Ärgernisses begeben, schmieden sie das ihnen gebührende Schicksal. Der Wunsch ist eine Schlinge, die sich jeder selbst um den Hals legt; sie zieht sich zusammen, wenn der vom Ärgernis Betroffene an ihr zieht, um sie zu lockern. Die physische Entsprechung dieses Vorgangs, der Mühlstein, ist weniger schrecklich als der Vorgang selbst. Die Erhängung ist eine weitere Entsprechung; Judas erhängt sich selbst und fügt sich so jene Strafe zu, die sein eigenes Übel verlängert, das Ärgernis, dessen Beute er ist, die mimetische Eifersucht, die ihn verzehrt.

Die Menschen graben sich ihre Hölle selbst. Sie steigen zusammen hinab, der eine auf den anderen gestützt. Das Verderben ist gewissermaßen ein gerechter, weil gegenseitiger Austausch von schlechten Wünschen und Unfreundlichkeiten. Die einzigen unschuldigen Opfer sind die Kinder, an die das Ärgernis von außen herangetragen wird, ohne daß sie daran teilgehabt hätten. Zum Glück sind alle Menschen zuerst Kinder.

Ärgernis und Tanz stehen sich als Gegensatz gegenüber. Das Ärgernis ist all das, was uns am Tanzen hindert. Den Tanz genießen heißt, mit der Tänzerin tanzen und dem Ärgernis entgehen, das uns in Mallarméescher Kälte und Sartrescher Klebrigkeit gefangenhält.

Wäre der Tanz nur ein reines Schauspiel im heutigen Sinn, ein einfaches Bild für die von uns erträumte Freiheit, dann wären seine Auswirkungen tatsächlich nur imaginär oder symbolisch in jenem durchaus hohlen Sinn des modernen Ästhetizismus. Im Tanz liegt aber eine ganz andere Macht.

Der Tanz löscht die Wünsche nicht aus, er steigert sie. Nicht die Physis hindert mich in erster Linie am Tanzen; das Zusammentreffen und die schreckliche Vermengung unserer Wünsche hält uns am Boden fest, und es ist immer *der Andere* des Wunsches, der für dieses Unglück verantwortlich zu sein scheint; wir sind alle Herodiasfiguren, von irgendeinem Johannes dem Täufer besessen. Selbst wenn die Schlingen des Wunsches alle verschieden sind, selbst wenn jeder einzelne sein eigenes Modell-Hindernis hat, so bleibt doch der Mechanismus immer der gleiche, und diese Identität erleichtert Stellvertretungen. Der Tanz beschleunigt den mimetischen Vorgang. Er läßt alle zum Bankett Geladenen in den Tanz eintreten, er läßt alle Wünsche ein und demselben Objekt zustreben, dem Haupte auf der Schüssel, dem Haupte von Johannes dem Täufer auf der Schüssel der Salome.

Johannes der Täufer wird erst für Herodias zum Ärgernis, dann für Salome; mit ihrer Kunst überträgt Salome das Ärgernis auf alle Zuschauer. Sie bündelt alle Wünsche und zieht sie auf sich, um sie dann auf das von Herodias für sie ausgewählte Opfer zu richten – ein unentwirrbarer Knoten der Wünsche; damit er sich am Ende des Tanzes auflösen kann, muß das Opfer sterben. Es verkörpert flüchtig diesen Knoten aus mimetischen Gründen und – wie weit man auch zurückgehen möge, um sie zu ermitteln – auch aus meist belanglosen Gründen. Eine Ausnahme findet sich vielleicht in dieser Szene und im Fall von Jesus selbst; dort nämlich ist es die sich bewahrheitende Warnung vor diesem Wunsch, die den fatalen Mechanismus auslöst.

Die Aussage, der Tanz gefalle nicht nur Herodes, sondern allen Geladenen, bedeutet, alle machten sich Salomes Wunsch zu eigen; sie sehen im Haupte von Johannes dem Täufer nicht nur das, worum die Tänzerin bittet, oder das Ärgernis im allgemeinen – den im übrigen gar nicht existierenden philosophischen Begriff des Ärgernisses –, sondern jeder sieht darin sein eigenes Ärgernis, das Objekt seines Wunsches und seines Hasses. Das kollektive Ja zur Enthauptung darf nicht als eine höfliche Zustimmung, eine freundliche Geste ohne wahre Tragweite betrachtet werden. Alle Geladenen sind gleichermaßen von Salome bezaubert; und zur Stunde, mit Eile, fordern sie das Haupt des Johannes: Salomes Leidenschaft ist ihre eigene Leidenschaft geworden. Mimesis auch hier. Die Macht des Tanzes gleicht jener des Schamanen, der seinen Kranken den Eindruck vermittelt, er würde ihrem Körper die in ihn eingedrungene schädliche Substanz entnehmen. Sie waren von etwas besessen, was sie kettete, und nun werden sie durch den Tanz davon befreit. Die Tänzerin kann auch diese Verkrüppelten zum Tanzen bringen; im Tanz überantwortet sie ihnen den Dämon, von dem sie besessen waren. Sie bringt sie dazu, alles, was sie ermüdet und bedrückt, gegen das Haupt Johannes des Täufers einzutauschen. Sie führt ihnen den Dämon, der in ihnen steckte, nicht nur vor, sie übt auch an ihrer Stelle jene Rache aus, von der sie träumen. Indem sich alle Geladenen den heftigen Wunsch der Salome zu eigen machen, haben sie das Gefühl, auch ihren eigenen Wunsch zu befriedigen. Dem Modell-Hindernis bringen sie alle die gleiche Leidenschaft entgegen, und sie sind alle damit einverstanden, sich im Objekt zu täuschen, weil das ihnen vorgelegte Objekt ihren Hunger nach Gewalt nährt. Nicht die Hegelsche Negativität oder der von Philosophen vertretene unpersönliche Tod besiegelt die Symbolhaftigkeit des Hauptes des Propheten, sondern das mimetische Mitgerissensein im Kollektivmord.

Es gibt eine volkstümliche Legende, die Salome im Verlaufe eines Tanzes auf dem Eis sterben läßt. Die Tänzerin stürzt, und im Fall schlägt ihr Hals auf einer Kante auf, die ihr den Kopf abtrennt.*

Während die Tänzerin im biblischen Text ihr Gleichgewicht wunderbar hält und aus diesem Grund das von ihr gewünschte Haupt erhält, scheitert sie hier letzten Endes und zahlt dieses Scheitern mit dem eigenen Kopf. Diese Vergeltung wird ohne das Dazwischentreten einer Drittperson ausgeübt; es ist eine Rache ohne Rächer. Aber man kann im Eis ein Bild der *Anderen* sehen, die Zuschauer, den Spiegel, der das Bild zurückwirft, insbesondere aber eine glatte Ebene, auf der man dahingleiten kann und die erst einmal zu den spektakulärsten Figuren einlädt. Ihre Bewunderer drängen die Tänzerin dazu, immer kühner den Gesetzen der Schwerkraft zu trotzen, im Nu aber können sie sich als fatale Falle erweisen, Zeugen und Ursache des Sturzes, von dem sich die Eiskünstlerin nicht mehr erheben wird.

Wenn die Tänzerin ihre Wünsche nicht mehr beherrscht, wendet sich das Publikum augenblicklich gegen sie, und sie kann nur noch als Kultopfer dienen. Dem Raubtierdompteur gleich, entfesselt der Meister der Riten jene Ungeheuer, die ihn zerreißen werden, wenn er nicht dank ständig wiederholter Bravourstücke über sie triumphiert.

Aufgrund ihrer Rachedimension hat die Legende nichts Biblisches

* *Ellicott's Bible Commentary,* S. 715.

an sich, aber sie bestätigt, daß im Bewußtsein des Volkes eine Verbindung zwischen dem Mord an Johannes, dem Tanz und dem Ärgernis besteht, also dem Verlust des Gleichgewichts, dem Gegenteil des gelungenen Tanzes. Sie verifiziert gewissermaßen die mimetische Lesart, ja ich würde – um meinen Kritikern einen Gefallen zu tun – sogar sagen, den *Simplizismus,* den *Systematismus* und den *Dogmatismus* dieser Lesart insofern, als sie von neuem in einer unglaublichen Verkürzung alle Triebfedern spielen läßt. Dabei mythifiziert sie jedoch das von Markus Entmythifizierte, denn sie ersetzt den Anderen, den Doppelgänger, den im biblischen Text immer expliziten skandalösen Rivalen durch eines ihrer gewöhnlichsten mythischen «Symbole»: das Eis, den Spiegel.

Das Ärgernis ist jenes Unfaßbare, das der Wunsch fassen will, jenes absolut Unverfügbare, über das er absolut verfügen will. Das Haupt, einmal vom Rumpf getrennt, ist leicht, handlich und tragbar; es kann besser vorgezeigt werden, insbesondere dann, wenn es auf einer Schüssel präsentiert wird. Als Stahlklinge, unter das Haupt des Johannes gelegt, läßt diese Schüssel die kalte Grausamkeit der Tänzerin hervortreten. Sie verwandelt das Haupt in ein Tanzzubehör, beschwört und materialisiert jedoch vor allem den äußersten Alptraum des Wunsches.

Es findet sich hier etwas von jenem Grauen, das gewisse Primitive beim Anblick des Hauptes des von der kulturellen Ordnung rituell bezeichneten Gegenspielers empfinden, also des Angehörigen eines benachbarten Stammes, der mit demjenigen des Mörders eine ständige Beziehung mimetischer Rivalität unterhält. Diese Köpfe werden von den Primitiven manchmal so bearbeitet, daß sie schrumpfen und sich nicht mehr zersetzen; sie werden in eine Art Nippes verwandelt. Eine Raffinesse, die eine Parallele zum gräßlichen Wunsch der Salome darstellt.

Die Überlieferung erkennt in Salome eine große Künstlerin, und eine wirkungsvolle Überlieferung kommt nie grundlos zustande. Aber aus welchem Grund? Der Tanz wird nie beschrieben. Der von Salome ausgedrückte Wunsch hat nichts Eigenständiges an sich, ist er doch eine Kopie von Herodias' Wunsch. Sogar die Worte stammen von Herodias. Salome fügt nur eins hinzu, nämlich den Einfall mit der Schüssel. «Ich will», sagt sie, «daß du mir gebest jetzt zur Stund auf einer Schüssel das Haupt Johannes des Täufers.» Herodias hat vom Kopf gesprochen, nicht aber von der Schüssel. Die Schüssel ist das einzige neue Element, das einzige Salome zugehörige Element. Wenn der Text einen Grund für Salomes Prestige gibt, dann ist er hier zu suchen. Und es gibt keinen anderen.

Unzweifelhaft hängt alles von dieser Schüssel ab. Ihr verdankt die Szene bei Markus zum größten Teil ihre Berühmtheit. Daran erinnert man sich, wenn alles übrige vergessen ist. Vergessen wir nicht oder besser vergessen wir – wenn möglich –, daß der in der großen modernen Epoche von Herodias und Salome herrschende liberale Humanismus an derartigen Zeichen *die* Kultur erkannte. Hier geht es tatsächlich um eine skandalöse und packende, in ihrer Grobheit geradezu raffinierte Idee, also gewissermaßen um eine dekadente künstlerische Idee.

Aber handelt es sich wirklich um einen originellen Gedanken im modernen Sinne der *Neuheit?* Es braucht nicht viel Überlegung, und schon löst sich die angebliche Originalität auf und macht einmal mehr der Nachahmung, der *mimesis* Platz.

Wenn Herodias ihrer Tochter zur Antwort gibt: «Das Haupt Johannes des Täufers», dann denkt sie nicht an eine Enthauptung. Jemandes Kopf verlangen bedeutet auch im Griechischen, den Tod dieser Person verlangen, mehr nicht. Der Teil wird für das Ganze genommen. Herodias' Antwort enthält keine Anspielung auf eine bestimmte Hinrichtungsart. Der Text hat Herodias' Wunsch bereits in einer neutralen Sprache erwähnt, die nicht darauf schließen läßt, daß sie sich auf den Kopf des Feindes fixiert hat: «Herodias aber stellte ihm nach und wollte ihn töten.»

Selbst wenn Herodias mit dem Ausruf: «Das Haupt Johannes des Täufers» zu verstehen geben will, welchen Tod sie sich für den Propheten wünscht, dann läßt sich daraus nicht schließen, sie wünsche dieses Haupt in ihren Händen zu halten, sie begehre das physische Objekt. Selbst in jenen Ländern, in denen es eine Guillotine gibt, enthält der Ausdruck «jemandes Kopf verlangen» eine von Herodias' Tochter verkannte rhetorische Dimension. Salome nimmt ihre Mutter beim Wort. Sie tut es nicht willentlich. Man muß, wie man weiß, erwachsen sein, um Wörter und Sachen voneinander unterscheiden zu können. Dieses Haupt ist der schönste Tag ihres Lebens.

Johannes den Täufer im Kopf haben ist eine Sache, seinen Kopf in den Händen haben eine andere. Salome überlegt sich, wie sie sich seiner wohl am besten entledigen könnte. Dieser eben abgeschlagene Kopf muß irgendwo hingelegt werden können, am vernünftigsten auf eine Schüssel. Dieser Gedanke ist die Banalität selbst, ein Hausfrauenreflex sozusagen. Salome fixiert die Wörter zu stark, um ihre Botschaft genau wiedergeben zu können. Wer etwas zu wörtlich nimmt, der interpretiert schlecht, weil er unwissentlich interpretiert. Die Ungenauigkeit der Kopie ist eins mit dem kurzsichtigen Bemühen um Genauigkeit. Was also an der Rolle der Salome am kreativsten erscheint, ist in Wirklichkeit am mechanischsten; es ist das eigentlich Hypnotische an der Unterwerfung des Wunsches unter das Modell, das er sich gegeben hat.

Alle großen ästhetischen Ideen sind so beschaffen, auf enge und obsessionelle Weise *imitatorisch*. Der Tradition war dies bekannt, hat sie doch von Kunst immer nur in Begriffen der *mimesis* gesprochen. Wir verleugnen das mit verdächtiger Leidenschaftlichkeit, seit sich die Kunst in unserer Welt tatsächlich auf dem Rückzug befindet. Die Nachahmung entmutigen heißt zwar nicht, sie beseitigen, aber es heißt, sie auf die lächerlichen Formen von Mode und Ideologie, auf die gegenwärtigen falschen Innovationen beschränken. Der Wille zur Originalität führt nur zu leeren Grimassen. Auf den Begriff der *mimesis* darf nicht verzichtet werden; er muß auf die Dimensionen des Wünschens erweitert werden, oder vielleicht muß das Wünschen auf die Dimensionen des Mimetischen erweitert werden. Die durch die Philosophie vorgenommene Trennung von *mimesis* und Wunsch hat beide verstümmelt, und wir bleiben Gefangene dieser Verstümmelung, die alle falschen Aufteilungen der modernen Kultur fortführt, beispielsweise das, was zur Ästhetik gehört und was nicht, was zum Mythos gehört und was zur Geschichte gehört.

Über den Tanz selbst schweigt sich der Text völlig aus; er sagt nur: *und sie tanzte* ... Er *muß* aber etwas sagen, um jene Faszination auszuüben, die er in der abendländischen Kunst immer ausgeübt hat. Bereits auf den römischen Kapitellen tanzt Salome, und sie hat nie zu tanzen aufgehört; sie tanzt auf immer teuflischere und skandalösere Weise, je tiefer die moderne Welt in ihrem eigenen Ärgernis versinkt.

Jener Raum, der in den modernen Texten der «Beschreibung» zukommt, wird hier von Vorgeschichte und Folgen des Tanzes besetzt. Alles läßt sich auf die notwendigen Momente ein und desselben mimetischen Spieles zurückführen. Die *mimesis* besetzt also den Raum, aber nicht im Sinne des Realismus, der Objekte kopiert, sondern im Sinne der von mimetischen Rivalitäten dominierten Beziehungen; dieser sich beschleunigende Wirbel aber ruft den Opfermechanismus hervor, der ihn zum Stillstand bringt.

Alle mimetischen Wirkungen sind dem Tanz zugeordnet; es sind bereits Wirkungen des Tanzes, aber sie haben nichts Unmotiviertes an sich; sie sind nicht etwa aus «ästhetischen Gründen» hier, vielmehr interessiert sich Markus für die Beziehungen unter den Teilnehmern. Die Tänzerin und der Tanz bringen sich gegenseitig hervor. Das teuflische Fortschreiten der mimetischen Rivalitäten, das *Gleich*werden aller Teilnehmer, das Voranschreiten der Opferkultkrise auf ihre Beendigung im Opfer hin, all dies ist eins mit dem Tanz der Salome. So muß es auch sein, sind doch die Künste nie etwas anderes als die mehr oder weniger verschleierte Wiederholung dieser Krise und ihrer Beendigung. Alles nimmt seinen Anfang in symmetrischen Auseinandersetzungen, die schließlich im Opferreigen ihr Ende finden.

Der Text als Ganzes hat etwas Tänzerisches an sich. Um die mimetischen Wirkungen strikt und so einfach wie möglich nachzuzeichnen, gibt es ein Hin und Her zwischen den verschiedenen Figuren; er stellt also gewissermaßen eine Art Ballett dar, in dem jeder Tänzer der Reihe nach den Vordergrund der Bühne besetzt hält, um dann von neuem in der Gruppe zu verschwinden und seine Rolle auf dem düsteren Höhepunkt des Finales zu spielen.

Aber, so wird man einwenden, im Text ist vor allem das Kalkül am Werk. Herodes will nicht nachgeben, aber Herodias, einer Spinne in ihrem Netz gleich, wartet auf die günstige Gelegenheit:

Und es kam ein gelegener Tag, da Herodes an seinem Geburtstag ein Mahl gab seinen Großen ...

Der gelegene Tag, der Geburtstag des Herodes, hat rituellen Charakter; er ist ein alle Jahre wiederkehrendes Fest; bei dieser Gelegenheit finden festliche, d.h. einmal mehr rituelle Aktivitäten statt: die

Gemeinschaft versammelt sich zu einem Mahl; auch der Tanz am Schluß des Banketts trägt rituellen Charakter. Alle Mittel, die Herodias beansprucht und gegen Johannes einsetzt, sind ritueller Natur.

Wie das Komplott der Priester in der Passionserzählung spielt auch jenes von Herodias nur eine nebensächliche Rolle: es beschleunigt die Dinge ein wenig, weil es, wie der Ritus selbst, im Sinne des Wunsches und der *mimesis* verläuft. Ein zu differenziertes, freilich zu geringes Verständnis stellt sich vor, Herodias manipuliere alle Wünsche; es ist dies Herodias' eigenes Verständnis. Ein besseres, mimetischeres und weniger differenziertes Verständnis bemerkt, daß Herodias selbst von ihrem Wunsch manipuliert wird.

Alle im Text erwähnten Aktivitäten finden sich in den Riten, die in der Regel ihren Höhepunkt im Akt der Opferung finden. Der Mord an Johannes besetzt Ort und Zeitpunkt der Opferung. Alle Textelemente könnten also anhand eines streng rituellen Schlüssels gelesen werden, aber dieser Lesart ginge jegliche erklärende Kraft ab. Eine bestimmte Ethnologie glaubte einst, sie könne einen Text wie den unsrigen mit dem Hinweis auf die rituellen Aspekte erhellen. Sie verstärkte lediglich das Geheimnis, denn sie besaß keinerlei Klarheit über die Riten und deren Daseinsberechtigung. In den Humanwissenschaften kommt es oft vor, daß den undurchsichtigsten Gegebenheiten gerade wegen ihrer Undurchsichtigkeit erklärende Kraft beigemessen wird. Was dem Forscher keinen Zugang bietet, stellt sich als ein Block ohne Spalt dar, und da sich der Zweifel nirgendwo einschleichen kann, wird er gerade seiner Dunkelheit wegen als leuchtende Idee betrachtet.

Indem ich alles durch den Wunsch deute, setze ich mich keineswegs von den rituellen und institutionellen Aspekten des Textes ab, sondern bringe jenes Schema ein, das allein das Rituelle einsichtig macht. Zwischen ihm und den höheren Stufen der mimetischen Krise, die im Opfermechanismus ihre spontane Beendigung findet, gibt es nicht bloß Ähnlichkeiten, sondern vollkommene Deckungsgleichheit, schlicht und einfach Ununterscheidbarkeit. Diese Deckungsgleichheit ist immer möglich, weil der Ritus, wie bereits gesagt, immer nur die mimetische Wiederholung einer ursprünglichen mimetischen Krise ist. Weil sie selbst ebenfalls nichts Ursprüngliches an sich hat – außer ihrem verborgenen Ursprung selbstverständlich –, schreibt sich die rituelle Dimension bruchlos in die vom Text entfaltete Geschichte des Wunsches ein; sie ist selbst gänzlich *mimesis,* Nachahmung, peinlich genaue Wiederholung dieser Krise. Der Ritus bringt keine eigene Lösung ein, er kopiert nur die spontan stattfindende Lösung. Es gibt also keine strukturelle Differenz zwischen dem Ritus als solchem und dem spontanen und natürlichen Verlauf der mimetischen Krise.

Keineswegs bremst oder unterbricht die rituelle Tätigkeit das mimetische Spiel der Wünsche, sie begünstigt es vielmehr und reißt es in Richtung bestimmter Opfer mit. Wann immer sich die Gläubigen von mimetischer Zwietracht bedroht fühlen, schlagen sie freiwillig diesen Weg ein; sie spielen ihre eigenen Konflikte und greifen auf allerlei Rezepte zurück, um die opferkultische Auflösung zu begünstigen, die ihre Einigkeit auf Kosten des Opfers wiederherstellen wird.

Unsere Lesart findet sich somit bestätigt; der Ritus und die aus ihm entstehende Kunst sind mimetischer Natur, sie verfahren mimetisch; ihnen kommt keine wahre Besonderheit zu. Soll damit gesagt sein, sie seien genau das gleiche wie die spontane Krise oder sogar genau das gleiche wie Herodias' komplizierte Machenschaften? Soll damit gesagt sein, daß ich alles miteinander verwechsle? Keineswegs. Die wahren Riten unterscheiden sich vom wahren Chaos dank der Einmütigkeit, die auf Kosten eines Opfers entstanden ist und die sich unter dem Schutz dieses mythisch auferweckten und geheiligten Opfers fortsetzt.

Der *Ritus* ist mimetische Wiederaufnahme der mimetischen Krisen im Geiste religiöser und gesellschaftlicher Zusammenarbeit; die Absicht dabei ist eine Reaktivierung des Opfermechanismus, die eher zu Gunsten der Gesellschaft als zu Lasten des immer von neuem dargebrachten Opfers geht. In der diachronen Entwicklung der Riten schwächen sich deshalb jene Unruhefaktoren, die der Opferung vorausgehen und diese auslösen, immer mehr ab, während die festlichen und gemeinschaftlichen Aspekte immer mehr Gewicht bekommen.

Aber selbst stark ausgelaugte und versüßlichte rituelle Institutionen bleiben ein günstiger Nährboden für Opferungen. Eine mit Essen und Alkohol vollgestopfte Menge drängt es zu außergewöhnlichen Taten, vielleicht lediglich zu einem erotischen oder gewalttätigen Schauspiel, mit Vorliebe aber zu beidem zugleich. Herodias besitzt genügend Wissen über den Ritus, um dessen Macht erwecken und in ihre eigenen mörderischen Absichten einspannen zu können. Sie stellt die rituelle Funktion auf den Kopf und pervertiert sie, ist sie doch mehr am Tod des Opfers interessiert als an der Versöhnung der Gemeinschaft. Die Symbole der echten rituellen Funktion sind im Text vorhanden, wenn auch nur noch in Spuren.

Herodias mobilisiert die Macht des Ritus und lenkt sie wissentlich auf das Opfer ihres Hasses. Sie pervertiert den Ritus, gibt dadurch der *mimesis* ihre ursprüngliche Virulenz zurück und führt die Opferung zu ihren mörderischen Ursprüngen zurück; sie enthüllt das Ärgernis im Zentrum jeder opferkultischen religiösen Gründung. Sie spielt also eine dem Kaiphas der Passionsgeschichte analoge Rolle.

Herodias ist nicht an sich wichtig. Sie ist nur ein Instrument der Enthüllung, deren «paradoxe» Natur sie dadurch zum Vorschein bringt, daß sie den Ritus in enthüllender, weil perverser Form gebraucht. Wie bereits dargelegt, ist es Johannes' Widerstand gegen ihre Heirat mit Herodes – *Es ist nicht recht, daß du deines Bruders Frau hast –*, die Herodias gegen den Propheten aufbringt. Aber die rituelle Mystifizierung ist grundsätzlich nie etwas anderes als diese Vertuschung des mimetischen Wunsches durch den Sündenbock. Herodias und Kaiphas könnten sich definieren als lebendige Allegorien des Ritus, der zu seinen nicht rituellen Ursprüngen zurückzukehren gezwungen ist: zum ungeschminkten Mord, der unter der Wirkung einer enthüllenden Kraft steht, die ihn in seinen religiösen und kulturellen Verstecken ausfindig macht.

Ich spreche vom Markus-Text, als würde er immer die Wahrheit sagen. Und das tut er auch. Gleichwohl fallen dem Leser einige Aspekte auf, die für ihn eher ins Reich der Legende gehören. Sie erinnern vage an ein Märchen mit bösem Ausgang. Davon zeigt sich etwas in den Beziehungen zwischen Salome und ihrer Mutter, in der Mischung von Grauen und kindlicher Unterwerfung. Davon zeigt sich auch etwas in der Maßlosigkeit des als Belohnung der Tänzerin gemachten Angebots. Herodes besaß überhaupt kein Königreich, das er hätte teilen können. Genau gesagt war er nicht König, sondern Tetrarch, und seine äußerst begrenzte Macht hing gänzlich vom guten Willen der Römer ab.

Die Kommentatoren suchen nach literarischen Quellen. Im Buch Esther macht König Ahasveros der Heldin das gleiche Angebot wie Herodes (Est 5,6). Dieser Text soll Markus und Matthäus beeinflußt haben. Durchaus möglich, aber das Thema des maßlosen Angebots kommt in Legendenerzählungen so häufig vor, daß Markus und Matthäus dieses Thema im Kopf haben konnten, ohne an einen bestimmten Text zu denken. Interessanter wäre die Frage, was denn dieses Thema zu bedeuten habe.

In Volksmärchen kommt es oft vor, daß der Held ein erst verkanntes Verdienst dadurch unter Beweis stellt, daß er dank einer heldenhaften Tat siegreich aus einer *Prüfung* hervorgeht. Der Organisator der Prüfung, der Herrscher, ist vom Erfolg gerade deshalb so geblendet, weil er dem vom Helden ausgeübten Zauber lange widerstanden hat. Er macht ihm also ein maßloses Angebot, bietet ihm sein Königreich oder – was auf dasselbe hinausläuft – seine einzige Tochter an. Wird das Angebot angenommen, dann verwandelt es den Besitzlosen in einen alles Besitzenden und umgekehrt. Wenn das Sein des Königs mit seinen Besitzungen, seinem Königreich untrennbar verbunden ist, dann übergibt der Geber dem Empfänger buchstäblich sein Sein.

Der Geber entledigt sich seines Besitzes, um aus dem Empfänger ein anderes Ich zu machen. Alles, was aus ihm·das macht, was er ist, verschenkt er und behält nichts. Wenn das Angebot, wie beispielsweise hier, nur bis an die Hälfte des Königreichs geht, dann bleibt der Sinn grundsätzlich doch gleich. Eine Salome, die die Hälfte von Herodes besitzen würde, wäre das gleiche Wesen wie die andere Hälfte, nämlich Herodes selbst. Es gäbe dann nur ein einziges, auswechselbares Wesen für zwei Personen.

Ungeachtet seiner Titel und Reichtümer ist der Geber in einer Position der Unterlegenheit. Einer Tänzerin anbieten, uns unseren Besitz zu nehmen, heißt, sie darum bitten, sie möge uns doch besitzen. Das maßlose Angebot ist die Antwort des faszinierten Zuschauers. Es ist Ausdruck des stärksten Wunsches, des Wunsches, sich besitzen zu lassen. Von diesem Wunsch aus der Bahn geschleudert, sucht sich das Subjekt in die Umlaufbahn der blendenden Sonne einzuordnen, sich buchstäblich zu «satellisieren».

Besitzen ist hier in einem technischen Sinne zu verstehen, nämlich im Sinne der in einigen Kulturen praktizierten Trance. In Übereinstimmung mit Jean-Michel Oughourlian ist darin eine zu intensive mimetische Regung zu erkennen, als daß die bisher gültige Perspektive der *Entfremdung* ihre Gültigkeit behalten könnte. Entfremdung setzt die Wachsamkeit eines Ich voraus, eine Art Subjekt, das durch die Erfahrung noch nicht vollständig entwertet ist und sie eben deshalb als Entfremdung, Sklaverei und Knechtschaft empfindet. Im Falle des Besessenen ist die Überwältigung durch diesen Anderen, das mimetische Modell, so total, daß ihr nichts und niemand widerstehen kann und sich die Perspektive umkehrt. Es gibt kein Ich mehr, das sich entfremdet nennen könnte; es gibt nur noch den Anderen, und er ist hier wie bei sich selbst; er hat sich in seinem Zuhause eingerichtet.*

Die Sprache des Angebots ist zugleich die Sprache des Eides und der beschwörenden Bitte. Es ist die Sprache der überspitzten Mimetik. Salome wird zu jener Gottheit, die Herodes anruft, wenn er die immer gleichen Worte wiederholt, wenn er sich in den immer gleichen Worten anbietet: *Bitte von mir, was du willst, ich will dir's geben. Und er schwur ihr einen Eid: Was du wirst von mir bitten, will ich dir geben, bis an die Hälfte meines Königreichs.*

Wer das Angebot macht, der hat immer ein Objekt oder eher ein Wesen, an dem er besonders hängt und das er für sich behalten möchte. Bei der Formulierung seines Angebots erwähnt er dieses Wesen leider nicht. Vielleicht hat er es in der Raserei seines Wunsches tatsächlich vergessen, vielleicht befürchtet er, die Großzügigkeit des Angebots herabzusetzen, nähme er davon auch nur den geringsten Teil seiner Besitztümer aus. Vielleicht befürchtet er, die Erwähnung dieses Objektes würde dieses begehrenswert machen. Wie dem auch sei, der böse Geist der Besessenheit triumphiert, und das Angebot enthält keinerlei Einschränkungen. Was soll's, so scheint es. Im Vergleich zu den immensen Reichtümern, die in die Waagschale geworfen werden, wiegt dieses Wesen offensichtlich zuwenig, als daß es allem anderen vorgezogen werden könnte.

Genau dies tritt jedoch ein. Die Bitte richtet sich unweigerlich auf dieses unbedeutende Wesen, das niemanden interessieren sollte, da es von niemandem erwähnt worden ist. Wen gilt es zu tadeln – das Schick-

* Siehe auch Jean-Michel Oughourlian: *Un mime nommé désir*, Paris 1982.

sal, das Verhängnis, die Perversität des Erzählers, das Freudsche Unbewußte? Nichts von alledem. Es gibt eine einfache und vollkommene Erklärung, die aber natürlich niemand hören will: es ist der mimetische Wunsch. Was den Wert eines Objektes ausmacht, ist nicht sein wirklicher Preis, sondern es sind die Wünsche, die bereits mit ihm verbunden sind und die aus ihm das einzige Objekt machen, das für die noch nicht gebundenen Wünsche anziehend ist. Der Wunsch muß nicht reden, um sich zu verraten. Die mimetischen Wünsche verbergen uns, was sie wünschen, denn sie verbergen es vor sich selbst, aber sie können es sich gegenseitig nicht verbergen; eben deshalb jedoch scheint ihr Spiel die Regeln der Wahrscheinlichkeit zu verletzen, verleiht es doch den Figuren ein Höchstmaß an Blindheit oder Scharfsichtigkeit.

Herodes glaubt sein Interesse an Johannes dadurch verbergen zu können, daß er ihn ins Gefängnis werfen läßt. Aber Herodias hat alles verstanden. Im übrigen verursacht der Prophet nie mehr Lärm und zieht die Aufmerksamkeit nie stärker auf sich als aus der Tiefe dieses Kerkers, wo ihn der König versteckt zu haben glaubt. Der mimetische Wunsch versteht sich, zwangsläufig, besser als irgend jemand sonst darauf, die großen Knoten der dramatischen Überlieferung zu knüpfen; deshalb gleichen die wahren Tragödien, wie ein Ei dem anderen, dem Alltag, vorausgesetzt, man finde sich darin zurecht oder verliere sich ganz im Gegenteil vollständig in ihm.

Auf das maßlose Angebot gibt es immer eine dem Anschein nach bescheidene Bitte, deren Erfüllung jedoch mehr als alle Königreiche der Welt kosten. Maßstab für den Wert des Erbetenen sind nicht die Dinge dieser Welt. Wesentlich ist die Einsicht, daß es sich um ein *Opfer* handelt. Das Erbetene stellt das höchste Opfer für denjenigen dar, der auf das teure Wesen verzichten muß. Eine Art Idol, eine beliebige Salome, eine monströse Quasi-Gottheit verlangt nach dem Opfer. Freiheit, Wohlbefinden und Leben des verlassenen Wesens stehen auf dem Spiel. Vor allem aber steht die geistige Integrität aller beteiligten Wesen auf dem Spiel. Diejenige von Herodes, bereits angeschlagen, bricht mit dem Propheten in der Löwengrube des Kollektivmordes zusammen. Der Text richtet sich also gegen das Opfer wie alle großen Legenden, die Varianten des maßlosen Angebotes und der Bitte um ein Opfer enthalten, so beispielsweise die Geschichte von Faust oder Don Juan.

Die seltenen «Mythen» der modernen Welt sind also insofern keine wahren Mythen, als sie nicht wie letztere ohne jeden inneren Vorbehalt opferkultische Lösungen anstreben und die Sicht der Verfolger widerspiegeln, sondern diese Art von Opfer verwerfen und als Greuel anprangern. Sie sind von den Evangelien beeinflußt.

Das Wesentliche in diesen Legenden ist immer das, wovon sie die aufgeklärten Geister säubern möchten, da es deren Eitelkeit verletzt. Die opferkultische Problematik irritiert sie; sie sehen darin einen Rest von Frömmigkeit, der unverzüglich ausgemerzt werden muß, eine seichte Frömmelei, mit der sie ihren Wagemut nicht mehr belasten wollen. Sie lächeln über die von Mephistopheles geforderte unsterbliche Seele, sie verachten die Statue des Komturs und den steinernen Gast. Sie sehen nicht, daß dieser Stein des Anstoßes die einzige gemeinsame Wegzehrung ist, die ihnen bleibt. Ihre letzte religiöse Bindung findet die moderne Gesellschaft in dem von den Intellektuellen sorgsam gepflegten Ärgernis. Es wird weltweit banalisiert, und schon verliert die letzte Prise Salz ihren Geschmack.

Die letzten Spuren der opferkultischen Problematik – also jener Problematik, die allein herauszuarbeiten sich lohnt, da sie alles andere beherrscht – werden beseitigt, und so verwandeln die modernen Autoren Faust und Don Juan in einen rein imaginären Konsum von Frauen und Reichtümern. Was sie überhaupt nicht daran hindert, endlos über die Konsumgesellschaft herzuziehen, zweifellos weil diese nicht nur imaginär und ihnen insofern überlegen ist, als sie tatsächlich jene Art von Nahrung liefert, die man von ihr erwartet.

Wesentlich ist hier der offenkundige Zusammenhang zwischen der kollektiven Mimetik, dem Mord an Johannes dem Täufer und dem durch den Tanz hervorgerufenen Trancezustand. Dieser ist eins mit der Lust im Text, der Lust von Herodes und seinen Tischgenossen. *Da trat herein die Tochter der Herodias und tanzte und gefiel wohl dem Herodes und denen, die am Tisch saßen.* Mit Lust* ist hier eine wahre Verzauberung gemeint; der Ausdruck Lust hat also eine stärkere Bedeutung als Freuds Lustprinzip. Wenn sich der Besessene der mimetischen Identifikation überläßt, bemächtigt sich deren böser Geist seiner und «reitet» ihn, wie in diesen Fällen oft gesagt wird; er beginnt mit ihm zu tanzen.

---

* Lust = frz. plaisir, bezieht sich auf «gefiel» = plut. Anm. d. Übers.

Von Mimetik überwältigt, verliert das Subjekt das Bewußtsein seiner selbst und seiner Ziele. Anstatt mit dem Modell zu rivalisieren, verwandelt es sich in eine harmlose Marionette; jeder Widerstand ist abgebaut; die Widersprüchlichkeit des Wunsches löst sich auf.

Wo befindet sich aber das Hindernis, das ihm vorher den Weg versperrte und ihn erstarren ließ? Das Ungeheuer muß sich irgendwo verstecken; zur Vervollständigung des Experiments müßte es gefunden und vernichtet werden. Es gibt in diesem Augenblick immer einen Opferdurst zu stillen, einen Sündenbock zu konsumieren, ein Opfer zu enthaupten. Auf dieser Stufe äußerster Intensität regiert die opferkultische Mimetik unangefochten; deshalb enden wirklich tiefgründige Texte stets bei ihr.

Ist es einmal soweit, absorbiert die Mimetik alle Dimensionen, die ihr auf niedrigeren Intensitätsstufen Konkurrenz machen könnten – Sexualität, Ehrgeiz, Psychologien, Soziologien und die Riten selbst. Das bedeutet jedoch keineswegs, diese Dimensionen würden durch die Vorrangstellung der Mimetik übergangen oder gar «reduziert». In der mimetischen Analyse sind sie immer implizit gegenwärtig und können herausgearbeitet werden, wie wir dies soeben für die rituelle Dimension getan haben.

Der Wohltäter ist von der an ihn gerichteten Bitte immer überrascht. Er empfindet eine schmerzliche Überraschung, aber er ist unfähig zu widerstehen. Bei der Bitte der Tänzerin um das Haupt des Johannes *ward der König sehr betrübt,* berichtet Markus, *doch um des Eides willen und derer, die am Tische saßen, wollte er sie nicht lassen eine Fehlbitte tun.* Herodes wünscht Johannes zu retten. Sein Wunsch, ich wiederhole es, gehört einer frühen Phase des mimetischen Prozesses an. Herodes will das Leben des Johannes retten, während es Salome zerstören will. Der Wunsch wird immer mörderischer, je stärker er voranschreitet und je mehr Individuen er erfaßt, die Menge der Gäste beispielsweise. Es ist dieser niedrigste Wunsch, der den Sieg davonträgt. Herodes hat nicht den Mut, seinen Gästen, deren Zahl und Ansehen ihn einschüchtert, nein zu sagen. Anders gesagt, er ist mimetisch dominiert. Die Gäste stellen die Elite der Welt des Herodes dar. Etwas weiter oben werden sie im Markus-Text aufgezählt: *seine Großen und die Obersten und die Vornehmsten in Galiläa.* Er läßt uns ihr außerordentliches Potential an mimetischer Einflußnahme erahnen;

gleicherweise zählt die Passionsgeschichte alle gegen den Messias verbündeten Mächte dieser Welt auf. Die Menge und die Mächtigen finden und vermengen sich. Aus dieser Masse kommt jene zusätzliche mimetische Energie, die es für Herodes' Entscheidung braucht. Überall ist es die gleiche, offenkundig mimetische Energie, die unseren Text vorantreibt.

Bei Markus wird das nicht nur um der Freude am Erzählen willen detailliert festgehalten, sondern um jene Entscheidung zu erhellen, die das Haupt des Johannes verwirkt. Die Gäste reagieren alle gleich. Auf dem Höhepunkt der mimetischen Krise bilden sie jenen Typus von Menge, der allein entscheidend eingreifen kann. Sobald eine einmütig mörderische Menge da ist, liegt die Entscheidung *(décision)* allein bei dieser Menge. *Nolens volens* billigt Herodes ihre Entscheidung, so wie es Pilatus wenig später ebenfalls tun wird. Er gibt dem Druck nach, und so geht er in der Menge unter; er ist gerade noch das letzte all jener Individuen, aus denen sie sich zusammensetzt.

Auch hier ist nicht nach der *Psychologie* der Hauptpersonen zu suchen. Man soll nicht glauben, Johannes und Jesus seien gestorben, weil sie in die Hände von besonders bösartigen Verschwörern oder besonders schwachen Regierenden gefallen wären. Was offenkundig gemacht und gebrandmarkt werden soll, ist die Schwäche der gesamten Menschheit gegenüber der Versuchung durch Sündenböcke.

Der Prophet muß sterben, weil er Leute, die davon nichts wissen wollen, mit der Wahrheit ihrer Wünsche konfrontiert; niemand will sie je wissen. Aber diese von ihm ausgesprochene Wahrheit ist nicht Ursache genug für den Mord, sie ist nur ein weiteres bevorzugtes Zeichen der Opferselektion, das ironischste von allen. Sie widerspricht dem vor allem zufälligen Charakter der mimetischen Wahl nicht, prägnant veranschaulicht in der *Verzögerung* der Selektion des Opfers, die erst nach dem Tanz stattfindet.

Mit dieser lange hinausgezögerten *(différé)* Selektion kann bei Markus zugleich das A und O des Wunsches veranschaulicht werden, der mimetisch beginnt und ebenso mimetisch im Opfer seinen Abschluß findet. Das «Was-soll-ich-Bitten» der Salome macht deutlich, daß in diesem Augenblick Herodias oder sonst irgend jemand irgend etwas bezeichnen könnte. Die Bezeichnung *in extremis* verhindert nicht, daß das Opfer erst von Salome, dann von allen Gästen leidenschaftlich angenommen wird. In diesem Stadium kann es keinen wirksamen Widerstand mehr geben, selbst bei den entschlossensten Tyrannen nicht.

Das Interesse der Evangelien gilt dem unwiderstehlichen und einmütigen Entstehen der Mimetik. In dieser einmütigen Mimetik des Sündenbocks ist der wahre Herrscher der Menschheit zu suchen.

Manchmal genügt eine einzige Enthauptung, um allgemeine Unruhen hervorzurufen oder sie zu beschwichtigen. Wie kommt das? Alle Wünsche zielen auf das Haupt des Johannes, aber das ist lediglich eine mimetische Illusion; diese Einmütigkeit bewirkt jedoch tatsächlich eine Beruhigung; letztere setzt genau dann ein, wenn die allgemein verbreitete Erregtheit kein reales Objekt mehr hat und die Verbreitung dieser als höchst intensiv vorausgesetzten Mimetik die totale Abwesenheit eines realen Objektes garantiert. Jenseits einer gewissen Schwelle hat der Haß keine Ursache mehr. Er braucht keine Ursache, ja nicht einmal mehr einen Vorwand; es gibt nur noch sich überschneidende Wünsche, die aufeinanderprallen. Diese Wünsche teilen und widersprechen sich so lange, als sie sich auf ein Objekt beziehen, das jeder zu seiner eigenen Verwendung intakt und lebendig erhalten möchte, um es zu monopolisieren – Herodes gleich, der den Propheten in sein Gefängnis einschließt. Diese gleichen Wünsche können sich jedoch, einmal zerstörerisch geworden, wieder versöhnen. Hier liegt das erschreckende Paradox der menschlichen Wünsche. Sie können sich nie über die Bewahrung ihres Objektes einigen, immer aber über dessen Zerstörung; sie werden sich immer nur auf Kosten des Opfers einig.

Und alsbald schickte der König den Henker hin und hieß sein Haupt herbringen. Der ging hin und enthauptete ihn im Gefängnis und trug her sein Haupt auf einer Schüssel und gab's dem Mädchen, und das Mädchen gab's seiner Mutter.

Wer den Menschen ihre Wünsche vorhält, der ist für sie ein lebendes Ärgernis, das einzige, so sagen sie, das ihnen vor ihrem Glück steht. Noch heute drücken wir uns nicht anders aus. Lebendig störte der Prophet alle Beziehungen, tot jedoch erleichtert er sie, indem er jene unbewegliche und fügsame Sache wird, die auf der Schüssel der

Salome zirkuliert; die Gäste bieten sie sich gegenseitig an wie Essen und Trinken bei Herodes' Mahl. Sie ist sowohl ein packendes Schauspiel, das uns daran hindert, das zu tun, was sich nicht ziemt, wie auch das, was uns dazu bringt, das zu tun, was sich ziemt – opferkultischer Anstoß zu jeglichem Austausch. Es ist die Wahrheit aller religiösen Gründungen, die sich wie in einem offenen Buch in diesem Text nachlesen läßt, die Wahrheit der Mythen, der Riten und der Verbote. Aber der Text tut nicht das, was er offenkundig macht. Er sieht nichts Göttliches in der alle Menschen vereinigenden Mimetik. Er bringt dem Opfer unendlichen Respekt entgegen, hütet sich jedoch davor, es zu vergöttlichen.

Was mich an einem Mord wie demjenigen an Johannes am meisten interessiert, das ist seine gründende Kraft in kultureller, vor allem aber in religiöser Hinsicht. Ich möchte nun zeigen, daß der Markus-Text ausdrücklich auf diese religiöse Kraft anspielt. Darin liegt vielleicht seine außerordentlichste Leistung. Die Textstelle, an die ich denke, steht nicht nach, sondern vor der Erzählung. Sie ist eine Art *flash-back*. Herodes ist vom wachsenden Ansehen Jesu beeindruckt:

> Und es kam vor den König Herodes; denn der Name Jesu war nun bekannt. Und die Leute sprachen: Johannes der Täufer ist von den Toten auferstanden; darum tut er solche Taten. Etliche aber sprachen: Er ist Elia; etliche aber: Er ist ein Prophet wie einer der Propheten. Da es aber Herodes hörte, sagte er: Johannes, den ich enthauptet habe, der ist auferstanden.
>
> (Mk 6,14–16)

Aus allen in Umlauf befindlichen Vermutungen macht sich Herodes die erste zu eigen, jene, die aus Jesus den auferstandenen Johannes den Täufer macht, und der Text legt uns den Grund für diese Wahl nahe; Herodes nimmt an, Johannes der Täufer sei auferstanden wegen der Rolle, die er selbst bei dessen gewaltsamem Tod gespielt hat. Die Verfolger können nicht an den endgültigen Tod des sie vereinigenden Opfers glauben. Auferstehung und Sakralisierung der Opfer sind in erster Linie Verfolgungsphänomene, die Gewaltperspektive der Verfolger, die selbst an der Gewalt beteiligt waren.

Bei Markus und Matthäus wird die Auferstehung von Johannes

dem Täufer nicht ernst genommen, und auch wir sollen sie nicht ernst nehmen. Aber bis zum Schluß machen sie einen Sakralisierungsvorgang offenkundig, der dem Anschein nach eigenartige Ähnlichkeiten mit jenem anderen Sakralisierungsvorgang hat, der Hauptgegenstand des biblischen Textes ist, nämlich der Auferstehung Jesu und der Proklamation seiner Gottheit. Die Evangelien nehmen die Ähnlichkeiten sehr wohl wahr, aber sie werden davon nicht unangenehm berührt, und es beschleicht sie keinerlei Zweifel. Heutzutage wird die falsche Auferstehung Johannes des Täufers kaum mehr kommentiert, weil sie sich in den Augen der Gläubigen nicht genügend von der Auferstehung Jesu unterscheidet: wenn es keinen Grund gibt, sagen sie sich, an die Auferstehung des Johannes zu glauben, dann gibt es auch keinen Grund, an die Auferstehung Jesu zu glauben.

Für die Evangelien ist der Unterschied klar. Der Typus von Auferstehung, mit dem wir es hier zu tun haben, drängt sich den von ihrer eigenen Verfolgung mystifizierten Verfolgern auf. Christus hingegen ist auferstanden, um uns von all diesen Illusionen und dem Aberglauben zu befreien. Erst auf den Ruinen aller auf dem Kollektivmord gründenden Religionen triumphiert die österliche Auferstehung wahrhaft.

Die falsche Auferstehung des Johannes hat sicherlich jenen Sinn, den ich ihr eben zugeschrieben habe, ist doch ein zweites Mal von ihr die Rede, und zwar in einem Kontext, der keinen Zweifel zuläßt.

Da kam Jesus in die Gegend von Cäsarea Philippi und fragte seine Jünger und sprach: Wer sagen die Leute, daß des Menschen Sohn sei? Sie sprachen: Etliche sagen, du seiest Johannes der Täufer; andere, du seiest Elia; wieder andere, du seiest Jeremia oder der Propheten einer. Er sprach zu ihnen: Wer saget denn ihr, daß ich sei? Da antwortete Simon Petrus und sprach: Du bist Christus, des lebendigen Gottes Sohn! Und Jesus antwortete und sprach zu ihm: Selig bist du, Simon, Jonas Sohn; denn Fleisch und Blut hat dir das nicht offenbart, sondern mein Vater im Himmel. Und ich sage dir auch: Du bist Petrus, und auf diesen Felsen will ich bauen meine Gemeinde, und die Pforten der Hölle sollen sie nicht überwältigen.

(Mt 16,13–18)

Zum Zeitpunkt dieses Glaubensbekenntnisses ist Johannes der Täufer bereits tot. Alle Personen, die die Menge in Jesus wiederzufinden glaubt, sind bereits tot. Damit ist gesagt, daß die Menge glaubt, sie seien alle in der Person des Jesus auferstanden. Es handelt sich also um einen analogen Glauben wie jener des Herodes, um eine Art imaginären Glauben an die Auferstehung. Bei Lukas wird der Sachverhalt noch deutlicher als bei Matthäus. Dort steht: Etliche (sagen) aber, es sei der Propheten einer *auferstanden.*

Der Hinweis auf die Pforten der Hölle*, also auf den Aufenthaltsort der Toten bei den Griechen, scheint mir bedeutsam zu sein. Er bedeutet nicht nur, daß das Böse nicht den Sieg über das Gute davontragen wird. Man kann darin auch eine Anspielung auf die Religion der Gewalt sehen, die immer nur eine Religion der Toten und des Todes ist. Ich denke in diesem Zusammenhang an den Spruch des Heraklit: *Derselbe aber ist Hades und Dionysos.*

Die Kinder sehen den Unterschied zwischen den beiden Religionen, denn sie haben Angst vor der Gewalt, und vor Jesus haben sie keine Angst, die Weisen und Schlauen jedoch sehen nichts. Sie vergleichen sachkundig die Themen, und da sie überall die gleichen Themen finden, sehen sie die wahre strukturale Differenz nicht, obgleich sie sich als Strukturalisten verstehen. Sie sehen die Differenz nicht zwischen dem versteckten Sündenbock, den Johannes der Täufer für jene darstellt, die ihn willig anbeten, nachdem sie ihn getötet haben, und dem geoffenbarten und offenbarenden Sündenbock – dem Jesus der Passionsgeschichte.

Petrus indes sieht die Differenz, was ihn aber nicht davon abhält, mehrere Male in das der ganzen Menschheit eigene mimetische Verhalten zurückzufallen. Die außerordentliche Feierlichkeit Jesu an dieser Stelle zeigt, daß die von Petrus wahrgenommene Differenz nicht von allen Menschen wahrgenommen werden wird. Die Evangelien betonen also gewissermaßen das Paradox des Glaubens an die Auferstehung Jesu. Dieser Glaube entsteht nämlich in einem Umfeld äußerster Skepsis gegenüber Phänomenen, die für ein von eben diesem Glauben nicht berührtes Empfinden scheinbar analog sind.

---

* *Portes de l'Hadès,* Pforten des Hades, in der französischen Bibelübersetzung; Anm. d. Übers.

XII

Die Verleugnung des Petrus

Jesus zitiert seinen Jüngern aus dem Propheten Sacharja, um ihnen die Wirkung seines Leidens auf sie zu beschreiben: «Ich werde den Hirten schlagen, und die Schafe werden sich zerstreuen» (Sach 13,7; Mk 14,27). Unmittelbar nach der Gefangennahme ist bereits alles in wilder Auflösung begriffen. Allein Petrus flüchtet nicht. Er folgt dem Zug auf Distanz und dringt schließlich in den Hof des Hohenpriesters ein, während Jesus im Palast selbst brutal vernommen wird. Petrus gelingt es dank der Empfehlung eines mit den Örtlichkeiten Vertrauten, «eines anderen Jüngers», der sich ihm angeschlossen hatte, in den Hof zu gelangen. Der «andere Jünger» wird nicht mit Namen genannt, gemeint ist aber zweifellos der Apostel Johannes.

Petrus, so wird uns bei Markus berichtet, war Jesus von weitem gefolgt «bis hinein in des Hohenpriesters Palast und saß bei den Knechten und wärmte sich am Feuer» (Mk 14,54). Nichts Natürlicheres als dieses Feuer in einer Märznacht in Jerusalem. «Es standen aber die Knechte und Diener und hatten ein Kohlenfeuer gemacht, denn es war kalt, und wärmten sich. Petrus aber stand bei ihnen und wärmte sich» (Jo 18,18).

Bereits jetzt macht Petrus das, was die anderen tun – aus den gleichen Gründen wie sie. Bereits hier ahmt er die anderen nach, was indes anscheinend nicht weiter erstaunlich ist. Es ist kalt, und alle Anwesenden drängen sich um das Feuer. Auch Petrus. Auf Anhieb ist nicht ersichtlich, was sich hinzufügen ließe. Konkrete Einzelheiten sind aber um so bedeutsamer, je spärlicher sie im Text vorkommen. Drei von vier Evangelisten erwähnen dieses Feuer. Sie müssen ihre

Gründe haben. Im Markus-Text, dem *ursprünglichsten*, wie immer gesagt wird, muß man sie zu entdecken versuchen:

Als Petrus unten im Hof stand, kam eine der Mägde des Hohenpriesters. Und als sie sah, wie sich Petrus am Feuer wärmte, blickte sie ihn an und sprach:

> Und du warst auch mit Jesus von Nazareth. Er leugnete aber und sprach: Ich weiß nicht und verstehe nicht, was du sagst. Und er ging hinaus in den Vorhof (und der Hahn krähte). Und die Magd sah ihn und hob abermals an, zu sagen denen, die dabeistanden: Das ist einer von ihnen. Und er leugnete abermals. Und nach einer kleinen Weile sprachen abermals zu Petrus, die dabeistanden: Wahrlich, du bist einer von ihnen; denn du bist ein Galiläer. Er aber fing an, sich zu verfluchen und zu schwören: Ich kenne den Menschen nicht, von dem ihr redet. Und alsbald krähte der Hahn zum andern Mal. Da gedachte Petrus an das Wort, das Jesus zu ihm sagte: Ehe der Hahn zweimal kräht, wirst du mich dreimal verleugnen. Und er hob an zu weinen.
>
> (Mk 14,66–72)

Erst entsteht der Eindruck, Petrus leugne ganz frech. Die Verleugnung des Petrus läßt sich auf diese Lüge zurückführen. Aber nichts ist rarer als eine einfache Lüge, und diese hier verliert bei näherer Betrachtung an Eindeutigkeit. Was wird von ihm denn tatsächlich verlangt? Er soll zugeben, daß *er mit Jesus ist*. Seit der eben erfolgten Verhaftung jedoch gibt es um Jesus weder Jünger noch Gemeinde. Weder Petrus noch irgend jemand sonst ist nunmehr wirklich mit Jesus. Bekanntlich sahen die Philosophen des Existentialismus, so etwa Martin Heidegger, im *Mitsein* eine wichtige Modalität des Seins.

Die Gefangennahme scheint jede künftige Möglichkeit des Mitseins mit Jesus zu zerstören, und Petrus scheint seine ganze Vergangenheit vergessen zu haben. Er antwortet wie ein in Träume versunkener Mensch, der nicht mehr weiß, wo er ist: *Ich weiß nicht und verstehe nicht, was du sagst.* Vielleicht versteht er tatsächlich nicht. Er befindet sich in einem Zustand der Mittel- und Besitzlosigkeit, reduziert auf eine vegetative Existenz, beschränkt auf die elementaren Reflexe. Es ist kalt, und er wendet sich dem Feuer zu. Die Ellbogen brauchen, um sich dem Feuer zu nähern, zusammen mit den anderen die Hände am Feuer wärmen, das heißt so handeln, als wäre man einer der ihren, als wäre man mit ihnen. Die einfachsten Gebärden haben ihre eigene, soziologische, aber ebensosehr biologische Logik, die gerade deshalb so gebieterisch ist, weil sie sich weit unterhalb des Bewußtseins ansiedelt.

Petrus will sich nur zusammen mit den anderen wärmen. Aber infolge des Zusammenbruchs seiner Welt des *Mitseins** verlustig gegangen, kann er sich nicht wärmen, ohne dunkel jenem Sein zuzustreben, das hier in diesem Feuer glänzt; dieses Sein aber ist es, das alle auf ihn gerichteten Augen, alle dem Feuer entgegengestreckten Hände stumm bezeichnen.

Ein Feuer in der Nacht ist viel mehr als nur eine Quelle von Wärme und Licht. Sobald es angezündet wird, stellt man sich im Kreis darum auf; Wesen und Dinge formen sich neu. Einen Augenblick vorher gab es hier nur eine einfache Ansammlung, eine Art Menge, in der jeder allein war mit sich selbst, und nun zeichnet sich eine Gemeinschaft ab. Hände und Gesichter neigen sich der Flamme zu und werden im Gegenzug von ihr beleuchtet, gleich der wohlwollenden Antwort eines Gottes auf die an ihn gerichteten Gebete. Da sie alle ins Feuer blicken, müssen sie sich unvermeidlich gegenseitig sehen; sie können Blicke und Worte austauschen; ein Raum für Austausch und Kommunikation entsteht.

Wegen dieses Feuers tauchen vage neue Möglichkeiten des *Mitseins** auf. Für Petrus zeichnet sich von neuem ein *Mitsein* ab, an einem anderen Ort und mit anderen Partnern.

Bei Markus, Lukas und Johannes findet dieses Feuer ein zweites Mal Erwähnung, nämlich in jenem Moment, wo – bei Markus und Lukas – die Magd ein erstes Mal auftritt. Man würde sagen, es sei eher die Präsenz des Petrus beim Feuer als seine Präsenz im Hof, die diese Intervention bewirkt: *Und da sie sah Petrus sich wärmen, schaute sie ihn an und sprach: Und du warst auch mit Jesus von Nazareth.*

Vielleicht hat Petrus die anderen etwas beiseite geschoben, und nun steht er ganz nahe am Feuer, im vollen Licht, wo jeder ihn betrachten kann. Petrus ist wie immer zu schnell und zu weit gegan-

* Deutsch im französischen Original; Anm. d. Übers.

gen. Dank des Feuers kann ihn die Magd in der Dunkelheit erkennen, hier liegt aber nicht ihre Hauptrolle. Der Magd ist offensichtlich nicht ganz klar, warum die Haltung des Petrus für sie ein Ärgernis ist, was sie dazu drängt, ganz frech das Wort an ihn zu richten; aber Markus erwähnt das Feuer sicher nicht ohne Grund. Der Gefährte des Nazareners führt sich so auf, als wäre er hier zuhause, als käme ihm sein Platz am Feuer zu. Ohne das Feuer würde die Magd nicht oder zumindest weniger über Petrus empört sein. Das Feuer ist mehr als bloßes Dekor. Das *Mitsein* kann nicht universal werden, ohne seinen Eigenwert zu verlieren. Deshalb beruht es auf Ausschlüssen. Die Magd spricht nicht vom *Sein mit Jesus*, sondern von einem zweiten *Mitsein*, dem Um-das-Feuer-Sein; dafür interessiert sich die Magd, denn es ist das ihre; sie will es in seiner Gesamtheit verteidigen, und deshalb versagt sie Petrus das Recht, sich am Feuer zu wärmen.

Bei Johannes wird die Magd zur Türhüterin. Auf Empfehlung des anderen Jüngers gewährt sie Petrus Eingang in den Hof. Die Magd spielt tatsächlich die Rolle der Türhüterin. Die Idee an sich ist vorzüglich, aber sie führt den Evangelisten zur Behauptung, Petrus sei, noch bevor er sich dem Feuer genähert habe, erkannt worden. Die Magd erkennt den Eindringling also nicht mehr im Feuerschein, es ist nicht mehr der intime und rituelle Charakter der Szene, der ihre Empörung hervorruft. Bei Johannes ist es übrigens nicht der Chor aller Dienstleute, der beim dritten Mal Petrus befragt, sondern jemand, der als Verwandter desjenigen bezeichnet wird, dem Petrus das Ohr abgehauen hatte (in einem vergeblichen Versuch, Jesus bei seiner Verhaftung mit Gewalt zu verteidigen). Bei Johannes wird die überlieferte Interpretation bevorzugt, jene, die in der Verleugnung nur ein einziges Motiv sieht, die Angst. Ohne die Angst gänzlich ausschließen zu wollen, muß man sich doch davor hüten, ihr eine ausschlaggebende Rolle beizumessen; bei genauerem Hinsehen widersetzen sich denn auch alle vier Versionen dieser Lesart, sogar jene des Johannes, die sie auf den ersten Blick zu bestätigen scheint. Hätte Petrus wirklich Angst um sein Leben, wie dies von den meisten Kommentatoren unterstellt wird, dann hätte er diesen Hof niemals betreten, insbesondere wenn er bereits kurz vor dem Eintreten erkannt worden wäre. Er hätte sich sofort bedroht gefühlt; er hätte die Flucht ergriffen, ohne sich um den Rest zu kümmern.

Gewiß, mit der Bemerkung der Magd verliert der Kreis an Brüder-
lichkeit. Petrus möchte verschwinden, ohne gesehen zu werden, aber
man drängt sich um ihn. Er hält sich zu nahe beim Zentrum auf, und
die Magd kann sein Zurückweichen gegen den Vorhof mühelos mit
den Augen verfolgen. Einmal dort angekommen, hält er inne und
erwartet das weitere Geschehen. Sein Verhalten ist nicht dasjenige
eines Menschen, der Angst hat. Petrus entfernt sich vom Licht und
von der Wärme, weil er dunkel ahnt, woran sich die Magd stößt, aber
er geht nicht weg. Deshalb kann sie nachhaken. Sie versucht nicht,
Petrus zu terrorisieren, sondern ihn in Verlegenheit zu bringen und
ihn so zum Weggehen zu zwingen.

Als die Magd sieht, daß Petrus nicht weggeht, läßt sie nicht locker
und spricht zum zweiten Mal ihre Botschaft über die Zugehörigkeit
des Petrus zum Kreis der Jünger aus: «Das ist einer von ihnen.» Das
erste Mal hatte sie sich zwar direkt an Petrus gewandt, meinte aber
bereits die um das Feuer stehenden Leute ihrer Gruppe, die von einer
fremden Invasion bedrohten Mitglieder der Gemeinschaft. Diese
wollte sie gegen den Eindringling mobilisieren. Dieses Mal wendet
sie sich direkt an sie und bewirkt das gewünschte Resultat; nun ist
es die ganze Gruppe, die sich im Chor an Petrus wendet: *Du bist einer
von ihnen!* Dein *Mitsein* ist nicht hier, sondern im Sein mit dem
Nazarener. Im darauffolgenden Wortwechsel hebt Petrus die Stimme;
er beginnt, *sich zu verfluchen und zu schwören.* Würde er um sein Leben
oder auch nur um seine Freiheit bangen, er würde leiser sprechen.

Die Überlegenheit der Szene bei Markus hängt damit zusammen,
daß hier die Magd zweimal hintereinander spricht, anstatt das Wort
sogleich anderen Personen zu überlassen. Seine Magd hat stärkere
Konturen. Sie zeigt Initiative, sie ist es, die Bewegung in die Gruppe
bringt. Heute würden wir sagen, sie habe das Format zur *leader-ship.*
Aber wie immer muß man sich vor dem Psychologismus hüten; der
Erzähler ist nicht an der Magd interessiert, sondern an der Art und
Weise, wie sie den Gruppenmechanismus auslöst und die kollektive
Mimetik spielen läßt.

Ein erstes Mal versucht sie, wie bereits erwähnt, die Gruppe zu
wecken, die vielleicht wegen der späten Stunde, vielleicht wegen der
Wärme des Feuers vor sich hindöst. Sie will, daß ihrem Beispiel Folge
geleistet werde; da das jedoch nicht der Fall ist, leistet sie ihm als erste

Folge. Ihre erste Lektion hatte keine Wirkung, sie gibt eine zweite, die zwangsläufig die Wiederholung der ersten ist. Die Ältesten wissen, daß sie ihre Anhänger wie Kinder behandeln müssen; man muß immer Nachahmung hervorrufen. Durch den zweiten Versuch wird der erste bestärkt, und diesmal zeigt sich Wirkung. Alle Anwesenden wiederholen in schöner Einhelligkeit: *Wahrlich, du bist einer von ihnen; denn du bist ein Galiläer.*

Nicht allein für Markus ist die Mimetik charakteristisch; in allen vier Evangelien ist die Verleugnungsszene durch und durch mimetisch, bei Markus aber ist der mimetische Antrieb von Anfang an in der Rolle von Feuer und Magd besser herausgearbeitet. Allein bei Markus muß die Magd zweimal ansetzen, um die mimetische Maschinerie in Gang zu setzen. Sie konstituiert sich als Modell, und um die Wirkung dieses Modells zu erhöhen, ahmt sie es ein erstes Mal selbst nach, unterstreicht damit ihren eigenen Modellcharakter und präzisiert mimetisch, was sie von ihren Gefährten erwartet.

Die Schüler wiederholen, was ihnen die Lehrerin sagt. Die Worte der Magd werden genau wiederholt, aber mit einem Zusatz, der wunderbar enthüllt, worum es in der Verleugnungsszene geht: *denn du bist ein Galiläer.* Vom Feuer beleuchtet, verrät sich Petrus erst durch sein Gesicht und dann durch seine Sprache. Matthäus setzt, wie so oft, das Pünktchen auf das i, indem er die Verfolger des Petrus sagen läßt: *denn deine Sprache verrät dich.* Alle, die sich ruhigen Gewissens am Feuer wärmen, stammen aus Jerusalem. Sie *sind von da.* Petrus hat nur zweimal gesprochen, und jedesmal sagte er nur wenige Worte. Für seine Gesprächspartner genügt es aber, um in ihm unfehlbar den Außenstehenden, den immer irgendwie verachtenswerten Provinzbewohner, den Galiläer zu sehen. Wer einen Akzent hat, ist immer derjenige, der *nicht von da ist.* Die Sprache ist das gewisseste Anzeichen für das *Mitsein.* Gerade aus diesem Grund messen Heidegger und die Vertreter ähnlicher Denkrichtungen der sprachlichen Dimension des Seins großen Wert bei. Die Eigenart der Landes- oder Regionalsprache ist grundlegend. Überall wird unablässig betont, das Wesentliche und Wertvolle eines Textes oder sogar einer Sprache sei unübersetzbar. Die Evangelien werden als unwesentlich angesehen, weil sie in einem bastardisierten, kosmopolitischen Griechisch ohne jegliches literarische Prestige geschrieben sind. Im übrigen sind sie vollkommen übersetzbar, und bei ihrer Lektüre vergißt man leicht, in welcher Sprache man sie liest, einmal vorausgesetzt, man kenne diese, sei es nun das griechische Original oder die lateinische Vulgata, Französisch oder Deutsch, Englisch oder Spanisch usw. Für denjenigen, der die Evangelien kennt, stellt ihre Übersetzung in eine unbekannte Sprache ein exzellentes Mittel dar, ohne großen Aufwand in die Intimität dieser Sprache einzudringen. Die Evangelien gehören uns allen; sie haben keinen Akzent, weil sie sämtliche Akzente haben.

Petrus ist erwachsen, und seine Sprechweise ist ein für alle Male fixiert. Er kann nichts daran ändern. Es gelingt ihm nicht, den Akzent der Hauptstadt vollkommen nachzuahmen. Das gewollte *Mitsein** haben heißt nicht nur, die gleichen Sachen sagen wie alle anderen, sondern sie auch in der gleichen Weise aussprechen. Die geringste Nuance im Tonfall kann uns verraten. Die Sprache ist eine verräterische oder zu getreue Magd, die unablässig die wahre Identität desjenigen proklamiert, der sie zu verbergen sucht.

Zwischen Petrus und seinen Gesprächspartnern entbrennt eine mimetische Rivalität, deren Einsatz das *Mitsein** ist, das in den Flammen tanzt. Petrus versucht sich mit allen Mitteln zu «integrieren», wie man so schön sagt; er versucht also die Vorzüglichkeit seiner Nachahmung unter Beweis zu stellen, aber seine Gegenspieler gehen ohne Zögern auf die unnachahmlichsten Aspekte der kulturellen Mimetik zu, wie etwa die in den unbewußten Regionen der Psyche angesiedelte Sprache.

Je stärker die Zugehörigkeit verwurzelt, «authentisch» und unausrottbar ist, desto stärker beruht sie auf Idiolekten, die tiefgründig erscheinen, aber doch vielleicht unbedeutend sind; wahre Idiotismen – im griechischen Sinne von *idion,* das Eigene. Je mehr uns eine Sache gehört, um so mehr gehören wir ihr; damit ist aber nicht gesagt, daß sie besonders «unerschöpflich» wäre. Neben der Sprache gibt es die Sexualität. Bei Johannes steht, die Magd sei *jung,* und vielleicht ist das eine bedeutsame Einzelheit.

Wir alle sind von Sprache und Geschlechtlichkeit wie besessen. Gewiß, weshalb jedoch muß es immer im Tonfall Besessener gesagt werden? Vielleicht gibt es Gescheiteres zu tun. Petrus ist inzwischen

---

* Deutsch im französischen Original; Anm. d. Übers.

klargeworden, daß er seine Umgebung nicht täuschen kann; wenn er also seinen Meister von neuem verleugnet, dann nicht um zu überzeugen, sondern um jene Bindungen abzubrechen, die ihn mit Jesus verbanden, und um gleichzeitig neue Bindungen mit jenen zu knüpfen, die ihn umgeben: *Er aber fing an, sich zu verfluchen und zu schwören: Ich kenne den Menschen nicht, von dem ihr redet.*

Es handelt sich um eine eigentlich religiöse Bindung – von *religare*, binden –, und das ist der Grund, weshalb Petrus anfängt, sich zu *verfluchen** – wie Herodes in seinem maßlosen Angebot an Salome. Die Gewalt und die Zornesgesten richten sich nicht gegen die Gesprächspartner von Petrus, sondern gegen Jesus selbst. Petrus macht aus Jesus sein Opfer, um nicht mehr jene Art von subalternem Opfer zu sein, zu dem ihn erst die Magd, dann die ganze Gruppe macht. Was diese Leute Petrus antun, möchte er auch ihnen antun, aber er kann es nicht. Er ist nicht stark genug, um durch Rache zu triumphieren. Er versucht sich also mit seinen Feinden zu verständigen und sich mit ihnen gegen Jesus zu verbünden, indem er ihn wegen ihnen, für sie und in ihrer Gegenwart genau so behandelt, wie sie ihn behandelt haben. In den Augen dieser loyalen Dienstleute kann Jesus nur ein Nichtsnutz sein, hat man es doch für richtig befunden, ihn festzunehmen und brutal zu vernehmen. Das beste Mittel, sich in einer unfreundlichen Umwelt Freunde zu verschaffen, besteht darin, sich die Gegnerschaften, sich die Feinde der anderen zu eigen zu machen. Was man zu diesen anderen in solchen Momenten sagt, tönt immer etwa gleich: «Wir gehören alle zur gleichen Sippe, wir bilden nur noch eine einzige Gruppe, weil wir den gleichen Sündenbock haben.»

Zweifellos spielt bei der Verleugnung auch Angst mit, vor allem aber Scham. Wie die Arroganz, die Petrus soeben noch an den Tag gelegt hat, ist auch die Scham ein mimetisches Gefühl, ja das mimetische Gefühl schlechthin. Um es zu empfinden, muß ich mich mit den Augen desjenigen betrachten, vor dem ich mich schäme. Es braucht also eine starke Einbildungskraft, und das ist das gleiche wie knechtische Nachahmung. Einbilden, nachahmen, diese beiden Begriffe sind

---

* Im französischen *imprécation* klingt noch das lateinische *imprecatio* an, das sowohl positive wie negative Bedeutung hat, Fluch und Schwur; Anm. d. Übers.

in Wirklichkeit identisch. Petrus schämt sich für diesen Jesus, den jedermann verachtet; er schämt sich des Modells, das er sich selbst gegeben hat, er schämt sich folglich vor sich selbst.

Der Wunsch, akzeptiert zu werden, reibt sich an den ihm entgegengestellten Hindernissen. Petrus ist also bereit, die von der Magd und ihren Freunden verweigerte Zulassung sehr teuer zu bezahlen, die Intensität seines Wunsches ist jedoch örtlich und zeitlich durchaus begrenzt, hervorgerufen allein durch die Zwangsläufigkeit des Spiels. Es handelt sich nur um eine jener von allen begangenen kleinen Feigheiten, an die sich nachher niemand mehr erinnert. Daß Petrus seinen Meister in so kleinlicher Weise verrät, sollte uns weiter nicht erstaunen; wir tun das alle auch. Erstaunlich hingegen ist die Verfolgungs- und Opferstruktur, die sich in der Verleugnungsszene intakt wiederfindet und die hier ebenso getreu wie im Mord an Johannes dem Täufer oder in der Passionsgeschichte wiedergegeben ist.

Meiner Meinung nach müssen gewisse Worte bei Matthäus im Lichte dieser strukturellen Identität interpretiert werden; ihre legale Bedeutung ist nur Schein. Was Jesus den Menschen tatsächlich sagt, ist die strukturale Entsprechung jeglichen Verfolgungsverhaltens:

Ihr habt gehört, daß zu den Alten gesagt ist: *« Du sollst nicht töten; wer aber tötet, der soll des Gerichts schuldig sein.»* Ich aber sage euch: Wer mit seinem Bruder zürnt, der ist des Gerichts schuldig; wer aber zu seinem Bruder sagt: Du Nichtsnutz! der ist des Hohen Rats schuldig; wer aber sagt: Du gottloser Narr! der ist des höllischen Feuers schuldig.

(Mt 5,21–22)

Um nicht gekreuzigt zu werden, ist es also letztlich am besten, sich wie alle anderen zu benehmen und sich an der Kreuzigung zu beteiligen. Die Verleugnung ist also tatsächlich eine Episode der Passionsgeschichte, eine Art Unruhe, ein kurzer Wirbel in der breiten Bewegung der Opfermimetik, die alle diese Leute nach Golgatha mitreißt.

Die außerordentliche Kraft des Textes läßt sich unmittelbar daran verifizieren, daß man seine wahre Bedeutung nicht verkennen kann, ohne die Folgen zu tragen und die gleiche Struktur der Verleugnung selbst zu reproduzieren. Meist läuft das auf eine «Psychologie des Apostelfürsten» hinaus. Jemandes psychologisches Porträt zeichnen heißt immer, ihm gleichsam den Prozeß machen. Jener von Petrus endigt in einem von Tadel begleiteten Freispruch. Zwar ist Petrus nicht gänzlich schlecht, aber er ist auch nicht durch und durch gut. Man kann nicht auf ihn zählen. Er ist wechselhaft, impulsiv und ohne große Charakterstärke. Er gleicht in etwa Pilatus, und Pilatus ist Herodes ziemlich ähnlich, der wiederum irgendeinem Beliebigen gleicht. Nichts Monotoneres, letztlich auch nichts Simpleres als diese mimetische Psychologie der Evangelien. Vielleicht ist es sogar nicht einmal Psychologie. Von weitem betrachtet, gleicht es der unendlichen, amüsanten, packenden und bereichernden Vielfalt der Welt; von nahem betrachtet, besteht es immer aus den gleichen Elementen – wie auch unsere eigene Existenz, die uns eigentlich überhaupt nicht mehr amüsiert.

Um das Feuer taucht also gewissermaßen die alte Religion auf, zwangsläufig mit Opfern garniert; jene Religion, die die Integrität der Sprache und der Hausgötter, die Reinheit des Familienkultes verteidigt. Petrus ist von alledem angezogen; das ist nur «natürlich», denn auch wir sind es, werfen wir doch dem Gott der Bibel vor, uns gerade das vorzuenthalten. Aus reiner Bosheit, sagen wir. Man muß schon sehr böse sein, um die Verfolgungsdimension jener seit urdenklichen Zeiten existierenden Religion zu enthüllen, die uns noch immer mit unaussprechlichen Bindungen unter ihrer Fuchtel hält. Tatsache ist, daß das Evangelium nicht sehr feinfühlig mit uns heimlichen Verfolgern umgeht. Selbst in unseren banalsten Verhaltensweisen, wenn wir hier und jetzt um das Feuer stehen, spürt es die alte Geste der aztekischen Opferer und der Hexenverfolger auf, die ihre Opfer in die Flammen stürzen.

Wie alle Überläufer legt Petrus die Aufrichtigkeit seiner Bekehrung dadurch an den Tag, daß er seine alten Freunde anschwärzt. Wir sehen die moralischen Implikationen der Verleugnung, wir müssen aber auch deren anthropologische Dimension wahrnehmen. Mit seinen Flüchen und Verwünschungen legt Petrus den Umstehenden nahe, sich mit ihm zu *verschwören*. Jede durch einen Eid gebundene Gruppe von Menschen bildet eine Verschwörung, aber der Begriff wird mit Vorliebe dann gebraucht, wenn sich die Gruppe einmütig den Tod oder das Verderben eines bedeutenden Individuums zum Ziel setzt. Das Wort findet auch Anwendung bei Teufelsaustreibungsriten, bei magischen Praktiken, die im Kampf gegen Magie eingesetzt werden...

In vielen Initiationsriten besteht die Prüfung in einem Gewaltakt, in der Tötung eines Tieres, manchmal auch eines Menschen, der als Gegner der Gesamtgruppe wahrgenommen wird. Um Zugehörigkeit zu erlangen, muß dieser Gegner in ein Opfer verwandelt werden. Petrus bedient sich des Schwurs, also religiöser Formeln, um seiner Verleugnung in den Augen der Verfolger initiatorische Kraft zu verleihen.

Um die Verleugnung richtig interpretieren zu können, gilt es allem Rechnung zu tragen, was ihr in den synoptischen Evangelien voraufgeht, insbesondere aber jenen beiden Szenen, die die Verleugnung unmittelbar vorbereiten und ankündigen. Es handelt sich dabei um die beiden wichtigsten Leidensankündigungen durch Jesus selbst. Beim ersten Mal will Petrus nichts davon hören: «Herr, das verhüte Gott! Das widerfahre dir nur nicht!» Es ist dies die Haltung aller Jünger. Zu Beginn wird diese kleine Welt, das ist unvermeidlich, von der Ideologie des Erfolgs dominiert. Man macht sich die besten Plätze im Reiche Gottes streitig. Man fühlt sich für die gute Sache *mobilisiert.* Die ganze Gemeinde wird vom mimetischen Wunsch umgetrieben, infolgedessen ist sie blind für die wahre Natur der Offenbarung. Man sieht in Jesus vor allem den Wundertäter, den mitreißenden Führer der Massen, die politische Figur.

Der Glaube der Jünger bleibt vom triumphierenden Messianismus durchdrungen. Er ist aber deswegen nicht weniger stark. Das hat Petrus unter Beweis gestellt, aber ein Teil seiner selbst ist sich noch bewußt, in welches Abenteuer er sich, kurz vor Anbruch des weltlichen Erfolges, gestürzt hat. Wozu kann wohl eine Verpflichtung gut sein, die nur zu Mißerfolg, Leiden und Tod führt?

Bei dieser Gelegenheit wird Petrus scharf gerügt: *Hebe dich, Satan, von mir! Du bist mir ein Ärgernis* (Mt 16,23). Wenn ihm gezeigt wird, daß er sich irrt, dann wechselt Petrus sogleich die Richtung und macht sich mit gleichem Tempo in umgekehrter Richtung davon. Bei der zweiten Leidensankündigung, nur wenige Stunden vor der Gefangennahme, reagiert Petrus ganz anders als beim ersten Mal. *In dieser Nacht werdet ihr alle Ärgernis nehmen an mir,* sagt Jesus zu ihnen:

Petrus aber antwortete und sprach zu ihm: Wenn sie auch alle Ärgernis nähmen an dir, so will ich's doch nimmermehr tun. Jesus sprach zu ihm: Wahrlich, ich sage dir: In dieser Nacht, ehe der Hahn kräht, wirst du mich dreimal verleugnen. Petrus sprach zu ihm: Und wenn ich mit dir sterben müßte, so will ich dich nicht verleugnen. Desgleichen sagten auch alle Jünger.

(Mt 26,33–35)

Die scheinbare Standfestigkeit des Petrus ist eins mit der Intensität seiner Mimetik. Seit der ersten Ankündigung hat sich zwar der «Diskurs», nicht aber die Sache geändert. Gleiches gilt für die anderen Jünger, die immer das wiederholen, was Petrus sagt, denn sie sind ebenso mimetisch wie er. Über Petrus ahmen sie Jesus nach.

Jesus sieht sehr wohl, daß dieser Eifer den kommenden Abfall bereits in sich birgt. Mit seiner Gefangennahme, das sieht er voraus, wird sein weltliches Ansehen zusammenbrechen, und er wird den Jüngern nicht mehr jener Typus von Modell sein, den er bisher darstellte. Alle mimetischen Aufforderungen werden von Personen und Gruppen kommen, die ihm und seiner Botschaft feindlich gesinnt sind. Die Jünger, vor allem aber Petrus, sind zu leicht beeinflußbar, um nicht von neuem beeinflußt zu werden. Der Evangeliumstext macht das in der eben kommentierten Stelle deutlich. Daß Jesus selbst das Modell ist, bedeutet so lange nichts, als er im Modus der Eroberungsgier nachgeahmt wird, die im Grunde mit der Entfremdung des Wunsches identisch ist.

Petrus' erste Kehrtwendung ist an sich selbstverständlich nicht zu verurteilen, sie ist jedoch, wie Jesus offensichtlich bemerkt, nicht ohne mimetischen Wunsch. Er sieht, wie sich eine neue Kehrtwendung abzeichnet, die angesichts der drohenden Katastrophe einzig und allein die Form einer Verleugnung annehmen kann. Die Verleugnung ist also rational voraussehbar. Wenn Jesus sie voraussieht, so wie er es tatsächlich tut, dann zieht er lediglich aus dem von ihm Beobachteten die Folgen für die nahe Zukunft. Jesus macht gewissermaßen die gleiche Analyse wie wir: er vergleicht nacheinander die verschiedenen Reaktionen des Petrus auf die Leidensankündigung, um daraus auf die Wahrscheinlichkeit des Verrates zu schließen. Beweis für die Richtigkeit dieser Annahme ist, daß die Prophezeiung der Verleugnung eine direkte Antwort auf Petrus' zweite mimetische Zurschaustellung ist; um sich ein Urteil bilden zu können, verfügt der Leser über die gleichen Angaben wie Jesus. Wer den mimetischen Wunsch versteht, der muß zu den gleichen Schlußfolgerungen kommen. Das führt zur Annahme, jene Person, genannt Jesus, verstehe diesen Wunsch im gleichen Sinne wie wir. Dieses Verständnis aber enthüllt die Rationalität der Verbindung aller Elemente in jener Sequenz, die sich aus den beiden Leidensankündigungen, der Prophezeiung der Verleugnung und der Verleugnung selbst, zusammensetzt.

Aus der Sicht Jesu handelt es sich tatsächlich um einen mimetischen Wunsch, denn jedesmal greift Jesus auf jenen Begriff zurück, der diesen Wunsch bezeichnet, das *Ärgernis (Skandalon)*, wenn er die Reaktionen von Petrus, auch die Verleugnung, beschreibt: *In dieser Nacht werdet ihr alle Ärgernis nehmen an mir.* Und ihr werdet um so sicherer Ärgernis nehmen, weil ihr bereits Opfer des Ärgernisses seid. Gerade eure Gewißheit, nicht Opfer zu sein, eure Illusion der Unverwundbarkeit sagt sehr viel über eure tatsächliche Lage und über die euch erwartende Zukunft aus. Der Mythos der individuellen Differenz, den Petrus hier verteidigt, wenn er *ich* sagt, ist selbst mimetisch. Petrus betrachtet sich als den authentischsten, fähigsten aller Jünger – einzig wahrer Nachfolger Jesu, einzig wahrer Besitzer seines ontologischen Modells.

Vor den Augen ihres Vaters rivalisieren die bösen Zwillinge theatralisch um dessen Gunst und überzeugen so König Lear davon, daß sie ihn leidenschaftlich lieben. Der Unglückliche glaubt, ihre Rivalität sei von reiner Zuneigung genährt, dabei ist das Gegenteil der Fall. Die reine Rivalität ruft das trügerische Bild einer Zuneigung hervor. Nie fällt Jesus in Zynismus, aber er erliegt auch nie derartigen Illusionen. Ohne Petrus mit einer der Zwillingstöchter von Lear gleichsetzen zu wollen, ist in ihm die Marionette eines analogen Wunsches zu erkennen, von dem er sich eben deshalb nicht besessen glaubt, weil er von ihm besessen ist; er erkennt die Wahrheit erst später, wenn er nach der Verleugnung beim Gedanken an seinen Meister und seine Vorhersage in Tränen ausbricht.

In dieser bewundernswerten Szene, in der Petrus und die anderen Jünger eine falsche Inbrunst für die Passion an den Tag legen, zeigen uns die Evangelien so etwas wie eine Satire *avant la lettre* auf jenen gewissen religiösen Eifer, der anerkanntermaßen spezifisch «christlich» ist. Die Jünger erfinden eine neue religiöse Sprache, die Sprache der Passion. Sie verzichten auf die Ideologie von Glück und Erfolg, aber sie machen aus Leiden und Scheitern eine durchaus analoge Ideologie, eine neue mimetische und gesellschaftliche Maschinerie, die genau gleich funktioniert wie der frühere Triumphalismus.

Jede Art von Anhängerschaft, die Menschen als Gruppe einem Unterfangen entgegenbringen können, wird von Jesus für unwürdig erklärt. Und eben diese Verhaltensweisen sind es, die sich durch die ganze Geschichte des Christentums unablässig kreisförmig hindurchziehen – insbesondere aber in unserer Epoche. Die Jünger zweiter Auflage erinnern an den triumphierenden Antitriumphalismus gewisser heutiger christlicher Kreise, an ihren stets klerikalen Antiklerikalismus. Die Tatsache, daß derartige Verhaltensweisen bereits in den Evangelien angeprangert werden, zeigt sehr wohl, daß man die höchste christliche Inspiration nicht auf ihre eigenen psychologischen und soziologischen Nebenprodukte zurückführen kann.

Das einzige Wunder in der Ankündigung der Verleugnung ist eins mit diesem Wissen um den Wunsch, das in den Worten Jesu manifest wird. Weil sie dieses Wissen nicht in seinen letzten Konsequenzen verstanden haben, haben die Evangelisten, so fürchte ich, aus ihm ein Wunder im engen Sinne gemacht.

In dieser Nacht, ehe der Hahn kräht, wirst du mich dreimal verleugnen. Eine so mirakulöse Genauigkeit der prophetischen Ankündigung wirft die von der Textanalyse herauszuarbeitende höhere Rationalität ins Dunkel zurück. Ist daraus zu schließen, daß die Rationalität gar nicht wirklich vorhanden ist und daß ich ganz einfach geträumt habe? Ich denke nicht, denn es gibt zu viele und zu vollkommen übereinstimmende Daten, die diese Rationalität nahelegen. Die Übereinstimmungen zwischen der Substanz des narrativen Berichts und der Theorie des *skandalon*, d. h. der Theorie des mimetischen Wunsches, können nicht rein zufälliger Natur sein. Es stellt sich also die Frage, ob die Autoren der Evangelien die Antriebe zu diesem Wunsch, *der zwar in ihren Texten offenbar wird*, auch wirklich erfassen.

Der außerordentliche Stellenwert, der dem Hahn zuerst von den

Evangelisten selbst und in der Folge von der ganzen Nachwelt beigemessen worden ist, deutet auf ein unzureichendes Verständnis, das den Hahn in eine Art Fetisch verwandelt, um den herum sich eine Art «Wunder» herauskristallisiert.

Im Jerusalem jener Zeit bezeichneten der erste und der zweite Hahnenschrei, so versichern uns die Experten, nur bestimmte Nachtstunden. Ursprünglich hatte also vielleicht der Bezug auf den Hahn nichts zu tun mit jenem realen Tier, das die Evangelien krähen lassen. In seiner lateinischen Übersetzung läßt Hieronymus den Hahn sogar einmal mehr krähen als im griechischen Original. Einer der beiden im Programm vorgesehenen Schreie ist nicht erwähnt, und der Übersetzer berichtigt diese ihm unzulässig und skandalös erscheinende Unterlassung.

Die anderen drei Evangelisten sind vermutlich der Meinung, Markus messe dem Hahn zu große Wichtigkeit bei. Um diesen Hahn auf seinen Platz zu verweisen, lassen sie ihn zwar nur einmal krähen, wagen es aber nicht, ihn auszulassen. Selbst bei Johannes findet er schließlich Erwähnung, obwohl dort die Ankündigung der Verleugnung vollständig ausgelassen und so dem Hahn die Daseinsberechtigung entzogen ist.

Es ist keineswegs notwendig, eine Vorhersage, die sich durchaus vernünftig erklären läßt, als Wunder zu behandeln, es sei denn, man nehme die stets mimetischen Gründe der Verleugnung und ihrer Vorgeschichte im Verhalten des Petrus nicht wahr.

Was könnte einen Autor dazu bewegen, in einer Erzählung eine durchaus rational erklärbare Vorhersage in ein Wunder zu verwandeln? Die wahrscheinlichste Erklärung ist, der Autor selbst erfasse diese Rationalität nicht oder nur unzureichend. Das ist, meiner Meinung nach, im Bericht über die Verleugnung der Fall. Der Redaktor sieht sehr wohl, daß es hinter angeblichen Diskontinuitäten eine Kontinuität im Verhalten von Petrus gibt, aber er erkennt sie nicht. Er sieht den Stellenwert des Begriffs Ärgernis, aber er beherrscht die Anwendung nicht und begnügt sich in der Folge damit, wortwörtlich das zu wiederholen, was er darüber von Jesus selbst oder von einem ersten Mittelsmann gehört hat. Der Redaktor begreift auch die Rolle des Hahns in dieser Geschichte nicht. Das ist weniger schwerwiegend, aber die beiden Mißverständnisse fühlen sich natürlicherweise voneinander angezogen, verbinden sich und führen so zum Hahn-Wunder. Die beiden Unverständlichkeiten entsprechen und widerspiegeln sich, so daß schließlich die eine die Gegenwart der anderen, wenn auch notgedrungen, auf übernatürliche Weise zu erklären scheint. Der unerklärliche, aber greifbare Hahn zieht das diffus Unerklärliche der ganzen Szene auf sich. Die Menschen neigen dazu, in jedem Wissen, das ihnen entgeht, eine Art Wunder zu sehen, und es genügt eine dem Anschein nach ebenfalls geheimnisvolle, aber durchaus konkrete Einzelheit, um eine mythologische Kristallisation herbeizuführen. Und schon wird aus dem Hahn so etwas wie ein Fetisch.

Meine Analyse hat zwangsläufig spekulativen Charakter. In den Evangelien finden sich jedoch Anzeichen, die ein solches Vorgehen nahelegen. Jesus zeigt sich kritisch gegenüber dem exzessiven Wunderglauben der Jünger, aber auch gegenüber ihrer Unfähigkeit, die ihnen zuteil gewordene Lehre zu verstehen. Von diesen beiden Unvermögen oder eher von den beiden Seiten des einen Unvermögens muß ausgegangen werden, um zu verstehen, daß eine Art Wunder in eine Szene eingeführt wird, die das gar nicht nötig hat. Dieses Wunder ist überflüssig und schadet der Verleugnungsszene, denn seine Gegenwart wirft das dem Text eigene wundersame Verständnis menschlicher Verhaltensweisen ins Dunkel zurück. Das Wunder begünstigt die intellektuelle und geistige Trägheit bei Gläubigen und Nichtgläubigen.

Die Evangeliumstexte sind im Kreis der ersten Jünger erarbeitet worden. Selbst nach der durch das Pfingsterlebnis angebrachten Korrektur mochten dem Zeugnis der ersten, aber auch der zweiten Generation von Christen Unzulänglichkeiten anhaften, auf die von Jesus selbst hingewiesen wird. Nicht um die Jünger der ersten Stunde zu beschämen oder sie in den Augen der Nachwelt herabzusetzen, betonen die Texte, daß sogar die besten unter ihnen der Offenbarung mit Unverständnis begegneten; vielmehr wollen sie damit die Distanz nahelegen, die Jesus und seinen Geist von jenen trennt, die seine Botschaft als erste empfangen und an uns weitergeben durften. Dies ist, meiner Meinung nach, ein nicht zu vernachlässigender Hinweis, wenn wir zweitausend Jahre später die Evangelien interpretieren – in einer Welt, die nicht mehr natürlichen Verstand besitzt als zur Zeit Jesu, die aber gleichwohl zum ersten Mal fähig ist, gewisse Aspekte seiner Lehre zu verstehen, weil sie sich im Verlaufe der Jahrhunderte nach und nach von ihr durchdringen ließ. Es sind nicht unbedingt jene Aspekte, die uns in den Sinn kommen, wenn wir «Christentum» oder «Evangelien» sagen, es sind aber jene Aspekte, die für ein etwas besseres Textverständnis, gerade auch einer Szene wie jener der Verleugnung, unerläßlich sind.

Falls meine Annahme stimmt und die Evangelisten die Rationalität der Verleugnung und der von Jesus darüber gemachten Vorhersage nicht ganz richtig verstanden haben, dann ist unser Text geradezu erstaunlich. Erstaunlich insofern, als er sowohl das Wunder berichtet, das von den Redaktoren einer Szene übergestülpt worden ist, deren Logik sie selbst nicht ganz verstehen, als auch jene Angaben enthält, die es uns heute erlauben, diese Logik zu ermitteln. Die Evangelien legen uns also gewissermaßen alle Akten eines Dossiers in die Hände, die sie selbst nicht ganz verstehen, setzen sie doch eine irrationale Interpretation an die Stelle jener rationalen Interpretation, die wir selbst aufgrund der gleichen Angaben herausarbeiten. Dabei vergesse ich nie, daß wir nichts über Jesus sagen können, was nicht in den Evangelien stünde.

Einer Szene, die sich besser ohne Hilfe eines Wunders auslegen läßt, wird in unserem Text eben diese mirakulöse Erklärung aufgepfropft. Die Redaktoren der Evangelien müssen also ungeachtet ihrer Unfähigkeit, alles zu verstehen, die Akten des Dossiers mit beachtlicher Genauigkeit zusammengetragen und weitergegeben haben. Falls meine Annahme stimmt, wird ihr Ungenügen in einigen wenigen Punkten kompensiert durch außerordentliche Zuverlässigkeit in allen anderen Punkten.

Auf den ersten Blick mag es schwierig sein, diese Kombination von Qualitäten und Fehlern in Einklang zu bringen. Ohne langes Nachdenken wird jedoch deutlich, daß sie ganz im Gegenteil durchaus plausibel, ja äußerst wahrscheinlich ist, vorausgesetzt, auch die Evangelien seien unter dem Einfluß jener Mimetik redigiert worden, die Jesus seinen ersten Jüngern ja gerade immer wieder zum Vorwurf macht; ihr Verhalten enthüllt die Präsenz eben dieser Mimetik, deren Funktionieren sie selbst mit dem besten Willen der Welt nicht gänzlich durchschauen konnten, da sie nicht imstande waren, sich ihrer vollständig zu entledigen.

Die mythische Kristallisation rund um den Hahn stünde, ist meine Lesart richtig, mit einem Phänomen mimetischer Übersteigerung im Zusammenhang, das seinerseits in Analogie steht zu jenen anderen Phänomenen, von denen uns die Evangelien Beispiele geben. Im Mord an Johannes dem Täufer beispielsweise ist das Motiv des Hauptes auf der Schüssel das Ergebnis einer zu buchstäblich verstandenen Nachahmung. Wirkliche Texttreue erfordert Distanz bei der Übermittlung von einem Individuum zum anderen und bei der Übersetzung von einer Sprache in die andere. Der Kopist, der seinem Modell zu nahe steht, weil er zu stark von ihm in Anspruch genommen wird, gibt alle Einzelheiten mit bewundernswerter Genauigkeit wieder, ist aber von Zeit zu Zeit einem eigentlich mythologischen Versagen unterworfen. Die primitive Sakralisierung, die Vergöttlichung des Sündenbocks, dessen Unschuld nicht anerkannt wird, ist das Ergebnis einer allmächtigen mimetischen Aufmerksamkeit und einer äußersten Konzentration auf das Modell-Opfer.

Qualitäten und Mängel der biblischen Zeugnisse finden sich in besonders klarer und kontrastreicher Form im Umgang mit einem Schlüsselbegriff für die mimetische Lesart: dem Ärgernis.

Die aufschlußreichsten Verwendungen von *skandalon* und *skandalizein* werden Jesus selbst zugeschrieben, sie zeigen sich in Form von mehr oder minder willkürlich verstreuten Fragmenten. Wichtige Sätze folgen nicht immer logisch aufeinander, und oft weicht ihre Reihenfolge von einem Evangelium zum anderen ab. Diese Reihenfolge, das haben Forschungen gezeigt, kann vom Vorhandensein eines einfachen Wortes in einem Satz bestimmt sein; dieses Wort hat dann einen anderen Satz zur Folge, nur weil dort das gleiche Wort vorkommt. Man kann sich vorstellen, es handle sich hier um so etwas wie das Rezitieren von auswendig gelernten Sätzen, die durch mnemotechnische Mittel untereinander verbunden sind.

Um die erklärende Kraft des Begriffs Ärgernis zu erfassen, müssen folglich alle diese Sätze neu zusammengestellt und wie Teile eines Zusammensetzspieles behandelt werden. Ist dann die richtige Verkettung einmal gefunden, ist es eins mit der mimetischen Theorie selbst. Das habe ich in *Das Ende der Gewalt* zu zeigen versucht.

Man hat es also mit einem außerordentlich kohärenten Ganzen zu tun, das aber von den Exegeten nie wahrgenommen wird, weil die

Teile durcheinandergeraten, ja aufgrund des fehlenden Überblicks der Autoren manchmal sogar etwas entstellt worden sind. Wenn diese Autoren sich selbst überlassen sind, dann berichten sie uns vage davon, daß *Jesus wohl wußte, was im Menschen war*, verdeutlichen dieses Wissen aber nur ganz ungenügend. Alle Daten stehen ihnen zur Verfügung, aber – weil sie diese Daten nur halbwegs bewältigen – in etwas ungeordneter und von Wundern durchdrungener Form.

Es gibt eine nicht reduzierbare übernatürliche Dimension der Evangelien, die ich weder verneinen noch antasten will. Aber im Namen dieser übernatürlichen Dimension sollen nicht jene Formen des Verstehens abgelehnt werden, die sich uns inzwischen erschlossen haben und die – falls es sich wirklich um Formen des Verstehens handelt – den Anteil des Wunders zwangsläufig verringern. Das Wunder ist *per definitionem* das Unerklärliche; es ist also nicht das wahre Wirken des Geistes im biblischen Sinne. Es gibt ein größeres Wunder als das Wunder im engen Sinn – das Verständlich-Werden dessen, was nicht verständlich war, das Transparent-Werden der mythologischen Undurchlässigkeit.

Angesichts der Evangelien wollen sämtliche Fanatismen des Dafür und des Dawider nur Wunder sehen, und unwiderruflich verurteilen sie sogar berechtigte Bemühungen, zu zeigen, daß ihr Stellenwert übertrieben sein kann. Skepsis hat hier überhaupt nichts Unbiblisches an sich: die Evangelien selbst warnen uns vor dem Mißbrauch des Wunders.

Die von mir herausgearbeitete Rationalität – das Mimetische der menschlichen Beziehungen – ist ihrem Prinzip nach zu systematisch, ihren Wirkungen nach zu komplex und sowohl in den «theoretischen» Stellen über das Ärgernis wie auch in den gänzlich von ihm beherrschten Erzählungen zu stark gegenwärtig, als daß es sich dabei um einen reinen Zufall handeln könnte. Und gleichwohl ist diese Rationalität nicht gänzlich durchdacht, also mit Gewißheit nicht von jenen Leuten fabriziert worden, die sie dort hineingelegt haben. Verstünden sie sie vollständig, dann würden sie zwischen ihre Leser und die eben gelesenen Szenen nicht jenen etwas groben Filter des mirakulösen Hahnes legen.

Unter diesen Umständen ist es nicht denkbar, daß die Evangelien ein reines Binnenprodukt der Aufbruchstimmung unter den ersten

Christengemeinden sind. An der Quelle des Textes muß es wirklich jemanden gegeben haben, der außerhalb der Gruppe stand, eine höhere, die Jünger beherrschende Einsicht, die ihre Schriften inspiriert. Wir ermitteln die Spuren dieser Einsicht und nicht die Überlegungen der Jünger, wenn es uns gelingt, in einer Art Hin und Her zwischen narrativen Erzählstücken und theoretischen Passagen die mimetische Theorie, also die Jesus selbst zugeschriebenen Worte wiederherzustellen.

Zwischen uns und demjenigen, den sie Jesus nennen, sind die Evangelisten unsere obligatorischen Vermittler. Aber im Beispiel der Verleugnung des Petrus samt ihrer Vorgeschichte verwandelt sich gerade ihr Ungenügen in etwas Positives. Es erhöht Glaubwürdigkeit und Eindrücklichkeit des Zeugnisses. Das Scheitern der Evangelisten beim Verständnis gewisser Stellen, verbunden mit ihrer äußersten Genauigkeit in den meisten Fällen, macht aus ihnen eine Art passive Vermittler. Wir können nur annehmen, durch ihr relatives Unverständnis hindurch könnten wir unmittelbar ein ihnen überlegenes Verständnis erlangen. Das erweckt den Eindruck einer unmittelbaren Kommunikation. Wir haben dieses Privileg nicht etwa einem an sich überlegeneren Verständnis zu verdanken, sondern der zweitausendjährigen Geschichte, die von den Evangelien selbst nach und nach mitgestaltet worden ist.

Diese Geschichte muß sich überhaupt nicht nach jenen Prinzipien abspielen, die von Jesus aufgezählt worden sind; sie muß sich nicht in eine Utopie verwandeln, um uns Aspekte des biblischen Textes zugänglich zu machen, die es für die ersten Jünger nicht waren. Es genügt, daß sie sich durch eine langsame, aber kontinuierliche Bewußtwerdung der verfolgungsspezifischen Vorstellung auszeichnet; diese wird uns mehr und mehr bewußt, ohne uns jedoch, leider, davon abzuhalten, selbst Verfolgung zu praktizieren.

An solchen Stellen, die sich unversehens erhellen, gleicht der biblische Text ein wenig einem Kennwort, das über nicht eingeweihte Leute an uns gelangt; wir als Empfänger nehmen dieses Wort mit um so größerer Dankbarkeit entgegen, als uns die Unwissenheit des Boten die Echtheit der Botschaft garantiert; wir haben die glückliche Gewißheit, daß hier nicht Wesentliches gefälscht sein kann. Freilich ist das von mir gewählte Bild nicht ganz treffend. Um ein beliebiges

Zeichen in ein Kennwort umzuwandeln, genügt es, seinen Sinn kraft einer Übereinkunft zu modifizieren; hier jedoch handelt es sich um ein Universum bisher träger und matter Zeichen, die sich ohne vorherige Übereinkunft plötzlich entzünden und Träger strahlender Einsichten werden. Ein Lichtermeer umgibt uns und kündet die Feier der Auferstehung eines Sinnes an, von dem wir nicht einmal wußten, daß er tot war.

XIII

Die Dämonen von Gerasa

Die Evangelien führen uns ganz unterschiedliche menschliche Beziehungen vor Augen, die auf den ersten Blick unverständlich und zutiefst irrational erscheinen, sich aber durchgehend auf einen einzigen Faktor, die Mimetik, zurückführen lassen. Die Mimetik ist Hauptquelle menschlicher Zerrissenheit, der Wünsche und Rivalitäten unter den Menschen, ihrer tragischen und grotesken Mißverständnisse; sie ist Quelle jeglichen Chaos und folglich auch Quelle jeder Ordnung dank Sündenböcken, dank spontan versöhnenden Opfern, die in einem letzten, immer mimetischen, aber einmütigen Höhepunkt all jene gegen sich versammeln, die durch weniger extreme mimetische Wirkungen vorher schon gegeneinander aufgebracht worden waren.

Allen mythologischen und religiösen Entstehungsprozessen unseres Planeten liegt dieses Spiel zugrunde; wie bereits dargelegt, vermögen die anderen Religionen dieses Spiel erfolgreich zu verbergen, indem sie die Kollektivmorde beseitigen oder tarnen, die Stereotypen der Verfolgung auf vielfältige Art und Weise mildern und tilgen. Die Evangelien hingegen arbeiten dieses gleiche Spiel mit einer Stringenz und Kraft heraus, die ihresgleichen sucht.

Das konnten wir bei der Lektüre der Verleugnung des Petrus und der Ermordung von Johannes dem Täufer feststellen, insbesondere jedoch bei der Lektüre der Passionsgeschichte, dem eigentlichen Herzstück und Zentrum dieser Offenbarung, deren Grundzüge mit einem didaktisch zu bezeichnenden Nachdruck hervorgehoben sind. Den seit jeher in verfolgungsspezifischen mythologischen Vorstellungen gefangenen Menschen sollen einige entscheidende Wahrheiten eingehämmert werden, Wahrheiten, die sie befreien sollten, indem sie eine Sakralisierung der Opfer verhindern.

In allen bisher gelesenen Szenen machen die Evangelien einen Entstehungsprozeß offenkundig, der verborgen bleiben muß, um Mythologie und Ritual hervorzubringen. Dieser Entstehungsprozeß beruht im wesentlichen auf dem einmütigen Glauben an die Schuld der Opfer, den die Evangelien ein für allemal zerstören. Was hier geschieht, ist mit den Mythologien, auch und gerade den höher entwickelten Mythologien, nicht vergleichbar. Die religiösen Spätformen mildern, verharmlosen, besänftigen, ja beseitigen die geheiligte Schuldhaftigkeit und jegliche Gewalt; das sind jedoch lediglich zusätzliche Verschleierungen, die das System der mit Verfolgung verbundenen Vorstellungen überhaupt nicht antasten. In der neutestamentlichen Welt hingegen bricht dieses System zusammen. Es geht nicht mehr um Besänftigung und Sublimation, sondern um die Rückkehr zur Wahrheit dank eines Vorgangs, den wir in unserem Unverständnis gerade deshalb als primitiv betrachten, weil er, einmal mehr, den gewalttätigen Ursprung wiedergeben muß – diesmal freilich, um ihn offenzulegen und damit unwirksam zu machen.

Alle hier kommentierten Texte sind Beispiele für diesen Vorgang. Sie entsprechen genau der Art und Weise, wie Jesus selbst und – nach ihm – der Briefschreiber Paulus die zersetzende Wirkung der Kreuzigung auf die Mächte dieser Welt definiert haben. Die Passionsgeschichte macht jenen Sündenbockmechanismus sichtbar, der unsichtbar bleiben muß, damit sich die genannten Mächte halten können.

Mit der Enthüllung dieses Mechanismus und der damit einhergehenden Mimetik bauen die Evangelien die einzig mögliche Textmaschinerie auf, um der Verstrickung der Menschheit in jene Systeme mythologischer Vorstellungen ein Ende zu setzen, die auf der falschen Transzendenz eines geheiligten, weil einmütig für schuldig befundenen Opfers gründen.

Diese Transzendenz wird in den Evangelien und im Neuen Testament direkt benannt. Sie hat sogar viele Namen, der wichtigste aber ist Satan; er würde nicht gleichzeitig als *Mörder seit Anbeginn, Vater der Lüge* und *Fürst dieser Welt* verstanden, würde er nicht mit der falschen Transzendenz der Gewalt zusammenfallen. Es ist ebenfalls kein Zufall, wenn die Fehlerhaftigkeit Satans, Neid und Eifersucht am stärksten hervorgehoben werden. Man könnte sagen, Satan verkörpere den mimetischen Wunsch, wäre dieser Wunsch nicht Entwirklichung schlechthin. Er entleert alle Wesen, alle Dinge und alle Texte ihres Gehalts.

Wird die falsche Transzendenz in ihrer grundlegenden Einheit betrachtet, sprechen die Evangelien von Teufel oder Satan, wird sie aber in ihrer Vielfältigkeit betrachtet, ist vor allem von Dämonen und dämonischen Kräften die Rede. Das Wort Dämon kann ganz einfach ein Synonym für Satan sein, gebraucht wird es aber vor allem für die minderen Formen der «Mächte dieser Welt», für jene verkommenen Erscheinungen, die wir psychopathologisch nennen würden. Wenn die Transzendenz vielfältig und bruchstückhaft in Erscheinung tritt, dann verliert sie an Kraft und tendiert dazu, in das reine mimetische Chaos zurückzufallen. Im Gegensatz zu Satan also, der zugleich als Prinzip der Ordnung und als Prinzip des Chaos wahrgenommen wird, werden die dämonischen Kräfte vor allem in jenen Fällen bemüht, wo das Chaos vorherrschend ist.

Weil die Evangelien den «Mächten» ganz gerne Namen verleihen, die religiöser Überlieferung und magischem Glauben entstammen, macht es den Anschein, sie hätten nicht aufgehört, diese als autonome geistige, mit individueller Persönlichkeit ausgestattete Entitäten zu betrachten. In den Evangelien begegnen uns praktisch auf jeder Seite Dämonen, die das Wort ergreifen, Jesus ansprechen und ihn anflehen, sie in Ruhe zu lassen. In der großartigen Szene der Versuchung Jesu in der Wüste, die von allen drei synoptischen Evangelien berichtet wird, greift Satan *in Person* ein, um Gottes Sohn mit schändlichen Versprechungen zu versuchen und von seinem Auftrag abzubringen.

Muß daraus nicht gefolgert werden, die Evangelien würden den magischen Aberglauben und allen religiösen Volksglauben keineswegs zerstören, wie ich es behaupte, sondern ganz im Gegenteil diesen Glauben in besonders verderblicher Form wieder in Umlauf bringen? Schließlich stützen sich die Hexenverfolger zu Ende des Mittelalters auf biblische Dämonologie und biblischen Satanismus, um ihr Tun zu rechtfertigen.

Insbesondere in der heutigen Zeit verdunkelt das dämonische Gewimmel vielen Menschen «die lichten Aspekte der Evangelien», und auch die Wunderheilungen Jesu lassen sich nur schwer von den traditionellen Exorzismen in den primitiven Gesellschaften unterscheiden. In meinen bisherigen Kommentaren figuriert keine der Wunderszenen. Einigen Kritikern ist das aufgefallen, und sie fragen sich deshalb nicht zu Unrecht, ob ich nicht einer Konfrontation aus dem Weg ginge, die nicht unbedingt zugunsten meiner These ausfiele. Man sagt auch, ich würde meine Texte mit äußerster Sorgfalt auslesen, um alle anderen beiseitezuschieben, und würde so jenen Gesichtspunkten eine falsche Wahrscheinlichkeit verleihen, die dem gesunden Menschenverstand zu sehr zuwiderlaufen, als daß sie ernst genommen werden könnten. Ich stehe also mit dem Rücken zur Wand.

Um eine möglichst schlagende Beweisführung zu geben, wende ich mich von neuem Markus zu; von allen vier Evangelisten ist dieser Synoptiker am meisten auf Wunder erpicht, er räumt ihnen den größten Platz ein und stellt sie in einer Art und Weise dar, die dem heutigen Empfinden am stärksten zuwiderläuft. Von allen Wunderheilungen bei Markus ist vielleicht die Episode der *Heilung des besessenen Geraseners* die spektakulärste. Der Text ist ziemlich lang und voll von konkreten Einzelheiten, was dem Kommentator einen Zugriff ermöglicht, den ihm kürzere Erzählungen nicht bieten.

Sogar meine schärfsten Kritiker müßten meiner Wahl zustimmen können. Die Heilung des besessenen Geraseners ist einer der Texte, auf die man sich heutzutage kaum mehr bezieht, ohne ihm nicht die Bezeichnungen «wild», «primitiv», «rückständig», «abergläubisch» oder sonst eine der vielen Etiketten anzuhängen, die die Positivisten für das Religiöse im allgemeinen, ohne auf seinen Ursprung zu achten, verwenden; inzwischen sind sie freilich allein dem Christentum vorbehalten, da sie für die nichtchristlichen Religionen als zu abwertend eingeschätzt werden.

Im Zentrum meiner Analyse steht der Text bei Markus, aber ich werde immer dann auch Lukas und Matthäus einbeziehen, wenn ihre Version interessante Varianten enthält. Nachdem Jesus den See Genezareth überquert hat, kommt er am östlichen Ufer an und befindet sich auf heidnischem Gebiet, im Land, das Decapolis genannt wird:

Und sie kamen ans andere Ufer des Meeres in die Gegend der Gerasener. Und als er aus dem Schiff trat, lief ihm alsbald von den

Gräbern entgegen ein Mensch mit einem unsaubern Geist, der seine Wohnung in den Grabhöhlen hatte. Und niemand konnte ihn mehr binden, auch nicht mit Ketten; denn er war oft mit Fesseln und Ketten gebunden gewesen und hatte die Ketten zerrissen und die Fesseln zerrieben; und niemand konnte ihn bändigen. Und er war allezeit, Tag und Nacht, in den Grabhöhlen und auf den Bergen, schrie und schlug sich mit Steinen. Da er aber Jesus sah von ferne, lief er hinzu und fiel vor ihm nieder, schrie laut und sprach: Was willst du von mir, o Jesu, du Sohn Gottes, des Allerhöchsten? Ich beschwöre dich bei Gott, daß du mich nicht quälest! Denn er sprach zu ihm: Fahre aus, du unsauberer Geist, von dem Menschen! Und er fragte ihn: Wie heißest du? Und er antwortete: Legion heiße ich; denn wir sind viele. Und er bat Jesus sehr, daß er sie nicht aus der Gegend triebe. Es war aber daselbst am Berge eine große Herde Säue auf der Weide. Und die unsauberen Geister baten ihn und sprachen: Laß uns in die Säue fahren! Und er erlaubte es ihnen. Da fuhren die unsauberen Geister aus und fuhren in die Säue, und die Herde stürzte sich den Abhang hinunter ins Meer, ihrer waren aber bei zweitausend, und ersoffen im Meer. Und ihre Hirten flohen und verkündeten das in der Stadt und auf dem Lande. Und sie gingen hinaus, zu sehen, was da geschehen war, und kamen zu Jesus und sahen den, der von den unsauberen Geistern besessen gewesen war, wie er dasaß und war bekleidet und vernünftig, und fürchteten sich. Und die es gesehen hatten, sagten ihnen, was dem Besessenen widerfahren war, und von den Säuen. Und sie fingen an und baten ihn, daß er aus ihrer Gegend zöge.

(Mk 5,1–17)

Der Besessene hat seine Wohnstätte in den Grabhöhlen. Diese Tatsache fällt dem Evangelisten auf, denn er wiederholt sie dreimal. Allezeit, Tag und Nacht, war der Unglückliche in den Grabhöhlen. Er kommt aus den Grabhöhlen und geht Jesus entgegen. Er ist der freieste Mensch, denn er zerbricht alle Ketten, beachtet keine Regeln, ja er verzichtet sogar auf Kleider, so steht es bei Lukas; er ist jedoch der Gefangene seiner Besessenheit, seines eigenen Wahns.

Dieser Mensch ist mehr tot als lebendig. Er befindet sich in einem

Krisenzustand, im Sinne der mimetischen und verfolgungsspezifischen Entdifferenzierung; es gibt keine Differenz mehr zwischen Leben und Tod, zwischen Freiheit und Gefangenschaft. Das Dasein in den Grabhöhlen, fern von bewohntem Gebiet, ist jedoch kein permanenter Zustand, Ergebnis eines einmaligen und definitiven Bruchs zwischen dem Besessenen und der Gemeinde. Der Markus-Text legt nahe, daß die Gerasener und ihr Besessener bereits seit längerer Zeit in eine Pathologie zyklischen Typus verstrickt sind. Bei Lukas wird dieser Punkt noch stärker betont; hier wird der Besessene nämlich als *Mann aus der Stadt* bezeichnet, der von dem bösen Geist nur während seiner Anfälle *in die Einöde getrieben ward*. Die Besessenheit hebt auch zwischen der städtischen Existenz und der Existenz außerhalb der Städte eine sicherlich nicht unwichtige Differenz auf, wird sie doch vom Text weiter unten ein zweites Mal erwähnt.

Die Beschreibung bei Lukas läßt eine zeitweilige Besessenheit vermuten, die von Phasen der Erholung abgelöst wird, während denen der Kranke in die Stadt zurückkehrt: *Denn er* (der böse Geist) *hatte ihn lange Zeit geplagt, und er ward mit Ketten und Fesseln gebunden und gefangen gehalten und zerriß seine Bande und ward getrieben von dem bösen Geist in die Einöde* (Lk 8,26–39).

Die Gerasener und ihr Besessener stehen periodisch immer wieder die gleiche Krise in etwa gleicher Form durch. Wenn die Städter einen neuerlichen Ausbruch im Anzug wähnen, dann versuchen sie ihn dadurch zu verhindern, daß sie ihren Mitbewohner mit Ketten und Fesseln binden. Sie tun dies, sagt uns der Text, um *ihn gefangenzuhalten.* Warum wollen sie *ihn gefangenhalten?* Anscheinend ist es ganz klar. Einen Kranken heilen heißt, die Symptome seiner Krankheit zum Verschwinden bringen. In diesem Fall aber ist das Hauptsymptom das Herumirren in den Bergen und in den Grabhöhlen. Das also möchten die Gerasener mit ihren Ketten verhindern. Die Krankheit ist so schrecklich, daß sie nicht auf Gewaltanwendung verzichten wollen. Aber ihre Methode ist offensichtlich nicht die richtige: jedesmal triumphiert ihr Opfer über alles, was es zurückhalten könnte. Die Gewaltanwendung erhöht nur seinen Wunsch nach Einsamkeit und macht den Unglücklichen so stark, daß er buchstäblich nicht mehr gebändigt werden kann. *Und niemand,* so steht es bei Markus, *konnte ihn bändigen.*

Die regelmäßige Wiederholung dieser Vorkommnisse hat etwas Rituelles an sich. Alle am Drama Beteiligten wissen ganz genau, was sich in jeder Episode abspielen wird, und ihr Verhalten bewirkt denn auch, daß sich tatsächlich alles wieder wie eh und je abspielt. Es ist schwerlich anzunehmen, die Gerasener hätten nicht genügend starke Ketten und Fesseln finden können, um ihren Gefangenen festzuhalten. Vielleicht machen sie sich irgendwie ihre eigene Gewaltanwendung zum Vorwurf und tun deshalb nicht alles in ihrer Macht Stehende, um ihr auch die nötige Wirkung zu verleihen. Wie dem auch sei, sie verhalten sich anscheinend wie Kranke, die mit ihren Machenschaften gerade jenes Leiden weitertreiben, das sie zu stoppen vorgeben. Allen Riten wohnt die Tendenz inne, sich in eine Art Theater zu verwandeln, in dem die Schauspieler ihre Rollen gerade deshalb so brillant spielen, weil sie sie bereits *oft* gespielt haben. Damit ist nicht gesagt, das Schauspiel sei nicht von echtem Leiden der Beteiligten begleitet. Auf der einen wie auf der anderen Seite muß es real sein, um dem Drama jenen Stellenwert zu verleihen, den es für die ganze Stadt und ihre Umgebung, mit anderen Worten für die ganze Gemeinschaft offensichtlich hat. Ganz offenkundig sind die Gerasener beim Gedanken, sie könnten dieses Schauspiels unversehens verlustig gehen, bestürzt. Sie müssen wohl oder übel an diesem Drama irgendwie Gefallen finden, denn sonst würden sie nicht Jesus anflehen, sich sofort zu entfernen und sich nicht mehr um ihre Angelegenheiten zu kümmern. Die Bitte ist insofern paradox, als Jesus auf einen Schlag und ohne Gewaltanwendung jenes Ergebnis erzielt, das sie angeblich mit ihren Ketten und Fesseln selbst erzielen wollen, in Wirklichkeit aber gar nicht herbeiwünschen: die endgültige Heilung des Besessenen.

Hier wie auch überall sonst offenbart Jesu Gegenwart die Wahrheit der verborgenen Wünsche. Stets bewahrheitet sich die Prophezeiung Simeons: *Siehe, dieser wird ... zu einem Zeichen, dem widersprochen wird ... auf daß vieler Herzen Gedanken offenbar werden.*

Was aber bedeutet dieses Drama, was stellt es auf der Ebene der Symbolik dar? Der Kranke war in den Grabhöhlen und auf den Bergen, so steht es bei Markus, schrie und *schlug sich mit Steinen*. Im bemerkenswerten Kommentar von Jean Starobinski zu diesem Text wird dieses eigenartige Verhalten einwandfrei erklärt, es handelt sich dabei nämlich um eine *Selbststeinigung**. Warum sollte sich aber jemand selbst steinigen wollen? Warum sollte jemand von der Steinigung besessen sein? Wenn der Besessene seine Ketten zerbricht, um sich von der Gemeinschaft zu entfernen, dann muß er sich von jenen verfolgt fühlen, die ihn fesseln wollen. Vielleicht wird er auch tatsächlich verfolgt. Er flüchtet vor den Steinen, die seine Verfolger ihm nachschleudern könnten. Auch der unglückliche Hiob wurde von den Dorfbewohnern mit Steinen vertrieben. Im Bericht über die Gerasener kommt nichts Vergleichbares vor. Vielleicht schlägt sich der Besessene gerade deshalb mit Steinen, weil es nie zu einem wirklichen Steinigungsversuch gekommen ist. Er hält in mythischer Weise jene Gefahr am Leben, von der er sich bedroht fühlt.

Wurde er wirklich bedroht? Ist er der Überlebende einer mißglückten Steinigung wie die Ehebrecherin bei Johannes? Oder handelt es sich bei ihm um eine völlig imaginäre Angst, um ein bloßes *Phantasma*? Wer sich an unsere Zeitgenossen wendet, der wird die kategorische Antwort bekommen, es handle sich um ein *Phantasma*. Zweifellos um nicht sehen zu müssen, welch grauenvolle Dinge sich bei uns abspielen und wie wir, vielleicht nur vorläufig, vor ihnen geschützt sind, hat sich eine maßgebliche Denkrichtung dazu entschlossen, alles mit dem Phantasma zu erklären.

Lassen wir das Phantasma der Steinigung einmal gelten. Dann möchte ich aber unseren eminenten Psychoanalytikern folgende Frage stellen: Handelt es sich bei jenen Gesellschaften, die die Steinigung praktizieren, und bei jenen, die sie nicht praktizieren, jedesmal um das gleiche Phantasma? Vielleicht gibt der Besessene seinen Mitbewohnern zu verstehen: «Ihr müßt mich nicht so behandeln, wie ihr eigentlich möchtet, ihr müßt mich nicht steinigen; ich führe euren Urteilsspruch selbst aus. Die Strafe, die ich mir selbst auferlege, übersteigt in ihrer Grausamkeit eure kühnsten Träume.»

Es gilt den mimetischen Charakter dieser Verhaltensweise zu beachten. So als würde er versuchen, nicht ausgestoßen und nicht gesteinigt zu werden, stößt sich der Besessene selbst aus und steinigt sich; er ahmt in spektakulärer Weise alle Stufen jener Folter nach, die die Gesellschaften im Nahen Osten all jenen zukommen ließen, die

---

* J. Starobinski, «Der Kampf mit Legion».

sie als endgültig unrein, als unverbesserliche Verbrecher betrachteten. Erst die Menschenjagd, dann die Steinigung, schließlich der Tod – deshalb wohnt der Besessene in den Grabhöhlen.

In den Augen der Gerasener muß an diesem Vorwurf etwas Wahres sein, denn sonst würden sie sich dem gegenüber, der ihn ihnen macht, nicht so verhalten. Ihre halbherzige Gewalt ist ein unwirksamer Protest. «Aber nein», antworten sie, «wir wollen dich nicht steinigen, denn wir wollen *dich gefangenhalten*. Du bist nicht verfemt.» Unglücklicherweise protestieren die Gerasener, wie alle Leute, die sich ungerechtfertigt, aber doch irgendwie verständlicherweise beschuldigt fühlen, mit Gewalt, sie stellen ihr gutes Gewissen mit Gewalt unter Beweis und verstärken so den Schrecken des Besessenen. Der Beweis dafür, daß sie sich ihrer Widersprüchlichkeit doch irgendwie bewußt sind, liegt in jenen Ketten, die nie stark genug sind, um ihr Opfer von ihren guten Absichten gegenüber seiner Person zu überzeugen.

Die Gewalt der Gerasener ist nicht dazu angetan, den Besessenen zu beruhigen. Und umgekehrt beunruhigt die Gewalt des Besessenen die Gerasener. Wie immer gibt jede Seite vor, die Gewalt mit einer Gewalttat zu beenden, die endgültig sein sollte, in Wirklichkeit aber lediglich die Zirkularität des Vorgangs weiterführt. Es besteht eine sichtbare Symmetrie in all dieser Überspanntheit, in der Selbstverletzung und dem Herumrennen in den Grabhöhlen auf der einen, in den großsprecherischen Ketten auf der anderen Seite. Es besteht eine Art Komplizenschaft zwischen dem Opfer und seinen Henkern, um die Mehrdeutigkeit jenes Spiels weiterführen zu können, das die Gerasener zu ihrem Gleichgewicht offensichtlich brauchen.

Der Besessene tut sich Gewalt an, um allen Gerasenern ihre Gewalt zum Vorwurf zu machen. Die Gerasener geben den Vorwurf an ihn zurück; sie geben ihn mit solcher Gewalt zurück, daß sich seine Gewalt noch verstärkt und sich so gewissermaßen die endlos im System zirkulierende Anschuldigung und Gegenanschuldigung bestätigt. Der Besessene ahmt diese Gerasener nach, die ihre Opfer steinigen, aber die Gerasener ihrerseits ahmen ihren Besessenen nach. Doppelgänger und Spiegelung – darauf beruht die Beziehung zwischen diesen verfolgten Verfolgern und diesem verfolgenden Verfolgten; es ist die wechselseitige Beziehung mimetischer Antagonismen. Es ist nicht die Beziehung zwischen Gesteinigtem und Steinigenden, doch kommt sie ihr insofern nahe, als auf der einen Seite die gewalttätige Parodie auf die Steinigung steht und auf der anderen Seite ihre nicht weniger gewalttätige Leugnung; es handelt sich also um eine Variante gewalttätiger Vertreibung, die dasselbe Ziel wie alle anderen anvisiert, die Steinigung miteingeschlossen.

Sollte ich etwa meinerseits besessen sein, um in einem Text, der nur von Dämonen spricht, meine Doppelgänger und meine Mimetik wiederzufinden? Läßt mich der Wille, die Evangelien meinem System zu unterwerfen und aus diesem System das Denken der Evangelien selbst zu machen, hier nicht etwas nachhelfen, um erneut meine bevorzugte Erklärung einführen zu können?

Ich denke nicht, aber wenn ich mich mit dem Hinweis auf die mimetischen Doppelgänger im Zusammenhang mit den Dämonen von Gerasa irre, dann ist das nicht nur mein Fehler; zumindest einer der Evangelisten, Matthäus, teilt ihn, wenn er ganz zu Beginn des Wunders eine bezeichnende Variante unterbreitet. An die Stelle des einzigen Besessenen bei Markus und Lukas, setzt Matthäus zwei gänzlich identische Besessene und läßt sie sprechen, anstatt den Dämon bzw. die zwei Dämonen zum Sprechen zu bringen, von denen sie im Prinzip besessen sein müßten.

Es gibt hier nichts, was auf eine andere Quelle als bei Markus schließen könnte, es handelt sich vielmehr um einen Erklärungsversuch, ich möchte beinahe sagen, um einen Entmystifizierungsversuch des Dämonenthemas im allgemeinen. Bei derartigen Texten kommt es oft vor, daß sich Matthäus von Markus absetzt und entweder eine ihm überflüssig erscheinende Einzelheit ausläßt oder den von ihm berücksichtigten Themen mehr Erklärungskraft zu geben sucht, indem er den Sachverhalt thematisiert und ihn zugleich als eigene Erklärung ausgibt. Ein Beispiel dafür haben wir bereits im Mord an Johannes dem Täufer gesehen. Das Frage- und Antwortspiel, das bei Markus eine rätselhafte mimetische Übermittlung des Wunsches von der Mutter auf die Tochter nahelegt, wird bei Matthäus durch den Ausdruck «von ihrer Mutter angestiftet» ersetzt.

Meiner Meinung nach ist bei Matthäus hier etwas Ähnliches geschehen, aber in kühnerer Form. Es wird das nahegelegt, was wir im Verlauf der vorangehenden Lektüre gelernt haben. Besessenheit ist kein individuelles Phänomen, sondern eine übersteigerte mimetische

Wirkung. Es gibt stets zumindest zwei Menschen, die sich gegenseitig besitzen, jeder des anderen Ärgernis, sein Modell-Hindernis. Jeder ist der Dämon des anderen; aus diesem Grund unterscheiden sich bei Matthäus im ersten Teil der Erzählung die Dämonen nicht wirklich von denjenigen, die von ihnen besessen sind:

> Und er (Jesus) kam ans andere Ufer in die Gegend der Gadarener. Da liefen ihm entgegen zwei Besessene, die kamen aus den Grabhöhlen und waren sehr gefährlich, so daß niemand diese Straße gehen konnte. Und siehe, sie schrien und sprachen: Was willst du von uns, du Sohn Gottes? Bist du hergekommen, uns zu quälen, ehe denn es Zeit ist?

> (Mt 8,28—29)

Matthäus bemüht sich, die Besessenheit im Zusammenhang mit der Mimetik der Doppelgänger und des Steins des Anstoßes zu denken. Beweis dafür ist, daß hier etwas beigefügt wird, was weder bei Markus noch bei Lukas steht: diejenigen, die Jesus entgegenlaufen, so heißt es, sind dergestalt, *daß niemand diese Straße gehen konnte.* Anders gesagt, es sind Individuen, die ihrem Wesen nach den Weg versperren, so wie es Petrus tut, wenn er Jesus vom Leidensweg abhalten will. Es sind Wesen, die sich gegenseitig, aber auch ihren Nachbarn ein Ärgernis sind. Das Ärgernis ist immer ansteckend; die davon Betroffenen können möglicherweise ihren Wunsch weitergeben oder, mit anderen Worten, andere auf den gleichen Weg führen und für sie ein Modell-Hindernis werden, das dann wiederum zum Ärgernis wird. In den Evangelien ist jede Anspielung auf einen versperrten Weg, auf ein unüberwindbares Hindernis, auf den Stein, der zu schwer ist, um aufgehoben zu werden, eine Anspielung auf das Ärgernis, in welches in der Folge das ganze System hineingerissen wird.

Um der Besessenheit durch die Mimetik des Ärgernisses Rechnung zu tragen, bedient sich Matthäus der minimalsten mimetischen Beziehung, also dessen, was man ihre Grundeinheit nennen könnte. Es wird versucht, zur Quelle des Bösen zurückzugehen. Es handelt sich hier um ein Vorgehen, das normalerweise nicht verstanden wird, weil es die eigentlich mythische Praxis unserer Psychologien und Psychoanalysen umkehrt. Letztere verinnerlichen den Doppelgänger; sie brauchen also gewissermaßen immer einen imaginären kleinen Dämon im Innern des Bewußtseins oder auch, das spielt keine Rolle, des Unbewußten. Matthäus läßt diesen Dämon als reale mimetische Beziehung zweier realer Individuen nach außen treten.

Bei Matthäus wird der Wunderbericht in einem wichtigen Punkt verbessert oder, eher, dessen Analyse vorbereitet. Er lehrt uns, daß die Dualität stets am Ausgangspunkt des mimetischen Spiels steht; aber gerade weil dieser Autor interessanterweise die Dualität zu Beginn seiner Erzählung einführt, gerät er in der Folge in Schwierigkeiten, wenn er die für den Ablauf des Wunders ebenfalls unerläßliche Vielheit einführen soll. Er muß also den Schlüsselsatz bei Markus eliminieren: *Legion heiße ich, denn wir sind viele*, der mit seinem befremdlichen Übergang von der Einzahl zur Mehrzahl am meisten zur Berühmtheit des Textes beigetragen hat. Dieser gleiche Bruch findet sich im übrigen im folgenden Satz, der in indirekter Rede jenen Satz wiedergibt, mit dem der Dämon Jesus angeblich anspricht: *Und* er *bat Jesus sehr, daß er* sie *nicht aus der Gegend triebe.*

Weder bei Matthäus noch bei Lukas, der stärker mit Markus übereinstimmt, steht also die doch wesentliche Idee, daß der Dämon eine wahre Menge ist, obwohl er wie ein einziger Mensch spricht, was er in gewisser Hinsicht auch wieder ist. Bei Matthäus geht die Menge, also das, was das Ertrinken einer riesigen Schweineherde rechtfertigt, verloren, und trotzdem wird diese Szene beibehalten. Damit aber verliert er letzten Endes mehr, als er gewinnt. Man würde im übrigen beinahe vermuten, er sei sich seines Scheiterns bewußt, denn er kürzt die Schlußpassage dieses Wunders.

Wie alle Geniestreiche bei Markus, wie die Frage Salomes an ihre Mutter: «Was soll ich bitten?», kann dieses Nebeneinander von Einzahl und Mehrzahl im gleichen Satz als eine Art Ungeschicklichkeit betrachtet werden, die von Lukas, im allgemeinen geschickter und korrekter im Sprachgebrauch als Markus, auch tatsächlich beseitigt wird: *Legion. Denn es waren viele böse Geister in ihn gefahren. Und sie baten ihn, daß er sie nicht hieße in die Hölle zu fahren* (Lk 8,30–31).

In seinem Kommentar zu dieser Stelle bei Markus macht Jean Starobinski die negativen Konnotationen des Wortes *Legion* deutlich. Man muß darin «die kriegerische Vielheit, die feindliche Truppe, die Besatzungsarmee, den römischen Eindringling und vielleicht sogar auch schon die (sehen), die Christus kreuzigen werden».* Der Interpret bemerkt zu Recht, daß die Menge nicht nur in der Geschichte des Besessenen eine große Rolle spielt, sondern auch in den unmittelbar voraufgehenden und nachfolgenden Texten. Zwar wird die Heilung selbst als ein Einzelkampf zwischen Jesus und dem Dämon dargestellt, aber vorher und nachher ist Jesus stets von einer Menge umgeben. Erst von der Menge der Galiläer, die von den Jüngern weggeschickt wird, damit sie sich mit Jesus auf das Schiff begeben können. Bei seiner Rückkehr wird Jesus dann sofort wieder auf diese Menge treffen. In Gerasa gibt es nicht nur die Menge der Dämonen und der Schweine, sondern auch die in der Stadt und auf dem Land lebenden Gerasener eilen in großer Zahl herbei. Starobinski zitiert Kierkegaard: «die Masse, das ist die Lüge», und bemerkt dazu, in den Evangelien stehe das Böse immer auf der Seite der Vielzahl und der Menge.

Es gibt aber einen bemerkenswerten Unterschied in den Verhaltensweisen von Galiläern und Gerasenern. Wie in Jerusalem hat auch die Menge in Galiläa keine Angst vor Wundern. Sie kann sich plötzlich gegen den Wundertäter richten, aber für den Augenblick drängt sie sich um ihn wie um einen Erretter. Die Kranken strömen von überall herbei. Auf dem Territorium von Judäa kann man nie genug bekommen von Zeichen und Wundern. Man will entweder persönlich davon profitieren oder andere davon profitieren lassen oder ganz einfach Zuschauer sein, am außerordentlichen Ereignis teilnehmen – wie an einem oft eher außergewöhnlichen denn erbaulichen Theater.

Die Gerasener reagieren anders. Wie sie den Besessenen sehen, *der von den unsauberen Geistern besessen gewesen war, wie er dasaß und war gekleidet und vernünftig,* werden sie von Furcht übermannt. Sie lassen sich von den Schweinehirten erklären, *was dem Besessenen widerfahren war und den Säuen.* Der Bericht besänftigt ihre Ängste keineswegs und ruft keinerlei Begeisterung, ja nicht einmal Neugier hervor, sondern steigert ihre Furcht. Die Bewohner des Ortes fordern Jesus auf, wegzugehen. Und Jesus leistet ihrer Aufforderung Folge, ohne irgend etwas hinzuzufügen. Dem von ihm geheilten Mann, der ihn

* J. Starobinski, «Der Kampf mit Legion», S. 106.

begleiten will, befiehlt er, bei den Seinen zu bleiben. Stumm besteigt er wieder das Schiff, um nach Judäa zurückzukehren.

Es hat keine Predigt, keinen richtigen Austausch, ja nicht einmal einen feindseligen Wortwechsel mit diesen Menschen gegeben. Alle Bewohner, so scheint es, fordern Jesus auf, wegzugehen. Man gewinnt den Eindruck, die Gerasener würden ganz geordnet herbeiströmen. Sie gleichen nicht der hirtenlosen Menge, die Jesus Erbarmen hervorruft. Sie bilden eine differenzierte Gemeinschaft, denn die Stadt- und die Landbewohner werden voneinander unterschieden. Sie erkundigen sich ruhig, und es ist ein reiflich überlegter Entscheid, wenn sie Jesus bitten, sich zu entfernen. Sie antworten auf das Wunder weder mit hysterischer Vergötterung noch mit leidenschaftlichem Haß, sondern mit konsequenter Ablehnung. Sie wollen weder mit Jesus noch mit dem, was er vertritt, irgend etwas zu tun haben.

Nicht aus Gründen der Profitgier sind die Gerasener vom Verschwinden ihrer Herde betroffen. Offensichtlich sind sie vom Ertrinken ihrer Schweine weniger betroffen als vom Ertrinken ihrer Dämonen. Um zu verstehen, was es damit auf sich hat, muß man sehen, daß diese Anhänglichkeit der Gerasener an ihre Dämonen ihre Entsprechung in der Anhänglichkeit der Dämonen an ihre Gerasener findet. Legion hat nicht allzuviel Angst vor dem Umziehen, wenn er nur im Land bleiben darf. *Und er bat Jesus sehr, daß er sie nicht aus der Gegend triebe.* Da die Dämonen nicht ohne eine lebendige Wohnstätte auskommen, wünschen sie anderswo ihren Sitz zu nehmen, mit Vorliebe in einem Menschen, sonst aber in einem Tier, hier nun der Schweineherde. Die Bescheidenheit der Bitte zeigt, daß sich die Dämonen keiner Illusion hingeben. Wie einen Gunstbeweis erbeten sie sich das Recht, in diese abstoßenden Tiere einfahren zu dürfen: sie fühlen sich nicht wohl in ihrer Haut. Sie wissen, daß sie es mit einem starken Gegner zu tun haben. Die Chancen, toleriert zu werden, stehen besser, so denken sie, wenn sie sich mit wenig begnügen. Wesentlich ist für sie, daß sie *nicht völlig, nicht endgültig* vertrieben werden.

Die wechselseitige Beziehung zwischen Dämonen und Gerasenern reproduziert meiner Ansicht nach auf einer anderen Ebene lediglich die bereits durch unsere Analyse zutage gebrachten Beziehungen zwischen dem Besessenen und den Gerasenern. Sie können nicht ohne ihn sein und umgekehrt. Zur Beschreibung dieser Beziehung habe ich zugleich von Ritual und von zyklischer Pathologie gesprochen. Ich denke nicht, daß es sich um ein zufälliges Zusammentreffen handelt. Im Verlaufe seiner Rückbildung verliert das Ritual an Klarheit. Es ist keine klare Vertreibung, und der Sündenbock – der Besessene – kehrt zwischen zwei Krisen in die Stadt zurück. Alles vermengt sich, und nichts kommt je an ein Ende. Der Ritus hat die Tendenz, in das zurückzufallen, was er hinter sich gelassen hat: in die Beziehungen mimetischer Doppelgänger, in die entdifferenzierte Krise. Die physische Gewalt hat die Tendenz, der Gewalt von nicht fatalen, aber unentscheidbaren und unabschließbaren psychopathologischen Beziehungen Platz zu machen.

Diese Tendenz setzt sich jedoch nicht bis zur totalen Entdifferenzierung fort. Es verbleibt genügend Differenz zwischen dem freiwillig Ausgestoßenen und den Gerasenern, die ihn nicht ausstoßen wollen, es bleibt in jeder Wiederholung genügend Dramatik enthalten, um dem in unserem Text beschriebenen Treiben eine gewisse kathartische Wirkung zu erhalten. Der vollständige Zerfall bahnt sich an, ist jedoch noch nicht eingetroffen. Die Gesellschaft der Gerasener ist immer noch irgendwie strukturiert, auf jeden Fall stärker strukturiert als die Mengen von Galiläa oder Jerusalem. Es gibt immer noch Differenz innerhalb des Systems – etwa zwischen Stadt und Land –, und diese Differenz wird in der überlegten negativen Reaktion auf Jesu therapeutischen Erfolg deutlich.

Der Zustand dieser Gesellschaft ist nicht glänzend, er ist sogar stark angeschlagen, aber nicht gänzlich hoffnungslos, und den Gerasenern liegt daran, ihren prekären Status quo zu erhalten. Sie bilden noch eine Gemeinschaft im seit jeher gültigen Sinn, ein System, das sich mehr schlecht denn recht mit Hilfe von zwar ziemlich degenerierten Opferverfahren am Leben erhält, die aber, wie wir sehen, gleichwohl kostbar, ja unersetzlich sind, ist die Gemeinschaft doch, allem Anschein nach, völlig am Ende...

Die Kommentatoren bemerken, Jesus würde diese Besessenen unter Zuhilfenahme klassischer Schamanenpraktiken heilen. So fordert er in diesem Fall den unreinen Geist auf, seinen Namen zu nennen; er erwirbt demzufolge über ihn jene Macht, die in den primitiven Gesellschaften oft mit dem Umgang mit Eigennamen verbunden ist. Daran ist nichts Außergewöhnliches. Nicht das ist es, was uns der Text zu verstehen geben möchte. Wenn Jesu Handeln nicht außergewöhnlich ist, dann haben die Gerasener keinen Grund, Angst zu haben. Sie haben sicherlich ihre eigenen Wunderheiler, die nach jenen Methoden arbeiten, die die moderne Kritik angeblich in den Praktiken von Jesus wiederfindet. Wäre Jesus ein noch erfolgreicherer *Medizinmann*, diese guten Leute wären nicht terrorisiert, sondern entzückt. Sie würden Jesus anflehen, zu bleiben, und nicht, zu gehen.

Ist diese Angst der Gerasener nur eine rhetorische Steigerung? Ist sie jeglichen Inhalts bar, dient sie ausschließlich dazu, die Wundertaten des Messias noch beeindruckender zu machen? Ich denke nicht. Der Sturz der von Dämonen besessenen Herde wird in allen drei synoptischen Evangelien gleich dargestellt. *Und die Herde stürzte sich den Abhang hinunter ins Meer.* Der Abhang wird auch bei Matthäus und Lukas erwähnt. Damit es ihn geben kann, müssen sich die Schweine auf einer Art Felsvorsprung befinden. Markus und Lukas sind sich dessen bewußt, denn in ihrer Version befinden sich die Tiere *am Berge*. Bei Matthäus hingegen gibt es keinen Berg, aber er behält den Abhang, die Felsenklippe bei. Diese erweckt also die Aufmerksamkeit der Evangelisten. Sie erhöht die Tiefe des Sturzes. Je tiefer der Sturz, desto eindrücklicher die Szene. Aber die Evangelien kümmern sich nicht um das Pittoreske, nicht um des visuellen Eindrucks willen erwähnen sie alle diese Felsenklippe. Es läßt sich noch ein rein technischer Grund anführen. Die Länge des freien Falls vor dem Aufschlag auf dem Wasser garantiert das endgültige Verschwinden der Schweinepopulation; die Herde kann dem Verderben unmöglich entrinnen; sie wird nicht schwimmend das Ufer erreichen. Das stimmt alles; die Felsenklippe ist für den realistischen Ablauf der Szene notwendig, aber Realismus ist seinerseits wiederum nicht sehr biblisch. Es gibt etwas anderes, Wesentlicheres.

Wer sich oft mit mythologischen oder religiösen Texten befaßt, der erkennt sogleich dieses Thema der Felsenklippe wieder oder sollte es zumindest wiedererkennen. Wie die Steinigung besitzt auch der Sturz von dem Felsvorsprung Konnotationen von Kollektiv, Ritual und Strafe. Es handelt sich um eine in der Antike, aber auch in den sogenannten primitiven Gesellschaften äußerst verbreitete soziale

Praxis, einen Modus der Opferdarbringung, der sich später in den Modus der Hinrichtung differenziert. In Rom ist es das Prinzip des Tarpejischen Felsen. In der griechischen Welt, insbesondere in Marseille, fand die periodische Tötung des rituellen *pharmakos* auf diese Weise statt. Der Unglückliche wurde gezwungen, sich von so großer Höhe ins Meer zu stürzen, daß er dabei unweigerlich umkommen mußte.

Die beiden großen rituellen Tötungsarten kommen in diesem Text beinahe explizit vor, nämlich die Steinigung und der Sturz vom Felsvorsprung. Es bestehen Ähnlichkeiten zwischen beiden. Alle Glieder des Kollektivs können und müssen das Opfer mit Steinen bewerfen. Alle Glieder des Kollektivs können und müssen gleichzeitig auf den Verurteilten zugehen, ihn auf dem Felsvorsprung in die Enge treiben und ihm so keinen anderen Ausweg als den Tod lassen. Die Ähnlichkeiten beschränken sich nicht auf den Kollektivcharakter der Hinrichtung. Jedermann nimmt an der Vernichtung des Verfluchten teil, aber niemand kommt mit ihm in direkten, physischen Kontakt. Niemand läuft Gefahr, verunreinigt zu werden. Allein die Gruppe ist verantwortlich. Die einzelnen haben alle den gleichen Anteil von Unschuld und Verantwortung.

Es läßt sich leicht feststellen, daß all das ebenfalls für alle anderen traditionellen Hinrichtungsformen gilt, insbesondere aber für alle Formen der *Zurschaustellung*, deren eine Variante die Kreuzigung ist. Die abergläubische Angst vor dem physischen Kontakt mit dem Opfer soll uns aber nicht die Augen vor der Tatsache verschließen, daß mit diesen Tötungstechniken ein wesentliches Problem gelöst wird, vor dem Gesellschaften mit schwachem oder überhaupt nicht vorhandenem Gerichtswesen stehen. Diese noch vom Geist der privaten Rache durchdrungenen Gesellschaften sehen sich oft mit der Drohung endloser Rache innerhalb der Gemeinschaft konfrontiert.

Diese Hinrichtungsarten bieten aber dem Rachedurst keine Angriffsfläche, denn sie beseitigen jegliche Differenz der individuellen Rollen. Die Verfolger handeln alle gleich. Wer immer von Rache träumen mag, der muß sich mit dem ganzen Kollektiv anlegen. Es ist, als würde die in diesem Typus von Gesellschaft noch nicht vorhandene Staatsmacht in diesen gewalttätigen Formen der Einmütigkeit zu vorläufigem, aber durchaus realem und nicht nur symbolischem Leben erweckt.

Diese kollektiven Hinrichtungsarten entsprechen dem eben definierten Bedürfnis so sehr, daß man sich nur schwer vorstellen kann, sie würden spontan innerhalb der menschlichen Gemeinschaften in Erscheinung treten. Sie scheinen so vollkommen auf ihren Zweck hin angelegt zu sein, daß sie unbedingt erdacht sein mußten, bevor sie realisiert werden konnten. Solche Überlegungen entspringen entweder der modernen Illusion des Funktionalismus, der glaubt, das Bedürfnis schaffe auch die nötigen Instrumente, oder der älteren Illusion der traditionellen religiösen Gesellschaften selbst, die mit dem Finger immer auf eine Art ursprünglichen Gesetzgeber zeigen, auf ein Wesen von übermenschlicher Weisheit und Autorität, das die Gemeinschaft mit all ihren grundlegenden Institutionen ausgestattet hätte.

In Wirklichkeit müssen sich die Dinge anders abgespielt haben. Der Gedanke ist absurd, ein Problem wie das unsrige hätte sich erst in der Theorie gestellt, bevor es dann in der Praxis gelöst wurde. Diese Absurdität läßt sich aber nicht vermeiden, solange man nicht die frühere Lösung des Problems kennt und nicht sieht, welche Art von Lösung dem Problem voraufgehen konnte. Es kann sich selbstverständlich nur um eine spontane Sündenbockwirkung handeln. Auf dem Höhepunkt der konfliktuellen Mimetik kann die Polarisierung auf ein einziges Opfer so mächtig werden, daß alle Gruppenmitglieder sich darum bemühen, an seinem Mord teilzunehmen. Dieser Typus von kollektiver Gewalt wird spontan zu jenen Formen einmütiger, auf Gleichheit und Distanz bedachter Hinrichtungen führen, die ich eben definiert habe.

Soll damit gesagt sein, die von so vielen religiösen Überlieferungen attestierten großen ursprünglichen Gesetzgeber hätten gar nie existiert? Keineswegs. Die ältesten Überlieferungen müssen immer ernst genommen werden, vor allem, wenn sie sich gleichen. Die großen Gesetzgeber haben existiert, nie aber haben sie *zu Lebzeiten* gesetzgeberisch gewirkt. Sie sind offensichtlich eins mit den Sündenböcken, deren gelungene Ermordung aufgrund ihrer versöhnenden Auswirkungen in den Riten peinlich genau nachgeahmt, kopiert und vervollkommnet wird. Die Auswirkungen sind real, denn dieser Mord gleicht bereits jener Hinrichtungsart, die aus ihm abgeleitet wird und die gleiche Wirkung zeitigt: er kommt der Rache zuvor. Er scheint also übermenschlicher Weisheit zu entspringen und kann wie alle aus dem Opfermechanismus abgeleiteten Institutionen nur dem sakralisierten Sündenbock zugeschrieben werden. Der höchste Gesetzgeber ist die Essenz des sakralisierten Sündenbocks.

Die Figur Moses ist ein Beispiel für diesen gesetzgeberischen Sündenbock. Sein Stottern ist ein Opferzeichen. Es gibt in ihm Spuren mythischer Schuldhaftigkeit: der Mord am Ägypter, das Vergehen und in seiner Folge das Verbot, das verheißene Land zu betreten, die Verantwortung bei den zehn Plagen Ägyptens, die entdifferenzierende Plagen sind. Alle Stereotypen der Verfolgung sind vorhanden, mit Ausnahme des Kollektivmordes, der aber, wie bei Romulus, am Rand der offiziellen Überlieferung in Erscheinung tritt. Freud hatte nicht unrecht, als er dieses Gerücht über den Kollektivmord ernst nahm.

Doch ich komme auf die Dämonen von Gerasa zurück. Ist es vernünftig, die Steinigung und Hinrichtung durch Sturz über den Felsvorsprung in die Texterklärung einfließen zu lassen? Ist es vernünftig, diese beiden Tötungsarten einander anzunähern? Ich denke ja; der Kontext lädt dazu ein. Die Steinigung kommt überall in den Evangelien und in der Apostelgeschichte vor. Ich habe bereits die von Jesus gerettete Ehebrecherin erwähnt. Der erste Märtyrer, Stephanus, wird gesteinigt. Der Passionsgeschichte selbst gehen mehrere Ansätze zur Steinigung voraus. Bedeutungsvoll ist auch der gescheiterte Versuch, Jesus von einem Felsvorsprung zu stürzen.

Die Szene findet in Nazareth statt. Die Stadt, in der Jesus seine Kindheit verbracht hat, bereitet ihm einen schlechten Empfang; er kann dort keine Wunder vollbringen. Seine Predigt in der Synagoge wird den Zuhörern zum Ärgernis. Er entfernt sich, ohne belästigt zu werden, außer bei Lukas, wo folgendes steht:

Und sie wurden voll Zorn alle, die in der Synagoge waren, da sie das (die Worte Jesu) hörten, und standen auf und stießen ihn zur Stadt hinaus und führten ihn an den Rand des Berges, darauf ihre Stadt gebaut war, daß sie ihn hinabstürzten. Aber er ging mitten durch sie hinweg.

(Lk 4,28–30)

Man muß in dieser Episode einen Entwurf zur Passion, also deren Ankündigung, sehen. Die Textstelle macht deutlich, daß Lukas, sicherlich aber auch die anderen Evangelisten den Sturz vom Felsvorsprung wie auch die Steinigung als eine Entsprechung zur Kreuzigung betrachten. Sie begreifen den Stellenwert dieser Entsprechung. Alle Formen von Kollektivmord bedeuten dasselbe, ihr Sinn aber wird in Jesus und in seiner Passion geoffenbart. Diese Offenbarung ist wichtig, nicht der genaue Ort dieser oder jener Felsenklippe. Nach Aussagen von Leuten, die Nazareth kennen, bietet sich die unmittelbare Umgebung der Stadt nicht für jene Rolle an, die sie bei Lukas spielen muß. Es gibt keine Felsenklippe.

Diese geographische Ungenauigkeit ist der historisch-positivistischen Wachsamkeit nicht entgangen. Die Kritik hat sich mit höhnischen Kommentaren nicht zurückgehalten. Leider hat sie die Neugier nie so weit getrieben und sich gefragt, warum denn bei Lukas die Stadt Nazareth mit einer nichtexistenten Felsenklippe bedacht wird. Die positivistischen Professoren waren eher gutgläubige Gemüter. Ihre Welt war eine breitangelegte Geschichts- und Geographieprüfung, bei der sie die Evangelien systematisch durchrasseln ließen; damit glaubten sie sie auf ewig «widerlegt» und ihren schamlosen Betrug bewiesen zu haben. Und das genügte bereits zu ihrem Glück.

Die Evangelien sind zu sehr an den verschiedenen Varianten des Kollektivmordes interessiert, als daß sie sich für die Topographie von Nazareth interessierten. Ihr wahres Interesse gilt der Selbststeinigung des Besessenen und dem Sturz der Schweine *den Abhang hinunter*.

Aber nicht der Sündenbock springt über die Felsenklippe, nicht ein einzelnes Opfer oder eine geringe Zahl von Opfern, sondern die Menge der Dämonen, die zweitausend vom Dämon besessenen Schweine. Eine Umkehrung der üblichen Beziehungen hat stattgefunden. Die Menge müßte oben bleiben und das Opfer hinunterstürzen; hier stürzt die Menge hinab, und das Opfer wird gerettet.

Die Heilung von Gerasa kehrt das universale Schema der Gründungsgewalt aller Gesellschaften dieser Welt um. Zweifellos findet diese Umkehrung auch in gewissen Mythen statt, dort hat sie aber nicht den gleichen Charakter; sie endigt immer in der Wiedererrichtung des eben zerstörten Systems oder der Neuerrichtung eines anderen Systems. Hier ist alles anders; das Ertrinken der von Dämonen besessenen Schweine hat endgültigen Charakter; es ist ein Ereignis ohne Zukunft, außer für den Erretteten selbst.

Unser Text will nicht eine graduelle, sondern eine grundsätzliche Differenz zwischen Jesu Wundern und den üblichen Wunderheilungen nahelegen. Und diese grundsätzliche Differenz entspricht tatsächlich einer Reihe von übereinstimmenden Gegebenheiten. Gerade das aber sehen moderne Kommentatoren nicht. Die irrealen Aspekte des Wunders scheinen zu willkürlich zu sein, als daß sie die Aufmerksamkeit lange auf sich zu ziehen vermöchten. Man nimmt nur den alten magischen Refrain in der von den Dämonen an Jesus gerichteten Bitte wahr, ihren ungeordneten Rückzug auf die Herde und deren Sturz. In Wirklichkeit aber ist die Bearbeitung dieser Themen ungewöhnlich und entspricht exakt dem, was die Enthüllung der Opfermimetik an diesem Punkt verlangt, unter Berücksichtigung der Tatsache, daß der Stil des Ganzen im Dämonologischen verhaftet bleibt.

Zur Not tolerieren die Dämonen ihre Vertreibung, solange sie nicht *aus der Gegend* vertrieben werden. Das heißt, meiner Meinung nach, daß die gewöhnlichen Exorzismen stets nur lokale Verschiebungen sind, Austauschhandlungen und Stellvertretungen, die sich innerhalb einer Struktur ereignen können, ohne nennenswerte Veränderungen herbeizuführen und den Fortbestand des Ganzen in Frage zu stellen.

Die traditionellen Wunderheiler haben einen realen Aktionskreis, der aber insofern begrenzt ist, als sie den Zustand von X nur auf Kosten von Y verbessern können und umgekehrt. In der Sprache der Dämonologie bedeutet das, daß die Dämonen des X diesen verlassen haben, um sich bei Y einzurichten. Die Wunderheiler modifizieren bestimmte mimetische Beziehungen, aber ihre kleinen Manipulationen stellen das Gleichgewicht des Systems, das unverändert bleibt, nicht in Frage. Es ist so etwas wie die Ablösung einer abgenutzten Regierungsmannschaft. Das System bleibt, und es muß sich nicht nur aufgrund der Menschen allein definieren, sondern aufgrund der Menschen und ihrer Dämonen.

Dieses ganze System ist durch die Heilung des Besessenen und durch das damit einhergehende Ertrinken von Legion bedroht. Die Gerasener erahnen dies und sind darüber auch beunruhigt. Die Dämonen begreifen es noch besser. Sie legen in diesem Punkt mehr

Klarsicht an den Tag als die Menschen, was sie nicht daran hindert, in anderen Punkten blind zu sein und sich leicht täuschen zu lassen. Diese Themen sind keineswegs rein imaginär und frei erfunden, wie es sich mittelmäßige Gemüter vorstellen, sondern reich an Bedeutung. Die den Dämonen zugeschriebenen Qualitäten entsprechen ganz streng den wahren Eigenschaften dieser eigenartigen Realität, die ihnen von den Evangelien gewissermaßen zugewiesen wird: der mimetischen *Entwirklichung*. Je heftiger und dämonischer der Wunsch wird, desto weniger entgehen ihm seine eigenen Gesetze, obschon diese Luzidität seine Knechtschaft keineswegs vermindert. Die großen Schriftsteller stimmen dem bei und setzen dieses paradoxe Wissen in Szene. Dostojewski entlehnt den Dämonen von Gerasa nicht nur den Titel seines Romanes, *Die Dämonen*, sondern auch das Beziehungssystem zwischen den Figuren und die Dynamik des Abgrundes, in den dieses System hineingerissen wird.

Die Dämonen versuchen mit Jesus zu «verhandeln», so wie sie es mit den örtlichen Wunderheilern auch tun. Sie verhandeln gleichberechtigt mit jenen, deren Macht oder Ohnmacht sich kaum von ihrer eigenen unterscheidet. Mit Jesus ist es mehr eine Scheinverhandlung. Dieser Wanderprediger ist in keinen örtlichen Kult initiiert; er hat von niemandem in der Gemeinschaft einen Auftrag. Er muß keine Zugeständnisse machen, um zu erreichen, daß die Dämonen sich vom Besessenen entfernen. Seine Erlaubnis, in die Schweine einzufahren, zieht keine Folgen nach sich, denn sie zeitigt keine dauerhafte Wirkung. Jesus muß sich nur irgendwo zeigen, und schon macht er mit den Dämonen reinen Tisch und bedroht die zwangsläufig dämonische Ordnung einer jeden Gesellschaft. Die Dämonen können sich in seiner Gegenwart nicht halten. Ihre Erregtheit steigert sich, sie werden kurz von letzten Zuckungen geschüttelt, bevor sie vollständig auseinanderfallen. Diesen unausweichlichen Verlauf der Dinge zeigt uns der Höhepunkt unseres Wunders.

Bei jedem völligen Zusammenbruch werden die letzten Vorkehrungen zum Instrument dieses Debakels. Es gelingt dem Text, der Auseinandersetzung zwischen dem Wundertäter und den Dämonen diese zweifache Bedeutung zu verleihen. Dieses Thema ist tatsächlich den Praktiken von Schamanen und anderen Wunderheilern entlehnt, hier dient es aber nur als Träger von Bedeutungen, die es übersteigen.

In der Gegenwart Jesu bleibt den Dämonen nur die Hoffnung, sie könnten sich am Rande, in den abstoßendsten Nischen jener Welt halten, in der sie vorher thronten. Um sich vor dem drohenden Abgrund zu schützen, gehen die Dämonen gewissermaßen freiwillig auf ihn zu. Von Panik ergriffen und in Ermangelung einer besseren Möglichkeit, entschließen sie sich in Eile, *sich in Schweine zu verwandeln*. Das weist ganz eigenartige Ähnlichkeiten auf mit dem, was auch sonst überall geschieht. Sogar als Schweine, wie Odysseus' Gefährten, können sich die Dämonen nicht halten. Das Ertrinken ist ihr endgültiges Verderben. Es verwirklicht die schlimmsten Befürchtungen der übernatürlichen Rotte, nämlich jene, *aus der Gegend getrieben zu werden*. Dieser bei Markus verwendete Ausdruck ist sehr hilfreich; er ermöglicht die Bewußtwerdung der gesellschaftlichen Natur des Einsatzes, der Rolle der Dämonen in dem, was von manchen das «Symbolische» genannt wird. Der Text bei Lukas ist auch nicht schlecht. Er zeigt uns die Dämonen, die Jesus anflehen, sie nicht auf ewig *in den Abgrund* zu schicken; damit aber drückt dieses Evangelium die endgültige Vernichtung des Dämonischen besser aus, das heißt die Hauptbedeutung des Textes, die die Reaktion der Gerasener selbst erklärt. Diese Unglücklichen ahnen, daß ihr prekäres Gleichgewicht auf dem Dämonischen beruht, also auf Handlungen, wie sie sich von Zeit zu Zeit zwischen ihnen und jener Lokalgröße, die ihr Besessener inzwischen geworden ist, abspielen.

Es gibt nichts in der Besessenheit, was nicht das Ergebnis übersteigerter Mimetik wäre. Das legt, wie bereits gesagt, die Variante bei Matthäus nahe, die an die Stelle des einsamen Besessenen der beiden anderen synoptischen Evangelien zwei entdifferenzierte, also mimetische Besessene treten läßt. Die Aussage im Markustext ist, wenn auch weniger sichtbar, im Grunde genommen die gleiche; sie ist wesentlicher, aber gerade deshalb weniger sichtbar, weil sie uns eine einzige Figur zeigt, die von einem zugleich einzigen und vielgestaltigen, zugleich Einzahl und Mehrzahl verkörpernden Dämon besessen ist. Das besagt, der Besessene sei nicht der Besessene nur eines anderen, wie dies Matthäus nahelegt, sondern der Besessene aller anderen, sofern letztere zugleich Einheit und Vielheit sind, mit anderen Worten, sofern sie eine Gesellschaft im menschlichen Sinne bilden oder, im dämonischen Sinne, eine auf der kollektiven Ausstoßung gründende Gesellschaft sind. Gerade das ahmt der Besessene nach. Die Dämonen sind der menschlichen Gruppe nachgebildet, die *imago* dieser Gruppe, weil sie deren *imitatio* sind. Wie die Gesellschaft der Gerasener am Schluß unseres Textes, so besitzt auch die Gesellschaft der Dämonen zu Beginn eine Struktur, eine Art Organisation; es ist die Einheit der Vielheit: *Legion heiße ich; denn wir sind viele.* So wie sich am Schluß eine Stimme erhebt, um im Namen aller Gerasener zu sprechen, so erhebt sich zu Beginn eine Stimme, um im Namen aller Dämonen zu sprechen. In Wahrheit jedoch sagen diese beiden Stimmen dasselbe. Weil die Koexistenz zwischen Jesus und den Dämonen nicht möglich ist, bedeutet die Bitte an Jesus, die Dämonen nicht zu verjagen, für die Dämonen das gleiche wie für die Gerasener die Bitte an Jesus, wegzugehen.

Der entscheidende Beweis für die Richtigkeit meiner Auffassung, Dämonen und Gerasener seien identisch, liegt im Verhalten des Besessenen als eines von diesen Dämonen Besessenen. Die Gerasener steinigen ihre Opfer, und die Dämonen zwingen ihr Opfer, sich selbst zu steinigen, was auf dasselbe hinausläuft. Dieser archetypische Besessene ahmt die grundlegendste soziale Handlung nach, nämlich jene Handlung, die buchstäblich die Gesellschaft hervorbringt, indem sie die gänzlich in ihre Einzelteile zerlegte mimetische Vielfalt in die größtmögliche soziale Einheit, in die Einmütigkeit des Gründungsmordes verwandelt. Legion spricht die Einheit der Vielheit aus und symbolisiert so das Gesellschaftsprinzip als solches, jenen Organisationstypus, der nicht auf der endgültigen Vertreibung der Dämonen beruht, sondern auf jenen mehrdeutigen und zwiespältigen Vertreibungen, die unser Besessener veranschaulicht. Es sind Vertreibungen, die im Grunde genommen in der Koexistenz von Menschen und Dämonen gipfeln.

Ich habe gesagt, Legion symbolisiere die vielfältige Einheit des Sozialen, was auch durchaus richtig ist; im zu Recht berühmten Satz: *Legion heiße ich, denn wir sind viele* symbolisiert Legion diese Einheit, die bereits im Zerfall begriffen ist, denn die umgekehrte Ordnung ist bei der Entstehung von Gesellschaft vorherrschend. Die Einzahl, die sich innerhalb eines Satzes unwiderstehlich in eine Mehrzahl verwandelt, ist der Rückfall der Einheit in die mimetische Vielfalt, ist die erste Auswirkung der auflösenden Gegenwart Jesu. Es ist beinahe moderne Kunst. Ich ist ein Anderer, steht bei Matthäus. Ich ist alle Anderen, steht bei Markus.

Habe ich das Recht, die Schweineherde mit der Menge der Lynchmörder gleichzusetzen? Wird man mir vorwerfen, die Evangelien im Sinne meiner ärgerlichen Obsessionen umzubiegen? Wie könnte man, kommt doch die von mir beanspruchte Gleichsetzung zumindest in einem Evangelium, dem Matthäus-Evangelium, ausdrücklich vor! Ich denke hier an einen sehr bedeutungsvollen Aphorismus, der ganz in der Nähe der Erzählung der Besessenen von Gerasa steht: *Eure Perlen sollt ihr nicht vor die Säue werfen, auf daß sie dieselben nicht zertreten mit ihren Füßen und sich wenden und euch zerreißen* (Mt 7,6).

In der Erzählung der Besessenen von Gerasa jedoch erleiden, wie bereits erwähnt, die Lynchmörder jene Behandlung, die «normalerweise» dem Opfer zugedacht ist. Sie werden nicht gesteinigt wie der Besessene, aber sie stürzen den Abhang hinunter, was auf dasselbe hinausläuft. Um das Revolutionäre an dieser Umkehrung zu erkennen, muß sie in eine Welt versetzt werden, die unser antibiblischer Humanismus mehr achtet als die jüdische, nämlich die klassische griechische oder römische Antike. Man muß sich den *pharmakos* vorstellen, der die griechische Polis, Philosophen und Mathematiker eingeschlossen, den Abhang hinunterstürzen läßt. Aus der Höhe des Tarpejischen Felsen stürzt nicht mehr der Geächtete in die Tiefe, sondern die majestätischen Konsuln, die ehrenwerten Cato, die feierlichen Rechtsberater, die Prokuratoren von Judäa und der ganze Rest des *senatus populusque romanus.* All dies verschwindet im Abgrund, während oben das ehemalige Opfer, *bekleidet und vernünftig,* ruhig das erstaunliche Hinunterpurzeln beobachtet.

Die Schlußsequenz des Wunders befriedigt zwar einen gewissen Rachedurst. Ist er aber im Rahmen der von mir entworfenen Überlegungen berechtigt? Enthält er nicht gerade eine Rachedimension, die meiner These über das Nichtvorhandensein des Rachegeistes in den Evangelien widerspricht?

Welche Kraft wirft die Schweine in den See Genezareth, wenn nicht unser Wunsch, sie dort hineinfallen zu sehen, oder die Gewalt von Jesus selbst? Was kann eine ganze Herde dazu bringen, sich ohne äußeren Zwang selbst zu zerstören? Die Antwort liegt auf der Hand. Sie heißt: der Herdentrieb. Er macht aus der Herde eine Herde. Es ist, anders gesagt, der unwiderstehliche Trieb zur Mimetik. Ein einziges Schwein, das vielleicht ganz zufällig ins Wasser fällt, unter dem Eindruck einer einfältigen Panik oder der durch die einfahrenden Dämonen hervorgerufenen Zuckungen, und schon machen alle seine Artgenossen das gleiche. Das übersteigerte Mitläufertum kombiniert sich sehr schön mit der sprichwörtlichen Störrigkeit der Gattung. Jenseits einer bestimmten mimetischen Schwelle, die in der Tat auch die Besessenheit definiert, wiederholt die ganze Herde unverzüglich jedes ihr außergewöhnlich erscheinende Verhalten. Ein wenig im Sinne des Phänomens der Mode in den sogenannten fortschrittlichen Gesellschaften – fortschrittlich in dem Sinne, in dem auch die Gesellschaft der Gerasener stark fortgeschritten ist.

Nur ein einziges Tier, das plötzlich, ohne es zu wollen, den Halt verliert, und schon ist eine neue Mode lanciert, jene des *Absturzes in die Tiefe**, die auch das hinterste Ferkel in einer Welle von Begeisterung mitreißen wird. Die geringste mimetische Aufforderung erschüttert kompakte Mengen. Je geringer, nichtiger oder – besser noch – fataler das Ziel sein wird, um so geheimnisumwobener wird es sein und um so mehr Wünsche wird es anstacheln. Alle diese Schweine haben Ärgernis genommen, haben also ihr Gleichgewicht bereits teilweise verloren und sind zwangsläufig plötzlich interessiert, ja elektrisiert vom *radikaleren* Verlust des Gleichgewichts; das ist die schöne Geste, nach der sie alle dunkel suchen, jene Geste, die *unmöglich vereinnahmt werden kann*. Sie drängen sich in den Spuren des «kühnen Erneuerers».

Wenn Jesus spricht, setzt er praktisch immer die Mimetik des Ärgernisses an die Stelle jeglicher Teufelei. Man muß hier nur das gleiche tun, und schon lüftet sich das Geheimnis. Diese Schweine sind insofern wahre Besessene, als sie bis über die Ohren mimetisiert sind. Falls man unbedingt auf nichtbiblischen Bezügen besteht, dann sind sie nicht in den Handbüchern der Dämonologie zu finden, auch nicht in den falschen modernen Instinktlehren, die traurig unsere Zukunft in dunklen Lemming-Geschichten entdecken; ich wende mich lieber einer fröhlicheren und profaneren Literatur zu. Die

* Zum Sturz von der Felsenklippe und zur Steinigung, siehe R. Girard, *Das Ende der Gewalt*, S. 106–108 und S. 176–180.

selbstmörderischen Dämonen von Gerasa sind die Superschafe von Panurge, die nicht einmal einen Dindenneau brauchen, um sich ins Meer zu werfen. Auf die in unserem Text gestellten Fragen gibt es immer eine mimetische Antwort – und sie ist immer die beste Antwort.

XIV

Satan uneins mit sich selbst

Die Textanalyse kann über die Wunderheilungen als solche nichts aussagen.* Sie kann sich nur mit der Sprache befassen, in der sie beschrieben sind. Die Evangelien sprechen die Sprache ihrer Zeit. Dadurch erwecken sie den Anschein, sie würden aus Jesus einen ganz gewöhnlichen Wunderheiler machen, jedoch zugleich betonen, der Messias sei ganz anders. Der Gerasa-Text gibt ihnen insofern recht, als er die Vernichtung aller Dämonen samt ihrer Welt beschreibt, genau jener Welt also, in deren Sprache die Evangelisten ihre Beschreibung verfassen; es ist die Welt der Dämonen und ihrer Austreibung. Es handelt sich demnach um eine Austreibung... der Austreibung selbst, also des Motors der damaligen Welt. Es ist die endgültige Abrechnung mit den Dämonen und dem Dämonischen.

An einigen wenigen Stellen der Evangelien bedient sich Jesus selbst der Sprache der Austreibung und der Dämonologie. An der wichtigsten geht es um eine Auseinandersetzung mit feindlich gesinnten Gesprächspartnern – ein wesentlicher Text, der in allen drei synoptischen Evangelien vorkommt. Hier nun der Text in seiner ausführlichsten Version, so wie er bei Matthäus steht. Jesus hat soeben einen Besessenen geheilt. Die Menge ist voll Bewunderung, aber es sind auch einige Mitglieder der religiösen Elite zugegen,

---

* Zu den Wundern und zum Sinn der Wunderheilungen siehe Xavier Léon-Dufour, *Etudes d'Evangile*; ders., *Als der Tod seinen Schrecken verlor*, insbesondere zur opferkultischen Lesart der Passion.

«Pharisäer» bei Matthäus, «Schriftgelehrte» bei Markus, denen die Heilung verdächtig vorkommt.

Und alles Volk entsetzte sich und sprach: Ist dieser nicht Davids Sohn? Aber die Pharisäer, da sie es hörten, sprachen sie: Er treibt die bösen Geister nicht anders aus denn durch Beelzebub, ihren Obersten. Jesus wußte aber ihre Gedanken und sprach zu ihnen: Ein jegliches Reich, wenn es mit sich selbst uneins wird, das wird verwüstet; und eine jegliche Stadt oder Haus, wenn es mit sich selbst uneins wird, kann nicht bestehen. Wenn nun Satan den Satan austreibt, so muß er mit sich selbst uneins sein; wie kann dann sein Reich bestehen? Wenn ich aber die bösen Geister durch Beelzebub austreibe, durch wen treiben eure Söhne sie aus? Darum werden sie eure Richter sein. Wenn ich aber die bösen Geister durch den Geist Gottes austreibe, so ist das Reich Gottes zu euch gekommen.

(Mt 12,23–28)

Eine erste, unmittelbare Lektüre dieses Textes genügt nicht, um ihn zu verstehen. Sie führt zu einer zweiten, tieferen und mittelbaren Lektüre. Beginnen wir mit der ersten, unmittelbaren Lektüre. Auf den ersten Blick sehen wir in der ersten Aussage Jesu lediglich ein unbestreitbares, aber triviales Prinzip, Gemeingut aller Volksweisheit. Die englische Sprache macht daraus eine Art Sinnspruch: *Every kingdom divided against itself ... shall not stand.*

Die nächste Aussage scheint auf den ersten Blick eine Anwendung dieses Prinzips zu sein: *Wenn nun Satan den Satan austreibt; so muß er mit sich selbst uneins sein; wie kann dann sein Reich bestehen?* Jesus gibt darauf zwar keine Antwort, aber die Antwort liegt auf der Hand. Wenn das Reich Satans mit sich selbst uneins ist, kann es nicht bestehen. Sind die Pharisäer Satan gegenüber wirklich feindlich gesinnt, dann dürften sie Jesus nicht den Vorwurf machen, er würde Satan durch Satan austreiben; selbst wenn sie recht hätten, würde Jesu Vorgehen zur endgültigen Vernichtung Satans beitragen.

Dann folgt jedoch eine weitere Annahme und eine weitere Frage: *Wenn ich aber die bösen Geister durch Beelzebub austreibe, durch wen treiben eure Söhne sie aus? ...* Wenn mein eigenes Handeln des Teufels ist, wessen Kind ist dann das Handeln eurer Anhänger, eurer geistigen

Söhne? Jesus kehrt die Anschuldigung seiner Kritiker gegen diese selbst: sie sind es, die *durch Satan* austreiben, er aber beansprucht für sich eine radikal andere Austreibungsart, eine Austreibung durch den Geist Gottes. *Wenn ich aber die bösen Geister durch den Geist Gottes austreibe, so ist das Reich Gottes zu euch gekommen.*

Jesus scheint sich auf eine zwangsläufig sterile Polemik eingelassen zu haben. Unter rivalisierenden Wunderheilern gibt jeder vor, er allein führe die «gute Austreibung» durch, die wirksamste, die orthodoxeste, die von Gott kommende Austreibung, während die Austreibung der anderen des Teufels ist. Wir sehen uns einem Spiel mimetischer Konkurrenz gegenüber, in dem jeder den anderen austreibt, etwa nach Art von Ödipus und Teiresias, den rivalisierenden Propheten in *König Ödipus* von Sophokles. Überall herrscht Gewalt, und alles reduziert sich auf die Frage nach dem Kräfteverhältnis. Und das legt denn auch die anschließende, noch nicht zitierte Textstelle nahe:

Oder wie kann jemand in eines Starken Haus gehen und ihm seinen Hausrat rauben, es sei denn, daß er zuvor den Starken binde und alsdann sein Haus beraube?

(Mt 12,29)

Der erste Starke ist hier der Teufel, als rechtmäßiger, zumindest aber erster Bewohner des Hauses dargestellt. Jener Starke, der noch stärker ist und den ersten überwältigt, ist Gott. Das ist nicht Jesu Sichtweise. Gott ist nicht einfach ein simpler Einbrecher. Jesus macht sich hier die Sprache seiner Gesprächspartner, die Sprache der rivalisierenden Austreibungen zu eigen, um deren System herauszuarbeiten, das System des Heiligen und der Gewalt. Gott ist zweifellos stärker als Satan, ist er es aber nur in dem hier aufgezeigten Sinn, dann ist er lediglich ein anderer Satan.

So interpretieren auch die Gerasener Jesu aufsehenerregendes Auftreten unter ihnen. Sie haben bereits ihren Starken, die dämonische Legion. Dieser Bewohner bereitet ihnen ein hartes Leben, aber er hält eine Art Ordnung aufrecht. Und da kommt nun Jesus, der noch stärker sein muß, denn er verurteilt ihren Starken zur Ohnmacht. Die Gerasener haben Angst, Jesu werde sich alle ihre Besitztümer aneignen. Deshalb fordern sie ihn entschlossen auf wegzugehen. Sie haben keine Lust, einen ersten tyrannischen Meister gegen einen zweiten, noch tyrannischeren Meister einzutauschen.

Jesus bedient sich der Sprache seiner Zeit, die im übrigen oft die Sprache der Evangelien selbst ist. Die Evangelisten sind sich darüber nicht ganz im klaren. Ihr Text ist äußerst rätselhaft, vielleicht auch verstümmelt. Gleichwohl sieht Matthäus sehr wohl, daß nicht alles wortwörtlich zu nehmen ist. In den eben zitierten Sätzen steckt eine Ironie, die es herauszuarbeiten gilt, eine Sinngebung, die sich der unmittelbar wahrnehmbaren Polemik entzieht; zweifellos nehmen Jesu Gesprächspartner und auch die Mehrzahl der heutigen Leser allein diese Ebene der Polemik wahr. Matthäus stellt dem Zitat einen bedeutsamen Hinweis voran: *Jesus wußte aber ihre Gedanken und sprach zu ihnen...*

Bei Markus steht nicht der gleiche Hinweis, sondern ein anderer, noch aufschlußreicherer; er warnt uns, es handle sich hier um ein *Gleichnis* (Mk 3,23). Ein meiner Meinung nach für das Verständnis der Sprache der Gleichnisse selbst wichtiger Hinweis. Es handelt sich um einen verschlüsselten Diskurs, der sich erzählerischer Elemente bedienen kann, jedoch nicht unbedingt muß, wie sich hier zeigt. Das Wesentliche an der Gleichnisverwendung in den Evangelien liegt darin, daß sich Jesus willentlich in die mit Verfolgung verbundene Vorstellung einschließt, und zwar tut er das für Menschen, die nichts anderes verstehen können, da sie selbst darin gefangen sind. Jesus setzt die Möglichkeiten des Systems so ein, daß die Menschen vor dem, was ihrer harrt, in der einzigen ihnen verständlichen Sprache gewarnt werden; so offenbart er das nahe Ende dieses Systems und zugleich die Unstimmigkeiten und inneren Widersprüche ihrer Diskurse. Im gleichen Zug hofft er eben dieses System im Denken seiner Zuhörer zu erschüttern und sie dazu zu bringen, seinen Worten eine zweite, wahrere, aber auch schwierigere, weil der Gewalt fremde Bedeutung zu verleihen, jene Bedeutung, die diese Gewalt samt ihrer abkapselnden Wirkung auf uns offenbar macht.

Im Lichte unserer Analysen erkennen wir mühelos, daß die Annahme einer zweiten Bedeutung nicht ganz abwegig ist. Der Text sagt nämlich mehr aus, als wir bisher aus ihm herausgeholt haben. Er faßt das Wesentliche unserer Ergebnisse zusammen, er formuliert ganz deutlich das von mir herausgearbeitete Prinzip der Gewalt, die sich selbst mit Hilfe der Gewalt austreibt, um alle menschlichen Gesellschaften zu gründen.

Auf den ersten Blick, ich habe es bereits gesagt, hinterläßt der Gedanke, jede Gemeinschaft, die mit sich selbst uneins sei, gehe ihrem Verderben entgegen, den Eindruck einer zwar richtigen, aber durchaus banalen Feststellung. Zu Beginn der Auseinandersetzung spricht Jesus einen Satz aus, mit dem sich alle einverstanden erklären können.

Die zweite Aussage erweist sich dann als Sonderfall der ersten. Was für jedes Reich, für jede Stadt und für jedes Haus gilt, muß auch für das Reich Satans gelten.

Aber das Reich Satans ist nicht einfach ein Reich unter anderen. Die Evangelien stellen ausdrücklich fest, daß Satan das Prinzip jedes Reiches ist. Wie kann Satan dieses Prinzip sein? Indem er das Prinzip der gewalttätigen Austreibung und der daraus entstehenden Lüge ist. Das Reich Satans ist nichts anderes als die sich selbst austreibende Gewalt in allen Riten und Exorzismen, auf die die Pharisäer anspielen, und, grundsätzlicher, die Gewalt in der verborgenen Gründungshandlung, die all diesen Riten als Modell dient: der einmütige und spontane Mord an einem Sündenbock. Das ist die komplexe und vollständige Definition des Reiches Satans, die diese zweite Aussage uns liefert. Sie spricht nicht nur von dem, was Satan schließlich eines Tages zerstören wird, sondern auch von dem, was ihn hervorbringt und in seine Rechte einsetzt, also vom ihn konstituierenden Prinzip. Befremdlich mutet hier an, daß das ihn konstituierende Prinzip und das Prinzip seiner endgültigen Zerstörung eins sind. Das mag die Unwissenden beunruhigen, nicht aber uns. Wir wissen nämlich, daß das Prinzip des mimetischen Wunsches, seiner Rivalitäten und der von ihm hervorgebrachten inneren Uneinigkeit eins ist mit dem Prinzip der ebenfalls mimetischen gesellschaftlichen Einigung, dem Prinzip des Sündenbocks.

Eben dieser Vorgang hat sich vor unseren Augen bereits mehrere Male abgespielt. Aus diesem Grund gibt es zu Beginn des Mordes an Johannes dem Täufer den Streit der feindlichen Brüder, so wie er am Anfang unzähliger Mythen steht. *Normalerweise* wird schließlich einer der beiden getötet, um den Menschen eine *Norm* zu geben.

Die zweite Aussage ist keineswegs lediglich die Anwendung eines in der ersten Aussage aufgestellten Prinzips, sondern sie stellt das Prinzip auf, dessen Anwendungen in der ersten Aussage erwähnt werden. Die Reihenfolge der Aussagen muß umgekehrt werden. Die Lektüre des Textes muß am Ende beginnen. Und dann wird verständlich, warum die erste Aussage den Menschen in Erinnerung bleibt. Sie enthält etwas Ungewöhnliches, das die zuerst wahrgenommene Volksweisheit zu übersteigen scheint. Die von mir zitierte Jerusalemer Bibel gibt das nur ungenügend wieder, denn sie wiederholt das Adjektiv *jeglich* nicht, das im griechischen Original zweimal steht. *Jegliches Reich, wenn es mit sich selbst uneins wird, das wird verwüstet; und eine jegliche Stadt oder Haus, wenn es mit sich selbst uneins wird...* * Die Wiederholung von *jeglich* unterstreicht den Eindruck von Symmetrie zwischen den hier aufgezählten Gemeinschaftsformen. Der Text erwähnt alle menschlichen Gemeinschaften, von der größten zur kleinsten – Reich, Stadt, Haus. Aus erst nicht ganz ersichtlichen Gründen nimmt er sich die Mühe, keine auszulassen, und die Wiederholung von *jeglich* unterstreicht diesen Willen, dessen Sinn auf der Ebene der unmittelbaren Bedeutung nicht erkennbar wird. Es handelt sich jedoch keineswegs um etwas Zufälliges oder um eine für die Bedeutung folgenlose stilistische Wirkung. Es gibt eine zweite Bedeutung, und sie kann uns nicht entgehen.

Ganz nachdrücklich unterstellt der Text, jegliches Reich, jegliche Stadt und jegliches Haus sei tatsächlich mit sich selbst uneins. Mit anderen Worten, ausnahmslos alle menschlichen Gemeinschaften gehören zum selben, in der zweiten Aussage erwähnten aufbauenden und zugleich zerstörerischen Prinzip; sie alle sind Beispiele für das Reich Satans – nicht aber ist dieses Reich des Satans hier oder jenes Reich der Gewalt dort ein mögliches Beispiel für Gesellschaft, im empirischen Sinne der Soziologen verstanden.

Die beiden ersten Aussagen sind somit inhaltsreicher, als es den Anschein hat; eine ganze Soziologie, eine ganze grundlegende Anthropologie sind darin zusammengefaßt. Doch damit nicht genug. In diesem allmählich aufscheinenden Licht erhellen sich auch die dritte und insbesondere die vierte, anscheinend rätselhafteste Aussage:

---

* Das vom Autor aufgeworfene Problem stellt sich in der hier verwendeten Lutherbibel nicht; Anm. d. Übers.

Wenn ich aber die bösen Geister durch Beelzebub austreibe, durch wen treiben eure Söhne sie aus? Darum werden sie eure Richter sein.

Das griechische Original spricht von Söhnen.* Warum sollten die geistigen Söhne, also die Jünger und Nachahmer, zu Richtern über ihre Meister und Modelle werden? Das griechische Wort für Richter ist *krites*; hier schwingt die Bedeutung von Krise und Spaltung mit. Unter der Wirkung übersteigerter Mimetik verstärkt sich die innere Uneinigkeit jeder «satanischen» Gemeinschaft; die Differenz zwischen legitimer Gewalt und illegitimer Gewalt verringert sich, die Austreibungen werden reziprok; die Söhne wiederholen und verstärken die Gewalttaten ihrer Väter mit immer beklagenswerteren Ergebnissen für alle; schließlich beginnen sie zu begreifen, wie verheerend das väterliche Beispiel war, und sie verfluchen ihre Väter. Sie übertragen, so wie wir es heute selbst tun, ihr negatives Urteil, das im Wort *krites* ebenfalls enthalten ist, auf alles, was vor ihnen war.

Der Gedanke einer göttlichen Gewalt, die stärker ist als jede andere Gewalt, scheint auf den ersten Blick in unserem Text enthalten zu sein; sie ist dort ebenso ausdrücklich vorhanden wie im Wunderbericht über Gerasa. Dann aber wird deutlich, daß die Lektüre jenseits einer bestimmten Schwelle umschlägt; der Leser wird gewahr, daß es keinerlei göttliche Vertreibung gibt, genauer, daß es Austreibung nur im Zusammenhang mit der verfolgungsspezifischen Vorstellung und mit dem Geiste wechselseitiger Anschuldigung gibt, anders gesagt, nur im Zusammenhang mit Satan selbst. Die Macht der Austreibung geht stets von Satan selbst aus, und Gott hat nichts damit zu tun; sie genügt vollauf, um dem «Reich Satans» ein Ende zu setzen. Es sind die durch ihre Mimetik uneins gewordenen und von Satan «besessenen» Menschen, die sich bis zur totalen Vernichtung gegenseitig austreiben.

Wenn aber die Uneinigkeit mit sich selbst (mimetische Rivalität) und die Austreibung der Austreibung (Sündenbockmechanismus) für die menschlichen Gesellschaften nicht nur Prinzipien des Zerfalls, sondern auch Prinzipien des Aufbaus sind, warum trägt dann Jesus diesem zweiten Aspekt keinerlei Rechnung in all seinen Schlußsätzen, die immer nur die rein apokalyptische Zerstörung ankündigen? Bin

* Die Jerusalemer Bibel übersetzt mit *adeptes*, Anhänger; Anm. d. Übers.

ich vielleicht nicht doch einem Irrtum erlegen, wenn ich in diesem Text das Paradox der mimetischen Gewalt wahrzunehmen glaubte, die ebensosehr Quelle der Ordnung wie Quelle des Chaos ist? Ist der Text vielleicht doch nicht so grob polemisch, so unbewußt mimetisch und so primitiv dualistisch, wie dies eine unmittelbare Lektüre nahelegt? Jene Lektüre also, die von der böswilligen Trägheit unverzüglich übernommen und nicht einmal versuchsweise überschritten wird.

Satan, so scheint es, ist nie damit zu Ende, Satan auszutreiben, und es gibt keinen Grund zur Annahme, er könne in absehbarer Zukunft damit zu Ende sein. Jesus spricht, als hätte das satanische Prinzip als Ordnungsmacht ausgespielt und als würde von nun an jede soziale Ordnung ihrem eigenen Chaos anheimfallen. Das Prinzip der Ordnung ist zwar in unseren ersten beiden Aussagen durchaus vorhanden, jedoch in Form einer durch eine stilistische Wirkung vermittelten Anspielung, als würde es sich um eine mehr oder weniger überholte, vom Fortgang der Zerstörung verurteilte Sache handeln – die einzige ausdrückliche, der Mehrheit der Leser zugängliche Botschaft in der ganzen Angelegenheit.

Die Ordnung ist zwar als Prinzip durchaus präsent, aber gerade diese Präsenz bewirkt, daß sie nur äußerst spärlich Erwähnung findet. Weshalb? Weil die gewalttätige Ordnung jeder Kultur ihre eigene Offenbarung nicht überleben kann. Gerade diese Ordnung jedoch wird überall in den Evangelien und insbesondere in der Passionsgeschichte, aber auch in allen anderen von uns kommentierten Texten, den jetzt vorliegenden miteingeschlossen, enthüllt.

Ist der Gründungsmechanismus einmal enthüllt, dann wird der Sündenbockmechanismus – die Austreibung der Gewalt durch die Gewalt – durch seine eigene Offenbarung hinfällig. Er interessiert kaum noch. Die Evangelien sind nur an der durch diese Offenbarung, an der durch das Ende des satanischen Mechanismus eröffneten Zukunft der Menschheit interessiert. Wenn die Sündenböcke die Menschen nicht mehr retten können, wenn die mit Verfolgung verbundene Vorstellung zusammenbricht, wenn die Wahrheit in den Kerkern leuchtet, dann ist das keine schlechte, sondern eine gute Nachricht: es gibt keinen gewalttätigen Gott; der wahre Gott hat nichts mit Gewalt zu tun, und er wendet sich nicht mehr über ferne

Vermittler, sondern direkt an uns. Der von ihm gesandte Sohn ist eins mit ihm. Die Stunde des Reiches Gottes ist gekommen.

Wenn Jesus die Dämonen durch den Geist Gottes austreibt, dann ist für die Menschen das Reich Gottes gekommen. Das Reich Gottes hat nichts gemein mit dem Reich Satans und den Reichen dieser Welt, die auf dem satanischen Prinzip der Uneinigkeit mit sich selbst und der Austreibung gründen. Der Geist Gottes praktiziert keine Austreibung.

Jesus zeigt sich bereit, über sein eigenes Tun in Begriffen von Austreibung und Gewalt zu sprechen, weil allein diese Begriffe von seinen Gesprächspartnern verstanden werden können. So aber läßt er sie ein Geschehen erahnen, das in dieser Sprache keine Entsprechung besitzt. Wenn ich die Dämonen durch den Geist Gottes austreibe, dann wird bald weder von Dämonen noch von Austreibung die Rede sein, denn das Reich der Gewalt und der Austreibung läuft alsbald unweigerlich dem Ruin entgegen. Das Reich Gottes ist *für euch* gekommen. Die Zuhörer werden direkt angesprochen. Das Reich kommt wie der Blitz. Wie der Bräutigam der törichten und der klugen Jungfrauen hat er lange auf sich warten lassen, aber mit einem Schlag ist er da.

Das Reich Gottes ist für euch, die ihr mir in diesem Moment zuhört, gekommen, nicht aber für jene Gerasener, die ich ohne ein Wort zu sagen verlassen habe, weil sie noch nicht soweit sind wie ihr. Jesus greift ein, wenn *die Zeit erfüllt* ist, mit anderen Worten, wenn die Gewalt nicht mehr durch Gewalt ausgetrieben werden kann und die Uneinigkeit mit sich selbst den kritischen Punkt erreicht. Das ist der Zeitpunkt des versöhnenden Opfers, von dem es diesmal kein Zurück mehr gibt. Zwar mag dieses Opfer dem Anschein nach für kurze Zeit die alte Ordnung zurückbringen, in Wirklichkeit aber zerstört es sie für immer, ohne sie auch nur im geringsten auszutreiben. Ganz im Gegenteil, es läßt sich selbst von ihr austreiben und offenbart so der Menschheit das Geheimnis dieser Austreibung. Dieses Geheimnis hätte Satan nicht preisgeben sollen, gründet doch auf ihm die positive Dimension seiner Macht, die Ordnungsmacht der Gewalt.

Wie immer schenkt Matthäus den historischen Aspekten der Offenbarung große Aufmerksamkeit. Aus diesem Grund läßt er in seinem Bericht die beiden Besessenen von Gerasa Aussagen machen, die nur bei ihm vorkommen und die ein zeitliches Gefälle zwischen dem dem Gesetz unterstellten Reich und den nicht dem Gesetz unterstellten Reichen nahelegen: *Was willst du von uns, du Sohn Gottes? Bist du hergekommen, uns zu quälen, ehe denn es Zeit ist?* (Mt 8,29)

Diese Klage ist im Kontext unserer Analysen bedeutsam. Die Menge von Gerasa ist, wie bereits erwähnt, weniger Menge als jene hirtenlosen Massen, zu denen Jesus gewöhnlich predigt. Die Gemeinschaft bleibt stärker «strukturiert». Das verdankt sie ihrem Heidentum. Es geht hier selbstverständlich nicht darum, das Heidentum auf Kosten des Judentums zu verherrlichen, sondern die Vorstellung nahezulegen, es sei noch nicht am gleichen kritischen Punkt seiner Entwicklung angelangt.

Die letzte Krise, die zur letzten Offenbarung führt, ist und ist doch wieder nicht spezifisch. Im Prinzip ist sie identisch mit der Abnutzung aller auf der «satanischen» Austreibung der Gewalt durch Gewalt gründenden Opfersysteme. Erst mit der alttestamentlichen, dann mit der neutestamentlichen Offenbarung wird diese Krise im Guten wie im Bösen auswegslos. Sie lüftet das Geheimnis der mit Verfolgung verbundenen Vorstellung und verhindert so, daß der Opfermechanismus auf die Länge funktionieren und auf dem Höhepunkt des mimetischen Chaos eine neue Ordnung ritueller Austreibung hervorbringen kann, die die zerfallene ersetzen könnte.

Früher oder später muß das neutestamentliche Ferment den Zusammenbruch der von ihm durchdrungenen, aber auch aller analogen Gesellschaften bewirken. Das gilt auch für die scheinbar ausschließlich ihm zugehörigen, christlich genannten Gesellschaften. Sie sind zwar tatsächlich ihm zugehörig, aber sie sind es in einer Weise, die mehrdeutig ist und auf einem partiellen Mißverständnis beruht. Ein zwangsläufig opferkultisches Mißverständnis, das auf der trügerischen Ähnlichkeit von Evangelien und mythologischen Religionsstiftungen beruht. *Nicht ein Stein wird auf dem andern bleiben, der nicht zerbrochen werde,* steht bei Markus, aber dieser Zusammenbruch ist nicht eine stärkere Austreibung, die von Gott oder Jesus ausginge, sondern ganz im Gegenteil das Ende jeder Austreibung. Und deshalb ist das Kommen des Reiches Gottes Zerstörung für jene, die immer nur Zerstörung verstehen, und Versöhnung für jene, die sich zu versöhnen suchen.

Die Logik des Reiches, das sich nicht halten kann, wenn es ständig mit sich selbst uneins ist, ist, absolut gesprochen, immer wahr gewesen. Realgeschichtlich betrachtet ist sie indes nie wahr geworden, und zwar wegen des verborgenen Mechanismus des versöhnenden Opfers; dieses Opfer hat die Ankunft dieses Reiches stets verzögert und verhindert, indem es der opferkultischen Differenz, der Austreibung der Gewalt durch Gewalt ständig von neuem Auftrieb gab. Nun aber tritt diese Logik in der historischen Wirklichkeit hervor, zuerst für die Juden, die ersten Zuhörer Jesu, dann für die Heiden, für die Gerasener der modernen Welt, die sich Jesus gegenüber immer so benommen haben wie die Gerasener des Evangeliums und sich dabei noch höchst offiziell auf ihn berufen. Sie freuen sich darüber, daß ihren Gemeinden nie etwas Unwiderrufliches widerfahren kann, und denken, sie hätten die Evangelien der imaginären Panikmache überführt.

Eine erste Lektüre der Dämonen von Gerasa vermittelt uns den Eindruck, alles beruhe auf der Logik einer zweifachen Austreibung. Die erste gelangt nie zu entscheidenden Ergebnissen, es sind die Machenschaften der Dämonen und ihrer Gerasener, die sich eigentlich glänzend vertragen. Die zweite Austreibung geht von Jesus aus, eine wahre Säuberung, in deren Sog schließlich die Wohnstätten und alle ihre Bewohner mitgerissen werden.

Diese zweifache Austreibung, eine systeminterne mit stabilisierender Wirkung und eine systemexterne, die eben dieses System zerstört, wird im zitierten Text ausdrücklich erwähnt: *Wenn ich aber die bösen Geister durch Beelzebub austreibe... wenn ich aber die bösen Geister durch den Geist Gottes austreibe...* Ein tieferes Verständnis zeigt, daß die göttliche Macht nicht zerstörerisch ist; sie treibt niemanden aus. Die den Menschen angebotene Wahrheit entfesselt die satanischen Kräfte, die zerstörerische Mimetik, und beraubt sie ihrer selbstregulierenden Kraft. Die grundlegende Mehrdeutigkeit Satans zieht eine oberflächliche und erklärliche Mehrdeutigkeit des göttlichen Tuns nach sich. Jesus bringt den Krieg in die gespaltene satanische Welt, weil er grundsätzlich den Frieden bringt. Die Menschen begreifen das nicht oder geben vor, es nicht zu begreifen. Unser Text ist so bewundernswert aufgebaut, daß er sich verständigen wie unverständigen Lesern zugleich anpaßt. Die Aussagen über menschliche Gruppierungen, die alle mit sich selbst uneins sind, und über Satan, der Satan austreibt, bezeichnen sowohl die selbstregulierende Kraft der satanischen Mimetik wie auch deren Verlust. Der Text drückt die Identität von ordnendem und destabilisierendem Prinzip nicht explizit aus, *realisiert* sie aber in den doppeldeutigen Aussagen, deren Anziehungskraft unerschöpflich ist, stellen sie doch in diffusem Licht eine Wahrheit dar, die nicht zuviel Aufmerksamkeit erregen soll, um in diesem Text genau so wirken zu können, wie sie in der Realität wirkt. Wer sie nicht sieht, befindet sich in der satanischen Welt und verbleibt auf der Ebene der ersten Lektüre, glaubt also, es gäbe eine mit der Gewalt Satans rivalisierende Gewalt Gottes, und bleibt so im Banne der verfolgungsspezifischen Vorstellung. Wer sie sieht, begreift, daß das Reich Satans seinem Verderben entgegenläuft, weil diese Wahrheit offenbar geworden ist, und befreit sich so von eben dieser Vorstellung.

Wer dieser Logik folgt, der begreift, was es mit dem Reich Gottes auf sich hat und weshalb es für die Menschen nicht Gewinn ohne Gegenleistung bedeutet. Es hat nichts zu tun mit dem Weiden einer Kuhherde auf einer ewig grünen Weide. Es stellt die Menschen vor die härteste Aufgabe ihrer Geschichte. Verglichen mit uns, haben die Leute von Gerasa etwas Ehrliches und Sympathisches an sich. Sie führen sich noch nicht wie die gebieterischen *Verbraucher* der Konsumgesellschaft auf. Sie geben zu, es würde ihnen schwerfallen, ohne Sündenböcke und Dämonen zu leben.

In allen von uns gelesenen Texten bleibt die dämonologische Perspektive bestehen, aber sie unterwandert sich selbst. Um ihren Niedergang zu vollenden, genügt eine geringfügige Erweiterung des Geltungsbereichs dieses *skandalon*, zu dem Jesus selbst die Theorie liefert und dessen außerordentliche Funktionstüchtigkeit wir überall selbst feststellen konnten. Die kommentierten Texte sind meiner Meinung nach repräsentativ für alles, was sich in den synoptischen Evangelien findet.

Um also gewissermaßen den Niedergang des Dämons zu vollenden, muß der Text nur in die von Jesus selbst empfohlene Richtung gelenkt werden, nämlich jene des *skandalon* und all dessen, was dieser

Begriff nach sich zieht: die Problematik der Mimetik und ihrer Austreibungen.

So wird deutlich, daß uns Markus und Matthäus nicht grundlos davor warnen, uns an den Buchstaben des größten aller Jesus in den Mund gelegten dämonologischen Texte zu klammern. Ein Blick ins Wörterbuch genügt, um feststellen zu können, daß die mit dem Gleichnis gegebene Textverzerrung auf das zurückzuführen ist, was aus eben diesem Text eine Art Konzession an jene mythologische und gewalttätige Vorstellung macht, an deren Ursprung der Kollektivmord an einem Sündenbock steht.

Man schlage also das griechische Wörterbuch beim Wort *paraballo* auf. Der ursprüngliche Sinn des Wortes zeigt uns deutlich, was damit gemeint ist, denn er führt uns zum Kollektivmord. *Paraballo* bedeutet, der Menge etwas zum Fraße vorwerfen, um ihren Hunger nach Gewalt zu stillen, mit Vorliebe ein Opfer, einen zum Tode Verurteilten; so entflieht man ganz offensichtlich einer schwierigen Situation. Damit sich die Menge nicht gegen den Redner wendet, braucht er Gleichnisse, d. h. Metaphern. Es gibt letztlich keinen Diskurs, der nicht gleichnishaft wäre; so muß denn die menschliche Sprache insgesamt wie auch alle anderen kulturellen Institutionen dem Kollektivmord entstammen. Nach Gleichnissen mit durchschlagender Wirkung zeichnet sich in der Menge manchmal eine gewaltsame Bewegung ab, der Jesus entgeht, weil seine Stunde noch nicht gekommen ist.

Den Leser darüber informieren, daß Jesus in Gleichnissen spricht, heißt, dem Leser die verfolgungsspezifischen Verzerrungen anzeigen und ihm so ermöglichen, ihnen Rechnung zu tragen. In unserem Fall bedeutet es zwangsläufig, sie vor der Sprache der Austreibung zu warnen. Es gibt keine andere mögliche Alternative. Wer die Gleichnisdimension der Austreibung nicht sieht, der läßt sich noch immer von der Gewalt täuschen, praktiziert also jene Lesart, von der uns Jesus selbst sagt, sie sei zu vermeiden und zugleich kaum vermeidbar: «Und die Jünger traten zu ihm und sprachen: Warum redest du zu ihnen in Gleichnissen? Er antwortete und sprach: Euch ist's gegeben, daß ihr die Geheimnisse des Himmelreichs verstehet, diesen aber ist's nicht gegeben ... Darum rede ich zu ihnen in Gleichnissen. Denn mit sehenden Augen sehen sie nicht, und mit hörenden Ohren hören sie nicht; und sie verstehen es auch nicht.»

Besser noch als Matthäus verbindet hier Markus das Gleichnis mit dem von den Evangelien bekämpften System von Vorstellungen. Jenen, die sich in diesem System befinden, so schreibt er, *widerfährt* alles in Gleichnissen. Folglich führt uns das buchstäblich genommene Gleichnis keineswegs aus diesem System hinaus, sondern stärkt die Mauern dieses Gefängnisses. Das bedeuten die folgenden Zeilen. Es wäre falsch, daraus zu schließen, Ziel des Gleichnisses sei nicht die Bekehrung des Zuhörers. Auch hier spricht Jesus zu seinen Jüngern: «Euch ist das Geheimnis des Reiches Gottes gegeben; denen aber draußen widerfährt es alles durch Gleichnisse, auf daß *sie es mit sehenden Augen sehen und doch nicht erkennen, und mit hörenden Ohren hören und doch nicht verstehen, auf daß sie sich nicht etwa bekehren und ihnen vergeben werde»* (Mk 4,11–12, vgl. Jes 6,9–10).

Selbst in den allgemein als «archaisch» qualifizierten Texten tendiert der dort sich scheinbar entfaltende Dämonenglaube ständig dazu, sich aufzuheben. Das gilt für den eben gelesenen Dialog über die Austreibung, aber auch für das Wunder von Gerasa. Diese Aufhebung entgeht uns, weil sie sich in der widersprüchlichen Sprache der ausgetriebenen Austreibung und des verjagten Dämons ausdrückt. Der Dämon wird in ein Nichts zurückgeworfen, das ihm gewissermaßen «wesensgleich» ist, ins Nichts seiner eigenen Existenz.

Genau das bedeutet eine Formulierung wie die nachfolgende im Munde Jesu: *Ich sah den Satan vom Himmel fallen wie einen Blitz.* Es gibt nur eine Transzendenz in den Evangelien, jene der göttlichen Liebe, die über alle Äußerungen der Gewalt und des Heiligen triumphiert, indem sie deren Nichts offenbart. Eine genauere Prüfung der Evangelien zeigt, daß Jesus die Sprache des *skandalon* derjenigen des Dämonischen vorzieht, daß es aber bei Jüngern und Evangelisten genau umgekehrt ist. Es ist also nicht weiter erstaunlich, daß sich ein gewisses Gefälle bemerkbar macht zwischen den Jesus selbst zugeschriebenen, stets treffenden, aber nicht immer zusammenhängend dargestellten Worten einerseits und den erzählerischen Passagen andererseits, die literarisch gesehen besser organisiert sind, in bezug auf die in den direkten Zitaten ausgedrückten Gedanken jedoch leicht abfallen. Das wäre durchaus verständlich, wären die Jünger so, wie sie uns in den Evangelien selbst beschrieben werden: äußerst aufmerksam, voll guten Willens, aber nicht immer fähig, voll und ganz zu verstehen, was ihr Meister sagt und tut. Das hat mich bereits der Bericht über die Verleugnung des Petrus vermuten lassen. Es ist durchaus vorstellbar, daß die Ausarbeitung der erzählerischen Passagen direkter auf die Jünger zurückgeht als die Wiedergabe der Worte Jesu.

Jesus allein beherrscht die Sprache des *skandalon*: die aufschlußreichsten Stellen zeigen deutlich, daß die beiden Sprachen sich auf die gleichen Objekte anwenden lassen, und sie führen uns vor Augen, wie Jesus den dämonischen *logos* in die Begrifflichkeit des mimetischen Ärgernisses übersetzt. Das vollzieht auch die bereits erwähnte berühmte Schelte an die Adresse des Petrus: *Hebe dich, Satan, von mir! Du bist mir ein Ärgernis; denn du meinst nicht, was göttlich, sondern was menschlich ist.* Sieht Jesus in diesem Augenblick in Petrus den von Satan *Besessenen*, in dem von den Hexenverfolgern verwendeten Sinn des Ausdruckes? Den Beweis, daß dem nicht so ist, bringt der folgende Satz, der aus der Haltung des Petrus etwas typisch Menschliches macht: *Denn du meinst nicht, was göttlich, sondern was menschlich ist.*

Die Sprache des *skandalon* setzt an die Stelle der zweifellos lange heilsamen, aber blinden Angst vor den Mächten der Hölle die Analyse der Beweggründe der Menschen, die sie in die Falle der mimetischen Zirkularität laufen lassen. Petrus setzt Jesus der verführerischen Ansteckung seines eigenen weltlichen Wunsches aus und verwandelt so den göttlichen Auftrag in ein weltliches Unterfangen, das sich notgedrungen an den rivalisierenden Ambitionen reiben wird, die es unweigerlich hervorrufen wird oder die es selbst hervorgebracht haben – zuallererst jene von Petrus selbst. Er spielt demnach hier tatsächlich die Rolle der Ausgeburt der Hölle *(suppôt de Satan)*, *suppositus*, Modell-Hindernis des mimetischen Wunsches.

So wird die strenge Entsprechung zwischen den Aussagen der Evangelien über die Dämonen und der Wahrheit der mimetischen Beziehungen deutlich, so wie sie in der Formulierung Jesu, in gewissen literarischen Meisterwerken, heute aber auch in der theoretischen Analyse dieser Beziehungen offenbar wird. Für die meisten der diesen Dämonenglauben widerspiegelnden Texte gilt das nicht, aber die Mehrzahl der modernen Kommentatoren nimmt es damit nicht so genau. Alle damit befaßten Texte sind in ihren Augen mit dem gleichen Aberglauben befleckt, und man bringt ihnen die gleiche totale Ablehnung entgegen. Der Inhalt wird nicht wirklich erforscht. In Wahrheit sind die Evangelien nicht nur all jenen Texten überlegen, die noch den Stempel des magischen Denkens tragen, sondern auch modernen Interpretationen der zwischenmenschlichen Beziehungen, wie sie uns Psychologen und Psychoanalytiker, Ethnologen, Soziologen und andere Spezialisten der Humanwissenschaften vorlegen. Sie sind nicht nur in der mimetischen Auffassung überlegen, sondern auch in der Kombination von Mimetik und Dämonologie, wie sie etwa im Gerasa-Text zum Ausdruck kommt. Die dämonologische Sicht, wir haben es gesehen, macht sich Einheit und Vielfalt gewisser individueller und sozialer Verhaltensweisen mit einer von uns weiterhin unerreichten Intensität zu eigen. Gerade deshalb mußten so viele der größten Schriftsteller, etwa Shakespeare und Dostojewski oder in neuerer Zeit Georges Bernanos, auf die Sprache des Dämons zurückgreifen, um so der wirkungslosen Trivialität der Pseudowissenschaftlichkeit ihrer Epoche und der unsrigen zu entgehen.

Die Existenz des Dämons anerkennen heißt, erst einmal anerkennen, daß unter den Menschen ein gewisses Potential an Wunsch und Haß, an Neid und Eifersucht am Werk ist, das in seinen Wirkungen viel hinterhältiger und durchtriebener, in seinen Kehrtwendungen und Metamorphosen viel paradoxer und unvermittelter, in seinen Folgen viel komplexer und seinem Prinzip nach viel einfacher, ja einfältiger ist – der Dämon ist zugleich äußerst intelligent und äußerst dumm – als das, was sich Menschen je erdenken konnten, wenn sie mit Verbissenheit eben diese Verhaltensweisen ohne übernatürliches Eingreifen erklären wollten. Die mimetische Natur des Dämons ist explizit, denn er ist, unter anderem, der Affe Gottes. Die Überlieferung bekräftigt den einheitlich «dämonischen» Charakter von Trance und ritueller Besessenheit, von hysterischer Krise und Hypnose und bekräftigt so die reale Einheit all dieser Phänomene, deren gemeinsame Basis es zu entdecken gilt, um die Psychiatrie wirklich vorantreiben zu können. Jean-Michel Oughourlian ist dabei, gerade diese Basis wiederzuentdecken: die konfliktuelle Mimetik.

Aber die Überlegenheit dieses Ansatzes zeigt sich vor allem in seiner nie übertroffenen Fähigkeit, in einem einzigen Begriff Widersprüchliches zu vereinen: auf der einen Seite die Mächte der Zwietracht – *diabolos* –, die «perversen Wirkungen», die das Chaos auf allen Beziehungsebenen erzeugende Macht, auf der anderen Seite die Macht der Einheit, die soziale Ordnungsmacht. Diesem Ansatz gelingt mühelos, was Soziologie und Anthropologie, Psychoanalyse und Kulturtheorien zwangsläufig nachvollziehen wollen, ohne es je zu erreichen. Die Evangelien sind im Besitze jenes Prinzips, mit dessen Hilfe die soziale Transzendenz und die zwischenmenschliche Immanenz unterschieden und gleichzeitig vereint werden können, das heißt, sie bewältigen die Beziehung zwischen dem, was in der französischen Psychoanalyse heute das *Symbolische* und das *Imaginäre* genannt wird.

Das Dämonische wird einerseits allen konfliktuellen Tendenzen innerhalb der zwischenmenschlichen Beziehungen, der zentrifugalen Kraft innerhalb der Gemeinschaft gerecht und trägt andererseits der zentripetalen, die Menschen einigenden Kraft, dem geheimnisvollen Kitt eben dieser Gemeinschaft Rechnung. Um diesen dämonologischen Ansatz in ein wahres Wissen zu verwandeln, muß der von den Evangelien vorgezeichnete Weg eingeschlagen und die von ihnen begonnene Übersetzung vollendet werden. Man wird dann bemerken, daß es tatsächlich die gleiche Kraft ist: spaltend in den mimetischen Rivalitäten, einigend in der einmütigen Mimetik des Sündenbocks.

Offenkundig spricht Johannes *hiervon*, wenn er Satan als *Mörder seit Anbeginn*, als *Lügner und Vater der Lüge* bezeichnet (Jo 8,44). Mit der Aufdeckung der Unschuld des Opfers wird diese Lüge in der Passionsgeschichte diskreditiert. Die Niederlage Satans wird gerade deshalb genau auf den Zeitpunkt der Passion festgesetzt, weil die wahrheitsgetreue Erzählung dieses Geschehens den Menschen das in die Hand geben wird, was sie brauchen, um der ewigen Lüge zu entgehen und um die Verleumdung des Opfers zu erkennen. Dank seiner bekannten mimetischen Geschicklichkeit gelingt es Satan, der Lüge des schuldigen Opfers Glaubwürdigkeit zu verleihen. Auf hebräisch heißt Satan der *Ankläger*. Alle Bedeutungen, alle Symbole greifen hier nahtlos ineinander und bilden ein Gebäude aus einem Guß und von makelloser Rationalität. Kann man hier wirklich an den reinen Zufall glauben? Wie kann eine Welt von Forschern, die sich für Komparatistik und ineinandergreifende Strukturen begeistert, dieser Perfektion gegenüber unempfänglich bleiben?

Je gravierender die mimetische Krise, je immaterieller und objektloser der Wunsch und seine Konflikte, um so «perverser» wird die Entwicklung; das stärkt den Glauben an eine rein geistige Mimetik und an die unvermeidliche Tendenz, immer obsessionellere Beziehungen in eine autonome Größe zu verwandeln. Die Dämonologie läßt sich von dieser Autonomie nicht vollständig täuschen. Das beweist jenes absolute Bedürfnis der Dämonen, ein lebendiges Wesen zu *besitzen*, um sich selbst zu verewigen. Der Dämon hat nicht genügend Seinsgehalt, um außerhalb dieser Besetzung leben zu können. Aber er existiert um so kraftvoller, je weniger die Menschen den mimetischen Anreizen widerstehen, deren Hauptmodalitäten in der großen Versuchungsszene in der Wüste aufgezählt werden. Am aufschlußreichsten ist der letzte Versuch; dort will Satan als Objekt der Anbetung an die Stelle Gottes treten, also Modell einer zwangsläufig durchkreuzten Nachahmung werden. Der Beweis dafür, daß diese Nachahmung aus Satan das mimetische *skandalon* macht, ist die Antwort Jesu. Sie ist beinahe identisch mit der Antwort an Petrus, worin er als Satan bezeichnet wird: in beiden Fällen wird das gleiche griechische Verb *hypage*, hebe dich hinweg, verwendet und so das skandalöse Hindernis nahegelegt. Satan anbeten heißt, die Beherrschung der Welt anstreben, also mit jemandem in die gegenseitigen Beziehungen von Idolatrie und Haß treten; diese führen so lange nur zu falschen Göttern der Gewalt und des Heiligen, als sich die Menschen in der entsprechenden Illusion wiegen; an jenem Tag jedoch, an dem diese Illusion nicht mehr möglich sein wird, werden diese Götter der totalen Zerstörung anheimfallen:

Wiederum führte ihn (Jesus) der Teufel mit sich auf einen sehr hohen Berg und zeigte ihm alle Reiche der Welt und ihre Herrlichkeit und sprach zu ihm: Das alles will ich dir geben, so du niederfällst und mich anbetest. Da sprach Jesus zu ihm: Hebe dich weg von mir, Satan! denn es steht geschrieben: «*Du sollst anbeten Gott, deinen Herrn, und ihm allein dienen.*»

(Mt 4,8–10)

XV

Der Paraklet in der Geschichte

Alle bisher untersuchten Evangelientexte lassen sich auf Phänomene kollektiver Verfolgung zurückführen, die dort genauso diskreditiert und verurteilt werden, wie wir analoge Phänomene in unserer eigenen Geschichte diskreditieren und verurteilen. Die Evangelien enthalten eine ganze Palette von Texten, die auf ganz verschiedene Situationen anwendbar sind – sie enthalten gewissermaßen alles, wessen die Menschen bedürfen, um ihre verfolgungsspezifischen Vorstellungen zu kritisieren und den mimetischen und gewalttätigen Mechanismen zu widerstehen, in denen sie gefangen sind.

Das konkrete Handeln der Evangelien im Rahmen dieser Problematik wird erstmals sichtbar in den Gewalttaten gegen jene, die die Christen ihre *Märtyrer* nennen. Wir sehen in ihnen unschuldig Verfolgte. Diese Wahrheit hat uns die Geschichte übermittelt. Die Verfolgerperspektive ist dort nicht dominant. Das ist der grundlegende Befund. Die Existenz des Heiligen im mythologischen Sinn braucht die Glorifizierung des Opfers auf der Basis der Verfolgung. Die von den Verfolgern erdachten Verbrechen müssen als wahr gelten.

Im Falle der Märtyrer fehlt es nicht an Anschuldigungen. Die wildesten Gerüchte zirkulieren, und sogar anerkannte Schriftsteller schenken ihnen Glauben. Es sind die klassischen Verbrechen der mythologischen Helden und der gewalttätigen Bevölkerung. Die Christen werden des Kindesmordes und anderer Verbrechen gegen die eigene Familie beschuldigt. Ihr intensives Gemeinschaftsleben erweckt den Verdacht, sie würden die Inzesttabus brechen. Diesen Übertretungen, zusammen mit der Weigerung, den Kaiser zu verehren, kam in den Augen der Menge, aber auch der Obrigkeit gesellschaftliche Tragweite zu. Wenn Rom brennt, dann haben sehr wahrscheinlich die Christen das Feuer gelegt...

Es läge tatsächlich Mythenbildung vor, wenn alle diese Verbrechen in die Schlußapotheose Eingang fänden. Der christliche Heilige wäre dann ein mythologischer Held. Er würde in sich den übernatürlichen Wohltäter und den allmächtigen Unruhestifter vereinigen, der jede Nachlässigkeit, jede Gleichgültigkeit ihm gegenüber mit irgendeiner Plage bestrafte. Wesensmerkmal des mythologischen Heiligen ist seine sowohl gutartige wie bösartige Natur. Wir erhalten den Eindruck einer doppelten Transzendenz, eines paradoxen Zusammentreffens, weil wir die Sache von einem christlichen Standpunkt aus betrachten, der für uns als Norm gilt, obwohl er in Wahrheit einmalig ist.

Die Unschuld des Märtyrers wird nie angezweifelt. *Sie hassen mich ohne Ursache.* Das in der Passionsgeschichte Erreichte verwandelt sich in konkrete Wahrheiten. Der Rachegeist veranstaltet große Rückzugsgefechte, die Märtyrer indes beten für ihre Henker: *Vater, vergib ihnen; denn sie wissen nicht, was sie tun!*

Zwar hat die Menschheit nicht auf das Christentum gewartet, um unschuldige Opfer zu rehabilitieren. In diesem Zusammenhang werden zu Recht Sokrates, Antigone und andere mehr zitiert. Es gibt hier Dinge, die der christlichen Auffassung über den Märtyrer gleichen, sie haben jedoch lediglich punktuellen Charakter und betreffen nicht die Gesellschaft als Ganzes. Die Besonderheit des Märtyrers rührt daher, daß die Sakralisierung trotz höchst erfolgversprechender Voraussetzungen – Erregtheit der Menge, leidenschaftliche religiöse Verfolgung – scheitert. Das beweist das Vorhandensein sämtlicher Stereotypen der Verfolgung. In den Augen der Mehrheit stellen die Christen eine bedrohliche Minderheit dar. Sie sind reichlich mit Zeichen der Opferselektion versehen. Sie gehören vor allem niedrigen Bevölkerungsschichten an. Es gibt unter ihnen zahlreiche Frauen und Sklaven. Aber nichts wird verklärt. Die mit Verfolgung verbundene Vorstellung tritt als solche in Erscheinung.

Die Kanonisierung ist keine Sakralisierung. Zwar gibt es in der Glorifizierung der Märtyrer und später auch in den mittelalterlichen Heiligenleben Spuren des primitiven Heiligen. Im Zusammenhang mit dem heiligen Sebastian habe ich bereits einige erwähnt. Die Mechanismen des Heiligen und der Gewalt spielen in der von den Märtyrern ausgehenden Faszination eine Rolle. Man sagt, früher vergossenes Blut enthalte eine Kraft, die sich zu erschöpfen drohe, falls sie nicht von Zeit zu Zeit durch frisches Blut reaktiviert werde. Das ist völlig richtig im Falle der christlichen Märtyrer; es ist zudem zweifellos ein wichtiger Faktor bei der Verbreitung des Phänomens in seiner ganzen Ausstrahlungskraft; aber das Wesentliche ist anderswo zu suchen.

Heutzutage legen die meisten Beobachter, selbst christliche, den Akzent nur noch auf die opferkultischen Spuren. Sie glauben die Nahtstelle der angeblich rein opferkultischen theologischen Aspekte des Christentums und seiner ebenfalls opferkultischen gesellschaftlichen Wirksamkeit entdeckt zu haben. Sie haben etwas entdeckt; es ist aber nebensächlich und sollte ihnen nicht die Sicht auf das spezifisch Christliche dieses Vorganges versperren, der dem Opfer diametral entgegengesetzt, mit anderen Worten, in Richtung Offenbarung verläuft.

Daß sich zwei diametral entgegengesetzte Handlungen kombinieren lassen, ist nur dem Anschein nach paradox. Oder genauer gesagt, darin spiegelt sich lediglich das Paradox der Passionsgeschichte und der Evangelien insgesamt wider; sie bieten sich für nebensächliche und oberflächliche mythologische Kristallisationen gerade deshalb so gut an, weil sie den mythologischen Vorgang mit größerer Genauigkeit wiederholen müssen, um ihn so ans Licht zu bringen und grundlegend umzustürzen.

Selbst eine rein opferkultisch ausgerichtete Theologie der Evangelien muß sich in letzter Instanz auf den Hebräerbrief berufen können und läßt somit keinesfalls zu, daß den opferkultischen Elementen im Märtyrerphänomen die ihnen verliehene überragende Bedeutung beigemessen wird. Meiner Meinung nach gelingt es dem Hebräerbrief nicht, die wahre Einzigartigkeit der Passionsgeschichte herauszuarbeiten; er bemüht sich jedoch darum und trifft das Wesentliche, wenn er den Tod Christi als jenes vollkommene und endgültige Opfer darstellt, das alle anderen Opfer als überholt, also alle späteren opferkultischen Unterfangen als unannehmbar darstellt. Diese Definition läßt noch immer ungeklärt, was ich hier erfassen möchte, die Einzigartigkeit des Christlichen. Sie verbietet gleichwohl den schlichten

Rückfall in die repetitive und primitive Opfertradition; genau den bewirkt jedoch ein auf die Mechanismen von Heiligem und Gewalt begrenztes Verständnis der Märtyrer.

Das Scheitern der Mythenbildung in den Märtyrergeschichten ermöglicht es den Historikern erstmals, in großem Maßstab die verfolgungsspezifischen Vorstellungen und die ihnen entsprechenden Gewalttätigkeiten *im Lichte der Vernunft* wahrzunehmen. Wir überraschen die Menge bei ihren *mythopoietischen Aktivitäten,* und das ist keineswegs so erbaulich, wie es sich unsere Mythen- und Literaturtheoretiker vorstellen. Zum Glück verbleibt dem antichristlichen Humanismus immer noch die Möglichkeit, zu leugnen, daß es sich hier tatsächlich um jenen Vorgang handelt, der überall sonst Mythologie erzeugt.

Allein aufgrund der Tatsache, daß der Sündenbockmechanismus durch die Passionsgeschichte offenbar wird, verliert er an Wirksamkeit und vermag keinen neuen Mythos mehr hervorzubringen. Es läßt sich also nicht direkt beweisen, daß es sich dabei tatsächlich um diesen Erzeugungsmechanismus handelt. Würde dieser Mechanismus hingegen seine Wirksamkeit beibehalten, dann gäbe es kein Christentum, sondern nur eine weitere Mythologie, und alles erschiene uns in der bereits verklärten Form echt mythologischer Themen und Motive. Das Schlußergebnis wäre das gleiche: auch hier ließe sich der Erzeugungsmechanismus nicht erkennen. Wer ihn wahrnähme, der würde sich dem Vorwurf aussetzen, die Wörter für die Sachen zu nehmen und hinter der edlen mythologischen Einbildungskraft reale Verfolgungen zu vermuten.

Daß die Beweisführung möglich, ja unumstößlich ist, hoffe ich gezeigt zu haben. Voraussetzung dafür ist jedoch, daß die von uns eingeschlagenen indirekten Wege eingehalten werden.

Die Heiligenleben nehmen immer an der Passionsgeschichte Modell, sie dient als Hintergrund für die besonderen Umstände dieser oder jener Verfolgung. Dabei handelt es sich aber nicht nur um eine rhetorische Übung, um formale Frömmigkeit, wie es sich unsere Pseudo-Entmystifikatoren vorstellen. Die Kritik der verfolgungsspezifischen Vorstellungen beginnt hier; sie führt erst zu sperrigen und ungeschickten Teilergebnissen, gleichwohl handelt es sich dabei um einen bisher unvorstellbaren, langwierigen Lernprozeß.

Man wird einwenden, die Rehabilitierung der Märtyrer bedinge eine in der Glaubensgemeinschaft von Opfern und deren Verteidigern wurzelnde Parteinahme. Das «Christentum» verteidigt nur seine eigenen Opfer. Ist es einmal siegreich, wird es selbst zum Unterdrükker, Tyrannen und Verfolger. Im Blick auf seine eigenen Gewalttaten legt es die gleiche Blindheit an den Tag wie jene, die es verfolgt haben.

All das ist wahr, ebenso wahr wie die durchaus opferkultische Konnotation des Martyriums, aber einmal mehr handelt es sich dabei nur um eine nebensächliche Wahrheit, die die Sicht auf die Grundwahrheit verdeckt. Eine gewaltige Revolution ist im Gange. Die Menschen, zumindest einige von ihnen, lassen sich auch nicht mehr durch jene Verfolgungen verführen, die sich auf ihren eigenen Glauben berufen, insbesondere auf das «Christentum» selbst. Aus der Mitte der Welt der Verfolgung erwächst der Widerstand gegen die Verfolgung. Ich denke dabei selbstverständlich an jenen Vorgang, den ich zu Beginn dieses Buches lange beschrieben habe, an die Entmystifizierung der Hexenverfolger, an die Überwindung der krassesten Formen des magischen Verfolgungsdenkens innerhalb einer ganzen Gesellschaft.

Im Verlauf der Geschichte des Abendlandes schwächen sich die verfolgungsspezifischen Vorstellungen ab und brechen zusammen. Das bedeutet nicht zwangsläufig, die Gewalttaten nähmen an Menge und Intensität ab. Das bedeutet aber, daß die Verfolger ihre Sicht der Dinge den Menschen in ihrer Umgebung auf die Dauer nicht aufzuzwingen vermögen. Es brauchte Jahrhunderte zur Entmystifizierung der mittelalterlichen Verfolgungen, einige Jahre genügen, um die zeitgenössischen Verfolger zu diskreditieren. Selbst wenn morgen irgendein totalitäres System seine Herrschaft über den ganzen Planeten ausdehnen könnte, würde es ihm nicht gelingen, seinem eigenen Mythos, mit anderen Worten dem magischen Aspekt seines Verfolgungsdenkens die Vorherrschaft zu sichern.

Es handelt sich hier um den gleichen Vorgang wie im Falle der christlichen Märtyrer; er ist jedoch von den letzten Spuren des Heiligen gereinigt und radikalisiert, benötigt er doch keine Glaubensgemeinschaft mehr zwischen den Opfern und jenen, die das System ihrer Verfolgung entmystifizieren. Die dabei verwendete Sprache bringt das zum Ausdruck. Wir verwenden sie immer; es gibt keine andere.

Im klassischen Latein hat *persequi* keinerlei Konnotation mit Ungerechtigkeit; der Ausdruck bedeutet ganz einfach: vor Gericht verfolgen. Es sind die christlichen Apologeten, insbesondere Lactantius und Tertullian, die *persecutio* in Richtung der modernen Wortbedeutung umbiegen. Dahinter steckt die keineswegs römische Auffassung eines Rechtsapparats, der nicht der Gerechtigkeit, sondern der Ungerechtigkeit dient, also systematisch von verfolgungsspezifischen Verzerrungen verdreht wird. Auch im Griechischen bedeutet *martys* Zeuge, und es ist der christliche Einfluß, der dem Wort den heutigen Sinn vom unschuldig Verfolgten, vom heroischen Opfer einer ungerechten Gewalt gibt.

Wenn wir sagen: «Das Opfer ist ein Sündenbock», dann verwenden wir einen biblischen Ausdruck, aber er hat nicht mehr jene Bedeutung, die er für die Teilnehmer am Ritual gleichen Namens hatte. Er hat die Bedeutung des unschuldigen Lammes bei Jesaja oder des Lammes Gottes in den Evangelien. Jeder direkte Bezug auf die Passionsgeschichte ist verschwunden, diese wird gleichwohl stets mit verfolgungsspezifischen Vorstellungen in Verbindung gebracht; es ist das gleiche Modell, das uns als Entschlüsselungsraster dient, wir haben es jedoch inzwischen so vollständig assimiliert, daß wir es dort, wo wir es zu verwenden verstehen, ganz mechanisch verwenden, ohne ausdrücklichen Bezug auf seine jüdischen und christlichen Ursprünge.

Wenn die Evangelien bekräftigen, Christus stehe nunmehr an Stelle aller Opfer, dann sehen wir darin nur Gefühlsduselei und großsprecherische Frömmigkeit, obwohl es unter streng wissenstheoretischem Aspekt buchstäblich richtig ist. Die Menschen haben ihre unschuldigen Opfer nur dadurch identifizieren können, daß sie sie an die Stelle Christi setzten; das hat Raymund Schwager sehr deutlich aufgezeigt*. Die Evangelien sind in erster Linie nicht an der intellektuellen Leistung als solcher interessiert, sondern an der Veränderung des Verhal-

---

* Vgl. Raymund Schwager, *Brauchen wir einen Sündenbock?* Dieses Buch ist sehr aufschlußreich im Hinblick auf die erhellende Kraft der Evangelien gegenüber der Mythologie.

tens, die sie *möglich* macht und keineswegs *aufzwingt*, wie es von einigen absurderweise gefordert wird.

Wenn aber des Menschen Sohn kommen wird in seiner Herrlichkeit und alle Engel mit ihm, dann wird er sitzen auf dem Thron seiner Herrlichkeit, und werden vor ihm alle Völker versammelt werden. Und er wird sie voneinander scheiden, gleichwie ein Hirt die Schafe von den Böcken scheidet, und wird die Schafe zu seiner Rechten stellen und die Böcke zur Linken. Da wird dann der König sagen zu denen zu seiner Rechten: Kommt her, ihr Gesegneten meines Vaters, ererbet das Reich, das euch bereitet ist von Anbeginn der Welt! Denn ich bin hungrig gewesen, und ihr habt mich gespeist. Ich bin durstig gewesen, und ihr habt mich getränkt. Ich bin ein Fremdling gewesen, und ihr habt mich beherbergt. Ich bin nackt gewesen, und ihr habt mich bekleidet. Ich bin krank gewesen, und ihr habt mich besucht. Ich bin gefangen gewesen, und ihr seid zu mir gekommen.
Dann werden ihm die Gerechten antworten und sagen: Herr, wann haben wir dich hungrig gesehen und haben dich gespeist? oder durstig und haben dich getränkt? Wann haben wir dich als einen Fremdling gesehen und beherbergt? oder nackt und haben dich bekleidet? Wann haben wir dich krank oder gefangen gesehen und sind zu dir gekommen? Und der König wird antworten und sagen zu ihnen: Wahrlich, ich sage euch: Was ihr getan habt einem unter diesen meinen geringsten Brüdern, das habt ihr mir getan.
Dann wird er auch sagen zu denen zur Linken: Gehet hin von mir, ihr Verfluchten, in das ewige Feuer, das bereitet ist dem Teufel und seinen Engeln! Ich bin hungrig gewesen, und ihr habt mich nicht gespeist. Ich bin durstig gewesen, und ihr habt mich nicht getränkt. Ich bin ein Fremdling gewesen, und ihr habt mich nicht beherbergt. Ich bin nackt gewesen, und ihr habt mich nicht bekleidet. Ich bin krank und gefangen gewesen, und ihr habt mich nicht besucht.
Da werden sie ihm auch antworten und sagen: Herr, wann haben wir dich gesehen hungrig oder durstig oder als einen Fremdling oder nackt oder krank oder gefangen und haben dir nicht gedient? Dann wird er ihnen antworten und sagen: Wahrlich ich

sage euch: Was ihr nicht getan habt einem unter diesen Geringsten, das habt ihr mir auch nicht getan. Und sie werden in die ewige Pein gehen, aber die Gerechten in das ewige Leben.

(Mt 25,31–46)

Der Text hat insofern Gleichnischarakter, als er auf die Sprache der Gewalt zurückgreift, um sich an jene Gewalttätigen zu wenden, die sich nicht als solche verstehen. Der Sinn des Textes ist aber ganz klar. Von nun an zählt nicht mehr die ausdrückliche Bezugnahme auf Jesus. Allein unser konkretes Verhalten gegenüber den Opfern bestimmt unser Verhältnis gegenüber den von der Offenbarung gestellten Anforderungen; und diese Offenbarung kann sich ereignen, ohne daß Christus selbst je erwähnt wird.

Wenn der Evangeliumstext von seiner weltweiten Verbreitung spricht, dann will er damit nicht sagen, er mache sich utopische Illusionen über die Natur der ihm entgegengebrachten Anhängerschaft oder über die praktischen Ergebnisse der parallel dazu langsam vorangehenden Tiefenwirkung. Er sieht die oberflächliche Gefolgschaft einer noch heidnischen Welt im «christlichen» Mittelalter voraus, aber auch die gleichgültige oder gehässige Zurückweisung der nachfolgenden Epoche, die insgeheim von der Offenbarung stärker getroffen ist und sich gerade deshalb oft dazu gezwungen sieht, mit antichristlichen Parodien auf die christliche Welt gegen das heidnische Christentum von einst anzugehen. Nicht unter dem Ruf: «Kreuziget ihn» wird schließlich der Tod Jesu beschlossen, sondern unter dem Ruf: «Gib uns Barabas los» (Mt 27,21; Mk 15,11; Lk 23,18).

Das Zeugnis der Texte scheint mir unanfechtbar. Doch wer davon spricht, löst unweigerlich einen wahren Proteststurm aus, ein inzwischen nahezu weltweites Konzert von Verwünschungen, in das inzwischen auch noch die letzten beglaubigten Christen gerne einstimmen. Vielleicht sind die Texte heute so überzeugungsstark, daß es an Polemik und Verfolgung grenzt, sich auf sie zu berufen und ihre Stichhaltigkeit offenkundig zu machen.

Hinzu kommt, daß viele Menschen noch immer der traditionellen modernistischen Sicht eines im Kern von Verfolgungen geprägten Christentums anhängen. Diese Sicht beruht auf zwei dermaßen unterschiedlichen Typen von Gegebenheiten, daß allem Anschein zum Trotz ihre Übereinstimmung als entscheidend zu gelten hat.

Mit Konstantin triumphiert das Christentum auf der Ebene des Staates selbst, und sehr rasch werden unter dem Schutz seiner Autorität Verfolgungen durchgeführt, die analog sind zu jenen, denen die ersten Christen zum Opfer gefallen sind. Wie so viele andere religiöse, ideologische und politische Unterfangen nach ihm erleidet das noch schwache Christentum Verfolgungen und wird, einmal stark geworden, selbst zum Verfolger.

Diese Auffassung des Christentums als eines ebenso großen, wenn nicht größeren Verfolgers als die übrigen Religionen wird durch die Fähigkeit des modernen Abendlandes, die verfolgungsspezifischen Vorstellungen zu entschlüsseln, eher bestärkt denn geschwächt. Solange diese Fähigkeit auf das unmittelbare historische Umfeld, also auf die oberflächlich christianisierte Welt beschränkt bleibt, scheint die religiöse Verfolgung – die vom Religiösen gebilligte oder sogar ausgelöste Gewalt – in etwa das Monopol eben dieser Welt zu sein.

Zudem macht das Abendland im 18. und 19. Jahrhundert aus der Wissenschaft ein Idol, um sich selbst besser anbeten zu können. Der Abendländer glaubt an den autonomen wissenschaftlichen Geist, dessen Erfinder und Produkt er angeblich gleichzeitig ist. Er setzt an die Stelle der alten Mythen jenen des Fortschritts, anders gesagt, den Mythos einer wahrhaft unendlichen modernen Überlegenheit, den Mythos einer sich nach und nach mit eigenen Mitteln befreienden und vergöttlichenden Menschheit.

Der Geist der Wissenschaft kann nicht ursprünglich sein. Er setzt den Verzicht auf die ehemals so beliebte, von unseren Ethnologen so klar definierte magische Verfolgungskausalität voraus. Den natürlichen, entfernten und unerreichbaren Ursachen hat die Menschheit seit jeher *die auf der Ebene der sozialen Beziehungen bedeutsamen Ursachen, die eine korrigierende Einmischung zulassen,* mit anderen Worten die Opfer, vorgezogen.

Um die Menschen auf die geduldige Erforschung der natürlichen Ursachen zu lenken, müssen sie erst von ihren Opfern abgelenkt werden. Und wie könnte man sie besser von ihren Opfern ablenken, als indem man ihnen zeigt, daß die Verfolger *ohne Ursache hassen* und nunmehr auch ohne nennenswertes Ergebnis? Um dieses Wunder nicht nur bei einigen außergewöhnlichen Menschen Griechenlands, sondern auf der Ebene ganzer Völkerschaften zustande zu bringen, braucht es jene außergewöhnliche Kombination von intellektuellen, moralischen und religiösen Faktoren, die der Evangelientext bereitstellt.

Nicht weil die Menschen die Wissenschaft erfunden haben, haben sie mit der Hexenverfolgung aufgehört, sondern weil sie mit der Hexenjagd aufgehört haben, haben sie die Wissenschaft erfunden. Der Geist der Wissenschaft, wie auch der wirtschaftliche Unternehmergeist, ist ein Nebenprodukt der Tiefenwirkung des Evangelientextes. Das moderne Abendland vergißt die Offenbarung und interessiert sich nur noch für die Nebenprodukte. Es hat daraus Waffen und Machtinstrumente geschmiedet, und heute kehrt sich der Vorgang gegen es selbst. Es verstand sich als Befreier und findet sich als Verfolger wieder. Die Söhne verfluchen ihre Väter und werden zu ihren Richtern. In allen klassischen Formen des Rationalismus und der Wissenschaft entdecken zeitgenössische Forscher Überreste von Magie. Unsere Vorgänger sind keineswegs mit einem Schlag aus dem Kreislauf von Gewalt und Heiligem ausgebrochen, wie sie es sich vorstellten, sondern sie haben abgeschwächte Varianten von Mythen und Ritualen wiederhergestellt.

Das alles wird von unseren Zeitgenossen der Kritik unterzogen; sie verurteilen mit lauter Stimme den Stolz der modernen westlichen Welt, nur um in eine noch schlimmere Form des Stolzes zurückzufallen. Um unsere Verantwortung für den schlechten Gebrauch der uns zur Verfügung gestellten unermeßlichen Errungenschaften nicht wahrnehmen zu müssen, verleugnen wir deren Realität. Wir verzichten auf den Fortschrittsmythos, nur um in den verheerenderen Mythos der Rückkehr des ewig Gleichen zurückzufallen. Nach Ansicht unserer Gelehrten sind wir inzwischen von keinem Wahrheitsferment mehr getrieben; unsere Geschichte hat keinen Sinn, selbst der Begriff Geschichte bedeutet nichts. Es gibt keine Zeichen der Zeit. Wir leben nicht jenes einmalige Abenteuer, das wir zu leben glauben. Es gibt keine Wissenschaft, es gibt kein Wissen.

Unsere geistige Entwicklung gleicht mehr und mehr den krampfartigen Zuckungen eines Besessenen, der der ihm drohenden Heilung den Tod vorzuziehen scheint. Wenn wir uns so heftig gegen jedes mögliche Wissensangebot wehren, wie wir es tatsächlich tun, dann müssen wir große Angst vor dem Aufkommen eines als feindlich wahrgenommenen Wissens haben. Ich habe zu zeigen versucht, daß in unserer Welt viele Dinge durch die zum Stillstand gebrachte Entschlüsselung verfolgungsspezifischer Vorstellungen bestimmt sind. Seit Jahrhunderten vermögen wir einige davon zu lesen, nicht aber die übrigen. Unsere entmystifizierende Fähigkeit übersteigt nicht jene Bereiche, die sie selbst als historisch definiert hat. Verständlicherweise befaßte sie sich zuerst mit den am leichtesten zu entziffernden, naheliegendsten Vorstellungen, die durch die biblische Offenbarung bereits geschwächt waren.

Inzwischen jedoch genügt der Hinweis auf die Schwierigkeiten nicht mehr, um unser Stocken zu erklären. Unsere Kultur erweist sich als buchstäblich schizophren in ihrer Weigerung, auf die klassische primitive Mythologie jene Interpretationsverfahren anzuwenden, die legitimerweise angewendet werden müßten. Wir versuchen den Mythos des abendländischen Humanismus, den rousseauschen Mythos von der natürlichen ursprünglichen Güte des Menschen zu schützen.

In Wirklichkeit aber zählen diese Mythen kaum mehr. Sie stellen nur die Vorposten eines noch hartnäckigeren Widerstandes dar. Die Mythologie entschlüsseln, die Rolle der «Sündenböcke» in jeglicher kulturellen Ordnung entdecken, das Rätsel des ursprünglichen Religiösen lösen, das alles bedeutet zwangsläufig, die mächtige Rückkehr der biblischen und evangelischen Offenbarung vorzubereiten. Im Augenblick, da wir die Mythen wahrhaft begreifen, können wir das Evangelium nicht mehr für einen weiteren Mythos halten, können wir sie doch dank ihm begreifen.

Unser ganzer Widerstand richtet sich gegen dieses uns bedrohende Licht. Seit langem erhellt es viele Dinge in unserer Umgebung, aber es erhellt sich noch nicht selbst. Wir richteten uns so ein, um glauben zu können, es gehe von uns aus. Wir hatten es uns unberechtigterweise angeeignet. Wir hielten uns selbst für das Licht, während wir doch nur Zeugen des Lichtes sind. Wenn sich aber Schein und Reichweite dieses Lichtes noch etwas erhöhen, dann wird es selbst aus dem Dunkel treten, sich auf sich richten, um sich selbst zu erhellen. Das Licht des Evangeliums offenbart seine Eigentümlichkeit in dem Maße, wie es sich auf die Mythologie ausweitet.

Der Evangelientext ist dabei, sich selbst zu rechtfertigen, gewissermaßen am Ende unserer Geistesgeschichte. Es schien uns, diese sei dem Evangelium fremd, transformierte sie doch unsere Anschauungen in einem allen gewalttätigen Religionen fremden Sinn, mit denen wir das Evangelium absurderweise verwechselten. Nun aber vollzieht sich in dieser Geschichte eine neue Phase des Fortschritts, an sich wenig bedeutungsvoll, aber folgenreich für unser intellektuelles und geistiges Gleichgewicht. Sie setzt dieser Verwechslung ein Ende und offenbart diese Kritik am gewalttätigen Religiösen als den eigentlichen Sinn der biblischen Offenbarung.

Wäre davon in den Evangelien nicht die Rede, würde ihnen ihre eigene Geschichte entgehen; sie wären nicht das, was wir in ihnen sehen – unter der Rubrik Geist ist aber von ihr die Rede. Die großen Texte über den Paraklet (Tröster) erhellen den Vorgang, an dem wir teilhaben. Aus diesem Grund beginnt sich ihr scheinbares Dunkel aufzulösen. Nicht die Entschlüsselung der Mythologie erhellt die Texte über den Geist; vielmehr lassen uns die Evangelien – die die Mythen mit ihrem Licht durchdringen, bevor sie sie in nichts auflösen – jene Worte verstehen, die uns unsinnig, von Gewalt und Aberglauben durchdrungen erscheinen, weil sie diesen Vorgang in Form eines Sieges Christi über Satan oder des Geistes der Wahrheit über den Geist der Lüge ankündigen. Die dem Tröster gewidmeten Stellen im Johannes-Evangelium fassen sämtliche Themen des vorliegenden Werkes zusammen.

Alle diese Bibelstellen finden sich in den Abschiedsreden Jesu an seine Jünger, dem Höhepunkt des vierten Evangeliums. Moderne Christen fühlen sich irgendwie unbehaglich, denke ich, Satan in einem so feierlichen Moment wiederauftauchen zu sehen. Was Johannes hier sagt, ist, daß die Rechtfertigung Jesu in der Geschichte, seine Beglaubigung, mit der Auslöschung Satans eins ist. Dieses doppelte und eine Ereignis wird uns als von der Passionsgeschichte bereits in Gang gesetzt dargestellt, zugleich aber als ein noch nicht begonnenes, immer noch kommendes, selbst den Augen der Jünger unsichtbares Ereignis.

Und wenn derselbe (der Paraklet) kommt, wird er der Welt die Augen auftun über die Sünde und über die Gerechtigkeit und über das Gericht; über die Sünde: daß sie nicht glauben an mich; über die Gerechtigkeit: daß ich zum Vater gehe und ihr mich hinfort nicht sehet; über das Gericht: daß der Fürst dieser Welt gerichtet ist.

(Jo 16,8–11)

Zwischen dem Vater und der Welt besteht ein Abgrund, der von der Welt selbst, von ihrer Gewalt herrührt. Die Rückkehr Jesu zum Vater bedeutet den Sieg über die Gewalt, das Überschreiten dieses Abgrundes. Aber die Menschen erkennen das zuerst nicht. Für sie, die in der Gewalt sind, ist Jesus nur ein Toter unter anderen. Nach seiner Rückkehr zum Vater wird weder von Jesus noch vom Vater eine leuchtende Botschaft kommen. Selbst wenn Jesus vergöttlicht wird, dann immer etwa im Stil der alten Götter, im ewigen Kreislauf von Gewalt und Heiligem. Unter diesen Voraussetzungen scheint der Sieg der mit Verfolgung verbundenen Vorstellung gesichert.

Und gleichwohl, so sagt Jesus, werden sich die Dinge nicht so abspielen. Indem er das Wort des Vaters bis zum Ende aufrechthält und für es stirbt, gegen die Gewalt, überschreitet Jesus jenen Abgrund, der die Menschen vom Vater trennt. Er selbst wird ihr Tröster, das heißt ihr Beschützer, und er sendet ihnen einen anderen Tröster, der in der Welt nicht zu wirken aufhören wird, bis die Wahrheit an den Tag kommen wird.

Unsere Weisen und Neunmalklugen beschleicht der Verdacht, es könne sich hier um eine jener imaginären Revanchen handeln, die sich die von der Geschichte Besiegten in ihren Schriften sichern. Aber selbst wenn uns die Sprache erstaunt, wenn der Redaktor des Textes angesichts des Ausmaßes seiner Vision manchmal vom Schwindel erfaßt zu sein scheint, können wir doch das nicht übersehen, wovon wir selbst gesprochen haben. Der Geist wirkt in der Geschichte, um das zu offenbaren, was Jesus bereits geoffenbart hat, den Sündenbockmechanismus, die Entstehung jeder Mythologie, die Nichtigkeit aller Götter der Gewalt – anders, in der Sprache der Evangelien ausgedrückt, der Geist vollendet Niederlage und Verurteilung des Satans. Weil die Welt auf der verfolgungsspezifischen Vorstellung aufgebaut ist, glaubt sie zwangsläufig nicht oder nur unzureichend an Jesus. Sie kann die offenbarende Kraft der Passionsgeschichte nicht erfassen. Kein Denksystem kann jenes Denken denken, das es zu zerstören fähig ist. Um folglich die Welt zu widerlegen und zu zeigen, daß es vernünftig und richtig ist, an Jesus zu glauben – als Gesandter des Vaters, der nach der Passion zu seinem Vater zurückkehrt und als eine mit den Göttern der Gewalt nicht vergleichbare Gottheit –, dazu braucht es den Geist, der in der Geschichte darauf hinarbeitet, die Welt auseinanderfallen zu lassen und nach und nach alle Götter der Gewalt zu diskreditieren; er scheint sogar Christus in dem Maße zu diskreditieren, wie die christliche Dreifaltigkeit durch unser aller Fehler, Gläubige und Nichtgläubige, mit der gewalttätigen Sakralität gemeinsame Sache gemacht zu haben scheint. In Wirklichkeit verewigt und verstärkt die Unabgeschlossenheit des historischen Prozesses den Unglauben der Welt wie auch die Illusion eines vom Fortschritt des Wissens entmystifizierten Jesus, der von der Geschichte zusammen mit allen anderen Göttern beseitigt wird. Die Geschichte muß nur noch etwas vorankommen, und man wird dann entdecken, daß sie die Evangelien verifiziert; «Satan» ist diskreditiert und Jesus gerechtfertigt. Der Sieg Jesu ist also seinem Prinzip nach im Moment der Passion sofort errungen, aber er konkretisiert sich für die meisten Menschen erst am Ende einer langen, insgeheim von der Offenbarung gelenkten Geschichte. Er wird in jenem Augenblick evident, in dem wir feststellen können, daß wir tatsächlich dank und nicht trotz der Evangelien endlich die Nichtigkeit aller gewalttätigen Götter feststellen, jede Mythologie begreifen und für nichtig erklären können.

Satan regiert lediglich kraft der mit Verfolgung verbundenen Vorstellung, die vor den Evangelien überall unumschränkt herrschte. Satan ist also im wesentlichen der *Ankläger*, derjenige, der die Menschen täuscht, indem er ihnen die Schuldhaftigkeit aller unschuldigen Opfer eingibt. Wer aber ist der Paraklet?

Das griechische *parakleitos* ist die genaue Entsprechung des französischen *avocat* (Fürsprecher) oder des lateinischen *ad-vocatus*. Der Paraklet wird an die Seite des Angeschuldigten, des Opfers gerufen, um an seiner Stelle und in seinem Namen zu sprechen, um ihm als Verteidiger zu dienen. Der Paraklet ist der universale Fürsprecher, der für die Verteidigung aller unschuldigen Opfer Zuständige, *der Zerstörer jeglicher mit Verfolgung verbundenen Vorstellung*. Er ist also tatsächlich der Geist der Wahrheit, der den Dunst jeglicher Mythologie auflöst.

Man muß sich fragen, warum Hieronymus, dieser großartige Übersetzer, dem es im allgemeinen nicht an Kühnheit mangelt, vor der Übersetzung des ganz gewöhnlichen Wortes *parakleitos* zurückgeschreckt ist. Er ist buchstäblich von Staunen gepackt. Er sieht die Folgerichtigkeit dieses Begriffes nicht und entscheidet sich schlicht und einfach für eine buchstabengetreue Umsetzung, *Paracletus*. Seinem Beispiel wird in den meisten modernen Sprachen gewissenhaft gefolgt, was dann Paraclet, Paraclete, Paraklet usw. gibt. Dieser mysteriöse Ausdruck hat mit seiner Undurchsichtigkeit seither nie aufgehört, zwar nicht die Unverständlichkeit eines durchaus verständlichen Textes, aber das Unverständnis der Interpreten zu verdeutlichen, jenes Unverständnis, das Jesus seinen Jüngern vorwirft und das sich bei den evangelisierten Völkern fortsetzt, oft sogar verschlimmert.

Über den Paraklet gibt es zahllose Studien, aber keine bringt eine befriedigende Lösung, denn alle definieren das Problem in streng innertheologischer Begrifflichkeit. Die überragende historische und kulturelle Bedeutung bleibt verschlossen, und im allgemeinen wird der Schluß gezogen, daß der Paraklet, falls er wirklich jemandes Fürsprecher ist, der Fürsprecher der Jünger beim Vater ist. Diese Lösung nimmt auf eine Stelle im Ersten Johannesbrief Bezug: *Und obgleich ihr sündigt, so haben wir einen Fürsprecher bei dem Vater, Jesus Christus, der gerecht ist* (1. Joh 2,1)... Parakleitos.

Der Text des Johannes macht aus Jesus selbst einen Tröster. Im Evangelium gleichen Namens erscheint Jesus tatsächlich als der erste den Menschen gesandte Tröster:

Und ich will den Vater bitten, und er wird euch einen andern Tröster geben, daß er bei euch sei ewiglich: den Geist der Wahrheit, welchen die Welt nicht kann empfangen, denn sie sieht ihn nicht und kennt ihn nicht.

(Jo 14,16–17)

Christus ist der Tröster schlechthin im Kampf gegen die mit Verfolgung verbundene Vorstellung, denn jede Verteidigung und Rehabilitierung der Opfer gründet auf der offenbarenden Kraft der Passion. Ist jedoch Christus einmal heimgekehrt, dann wird der Geist der Wahrheit, der zweite Tröster das Licht, das bereits hier in der Welt ist, für alle Menschen leuchten lassen, obwohl sich die Menschen bemühen, es so lange wie möglich nicht zu sehen.

Die Jünger brauchen mit Gewißheit keinen zweiten Fürsprecher beim Vater, wenn sie Jesus selbst haben. Der andere Tröster wird zu den Menschen und in die Geschichte gesandt; man soll sich seiner nicht entledigen, indem man ihn voll Frömmigkeit in die Transzendenz versetzt. Die immanente Natur seines Handelns wird durch einen Text der synoptischen Evangelien bestätigt:

Wenn sie euch nun hinführen und überantworten werden, so sorget nicht zuvor, was ihr reden sollt; sondern was euch zu der Stunde gegeben wird, das redet. Denn ihr seid's nicht, die da reden, sondern der heilige Geist.

(Mk 13,11; siehe auch Lk 12,11)

Es ist an sich ein problematischer Text. Er sagt nicht genau das, was er sagen möchte. Er scheint zu sagen, die Märtyrer hätten sich nicht um ihre Verteidigung zu kümmern, weil der Heilige Geist zugegen sein werde, um ihnen recht zu geben. Aber es kann sich nicht um einen unmittelbaren Triumph handeln. Die Opfer werden ihre Ankläger nicht im Verlaufe des Prozesses selbst überführen; sie werden gemartert werden; dies wird von zahlreichen Texten bestätigt; die Evangelien bilden sich keineswegs ein, sie würden die Verfolgungen stoppen.

Es handelt sich hier weder um individuelle Prozesse noch um irgendeinen übernatürlichen Prozeß, in dem der Vater die Rolle des *Anklägers* spielen würde. Wer so denkt, macht noch immer mit den besten Absichten der Welt – mit denen der Weg zur Hölle bekanntlich gepflastert ist – aus dem Vater eine satanische Figur. Es kann sich also nur um einen zwischen Himmel und Erde spielenden Prozeß handeln, den Prozeß der «himmlischen» oder der «weltlichen» Mächte und des Satans selbst, den Prozeß der mit Verfolgung verbundenen Vorstellung insgesamt. Gerade weil die Evangelisten nicht immer fähig sind, den Austragungsort dieses Prozesses festzulegen, verlegen sie ihn bald zu sehr in die Transzendenz, bald zu sehr in die Immanenz, und die modernen Kommentatoren haben sich nie von dieser Unentschlossenheit lösen können, weil sie nie verstanden haben, daß das Schicksal des gewalttätigen Heiligen insgesamt im Kampf zwischen dem Ankläger, Satan, und dem Fürsprecher der Verteidigung, dem Tröster, auf dem Spiel steht.

Es kommt nicht so sehr darauf an, was die Märtyrer sagen, denn sie sind nicht Zeugen eines bestimmten Glaubens – wie man es sich oft vorstellt –, sondern Zeugen des entsetzlichen Hanges der als Gruppe auftretenden Menschen, unschuldiges Blut zu vergießen, um die Einheit ihrer Gemeinschaft wiederherzustellen. Die Verfolger bemühen sich, alle diese Toten im Grabe der mit Verfolgung verbundenen Vorstellung zu begraben, aber je mehr Märtyrer sterben, um so schwächer wird diese Vorstellung und um so leuchtender wird das Zeugnis. Aus diesem Grund verwenden wir stets den Begriff Märtyrer, der Zeuge bedeutet, für alle unschuldigen Opfer, ohne unterschiedlichen Glaubens- oder Lehrinhalten Rechnung zu tragen, so wie es die Evangelien ankündigen. Wie im Falle des *Sündenbocks* geht der volkstümliche Gebrauch von *Märtyrer* weiter als die gelehrten Interpretationen und legt der Theologie Dinge nahe, von denen sie noch gar nichts weiß.

Die noch intakte Welt kann nichts von dem vernehmen, was die mit Verfolgung verbundene Vorstellung übersteigt; sie kann den Tröster weder sehen noch kennen. Selbst die Jünger sind noch mit Illusionen beladen, die allein die Geschichte vertreiben kann, indem sie den Einfluß der Passion vertieft. Die Zukunft wird also den Jüngern Worte in Erinnerung rufen, die im Augenblick nicht ihre Aufmerksamkeit zu erregen vermögen, weil sie keinen Sinn zu haben scheinen:

Solches habe ich zu euch geredet, während ich bei euch gewesen bin. Aber der Tröster, der heilige Geist, welchen mein Vater senden wird in meinem Namen, der wird euch alles lehren und euch erinnern alles des, was ich euch gesagt habe.

(Jo 14,25–26)

Ich habe euch noch viel zu sagen; aber ihr könnt es jetzt nicht tragen. Wenn aber jener, der Geist der Wahrheit, kommen wird, der wird euch in alle Wahrheit leiten. Denn er wird nicht aus sich selber reden; sondern was er hören wird, das wird er reden, und was zukünftig ist, wird er euch verkündigen. Derselbe wird mich verherrlichen; denn von dem Meinen wird er's nehmen und euch verkündigen.

(Jo 16,12–14)

Von allen Texten über den Tröster hier nun schließlich der erstaunlichste. Er scheint aus heterogenen Stücken und Fragmenten zusammengesetzt zu sein, als wäre er das zusammenhangslose Ergebnis einer Art mystischer Schizophrenie. In Wirklichkeit aber läßt ihn unsere eigene kulturelle Schizophrenie so erscheinen. Man sieht nichts in ihm, solange man ihn aufgrund von Prinzipien und Methoden zu erhellen vermeint, die der Welt zugehörig sind und den Tröster weder sehen noch kennen können. Johannes verpaßt uns die außerordentlichsten Wahrheiten in einem solchen Rhythmus, daß wir sie weder aufnehmen wollen noch können. Es besteht ein großes Risiko, daß wir jene Verwirrung und Gewalt, von der wir immer irgendwie besessen sind, auf ihn projizieren. Es mag sein, daß der Text in bestimmten Einzelheiten von den Konflikten zwischen Kirche und Synagoge beeinflußt ist, aber sein wahrer Gegenstand hat nichts zu tun mit den derzeitigen Diskussionen über den «Johanneischen Antisemitismus».

Wer mich hasset, der hasset auch meinen Vater. Hätte ich nicht die Werke getan unter ihnen, die kein anderer getan hat, so hätten sie keine Sünde. Nun aber haben sie es gesehen und hassen doch beide, mich und meinen Vater. Doch muß erfüllt werden der Spruch, in ihrem Gesetz geschrieben: *«Sie hassen mich ohne Ursache.»*
Wenn aber der *Tröster* kommen wird, welchen ich euch senden werde vom Vater, der Geist der Wahrheit, der vom Vater ausgeht, der wird zeugen von mir (ekeinos *martyresei* peri emou). Und auch ihr werdet meine Zeugen sein (kai hymeis de *martyreite*), denn ihr seid von Anfang bei mir gewesen.
Solches habe ich zu euch geredet, damit ihr nicht *Ärgernis* nehmt.

Sie werden euch in den Bann tun. Ja, es kommt die Stunde, *daß wer euch tötet, wird meinen, er tue Gott einen Dienst damit.* Und solches werden sie darum tun, weil sie weder meinen Vater noch mich erkennen. Aber solches habe ich zu euch geredet, damit, wenn die Stunde kommen wird, ihr daran gedenket, daß ich's euch gesagt habe.

(Jo 15,23–16,4)

Gewiß, dieser Text erwähnt die während seiner Redaktion stattfindenden Kämpfe und Verfolgungen. Andere kann er nicht direkt erwähnen. Indirekt aber erwähnt er andere, ja alle anderen, denn er ist nicht von der Rache beherrscht, sondern er beherrscht sie. Daraus schlicht und einfach eine Vorwegnahme des heutigen Antisemitismus machen zu wollen, unter dem Vorwand, er sei nie verstanden worden, heißt, sich dem Ärgernis hingeben und das in ein Ärgernis verwandeln, was uns, gemäß dem Text, gegeben ist, um uns vor dem Ärgernis zu bewahren und um die Mißverständnisse vorauszusehen, die durch das anscheinende Scheitern der Offenbarung entstanden sind.

Die Offenbarung scheitert vermeintlich und führt zu Verfolgungen, die sie anscheinend zum Verstummen bringen, schließlich aber zu ihrer Vollendung führen. Solange uns die Worte Jesu nicht erreichen, haben wir keine Sünde. Wir bleiben auf dem Stand der Gerasener. Die mit Verfolgung verbundene Vorstellung behält ihre relative Legitimität. Die Sünde ist der Widerstand gegen die Offenbarung. Sie äußert sich zwangsläufig in der haßerfüllten Verfolgung des Offenbarers, das heißt des wahren Gottes selbst, denn er stört unsere mehr oder weniger bequemen Übereinkünfte mit unseren, uns wohlvertrauten Dämonen.

Der als Verfolgung geleistete Widerstand – etwa jener von Paulus vor seiner Bekehrung – macht das offenkundig, was er verbergen müßte, um wirksam widerstehen zu können: die Opfermechanismen. Er vollendet das offenbarende Wort schlechthin, das die verfolgungsspezifische Anklage diskreditiert: *Sie hassen mich ohne Ursache.*

Ich sehe hierin eine theoretische Rekapitulation des den Evangelien immanenten Prozesses schlechthin. Alle hier kommentierten Texte beschreiben ihn, er ist identisch mit dem Prozeß, der sich inzwischen vor den Augen und mit Wissen der ganzen Welt als Geschichte abspielt; es ist das gleiche wie das Kommen des Trösters. Wenn der Tröster kommen wird, so sagt Jesus, wird er von mir zeugen, er wird den Sinn meines unschuldigen Todes und jedes unschuldigen Todes vom Anfang bis zum Ende der Welt offenbaren. Jene, die nach Christus kommen, werden also wie er weniger durch ihre Worte oder ihren Glauben zeugen, sondern indem sie Märtyrer werden und wie Jesus selbst in den Tod gehen.

Gewiß, es geht mit Bestimmtheit um die ersten, von Juden oder Römern verfolgten Christen, aber es geht auch um die später von den Christen verfolgten Juden, es geht um alle von ihren Henkern verfolgten Opfer. Wovon wird denn tatsächlich Zeugnis abgelegt? Meiner Meinung nach wird Zeugnis abgelegt von der kollektiven Verfolgung, Erzeugerin der religiösen Illusionen. Und darauf spielt denn auch der nachstehende Satz an: *Ja, es kommt die Stunde, daß wer euch tötet, wird meinen, er tue Gott einen Dienst damit.* Im Spiegel der historischen – mittelalterlichen und neuzeitlichen – Verfolgungen nehmen wir nicht unbedingt die Gründungsgewalt selbst wahr, zumindest aber ihre Ausläufer, die eben deshalb so mörderisch sind, weil sie keinerlei Ordnungsfunktion mehr haben. Die Hexenverfolger wie auch die totalitären Bürokraten der Verfolgung geraten in den Bannkreis dieser Offenbarung. Seither macht jede Gewalttat offenkundig, was die Passion Christi offenbarte: die groteske Entstehungsgeschichte der blutrünstigen Idole, aller religiösen, politischen und ideologischen Götzen. Gleichwohl sind die Mörder der Meinung, ihre Opferungen seien verdienstvoll. Auch sie wissen nicht, was sie tun, und wir müssen ihnen verzeihen. Die Stunde ist gekommen, einander gegenseitig zu verzeihen. Warten wir weiter ab, so werden wir keine Zeit mehr haben.

Bibliographie

Bataille, Georges, *Das theoretische Werk*. Bd. 1: *Die Aufhebung der Ökonomie*. Ed. Gerd Bergfleth unter Mitwirkung von Axel Matthes. Rogner & Bernhard München 1975.

Beauchamp, Paul, *Psaumes nuit et jour*. 1980.

Biraben, Jean-Noël, *Les hommes et la peste en France et dans les pays européens et méditerranéens*. 2 Bde. Mouton Paris 1975–76.

Davis, Natalie Zemon, *Society and Culture in Early Modern France. Eight Essays*. Stanford University Press 1975.

Delumeau, Jean, *Angst im Abendland. Die Geschichte kollektiver Ängste im Europa des 14. bis 18. Jahrhunderts*. 2 Bde. Rowohlt Reinbek bei Hamburg 1985.

Dumézil, Georges, *La Religion romaine archaïque*. Payot Paris 1966.

Dumézil, Georges, *Mythe et épopée. L'idéologie des trois fonctions dans les épopées des peuples indo-européens*. Gallimard Paris 1968.

Eliade, Mircea, *Geschichte der religiösen Ideen*. Bd. I: *Von der Steinzeit bis zu den Mysterien von Eleusis*. Bd. II: *Von Gautama Buddha bis zu den Anfängen des Christentums*. Herder Freiburg i. Br. 1978 und 1979.

Ellicott's Bible commentary. A Verse-by-Verse Explanation. Ed. Donald N. Bowdle. Grand Rapids Michigan 1971.

Evans-Pritchard, Edward E., «Witchcraft». In: *Africa* VIII, 4 (1935), S. 417–422.

Girard, René, *Das Heilige und die Gewalt*. Benziger Zürich 1987.

Girard, René, *Des choses cachées depuis la fondation du monde*. Grasset Paris 1978. Dt.: *Das Ende der Gewalt*. Herder Freiburg i.Br. 1983; gekürzte Ausgabe von Buch I und II.

Goodhart, Sandor, «Oedipus and Laius' many Murderers». In: *Diacritics*. März (1978), S. 55–71.

Guillaume de Machaut, *Œuvres*. Bd. I. Ed. Ernest Hoepffner. Société des anciens textes français. Firmin-Didot Paris 1908.

Hansen, Jos., *Zauberwahn, Inquisition und Hexenprozeß im Mittelalter und die Entstehung der großen Hexenverfolgung*. München 1900.

Langmuir, Gavin I., «Qu'est-ce que ‹les Juifs› signifiaient pour la société médiévale?» In: Léon Poliakov (Ed.), *Ni Juif ni Grec; entretiens sur le racisme*. Mouton Paris 1978, S. 179-190.

Langmuir, Gavin I., «From Ambrose of Milan to Emicho of Leiningen: the Transformation of Hostility against Jews in Northern Christendom». In: *Gli Ebrei nell'alto Medioevo*. Bd. I. Centro italiano di studi sull'alto medioevo Spoleto 1980, S. 313–368.

Lévi-Strauss, Claude, *Das wilde Denken*. Suhrkamp Frankfurt a.M. 1968.

Léon-Dufour, Xavier, *Etudes d'Evangile*. Seuil Paris 1965.

Léon-Dufour, Xavier, *Als der Tod seinen Schrecken verlor: die Auseinandersetzung Jesu mit dem Tod und die Deutung des Paulus: ein Befund*. Walter Olten 1981.

Livius, Titus, *Römische Geschichte,* I–III. Lateinisch und deutsch herausgegeben von Hans Jürgen Hillen. Wissenschaftliche Buchgesellschaft Darmstadt 1987.

Mandrou, Robert, *Magistrats et sorciers en France au XVIIe siècle. Une analyse de psychologie historique*. Plon Paris 1968.

Michelson, Hijman, *The Jew in Early English Literature*. Amsterdam 1926 (ND: Hermon Press New York 1972).

Oughourlian, Jean-Michel, *Un mime nommé désir*. Grasset Paris 1982.

Platon, *Sämtliche Werke*. Bd. 4. Ed. Olof Gigon. Artemis Zürich 1974.

Plutarch, *Große Griechen und Römer*. Bd. I. Eingel. und übers. v. Konrat Ziegler. Artemis Zürich 1954.

Schwager, Raymund, *Brauchen wir einen Sündenbock? Gewalt und Erlösung in den biblischen Schriften*. Kösel München 1978.

Soustelle, Jacques, *Das Leben der Azteken, Mexiko am Vorabend der spanischen Eroberung*. Manesse Zürich 1986.

Starobinski, Jean, «Der Kampf mit Legion». In: Jean Starobinski, *Besessenheit und Exorzismus. Drei Figuren der Umnachtung*. Schulz Percha/Kempfenhausen 1976.

Strabon, *The Geography*. Ed. Horace Leonhard Jones. Bd. V. Heinemann London 1928.

Trachtenberg, Joshua, *The Devil and the Jews. The Medieval Conception of the Jew and its Relation to Modern Antisemitism*. Amsterdam 1926 (ND: Meridian Cleveland/New York 1961).

Vernant, Jean-Pierre/Pierre Vidal-Naquet, «Ambiguïté et renversement. Sur la structure énigmatique d'‹Oedipe-Roi›». In: Vernant, Jean-Pierre/Pierre Vidal-Naquet, *Mythe et tragédie en Grèce ancienne*. Maspero Paris 1972, S. 99–131.

Von René Girard
im Benziger Verlag bereits erschienen:

Das Heilige und die Gewalt

Aus dem Französischen
von Elisabeth Mainberger-Ruh
484 Seiten, gebunden

«Dieses Buch enthält schon den ganzen Girard, seine
Lektüre der griechischen Tragödien, seine Interpretation von Mythen und Riten archaischer Gesellschaften, seine fulminante Kritik der Psychoanalyse und
des Strukturalismus, seine klarsichtige Umschreibung
der Funktion des Religiösen wie auch seine These,
daß die Literatur den Menschen und die Logik des
Sozialen immer schon wesentlich besser begriffen
habe als jede philosophisch oder sozialwissenschaft-
lich verankerte Theorie.»

Dirk Baecker in der FAZ